mtb

Nora Roberts

Lichterglanz und Liebesträume

MIRA® TASCHENBUCH

FSC
MIX
Papier
FSC® C014496

2. Auflage: Januar 2020
Neuausgabe im MIRA Taschenbuch

Originaltitel: »Local Hero«
Erschienen bei: Silhouette Books, Toronto

Originaltitel: »Home For Christmas«
Erschienen bei: Silhouette Books, Toronto

Published by arrangement with
HARLEQUIN ENTERPRISES II B.V./SÀRL

Umschlaggestaltung: Nele Schütz Design, München
Umschlagabbildung: FOTOGRIN, Vitalii Bashkatov, wirakorn deelert
Satz: GGP Media GmbH, Pößneck
Printed in Germany
Dieses Buch wurde auf FSC®-zertifiziertem Papier gedruckt.
ISBN 978-3-7457-0063-3

www.mira-taschenbuch.de

Nora Roberts

Liebesmärchen in New York

Roman

Aus dem Englischen von
Melanie Lärke

mtb

1. Kapitel

Zark holte tief Luft. Er wusste, dass es vielleicht sein letzter Atemzug war. Der Sauerstoff im Raumschiff ging zu Ende, und es blieb ihm kaum noch Zeit. Sekundenschnell lief sein Leben in der Erinnerung wie ein Film ab. Er war dankbar, dass er allein war und niemand an den erlebten Freuden und Leiden teilnehmen konnte.

Leilah, immer wieder Leilah. Bei jedem der mühsamen Atemzüge sah er ihr Bild vor sich. Ihre klaren blauen Augen, das goldene Haar seiner einzig geliebten Frau. Als das Warnsignal im Cockpit losschrillte, glaubte er Leilahs Lachen zu hören. Erstaunt, süß, dann spöttisch.

»Bei der roten Sonne! Wie glücklich wir zusammen waren!« Keuchend stieß er die Worte hervor, während er über den Boden auf seinen Kommandostand zukroch. »Liebende, Partner, Freunde.« Der Schmerz in seiner Lunge wurde unerträglich. Es stach wie Messer mit scharfen Spitzen. Er verbot es sich, noch mehr Sauerstoff mit nutzlosem Reden zu verschwenden. Aber seine Gedanken ... seine Gedanken waren selbst jetzt noch bei Leilah.

Dass sie, die einzige Frau, die er je geliebt hatte, die Ursache seiner Vernichtung sein sollte! Dass sie schuld sein sollte an seinem Untergang und dem Untergang der jetzigen Welt.

Welch teuflisches Geschick, dass sich die leidenschaftliche Wissenschaftlerin in eine Kraft des Bösen verwandelt hatte.

Jetzt war sie seine Feindin. Leilah, die einst seine Frau gewesen war. Sie ist es sogar immer noch, berichtigte Zark sich in Gedanken, während er sich mühsam am Schaltpult hochzog. Wenn es ihm gelang, am Leben zu bleiben und Leilahs Plan, die Zivilisation zu vernichten, zu vereiteln, dann blieb ihm nichts anderes übrig, als sie zu verfolgen. Er musste sie töten. Wenn er die nötige Kraft dazu aufbrachte.

Commander Zark, Verteidiger des Universums, Herrscher über Perth, Held und Ehemann, drückte mit zitternder Hand auf einen Knopf …

Fortsetzung in der nächsten Ausgabe!

»Verdammt!«, murmelte Radley Wallace vor sich hin und sah sogleich verstohlen über die Schulter, um festzustellen, ob seine Mutter das Fluchen mitbekommen hätte. Neuerdings fluchte er gelegentlich – aber meist nur leise, da seine Mutter es nicht hören sollte.

Die war jedoch vollauf damit beschäftigt, die ersten Umzugskartons auszupacken. Red hatte den Auftrag bekommen, seine eigenen Bücher einzuräumen, hatte jedoch beschlossen, zunächst einmal eine Pause einzulegen. Er liebte Pausen, besonders wenn er währenddessen Comics von Commander Zark lesen konnte. Seiner Mutter wäre es zwar lieber gewesen, er hätte sich mit richtigen Büchern beschäftigt, aber da es darin kaum Bilder zu sehen gab, zog Radley Comics vor. Und seiner Meinung nach war Commander Zark einem John Silver oder einem Huckleberry Finn haushoch überlegen.

Radley rollte sich auf den Rücken und starrte gegen die frisch gestrichene Decke seines Zimmers. Die neue Wohnung gefiel ihm, am meisten der Blick auf den Park. Und der Aufzug natürlich. Auf die neue Schule jedoch, die er ab Montag besuchen sollte, freute er sich überhaupt nicht.

Mom meinte zwar, die Schule sei gut, er würde bald neue Freunde kennenlernen, und außerdem könne er die alten immer noch besuchen, aber Mom brauchte sich ja nicht von allen Kindern anstarren zu lassen. Sie hatte auch gemeint, er solle am ersten Schultag den neuen Pulli anziehen, da dessen Farbe so gut zu seinen Augen passe. Aber Radley wollte lieber eins von seinen alten Sweatshirts anziehen, damit er sich wenigstens in seinen Sachen zu Hause fühlte. Mom wird das verstehen, sagte er sich. Sie versteht alles.

Er kuschelte den Kopf tiefer in sein Kissen und wünschte, sie wäre nicht länger traurig darüber, dass sein Vater weggegangen war. Das lag inzwischen schon lange zurück, und Radley konnte sich kaum noch vorstellen, wie sein Dad ausgesehen hatte. Er kam nie zu Besuch und rief nur ein paarmal im Jahr an. Radley fand das ganz in Ordnung, und er hätte es gern seiner Mutter gesagt, fürchtete aber, sie würde sich aufregen und wieder anfangen zu weinen.

Er brauchte eigentlich keinen Vater, solange er Mom hatte. Einmal hatte er ihr das gesagt, und sie hatte ihn so fest an sich gedrückt, dass er fast keine Luft mehr bekommen hatte. In der Nacht darauf hatte sie jedoch geweint. Deshalb sagte er es ihr lieber nicht noch einmal.

Mit der Weisheit seiner neun Jahre fand Radley die Erwachsenen im Allgemeinen komisch. Aber seine Mom war große Klasse. Sie schrie ihn fast nie an, und wenn es doch einmal vorkam, dann tat es ihr immer hinterher leid. Und sie war hübsch. Radley lächelte. Ihm fielen die Augen zu, und er dachte, dass selbst Prinzessin Leilah nicht hübscher sein könne als sie. Obgleich Moms Haare braun waren anstatt golden und ihre Augen grau statt kobaltblau.

Sie hatte ihm versprochen, zum Abendbrot eine Pizza kommen zu lassen, um den Umzug in die neue Wohnung zu feiern, und Radley liebte Pizza. Fast so sehr wie Commander Zark.

Er schlief zufrieden lächelnd ein und rettete im Traum gemeinsam mit Zark das Universum.

Als Hester ein wenig später nach ihm sah, fand sie ihren Sohn schlafend auf dem Bett. In der Hand hielt er einen Comic, während seine übrigen Bücher immer noch im Umzugskarton lagen. Zu einem anderen Zeitpunkt hätte sie sich vorgenommen, ihm nach dem Aufwachen eine milde Strafpredigt über Verantwortungsbewusstsein zu halten, aber an diesem Tag war ihr nicht danach zumute. Trotz der Stapel unausgepackter Kartons, die noch zu bewältigen waren, setzte sie sich zu ihm aufs Bett und betrachtete ihn.

Er ähnelte seinem Vater sehr. Das dunkelblonde Haar, die dunklen Augen, das markante Kinn. In letzter Zeit kam es nur noch selten vor, dass sie ihren Sohn ansah und dabei an den Mann dachte, mit dem sie einmal verheiratet gewesen war. Aber an diesem Tag war es anders. Dieser Tag war ein neuer Anfang für sie beide, und der neue Anfang erinnerte sie an die Vergangenheit.

Mehr als sechs Jahre ist es jetzt her, dachte sie und wunderte sich ein bisschen darüber, wie schnell die Zeit vergangen war. Radley hatte gerade angefangen zu laufen, als Allan sie verlassen hatte, weil er die vielen Rechnungen, seine Familie und insbesondere seine Frau sattgehabt hatte. Es hatte lange gedauert, bis sie ohne Schmerz daran zurückdenken konnte, aber sie würde Allan nie verzeihen, dass er es fertiggebracht hatte, seinen Sohn zu verlassen, ohne auch nur mit der Wimper zu zucken.

Glücklicherweise hatte zwischen Radley und seinem Vater keine enge Verbindung bestanden. Dennoch fragte sie sich manchmal, ob ihr Sohn nicht insgeheim unter der Trennung litt. Doch als sie ihn so betrachtete, hielt sie es kaum für möglich. Sie strich ihm übers Haar und sah durch das Fenster seines Schlafzimmers auf den Central Park. Radley war ein fröhliches, offenes und begabtes Kind. Um ihm innere Konflikte zu ersparen, hatte sie nie schlecht von seinem Vater gesprochen, obgleich es besonders in den letzten Jahren Zeiten gegeben hatte, in denen es ihr schwergefallen war, sich Bitterkeit und Zorn nicht anmerken zu lassen. Sie hatte versucht, ihm Mutter und Vater zugleich zu sein, und glaubte, dass ihr das im Großen und Ganzen auch gelungen war.

Sie hatte Bücher über Baseball gelesen, um mit Radley darüber reden zu können, hatte ihm das Radfahren beigebracht, und sie kannte natürlich auch Commander Zark. Hester lächelte und nahm ihm das Comicheft aus der Hand. Bisher war es ihr nicht gelungen, Commander Zark durch Dickens oder Twain abzulösen.

»Aber du hast ja noch viel Zeit«, murmelte sie, während sie sich neben ihrem Sohn ausstreckte, »Zeit genug für gute Bücher und das wirkliche Leben. Oh Radley, hoffentlich habe ich alles richtig gemacht.«

Sie schloss die Augen und wünschte, es gäbe jemanden, mit dem sie reden könnte, jemanden, der ihr hin und wieder einen Rat geben und bei Entscheidungen helfen würde.

Dann schlief auch sie ein.

Als Hester zerschlagen und von der neuen Umgebung verwirrt aufwachte, war es dämmrig geworden. Das Erste, was sie bemerkte, war, dass Radley nicht mehr neben ihr lag. Sogleich war sie hellwach. Sie spürte Panik in sich aufsteigen. Das war völlig unangebracht, weil sie wusste, dass Radley nie ohne ihre Erlaubnis die Wohnung verlassen würde. Er war zwar kein Kind, das blind gehorchte, respektierte aber die Regeln, die ihr am Herzen lagen. Sie stand auf, um nach ihm zu sehen.

»Hallo, Mom.« Radley war in der Küche und hielt ein Sandwich in der Hand, aus dem Erdnussbutter und Marmelade hervorquollen.

»Ich dachte, du wolltest Pizza essen«, sagte sie mit einem Blick auf einen Klecks heruntergetropfter Konfitüre.

»Will ich auch.« Er biss in sein Brot. »Aber ich brauchte unbedingt jetzt schon mal was vorweg.«

»Sprich nicht mit vollem Mund«, ermahnte Hester, wobei sie sich zu ihm hinunterbeugte, um ihn zu küssen. »Du hättest mich doch wecken können, wenn du Hunger hattest.«

»Ich kann mir schon allein was machen. Nur die Gläser habe ich nicht gefunden.«

Hester sah sich um und bemerkte, dass Red zwei Kartons geleert hatte. Sie sagte sich, sie hätte zuerst die Küche einräumen sollen. »Na, das werden wir gleich haben.«

»Als ich wach geworden bin, hat es geschneit.«

»Wirklich?« Hester strich sich das Haar aus dem Gesicht und ging zum Fenster, um selbst nachzusehen. »Es schneit immer noch.«

»Vielleicht haben wir bald zwei Meter Schnee und die Schule fällt Montag aus.« Radley stieg auf einen Stuhl und setzte sich auf die Arbeitsplatte.

Und ich brauche meinen neuen Job noch nicht anzutreten, dachte Hester sehnsüchtig. Kein neuer Stress, keine neue Verantwortung. »Ich glaube, da haben wir keine großen Chancen.« Während sie Gläser auswusch, warf sie einen Blick über die Schulter. »Du hast doch keine Angst vor der neuen Schule?«

»Ein bisschen schon.« Er zuckte die Schultern. Bis Montag kann noch viel dazwischenkommen, dachte er. Ein Erdbeben. Ein Schneesturm. Ein Angriff aus dem All …

»Ich könnte mit dir gehen, wenn du möchtest.«

»Ach Mom, die anderen Kinder würden mich doch auslachen.« Er biss von seinem Sandwich ab. »So schlimm ist es nun auch wieder nicht. Zumindest ist die blöde Angela Wiseberry nicht in meiner Klasse.«

Hester brachte es nicht übers Herz, ihm zu sagen, dass es in jeder Schule eine blöde Angela Wiseberry gab. »Weißt du was? Wir treten am Montag beide unseren neuen Job an und treffen uns danach um Punkt sechzehn Uhr hier zum Rapport.«

Sofort erhellte sich sein Gesicht. Er liebte nichts mehr als militärische Aktionen. »Aye, aye, Sir.«

»Gut. Dann bestelle ich uns jetzt die Pizza, und während wir warten, räumen wir den Rest des Geschirrs in die Schränke.«

Mitchell Dempsey saß vor seinem Zeichenbrett und wartete auf eine Idee. Er nippte an seinem kalten Kaffee in der Hoffnung, der Kaffee würde seine Fantasie beflügeln, aber sein Kopf blieb so leer wie das Blatt, das vor ihm lag. Derartiges passierte ihm selten und schon gar nicht so kurz vor dem letzten Abgabetermin. Mitch knackte eine Erdnuss und schnippte die Schale in Richtung Papierkorb. Sie fiel prompt daneben und gesellte sich zu den anderen, die schon auf dem Boden lagen. Normalerweise schrieb Mitch zuerst die Story und machte dann die Illustrationen. Diesmal versuchte er es andersherum, um möglicherweise durch die Änderung der Routine auf einen neuen Gedanken zu kommen.

Es klappte nicht.

Er schloss die Augen und versuchte zu meditieren. Keine Inspiration. Keine Story. Mitch öffnete die Augen wieder und starrte auf das leere Papier. Es war ihm klar, dass er einem Verleger wie Rich Skinner kaum mit der Entschuldigung, er sei

»künstlerisch indisponiert« gewesen, kommen könnte. Sich auf Hungersnot oder Pest zu berufen war auch schlecht möglich. Ungeduldig griff er nach der nächsten Erdnuss.

Was ich brauche, ist ein Szenenwechsel, sagte er sich, eine Abwechslung. Mein Leben ist zu eingefahren, zu normal und – abgesehen von meiner augenblicklichen Ideenlosigkeit – zu einfach. Ich brauche eine Herausforderung. Er warf die Erdnussschalen auf den Boden, stand auf und fing an, unruhig hin und her zu gehen.

Er war ein großer Mann mit athletischem Körper. Als Junge war er ungewöhnlich dünn gewesen, obgleich er immer gegessen hatte wie ein hungriger Wolf. Dass ihn die anderen neckten, hatte ihm nicht viel ausgemacht, bis er die Mädchen entdeckte. Dann hatte er mit der ihm eigenen ruhigen Entschlossenheit angefangen zu ändern, was zu ändern war. Jedenfalls hatte er Gewichte gehoben, an sich gearbeitet, und es hatte ihn viel Schweiß gekostet, bis er mit sich zufrieden war. Selbst jetzt noch trainierte er seinen Körper regelmäßig, und das Gleiche tat er für seinen Kopf.

Sein Arbeitszimmer war vollgestopft mit Büchern, alle gelesen und wieder gelesen. Am liebsten hätte er eins davon vom Regal geholt und sich darin vergraben. Aber er hatte seinen Termin einzuhalten.

Der große braune Hund auf dem Boden drehte sich nach ihm um und beobachtete ihn. Mitch hatte ihn Taz getauft. Er war nicht gerade ein Ausbund an Energie. Im Augenblick gähnte er und scheuerte sich faul den Rücken am Teppich. Er mochte Mitch. Mitch verlangte nichts von ihm, was er nicht wollte, und regte sich weder über Hundehaare auf den Möbeln noch über gelegentliches Herumstöbern im Müll auf. Am meisten liebte er, wenn Mitch sich zu ihm auf den Boden hockte, ihm über das dichte braune Fell strich und ihm von seinen Ideen erzählte. Dann sah Taz ihn an, als verstünde er jedes Wort.

Taz mochte auch Mitchs Gesicht. Es war freundlich und stark, und sein Mund drückte nur selten Missbilligung aus. Seine Augen waren hell und verträumt. Außerdem mochte Taz seine großen, kräftigen Hände, mit denen er ihn immer an genau den richtigen Stellen zu kraulen wusste. Taz war ein sehr zufriedener Hund. Er gähnte und schlief wieder ein.

Als jemand an die Tür klopfte, wachte Taz auf, schlug mit dem Schwanz auf den Boden und gab ein Knurren von sich.

»Ich erwarte niemanden. Du etwa?« Mitch erhob sich. »Ich gehe mal nachsehen.« Er trat mit seinen bloßen Füßen auf eine Erdnussschale und fluchte, machte sich aber nicht die Mühe, sie aufzuheben. Er ging um einen Stapel alter Zeitungen sowie einen Sack mit schmutziger Wäsche, den er vergessen hatte, zur Wäscherei zu bringen, herum. Bevor er die Tür öffnete, versetzte er einem Knochen, den Taz auf dem Boden hatte liegen lassen, einen Tritt, sodass er in die Ecke flog.

»Ich bringe die Pizza.«

Ein hoch aufgeschossener Junge von vielleicht achtzehn Jahren hielt ihm einen Karton hin, aus dem es verführerisch duftete. Mitch roch genießerisch daran. »Ich habe keine bestellt.«

»Ist das nicht die Wohnung 406?«

»Doch, aber ich habe trotzdem keine Pizza bestellt.« Er roch noch einmal und fügte hinzu: »Leider.«

»Dann bin ich hier nicht bei Wallace?«

»Nein. Ich heiße Dempsey.«

»Mist.«

Wallace, dachte Mitch und rieb sich das Kinn, während der Junge von einem Fuß auf den anderen trat. Wallace, heißt so nicht die langbeinige Brünette, die gerade die Wohnung 604 von Henley übernommen hat? Das lohnte sich doch herauszufinden.

»Ich kenne die Familie Wallace«, erklärte er deshalb und zog ein paar zerknitterte Scheine aus der Hosentasche. »Ich bringe ihnen die Pizza nach oben.«

»Also, ich weiß nicht. Ich glaube, ich sollte nicht …«

»Keine Sorge«, unterbrach Mitch den Jungen und legte noch einen Schein dazu. Pizza und neue Nachbarn, dachte er, das ist vielleicht genau die Abwechslung, die ich jetzt brauche. Und so machte er sich mit dem Karton auf den Weg nach oben.

»Das wird die Pizza sein«, rief Hester und hielt Radley gerade noch fest, bevor er zur Tür stürzen konnte. »Lass mich aufmachen. Du kennst doch die Regel?«

»Mach keinem die Tür auf, den du nicht kennst«, zitierte Radley und verdrehte hinter dem Rücken seiner Mutter die Augen.

Hester legte die Hand auf die Klinke und warf einen Blick durch das Guckloch. Hätte sie es nicht besser gewusst, so hätte sie geschworen, der Mann vor der Tür sähe ihr mit seinen klaren blauen Augen amüsiert entgegen. Sein Haar war dunkel und zerzaust, als wäre es schon lange nicht mehr gekämmt worden. Aber das Gesicht war faszinierend. Schmal, markant und unrasiert.

»Mom, warum machst du denn nicht auf?«

»Was?« Hester trat hastig einen Schritt zurück, als ihr aufging, dass sie den Boten reichlich lange angestarrt hatte.

»Ich komme um vor Hunger«, drängte Red.

Hester öffnete die Tür und bemerkte, dass zu dem faszinierenden Gesicht ein langer, kräftiger Körper gehörte. Und nackte Füße.

»Haben Sie Pizza bestellt?«

»Ja.« Draußen schneite es. Wieso hatte der Mann nackte Füße?

»Gut.« Bevor Hester wusste, was geschah, war der Bote eingetreten.

»Lassen Sie mich das nehmen«, sagte sie schnell. »Bring es in die Küche, Radley.« Sie stellte sich schützend vor ihren Sohn und überlegte, was sie notfalls als Waffe benutzen könnte.

»Nette Wohnung.« Mitch sah sich beiläufig um und bemerkte die Umzugskartons.

»Ich hole Ihnen das Geld.«

»Das geht auf Kosten des Hauses.« Mitch lächelte sie an. Hester fragte sich, ob der Selbstverteidigungskurs, an dem sie zwei Jahre zuvor teilgenommen hatte, in dieser Situation etwas nützen würde.

»Radley, bring die Pizza in die Küche. Ich bezahle inzwischen den Boten.«

»Nachbarn«, korrigierte Mitch. »Ich wohne in 406, wissen Sie, zwei Stockwerke unter Ihnen. Die Pizza ist irrtümlicherweise bei mir abgegeben worden.«

»Ach so.« Durch seine Erklärung wurde Hesters Nervosität nicht gemindert. »Tut mir leid, dass man Sie belästigt hat.« Hester griff nach ihrem Portemonnaie.

»Das habe ich schon erledigt.« Er war sich nicht ganz klar darüber, ob sie auf ihn losgehen oder lieber fliehen wollte, fand aber, es habe sich auf jeden Fall gelohnt heraufzukommen. Sie war groß, so groß wie ein Mannequin, und sie hatte auch die entsprechende Figur. Ihr braunes Haar war aus der Stirn zurückgekämmt. Große graue Augen und ein Mund, der fast eine Nummer zu groß war, beherrschten das ovale Gesicht. »Nehmen Sie die Pizza als Willkommensgruß von mir.«

»Das ist wirklich sehr freundlich von Ihnen, aber ich kann ...«

»... ein nachbarliches Geschenk nicht annehmen?«

Weil sie sich für seinen Geschmack ein bisschen zu kühl und reserviert gab, sah Mitch an ihr vorbei zu dem Jungen hinüber. »Hallo, ich bin Mitch.« Dieses Mal wurde sein Lächeln erwidert.

»Ich bin Radley. Wir sind gerade eingezogen.«

»Das habe ich bemerkt. Von außerhalb?«

»Nein. Wir haben nur die Wohnung gewechselt, weil Mom eine neue Stellung angenommen hat und die andere zu klein war. Ich kann von meinem Fenster aus den Park sehen. Du auch?«

»Es heißt ›Sie‹, Radley«, mischte Hester sich ein.

»Nein, nein, ›du‹ ist schon in Ordnung, ich duze dich ja auch, Radley. Und ich kann den Park von meinen Fenstern aus auch sehen.«

»Entschuldigen Sie, Mr. ...?«

»Ich heiße Mitch«, wiederholte er mit einem Blick auf Hester.

»Ja, gut. Es war sehr nett von Ihnen, die Pizza raufzubringen, aber ich möchte Ihre Zeit nicht länger in Anspruch nehmen.«

»Du kannst ein Stück abhaben«, bot Radley an. »Wir kriegen sie sowieso nicht ganz auf.«

»Radley, ich bin sicher, Mr. ... Mitch hat etwas anderes vor.«

»Nein, absolut nichts.« Es war eigentlich nicht Mitchs Art, sich aufzudrängen, aber die Zurückhaltung der Frau und die Herzlichkeit des Kindes forderten ihn dazu heraus. »Haben Sie vielleicht ein Bier für mich?«

»Nein, tut mir leid. Ich ...«

»Aber Sprudel«, meldete sich Radley, der von der Aussicht auf Gesellschaft begeistert war. Er lächelte Mitch vertrauensvoll an. »Möchtest du die Küche sehen?«

»Gern.« Hester glaubte in seinem Lächeln leisen Spott zu entdecken, als er ihrem Sohn in die Küche folgte.

Sie stand in der Mitte des Wohnzimmers und wusste nicht, ob sie erbittert oder wütend sein sollte. Dieser Fremde hatte ihr bei all ihrer Arbeit gerade noch gefehlt. Dann sagte sie sich, dass es wohl am besten wäre, ihm ein Stück von der Pizza zu geben, um ihn so schnell wie möglich wieder loszuwerden.

Radley zeigte dem Fremden gerade voller Stolz den Müllschlucker. »Du weißt doch, dass du das Ding nicht anstellen sollst, wenn es leer ist«, sagte Hester. »Wie Sie sehen, herrscht bei uns immer noch ein bisschen Unordnung«, fügte sie an Mitch gerichtet hinzu und nahm Teller aus dem gerade eingeräumten Hängeschrank.

»Ich wohne schon seit fünf Jahren hier, und bei mir herrscht immer noch Unordnung.«

»Wir kriegen eine kleine Katze.« Radley kletterte auf einen Stuhl und holte Servietten aus einem Schrank. »In der alten Wohnung durften wir keine Haustiere haben, aber hier wohl, nicht, Mom?«

»Sobald wir richtig eingerichtet sind. Sprudel, Mitch?«

»Ja, bitte. Sieht so aus, als hätten Sie heute schon eine Menge geschafft.« Die Küche wirkte vorbildlich aufgeräumt. Sie war kleiner als seine eigene, was er bedauerte, da Hester und ihr Sohn sie wahrscheinlich mehr benutzen würden als er. Er setzte sich an die Küchenbar und blickte sich um. Am Kühlschrank hing eine große Bleistiftzeichnung, die ein Raumschiff darstellte.

»Hast du das gemalt?«, fragte er den Jungen.

»Ja.« Red biss herzhaft in das Stück Pizza, das seine Mutter ihm auf den Teller gelegt hatte. Erdnussbutter und Marmelade waren längst vergessen.

»Es ist gut.«

»Das soll die ›Second Millennium‹ sein, Commander Zarks Raumschiff.«

»Ich weiß.« Mitch ließ sich die Pizza ebenfalls schmecken. »Hast du wirklich toll gemacht.«

Radley fand es selbstverständlich, dass Mitch Commander Zark und sein Gefährt kannte. Seiner Ansicht nach kannte sie jeder. »Ich wollte auch Leilahs Raumfähre, die ›Defiance‹ malen, aber das ist schwerer. Jetzt lohnt es sich sowieso nicht mehr, denn ich glaube, dass Zark sie im nächsten Heft in die Luft sprengt.«

»Meinst du?« Mitch lächelte Hester zu, als diese sich zu ihnen gesellte.

»Genau weiß ich es natürlich nicht, aber im Augenblick sitzt er ganz schön in der Patsche.«

»Er kommt schon wieder heraus.«

»Lesen Sie auch Comics?«, fragte Hester. Erst jetzt bemerkte sie, wie groß seine Hände waren. Sie wirkten geschickt und gepflegt und passten irgendwie nicht recht zu seiner nachlässigen Kleidung.

»Immer.«

»Ich habe eine größere Sammlung als alle meine Freunde. Mom hat mir die erste Ausgabe von Commander Zark zu Weihnachten geschenkt. Die Ausgabe ist zehn Jahre alt. Da war er erst Captain. Willst du sie sehen?«

Netter Kerl, dachte Mitch, natürlich und intelligent. Die Mutter konnte er noch nicht so recht einschätzen. »Ja, gern.«

Bevor Hester ihn ermahnen konnte, erst seine Pizza aufzuessen, war Radley schon davongeschossen. Sie saß schweigend da und überlegte, was das wohl für ein Mann war, der regelmäßig Comics las. Sie selbst blätterte auch hin und wieder darin herum, schon um zu wissen, womit ihr Sohn sich beschäftigte. Aber wirklich lesen? Ein Erwachsener?

»Ein richtig netter Kerl«, bemerkte Mitch.

»Ja, das ist er. Es ist freundlich von Ihnen, ihm zuzuhören, wenn er von seinen Comics spricht.«

»Comics sind mein Leben«, erklärte Mitch ernst.

Sie war so verblüfft, dass sie ihre Zurückhaltung einen Augenblick lang vergaß und ihn anstarrte. Dann räusperte sie sich und wandte sich wieder ihrer Pizza zu. »Tatsächlich?«

Mitch amüsierte sich innerlich, und er konnte der Versuchung, diese Frau ein wenig aufzuziehen, nicht widerstehen. »Ich nehme an, Sie lesen sie nie?«

»Nein. Für so etwas habe ich keine Zeit. Möchten Sie noch ein Stück?«

»Ja, bitte.« Er nahm sich das Stück, bevor sie es ihm geben konnte. »Sie sollten sich aber die Zeit nehmen. Wissen Sie, Comics sind manchmal ausgesprochen bildend. Was ist das für ein neuer Job, den Sie angenommen haben?«

»Oh, ich arbeite bei der Bank. Ich leite die Kreditabteilung bei der ›National Trust Bank‹.«

Mitch pfiff anerkennend. »Verantwortungsvolle Position für eine Frau in Ihrem Alter.«

Hester wirkte leicht gekränkt. »Ich habe schon mit sechzehn angefangen, in einer Bank zu arbeiten.«

Empfindlich ist sie also auch, stellte er fest, während er etwas Soße von seinem Daumen ableckte. »Das war als Kompliment gemeint.« Ein bisschen sehr defensiv, sagte er sich, aber vielleicht muss sie das sein. Sie trägt keinen Ehering, und an ihrem Ringfinger ist auch kein heller Streifen, als ob in letzter Zeit noch einer daran gesteckt hätte. »Habe selbst schon öfter mit Banken zu tun gehabt. Einzahlungen, Auszahlungen, zurückgekommene Schecks.«

Sie fragte sich, wann Radley wohl endlich zurückkommen würde. Irgendetwas an diesem Mann machte sie nervös. Normalerweise pflegte sie den Leuten ins Gesicht zu sehen und hatte auch nichts dagegen, von ihnen angesehen zu werden. Aber dieser Typ ließ sie ja überhaupt nicht mehr aus den Augen. »Ich wollte nicht unhöflich sein.«

»Das habe ich auch nicht so verstanden. Wenn ich also bei der ›National Trust Bank‹ einen Kredit haben möchte, nach wem müsste ich fragen?«

»Mrs. Wallace.«

»Sie heißen ›Mrs‹ mit Vornamen?«, scherzte er.

»Nein, Hester«, antwortete sie unwillkürlich, obgleich sie ihm eigentlich nicht so weit hatte entgegenkommen wollen.

»Also, Hester«, Mitch hielt ihr die Hand hin, »ich freue mich, Sie kennenzulernen.«

Es dauerte einen Moment, bis sie sich überwand, ihm die Hand zu reichen. Ihr Lächeln war nur angedeutet. »Tut mir leid, wenn ich unhöflich war. Ich habe einen anstrengenden Tag hinter mir. Eigentlich eine anstrengende Woche.«

»Ich finde Umzüge grässlich. Haben Sie jemanden, der Ihnen hilft?«

»Nein.« Sie zog ihre Hand zurück. »Wir kommen auch so zurecht.«

Verstanden. Hilfe unerwünscht. Er erkannte, dass er es besser nicht versuchen sollte, die von ihr errichtete Trennungslinie zu durchbrechen. Schade, dachte er.

»Ich hatte vergessen, in welche Kiste ich sie gepackt hatte.« Radley war mit vor Anstrengung gerötetem Gesicht wieder in die Küche gekommen. »Das hier ist wertvoll, hat der Händler Mom gesagt.«

Und einen Wucherpreis dafür genommen, dachte Hester. Aber Red hatte sich über das Heft mehr gefreut als über alle anderen Geschenke.

»Sieht ja noch aus wie neu.« Mitch schlug die erste Seite so behutsam auf, als sei sie zerbrechlich.

»Ich wasche mir auch immer die Hände, bevor ich es lese«, erklärte Radley.

»Gute Idee.« Seltsam, dachte Mitch, nach so vielen Jahren bin ich immer noch stolz darauf. Ein großartiges Gefühl. Da stand es auf der ersten Seite: »Story und Illustration von Mitch Dempsey«. Commander Zark war sein Geschöpf, und in den vergangenen zehn Jahren waren sie gute Freunde geworden.

»Das ist eine super Geschichte, sag ich dir. Wie Zark dazu gekommen ist, sich für die Verteidigung des Universums einzusetzen und gegen das Böse zu kämpfen.«

»Weil seine Familie von dem bösen ›Red Arrow‹, der die Macht ergreifen wollte, ausgelöscht worden ist.«

»Genau.« Radley strahlte. »Aber er hat sich an ›Red Arrow‹ gerächt.«

»In Heft 73.«

Hester starrte von einem zum anderen. Der neue Nachbar unterhielt sich tatsächlich ernsthaft mit dem Jungen. Er wollte ihm damit nicht nur eine Freude machen, sondern war von Comics genauso besessen wie ihr neunjähriger Sohn.

Seltsam, dachte sie, eigentlich sieht er ganz normal aus. Er kann sich auch ordentlich ausdrücken. Sie gestand sich ein, dass es sie nervös machte, neben ihm zu sitzen, weil von seinem kräftigen Körper und seinem gut geschnittenen Gesicht eine so deutlich männliche Ausstrahlung ausging. Und sich von einem Nachbarn in dieser Hinsicht beeindrucken zu lassen war das Letzte, was sie im Sinn hatte, zumal dieser

Nachbar in seiner geistigen Entwicklung offensichtlich zurückgeblieben zu sein schien.

Mitch blätterte ein paar Seiten um. Seine Zeichnungen waren in den letzten zehn Jahren eindeutig besser geworden. Es tat ihm gut, das festzustellen. Trotzdem war es ihm gelungen, die Einfachheit und Klarheit der Figuren zu erhalten, die ihm eingefallen waren, als er vor zehn Jahren noch in der Werbung sein freudloses Brot verdient hatte.

»Magst du den hier am liebsten?« Mitch zeigte mit dem Finger auf Zark.

»Na klar. Ich mag auch ›Three Faces‹, und ›Black Diamond‹ ist auch ganz nett, aber Commander Zark ist einfach spitze.«

»Finde ich auch.« Mitch zerraufte dem Jungen das Haar. Als er die Pizza heraufgebracht hatte, hätte er sich nicht träumen lassen, dass er hier die Inspiration finden würde, auf die er den ganzen Nachmittag vergeblich gewartet hatte.

»Du kannst es mal lesen, wenn du willst. Ich würde es dir ja leihen, aber …«

»Verstehe. Ein Sammlerstück verleiht man nicht.«

»Es wird noch dazu kommen, dass Radley und Sie sich gegenseitig Hefte ausleihen.« Hester stand auf, um die Teller abzuräumen.

»Das amüsiert Sie wohl, was?«

Auf seinen Tonfall hin warf sie ihm einen schnellen Blick zu. Sie konnte es nicht gerade Schärfe nennen, was sie darin zu hören geglaubt hatte, und seine Augen blickten immer noch klar und sanft, aber irgendetwas ermahnte sie, auf der Hut zu sein.

»Ich finde es nur ein wenig ungewöhnlich, dass ein erwachsener Mann eine Schwäche für Comics hat. Aber warum sollten Sie nicht ein solches Hobby haben.«

Er hob die Brauen. »Comics sind alles andere als ein Hobby für mich, Mrs. Hester Wallace. Ich lese sie nicht nur, ich schreibe sie.«

»Wow! Wirklich?« Radley starrte Mitch an, als hätte er sich gerade in Superman verwandelt. »Ehrlich? Oh Mann, du bist Mitch Dempsey? Der richtige Mitch Dempsey?«

»In Fleisch und Blut.« Er zupfte Radley am Ohr, während Hester ihn ansah, als wäre er gerade von einem anderen Planeten gekommen.

»Oh Mann! Mitch Dempsey, Mom, das ist Commander Zark. Das glaubt mir kein Mensch. Kannst du das glauben, Mom? Commander Zark – hier, in unserer Küche!«

»Nein«, murmelte Hester und starrte Mitch weiter an. »Nein, das kann ich nicht glauben.«

2. Kapitel

Hester wünschte, sie hätte es sich erlauben können, feige zu sein. Am liebsten wäre sie nach Hause gelaufen und hätte sich die Bettdecke über die Ohren gezogen, bis Radley aus der Schule zurückgekommen wäre. Niemandem, der die beherrschte junge Frau im roten Mantel und mit wehendem weißem Schal beobachtet hätte, wäre der Gedanke gekommen, dass sich ihr der Magen vor Nervosität zusammenzog und ihre Handflächen feucht waren. Sie musste sich zusammennehmen, um sich nicht auf die Lippen zu beißen und so den Lippenstift zu ruinieren, während sie die letzten Meter zur Bank zurücklegte.

Nun fasste sie ihre Aktentasche fester. Als sie an diesem Morgen Radley zur Schule brachte, hatte sie ihm einzureden versucht, wie großartig und aufregend es sei, etwas Neues anzufangen. So ein Unsinn, sagte sie sich jetzt und hoffte nur, ihr Sohn habe nicht halb so viel Angst gehabt wie sie selbst in diesem Augenblick.

Obgleich sie sich immer wieder sagte, nach zwölfjähriger Erfahrung sei sie durchaus für ihre neue Position qualifiziert, wurde sie ihre Nervosität nicht los. Sie nahm all ihren Mut zusammen, atmete tief durch und betrat die Bank.

Laurence Rosen, der Manager der Bank, warf einen Blick auf seine Uhr, nickte zustimmend und kam auf Hester zu, um sie zu begrüßen. Sein dunkelblauer Anzug wirkte ordentlich und konservativ. Seine Schuhe waren spiegelblank poliert.

»Auf die Minute pünktlich, Mrs. Wallace, ein ausgezeichneter Anfang. Ich darf wohl behaupten, dass alle meine Mitarbeiter von der Zeit den rechten Gebrauch zu machen verstehen.« Mit einer Handbewegung forderte er sie auf, ihm in den hinteren Teil der Bank zu ihrem Büro zu folgen.

»Ich freue mich darauf, mit der Arbeit anzufangen, Mr. Rosen«, erklärte Hester und spürte eine Welle der Erleichterung, weil die Bemerkung der Wahrheit entsprach.

»Gut, gut. Wir werden schon dafür sorgen, dass Sie sich nicht langweilen.« Mit einem Stirnrunzeln nahm er zur Kenntnis, dass zwei der Sekretärinnen noch nicht an ihrem Schreibtisch saßen. Mit einer offensichtlich gewohnheitsmäßigen Geste fuhr er sich durchs Haar. »Ihre Assistentin müsste jeden Augenblick hier sein. Wenn Sie sich erst eingewöhnt haben, Mrs. Wallace, erwarte ich von Ihnen, dass Sie genau auf deren Kommen und Gehen achten. Ihre eigene Leistung wird nämlich weitgehend von der Ihrer Assistentin abhängen.«

»Natürlich.«

Das Büro war klein und langweilig. Hester versuchte sich nicht zu wünschen, es sei heller und luftiger und Rosen sei ein weniger langweiliger Chef. Das höhere Gehalt für diesen Job würde Radleys und ihr Leben leichter machen, und nur darauf kam es an. Ich werde es schaffen, sagte sich Hester, als sie ihren Mantel auszog. Ich werde es sogar sehr gut schaffen.

Rosen war offensichtlich angetan von ihrem schlichten schwarzen Kostüm, zu dem sie nur sparsam Schmuck angelegt hatte. In einer Bank waren auffällige Kleidung und ebensolches Benehmen nicht angebracht. »Ich nehme an, Sie haben die Unterlagen, die ich Ihnen mitgegeben hatte, durchgelesen?«

»Ich habe mich das Wochenende über damit beschäftigt.« Sie ging hinter den Schreibtisch in dem Bewusstsein, mit dieser Handlung ihre neue Stellung anzutreten. »Ich glaube, ich bin jetzt mit Verfahren und Arbeitsweise der ›National Trust Bank‹ vertraut.«

»Ausgezeichnet, ganz ausgezeichnet. Dann lasse ich Sie jetzt allein, damit Sie sich einrichten können. Ihren ersten Termin haben Sie um …«, er wendete die Seite ihres Tischkalenders, »… neun Uhr fünfzehn. Sollten Sie irgendwelche Probleme haben, so kommen Sie zu mir. Ich bin immer irgendwo in der Nähe.«

Das glaube ich Ihnen aufs Wort, dachte sie und sagte: »Ich bin sicher, dass alles in Ordnung ist, Mr. Rosen. Danke.«

Mit einem abschließenden Nicken verließ Rosen das Zimmer. Leise klickend schloss sich die Tür hinter ihm. Endlich allein, ließ Hester sich kraftlos in ihren Stuhl sinken. Die erste Hürde war genommen. Rosen hielt sie für kompetent und tüchtig. Nun musste sie nur noch beweisen, dass sie das auch tatsächlich war. Und sie würde es beweisen. Das war sie schon ihrem Stolz schuldig. Sie hasste es, sich lächerlich zu machen. Das hatte sie zur Genüge am vergangenen Abend fertiggebracht.

Sogar jetzt noch stieg ihr bei der Erinnerung daran die Röte in die Wangen. Sie hatte ihren Nachbarn nicht kränken und ganz bestimmt ihm gegenüber keine persönlichen Bemerkungen machen wollen. Aber dieser Mann hatte sie völlig aus dem Konzept gebracht. Kam einfach hereinspaziert, lud sich zum Abendessen ein und eroberte Radleys Herz innerhalb von Minuten! Sie war es nicht gewohnt, dass Leute sich in ihr Leben drängten. Und sie mochte es absolut nicht.

Ganz im Gegensatz zu Radley. Hester griff nach einem gespitzten Bleistift mit Reklameaufdruck. Der Junge hatte vor

Begeisterung geradezu geglüht und von nichts anderem mehr gesprochen, nachdem Mitch Dempsey die Wohnung verlassen hatte.

Das einzig Gute an der Sache war, dass Red auf diese Weise von der neuen Schule abgelenkt worden war. Er hatte schon immer schnell Freundschaften geschlossen, und wenn Mitch Dempsey gewillt war, ihrem Sohn Freude zu machen, dann würde sie ihn nicht daran hindern. Zumal er eigentlich recht harmlos wirkte. Was ist denn schon von einem Mann zu befürchten, der sein Geld mit dem Schreiben und Illustrieren von Comics verdient? fragte sie sich und verleugnete die Erinnerung an das aufregende Gefühl, das sie in seiner Gegenwart empfunden hatte.

Das Klopfen war lebhaft und kurz. Bevor Hester darauf reagieren konnte, wurde die Tür auch schon aufgestoßen.

»Guten Morgen, Mrs. Wallace. Ich bin Kay Lorimar, Ihre Assistentin. Wir haben uns schon vor ein paar Wochen kennengelernt, erinnern Sie sich?«

»Ja. Guten Morgen, Kay.« Ihre Assistentin war genau der Typ, der Hester gern gewesen wäre. Zierlich, blond, an den richtigen Stellen wohlgerundet und mit feinen Gesichtszügen. Hester faltete die Hände auf dem Schreibtisch und versuchte Autorität auszustrahlen.

»Tut mir leid, dass ich zu spät komme!« Kay lächelte und machte durchaus nicht den Eindruck, als ob es ihr wirklich leidtäte. »Montags dauert immer alles länger, als man annimmt. Es nützt auch nichts, wenn ich mir einrede, es sei Dienstag. Ich weiß auch nicht, warum. Möchten Sie einen Kaffee?«

»Nein danke, ich habe in ein paar Minuten einen Termin.«

»Klingeln Sie einfach, falls Sie es sich doch noch anders überlegen.« Kay blieb an der Tür stehen. »Dieses Büro dürfte ruhig ein bisschen freundlicher aussehen. Es ist dunkel wie ein Gefängnis. Mr. Blowfield, dessen Stelle Sie einnehmen, mochte langweilige Dinge. Die passten auch zu ihm, wissen Sie.«

Das Lächeln der Assistentin war ehrlich, und dennoch zögerte Hester, darauf einzugehen. Sie wollte nach Möglichkeit vermeiden, gleich am ersten Tag in den Ruf zu kommen, eine Klatschtante zu sein.

»Sollten Sie hier etwas umändern wollen, dann lassen Sie es mich wissen. Mein Freund ist Innenarchitekt. Ein richtiger Künstler.«

»Vielen Dank. Schicken Sie mir bitte Mr. und Mrs. Browning herein, sobald sie kommen.«

»Mach ich, Mrs. Wallace«, antwortete Kay und dachte, ihre neue Chefin sei zwar netter anzusehen als der alte Blowfield, habe aber offensichtlich ansonsten viel Ähnlichkeit mit ihm. »Die Kreditformulare liegen unten in der linken Schublade. Nach Typen geordnet. Die juristischen rechts, die bankinternen links. Die Liste der aktuellen Zinssätze finden Sie in der mittleren Schublade. Die Brownings kommen wegen eines Kredits für den Umbau ihres Hauses, weil sie ein Kind erwarten. Er macht in Elektronik, sie arbeitet halbtags bei ›Bloomingdale's‹. Sie sind über die Unterlagen informiert worden, die sie mitbringen müssen. Ich kann davon Kopien machen, während sie hier sind.«

Hester zog die Augenbrauen hoch. »Danke, Kay«, sagte sie und wusste nicht, ob sie mehr beeindruckt oder amüsiert war.

Nachdem die Tür sich wieder geschlossen hatte, lehnte Hester sich zurück und lächelte. Das Büro mochte langweilig sein, aber wenn der heutige Morgen typisch war, dann würde ihre Arbeit in der »National Trust Bank« alles andere als das sein.

Es gefiel Mitch, ein Fenster nach vorne hinaus zu haben. Auf diese Weise konnte er, wann immer er eine Pause einlegte, das Kommen und Gehen beobachten. Nach fünf Jahren kannte er jeden Hausbewohner vom Ansehen und die Hälfte davon mit Namen. Wenn er genügend Zeit hatte, machte er Skizzen von den interessantesten Leuten, und wenn er zu viel Zeit hatte, erdachte er sich sogar Geschichten zu den entsprechenden Gesichtern.

Er hielt das für eine gute Übung, zumal es ihm Spaß machte. Mitch hatte gelernt, genau hinzusehen und dann die Skizze schnell aus der Erinnerung auf das Papier zu bringen. Hester und ihren Sohn entdeckte er schon, als sie noch einen Häuserblock entfernt waren. Ihr roter Mantel leuchtete wie ein Signal. Mitch fragte sich, ob sich die kühle Mrs. Wallace wohl der Auffälligkeit bewusst war. Er bezweifelte es sofort.

Er brauchte ihr Gesicht nicht zu sehen, um es zu zeichnen. Auf dem Tisch in seinem Arbeitszimmer lag schon ein halbes Dutzend roher Skizzen herum. Während sein Bleistift über das Papier glitt, sagte er sich, ihre Züge seien so interessant, dass jeder Künstler eigentlich das Bedürfnis haben müsse, sie zu malen.

Der Junge ging neben ihr her. Sein Gesicht verschwand fast vollständig hinter einem großen Wollschal und einer Mütze. Selbst aus dieser Entfernung erkannte Mitch, dass er eifrig auf seine Mutter einredete, die sich hin und wieder zu ihm hinunterbeugte, um ihm zu antworten. Ein paar Schritte vor dem Gebäude blieb sie stehen, legte den Kopf in den Nacken und lachte. Der Stift wäre ihm vor Faszination fast aus der Hand gefallen. Er wünschte sich, näher zu sein, um ihr Lachen hören, sie besser sehen zu können. Zu sehen, ob ihre Augen dabei vielleicht leuchteten.

Ein paar Sekunden später waren Mutter und Sohn im Haus

verschwunden. Mitch blickte auf seinen Skizzenblock. Er hatte nicht mehr als ein paar Konturen gezeichnet. Um ihr Lachen einzufangen, musste er sie von Nahem sehen.

Er griff nach seinen Schlüsseln und wog sie in der Hand. Er hatte ihr fast eine Woche Zeit gelassen. Die zurückhaltende Mrs. Wallace mochte von einem erneuten nachbarlichen Besuch nicht viel halten – er umso mehr. Außerdem gefiel ihm der Junge. Er wäre schon früher nach oben gegangen, hätte er nicht seine Story fertig machen müssen, denn er schuldete dem Jungen noch Dank. Die kleine Wochenendvisite hatte Mitch genug Anregung für drei weitere Folgen gegeben.

Taz lag mit einem Knochen zwischen den Pfoten auf dem Boden des Arbeitszimmers, als Mitch dort eintrat, um in seinen Papieren herumzuwühlen. »Bleib ruhig liegen«, murmelte er, »ich geh nur mal schnell zwei Treppen höher.« Taz öffnete seine Augen nur halb und brummte.

Nach einer Weile fand Mitch, wonach er gesucht hatte. Eine Zeichnung von Commander Zark in voller Uniform, im Hintergrund sein Raumschiff. Die Überschrift lautete:

Der Auftrag: Fangt Prinzessin Leilah oder tötet sie!

Mit einer lässigen Handbewegung signierte er das Blatt, rollte es und steckte es in eine Pappröhre.

»Brauchst nicht mit dem Essen auf mich zu warten«, rief er Taz über die Schulter zu.

»Ich mach schon auf«, rief Radley und sauste zur Tür. Es war Freitag und die Schule Lichtjahre entfernt.

»Frag erst, wer es ist.«

Radley verzog das Gesicht. Als ob ich das nicht sowieso getan hätte, dachte er. »Wer ist da?«

»Mitch.«

»Es ist Mitch!«, schrie Radley begeistert.

Im Schlafzimmer runzelte Hester die Stirn und zog sich das Sweatshirt über den Kopf.

»Hallo!« Atemlos vor Begeisterung öffnete Red seinem neuesten Helden die Wohnungstür.

»Hallo, Red. Na, wie geht's?«

»Prima. Ich habe überhaupt keine Schulaufgaben auf.« Er zog Mitch förmlich in die Wohnung. »Ich wollte schon zu dir runterkommen, aber Mom hat gesagt, du müsstest arbeiten oder so was Ähnliches.«

»Oder so was Ähnliches«, wiederholte Mitch und verzog keine Miene. »Also von mir aus kannst du kommen, wann du willst. Jederzeit.«

»Wirklich?«

»Wirklich.« Mitch fuhr dem Jungen durchs Haar. Zu schade, dass Reds Mutter nicht ein bisschen freundlicher ist, dachte er. »Ich hatte mir überlegt, das hier würde dir vielleicht gefallen.« Mitch gab ihm die eingerollte Zeichnung.

»Oh! Toll!« Hingerissen starrte Radley auf das Bild, nachdem er es ausgepackt hatte. »Commander Zark und die ›Second Millennium‹. Ist das wirklich für mich? Kann ich es behalten?«

»Ja.«

»Das muss ich Mom zeigen.« Er drehte sich um und rannte zum Schlafzimmer, als Hester heraustrat. »Sieh doch mal, was Mitch mir geschenkt hat. Ist das nicht super? Er sagt, ich kann es behalten.«

»Fantastisch.« Während sie die Zeichnung betrachtete, legte sie Radley eine Hand auf die Schulter. Der Mann ist wirklich begabt, dachte sie, auch wenn er sich eine etwas seltsame Art ausgesucht hat, um von seiner Begabung Gebrauch zu machen. »Das war sehr nett von Ihnen«, sagte sie an Mitch gewandt.

Sie gefiel ihm in ihrem pastellfarbenen Jogginganzug. Sie wirkte lässig, nicht ganz so unnahbar wie am ersten Abend, wenn auch vielleicht nicht ganz entspannt. Ihr kinnlanges Haar war zerzaust und ließ sie sehr anders aussehen.

»Ich wollte mich bei Red bedanken.« Mitch musste sich zwingen, den Blick von ihrem Gesicht abzuwenden und Radley zuzulächeln. »Du hast mir letzte Woche sehr geholfen.«

»Ich?« Radley riss die Augen weit auf. »Ehrlich?«

»Ganz ehrlich. Ich hatte ein gewaltiges Brett vor dem Kopf. Nachdem ich mich dann mit dir unterhalten hatte, ging ich runter, und alles war in Ordnung. Dafür bedanke ich mich.«

»Oh, ich hab's gern gemacht. Willst du nicht zum Abendessen bleiben? Wir haben gerade Hähnchen auf chinesische Art, und dann könnte ich dir vielleicht wieder helfen. Du hast doch nichts dagegen, Mom, oder?«

Da saß sie schon wieder in der Falle. Und Mitchs Augen war anzusehen, dass er sich darüber amüsierte. »Natürlich nicht.«

»Oh, toll. Ich hänge das nur schnell auf. Darf ich Josh anrufen und ihm davon erzählen? Er wird es nicht glauben.«

»Natürlich.« Red war aus dem Zimmer gelaufen, bevor Hester Gelegenheit gehabt hatte, das Wort ›später‹ hinzuzufügen.

»Danke, Mitch!« Radley blieb in der Tür noch einmal stehen. »Vielen, vielen Dank!«

»Das war wirklich sehr freundlich von Ihnen«, sagte Hester und dachte: Es gibt absolut keinen Grund, weshalb dieser Mitch Dempsey mich nervös machen sollte. Warum bin ich es dann?

»Mag sein. Aber ich habe lange nichts mehr getan, was mir selbst so viel Freude gemacht hat.« Er steckte zufrieden die Hände in die Taschen seiner Jeans. »Sie haben eine Menge geschafft«, stellte er fest, nachdem er sich im Zimmer umgesehen hatte.

Die Kartons waren verschwunden. Moderne Bilder in leuchtenden Farben hingen an den Wänden, frische Blumen standen in der Nähe des Fensters. Das winterliche Licht fiel durch die dünnen Vorhänge. Die einzige Unordnung waren ein paar Plastikfiguren, die auf dem Teppich zerstreut lagen. Das gefiel ihm. Es bedeutete, dass Hester nicht zu den Müttern gehörte, deren Kinder nur in ihrem Zimmer spielen durften.

»Dalí?« Er trat ans Sofa, um die darüber hängende Lithografie zu begutachten.

Sie kaute auf ihrer Unterlippe, während Mitch eine ihrer wenigen Extravaganzen begutachtete. »Die hab ich in dem kleinen Geschäft auf der Fünften gekauft, das wegen Geschäftsaufgabe ausverkauft.«

»Ja, das kenne ich. Sie haben sich schnell hier eingerichtet.«

»Ich wollte alles so bald wie möglich wieder im Normalzustand haben. Der Umzug war nicht leicht für Radley.«

»Und für Sie?« Er drehte sich um und sah sie prüfend an.

»Für mich? Nun ... äh ... ich ...«

»Wissen Sie«, sagte er, während er auf sie zuging, »Sie sind wesentlich redegewandter, wenn Sie von Red erzählen, als wenn Sie über sich selbst sprechen.«

Sie trat schnell zurück, weil sie befürchtete, er könne die Absicht haben, sie zu berühren. Und Hester war sich absolut nicht sicher, wie sie darauf reagieren würde.

»Brauchen Sie Hilfe?«

»Wobei?«

Dieses Mal war sie nicht schnell genug. Er legte ihr die Hand unters Kinn und lächelte. »Bei der Zubereitung des Abendessens.«

Es war lange her, dass ein Mann sie so berührt hatte. Das musste der Grund dafür sein, dass ihr das Herz plötzlich in der Kehle zu pochen schien. »Können Sie kochen?«

Was für unglaubliche Augen sie hat, dachte er, so klar. Das Grau ist so hell, als sei es durchsichtig. Zum ersten Mal seit Jahren hatte Mitch das Bedürfnis zu malen, nur um zu versuchen, dieses Grau auf die Leinwand zu bringen. »Ich mache hervorragende Sandwiches mit Erdnussbutter«, erklärte er lachend.

Sie griff nach seinem Handgelenk, in der Absicht, seine Hand wegzuziehen, aber dann ließ sie ihre Finger einen Moment lang auf seinen liegen. »Wie ist es mit Gemüseschneiden?«

»Ich denke, das bringe ich gerade noch fertig.«

»Gut.« Sie trat zurück und wunderte sich darüber, dass sie den Kontakt so lange geduldet hatte. »Ich habe zwar immer noch kein Bier, aber heute können Sie ein Glas Wein haben.«

»Perfekt«, meinte er und folgte ihr in die Küche.

»Es ist wirklich nur ein einfaches Essen«, entschuldigte Hester sich, »aber es schmeckt süßsauer, und so merkt Radley kaum, dass er etwas Nahrhaftes zu sich nimmt. Für Süßes ist er immer zu haben.«

»Genau wie ich.«

Hester lächelte und wirkte entspannter, während sie Sellerie und Pilze auf ein Hackbrett legte. »Wir haben ein Abkommen getroffen«, fuhr sie fort, holte das Huhn aus dem Kühlschrank und vergaß auch den Wein nicht. »Ich erlaube ihm Süßigkeiten in kleinen Mengen, dafür isst er Brokkoli.«

»Hört sich ganz vernünftig an.«

Sie öffnete die Weinflasche. Billig, dachte er mit einem Blick auf das Etikett, aber trinkbar. Sie füllte zwei Gläser, reichte ihm eins und stellte fest, dass ihre Hände sich schon wieder feucht anfühlten. Es war eine ganze Weile her, seit sie mit einem Mann eine Flasche Wein geteilt oder ein Abendessen zubereitet hatte.

»Auf gute Nachbarschaft«, sagte er und glaubte zu bemerken, dass sie sich etwas entspannte, nachdem sie miteinander angestoßen hatten.

»Warum setzen Sie sich nicht, während ich das Huhn zubereite? Danach können Sie sich dann mit dem Gemüse beschäftigen.«

Anstatt sich zu setzen, lehnte Mitch sich an die Essbar. Er war nicht bereit, sich so weit auf Abstand halten zu lassen, wie Hester es offensichtlich beabsichtigte. Während er seinen Wein trank, beobachtete er, dass sie das Messer ausgesprochen geschickt handhabte. »Wie gefällt Ihnen Ihr neuer Job?«

Hester zuckte die Schultern. »Eigentlich ganz gut. Der Geschäftsführer ist ziemlich pedantisch. Das nervt ein bisschen. Manchmal ist es aber auch ganz komisch. Red und ich tauschen uns schon die ganze Woche über unsere Erfahrungen aus.«

Haben die beiden etwa darüber gelacht? fragte er sich. »Wie hat sich Radley in der neuen Schule eingelebt?«

»Überraschend gut.« Ihre Lippen wurden weich, und Mitch hätte sie am liebsten mit dem Finger berührt. »Was immer in seinem Leben geschieht, er passt sich problemlos an. Wirklich erstaunlich.«

Lag eine gewisse Trauer auf ihrem Gesicht? Er glaubte sie in ihren Augen zu erkennen. »Eine Scheidung ist hart.«

»Ja.« Ihre Stimme klang abweisend. Sie gab das in Würfel geschnittene Huhn in eine Schüssel. »Sie können das hier klein schneiden. Ich setze unterdessen den Reis auf.«

»Wird gemacht.« Er ließ das Thema fallen, jedenfalls für den Augenblick. Mit der Scheidung hatte er also ins Schwarze getroffen. Und anscheinend hatte die Mutter sie nicht so leicht weggesteckt wie der Sohn. »Red erwähnte, dass er mich besuchen kommen wollte, Sie ihn aber davon abgehalten hätten.«

Hester reichte Mitch eine Zwiebel, bevor sie einen Topf auf den Herd setzte. »Ich wollte nicht, dass er Sie bei der Arbeit stört.«

»Wir wissen beide, was Sie von meiner Arbeit halten.«

»Ich hatte neulich Abend nicht die Absicht, Sie zu kränken«, erklärte sie steif. »Es war nur …«

»Sie verstehen nicht, dass ein erwachsener Mann mit dem Schreiben von Comics sein Brot verdient.«

Hester gab den Reis ins Wasser. »Es geht mich nichts an, womit Sie Ihren Lebensunterhalt verdienen.«

»Stimmt.« Mitch nahm einen großen Schluck Wein, bevor er sich ans Sellerieschneiden machte. »Ich wollte Sie nur wissen lassen, dass Red mich besuchen kann, wann immer er will.«

»Das ist sehr freundlich von Ihnen, aber …«

»Kein Aber, Hester. Ich mag ihn, und da ich in der Lage bin, mir meine Zeit selbst einzuteilen, wird er mich nicht stören. Was soll ich mit den Pilzen machen?«

»In Scheiben schneiden.« Sie legte einen Deckel auf den Topf mit dem Reis, bevor sie zu ihm herüberkam, um es ihm vorzumachen. »Nicht zu dünn. Sie müssen nur darauf achten …« Ihre Stimme erstarb, als er nach der Hand griff, in der sie das Messer hielt.

»So?« Ohne groß darüber nachzudenken, hatte er sie mit einer leichten Drehung zwischen seine Arme manövriert, sodass sie ihn mit ihrem Rücken berührte. Er neigte sich vor, bis sein Mund ihrem Ohr ganz nah war.

»Ja, so ist es gut.« Sie starrte auf ihre Hände und versuchte gelassen zu bleiben. »Es kommt aber wirklich nicht so genau darauf an.«

»Wir werden uns nach Kräften bemühen, Lady.«

»Ich muss das Huhn aufsetzen.« Sie drehte sich um, geriet jedoch vom Regen in die Traufe. Sie hätte ihm besser nicht ins Gesicht sehen sollen. Sein leichtes Lächeln und der ruhige, selbstsichere Ausdruck seiner Augen verwirrten sie völlig. Zurücktreten konnte sie nicht, weil da kein Platz war. »Mitch, Sie stehen mir im Weg.«

Er hatte ihre Verwirrung erkannt. Oder war es sogar Erregung? Sie hat also Gefühle, Sehnsüchte und Wünsche, dachte er, war sich aber klar darüber, dass er sie nicht zu sehr bedrängen durfte. »Das wird wahrscheinlich noch öfter vorkommen«, erwiderte er trocken, trat beiseite und ließ sie gehen. »Sie duften so gut, Hester. Verdammt gut.«

Diese beiläufige Feststellung war nicht gerade dazu angetan, ihren Seelenfrieden wiederherzustellen. Red mag von ihm so begeistert sein, wie er will, das ist das letzte Mal, dass ich diesen Mr. Dempsey eingeladen habe, schwor sie sich, stellte das Gas unter der Kasserolle an und gab Öl hinein. »Dann arbeiten Sie also zu Hause. Kein Büro?«

Themenwechsel, dachte er und ließ ihr für den Augenblick ihren Willen, weil er sicher war, dass er den seinen bekommen würde. Bald. »Ich arbeite besser zu Hause. Wenn ich Story und Zeichnungen fertig habe, bringe ich sie zum Anfertigen der Matrizen und zum Setzen in den Verlag.«

»Ach so, Sie machen die Matrizen nicht selbst?« Sie hatte keine Ahnung, was Matrizen waren, und wollte Radley später danach fragen.

»Nicht mehr. Wir haben ein paar wirkliche Könner auf dem Gebiet, und auf diese Weise bleibt mir mehr Zeit, an der

Story zu arbeiten. Ob Sie es glauben oder nicht, wir bemühen uns um Qualität, um ein Vokabular, das Kinder herausfordert, und um eine unterhaltsame Geschichte.«

Nachdem sie das Huhn ins heiße Öl gelegt hatte, überwand Hester sich zu einer Ansprache: »Bitte, entschuldigen Sie, wenn ich Sie in irgendeiner Weise gekränkt haben sollte. Ihre Arbeit bedeutet Ihnen gewiss sehr viel, und ich bin sicher, dass Radley sie zu schätzen weiß.«

»Das haben Sie sehr schön gesagt, Mrs. Wallace.« Mitch schob ihr das Brett mit dem klein geschnittenen Gemüse zu.

»Josh glaubt es mir nicht!« Radley kam mit leuchtenden Augen in die Küche gestürmt. »Er will morgen kommen und sehen, ob es wahr ist. Darf er? Seine Mom sagt, er darf, wenn du es erlaubst.«

Hester wandte sich lange genug vom Herd ab, um ihn an sich zu drücken. »Er darf. Aber erst nach dem Lunch. Morgens müssen wir ein paar Einkäufe fürs Wochenende machen.«

»Danke. Warte nur, bis er es sieht. Er fällt glatt um. Ich sag's ihm.«

»Das Essen ist fast fertig. Beeil dich. Und wasch dir die Hände.«

Radley sah Mitch an, verdrehte die Augen und schoss aus der Küche.

»Sie sind der große Hit«, erklärte Hester.

»Aber Sie sind für ihn die Größte.«

»Er für mich ja auch.«

»Das habe ich schon bemerkt.« Mitch trank sein Glas leer. »Wissen Sie, eins verstehe ich nicht recht. Ich dachte immer, Bankangestellte arbeiten nur während der Schalterstunden. Aber Sie und Red kommen nie vor fünf oder so nach Hause.« Als sie ihn erstaunt ansah, lächelte er. »Ich habe ein paar

Fenster zur Straße hinaus. Und ich beobachte gern, wie die Leute rein- und rausgehen.«

Bei dem Gedanken, dass er sie beobachtet hatte, war ihr unbehaglich zumute. »Ich höre um vier auf, aber dann muss ich Red noch bei der Dame abholen, die auf ihn aufpasst. Sie wohnt in der Nähe unserer früheren Wohnung, deshalb dauert es eine Weile. Ich habe schon angefangen, mich nach jemandem umzusehen, der mehr in der Nähe wohnt.«

»Viele Kinder in seinem Alter und sogar jüngere kommen allein nach Hause.«

»Radley ist kein Schlüsselkind. Er soll nicht in eine leere Wohnung kommen, nur weil ich arbeiten muss.« Wieder diese kühle Zurückweisung.

Mitch rückte das Weinglas in die Nähe ihres Ellbogens. »Das kann wirklich deprimierend sein«, murmelte er, da er sich an seine eigenen Kindheitserfahrungen erinnerte. »Er hat Glück, dass er Sie hat.«

»Ich habe noch größeres Glück, dass ich ihn habe.« Ihre Stimme war weicher geworden. »Wenn Sie die Teller herausholen, kann ich auftischen.«

Mitch erinnerte sich daran, wo sie ihr Geschirr aufbewahrte, weiße Teller mit kleinen Veilchen auf dem Rand. Während er sie auf den Esstresen stellte, gab er einem plötzlichen Impuls nach.

»Ich nehme an, es wäre einfacher, wenn Red von der Schule aus direkt hierher zurückkommen könnte?«

»Oh ja. Es ist wirklich lästig, jeden Tag mit ihm durch die halbe Stadt zu ziehen. Obgleich er sich nie beschwert. Aber jemanden zu finden, dem man vertrauen kann und den Red mag, ist gar nicht so einfach.«

»Wie wär's mit mir?«

Hester, die gerade das Gas abdrehen wollte, hielt mitten

in der Bewegung inne und starrte ihn an. Gemüse und Huhn brutzelten unterdessen im heißen Öl munter weiter vor sich hin. »Wie bitte?«

»Er könnte nachmittags bei mir sein.« Wieder legte Mitch seine Hand auf die ihre, dieses Mal, um das Gas auszudrehen. »Dann wäre er im selben Haus.«

»Mit Ihnen? Nein, das geht nicht.«

»Warum nicht?« Je länger Mitch darüber nachdachte, desto besser gefiel ihm die Idee. Für ihn und Taz wäre es nett, nachmittags Gesellschaft zu haben, und obendrein bekäme er selbst auf diese Weise mehr von der interessanten Mrs. Wallace zu sehen. »Brauchen Sie Referenzen? Ich stehe nicht im Strafregister.«

»Das habe ich damit nicht sagen wollen.« Als er grinste, machte Hester sich mit dem Reis zu schaffen. »Ich meine, das kann ich unmöglich von Ihnen verlangen. Sie haben doch viel zu tun.«

»Seien Sie ehrlich. Sie glauben doch ohnehin, dass ich den ganzen Tag nur herumtrödle.«

»Wir waren schon übereingekommen, dass mich das nichts angeht.«

»Genau. Jedenfalls bin ich nachmittags zu Hause, verfügbar und bereit. Außerdem könnte ich Red als Berater gebrauchen. Er ist gut, wissen Sie.« Mitch wies auf die Zeichnung am Kühlschrank. »Der Junge könnte außerdem ein paar Zeichenstunden brauchen.«

»Ich weiß. Ich hoffte, dass wir sie uns diesen Sommer hätten leisten können, aber …«

»Dann schauen Sie einem geschenkten Gaul nicht ins Maul«, fiel Mitch ihr ins Wort. »Der Junge mag mich, und ich mag ihn, und ich schwöre, er bekommt jeden Nachmittag nur eine winzige Kleinigkeit zum Naschen.«

Jetzt lachte Hester, wie er sie vor ein paar Stunden von seinem Fenster aus hatte lachen sehen. Es fiel ihm nicht leicht, sich zurückzuhalten, aber sein Instinkt sagte ihm, dass sie, falls er nur eine einzige falsche Bewegung machte, ihm die Tür vor der Nase zuschlagen und den Riegel vorschieben würde.

»Ich weiß nicht, Mitch. Ich meine, ich weiß Ihr Angebot wirklich zu schätzen. Es würde die Dinge sehr viel leichter machen. Aber ich bin mir nicht sicher, ob Sie wissen, auf was Sie sich da einlassen würden.«

»Vergessen Sie nicht, dass ich selbst einmal ein kleiner Junge war.« Mitch hatte sein Angebot gemacht, ohne vorher darüber nachzudenken, doch jetzt merkte er, dass ihm tatsächlich daran gelegen war, den Jungen um sich zu haben. »Wissen Sie was? Warum überlassen Sie die Entscheidung nicht Red?«

»Was für eine Entscheidung?« Radley hatte sich, nachdem er sein Gespräch mit Josh beendet hatte, ein paar Tropfen Wasser über die Hände laufen lassen, in der Hoffnung, dass seine Mutter sich nicht die Zeit nehmen würde, genauer hinzusehen.

Sie hätte eine ausweichende Antwort geben können, da ihr aber daran gelegen war, Red gegenüber immer ehrlich zu sein, antwortete sie: »Mitch meinte, ob es dir wohl gefiele, nachmittags nach der Schule bei ihm zu bleiben anstatt bei Mrs. Cohen.«

»Ehrlich?« Red machte vor Freude einen Satz. »Darf ich? Ehrlich?«

»Nun, ich wollte es mir überlegen und mit dir darüber sprechen.«

»Ich werde auch unheimlich lieb sein.« Red stürzte sich auf seine Mutter und schlang die Arme um ihre Taille. »Ich verspreche es. Mitch ist viel besser als Mrs. Cohen. Viel, viel besser. Sie riecht nach Mottenkugeln und tätschelt mir immer den Kopf.«

Hester warf Mitch einen vorwurfsvollen Blick zu. Sie war es nicht gewohnt, ohne vorherige gründliche Überlegung zu Entscheidungen gezwungen zu werden. »Aber Radley, Mrs. Cohen ist sehr nett. Und du gehst schon seit zwei Jahren zu ihr.«

Radley drückte sich fester an sie und spielte seinen Trumpf aus. »Wenn ich bei Mitch bliebe, könnte ich immer sofort nach Hause kommen und zuerst meine Schulaufgaben machen.« Das war zwar ein etwas vorschnell gemachtes Versprechen, aber die Situation erforderte es. »Und du könntest auch früher nach Hause kommen und alles. Bitte, Mom, sag Ja. Bitte!«

Sie verweigerte ihrem Sohn nur sehr ungern etwas, weil es ohnehin so viele Dinge gab, die sie ihm nicht erlauben konnte. Er sah zu ihr auf, und seine Wangen waren vor Eifer gerötet. Sie neigte sich zu ihm hinunter und küsste ihn. »Also gut, wir werden es versuchen und sehen, was dabei herauskommt.«

»Super!«, schrie Red und warf ihr die Arme um den Hals, bevor er sich zu Mitch umdrehte. »Das wird einfach super!«

3. Kapitel

An den Wochenenden schlief Mitch lange, meistens ohne dass ihm bewusst war, dass es sich um ein Wochenende handelte. Da er zu Hause arbeitete und sich seine Zeit nach eigenem Belieben einteilen konnte, vergaß er nämlich häufig, dass für die Mehrzahl der Menschen ein gewaltiger Unterschied zwischen einem Arbeitstag und dem Wochenende bestand. Diesen speziellen Samstag verbrachte er im Bett und war für die übrige Welt nicht zu sprechen.

Nachdem er am Abend Hesters Wohnung verlassen hatte, war er zu rastlos gewesen, um in sein eigenes Apartment zurückzukehren. Stattdessen hatte er einer Laune nachgegeben und war in die Kneipe gegangen, die von Mitarbeitern des »Universal-Verlags« besucht wurde. Dort hatte er seinen Setzer und einen Künstler, der für »Universal« eine andere Science-Fiction-Serie schrieb, getroffen. Die Musik war laut und nicht besonders gut gewesen, was genau seiner Laune entsprochen hatte.

Später hatte er sich von den anderen noch zu einem Horrorfilm-Festival am Time Square überreden lassen. So war es schon nach sechs gewesen, als er ein bisschen betrunken heimgekommen war. Er hatte gerade noch genügend Energie aufgebracht, sich auszuziehen, sich aufs Bett fallen zu lassen und sich vorzunehmen, die nächsten vierundzwanzig Stunden im Bett zu verbringen. Als acht Stunden später das Telefon klingelte, hob er eigentlich nur ab, weil das Geräusch ihn nervte.

»Ja?«

»Mitch?« Er hört sich verschlafen an, dachte Hester, da es aber schon zwei Uhr nachmittags war, fand sie den Gedanken albern. »Hier spricht Hester Wallace. Tut mir leid, wenn ich Sie gestört habe.«

»Was? Nein, nein. Ist schon in Ordnung.« Er rieb sich mit der Hand übers Gesicht und schob den Hund zur Bettmitte. »Verdammt, Taz, rutsch weiter. Du prustest mich an.«

Taz? Hester runzelte die Stirn. Sie hatte nicht gewusst, dass Mitch seine Wohnung mit jemandem teilte. Das hätte ich vorher feststellen müssen, dachte sie und biss sich auf die Lippen.

»Bitte entschuldigen Sie«, fuhr sie mit merklich kühlerer Stimme fort, »anscheinend habe ich Sie zu einem ungünstigen Zeitpunkt erwischt.«

»Nein.« Diesem blöden Köter braucht man nur den kleinen Finger zu geben, und schon schnappt er sich die ganze Hand, dachte Mitch verärgert, während er auf die andere Seite des Bettes kletterte. »Um was geht es?«

»Sind Sie überhaupt schon aufgestanden?«

Die leichte Missbilligung in ihrer Stimme ärgerte ihn. Das und der Umstand, dass sich seine Zunge unangenehm geschwollen anfühlte. »Ja, ich bin auf. Ich rede doch mit Ihnen, oder nicht?«

»Ich rufe Sie nur an wegen der Telefonnummern und Informationen, die Sie brauchen, wenn Sie auf Radley aufpassen.«

»Ach so.« Er strich sich das Haar aus der Stirn und sah sich um, in der Hoffnung, irgendwo in seiner Nähe ein Glas Wasser oder Ähnliches stehen zu sehen. Aber er hatte kein Glück. »In Ordnung. Warten Sie, ich hole mir nur schnell einen Bleistift.«

»Ja, nur …« Er hörte, dass sie eine Hand über die Muschel hielt und mit jemandem sprach – wahrscheinlich mit Radley, dachte er, der Eindringlichkeit ihrer Stimme nach zu urteilen. »Radley hatte eigentlich gehofft, wir könnten für eine Minute bei Ihnen vorbeikommen, wenn es Ihnen nicht zu viel Mühe macht. Er würde Sie gern seinem Freund vorstellen. Aber wenn Sie sehr beschäftigt sind, kann ich Ihnen die Informationen auch später vorbeibringen.«

Mitch setzte schon dazu an, ihr zu sagen, genau das möge sie tun, denn abgesehen davon, dass er gern weitergeschlafen hätte, mochte sich auf diese Weise vielleicht die Gelegenheit ergeben, ein paar Minuten mit ihr allein zu sein. Doch dann dachte er an Radley, der wahrscheinlich neben seiner Mutter stand und voller Erwartung zu ihr aufsah. »Geben Sie mir zehn Minuten«, sagte er hastig und legte auf, bevor Hester noch einen Ton erwidern konnte.

Er zog seine Jeans an und ging ins Badezimmer, wo er das Waschbecken mit kaltem Wasser volllaufen ließ. Dann holte er tief Luft und hielt sein Gesicht hinein. Fluchend, aber wach tauchte er wieder auf. Fünf Minuten später zog er sich ein Sweatshirt über und überlegte, ob er daran gedacht hatte, ein paar Socken waschen zu lassen. Die Wäsche, die von der Wäscherei sauber und gebügelt zurückgebracht worden war, hatte er nachlässig auf einen Stuhl in die Ecke gelegt. Er erwog flüchtig, den Haufen zu durchwühlen, als er ein Klopfen hörte. Taz wedelte mit dem Schwanz auf der Matratze, bleckte seine großen weißen Zähne und gab ein Jaulen von sich.

»Mach, dass du aus dem Bett kommst«, schimpfte Mitch. »Weißt du denn nicht, dass es schon nach zwei ist?« Er fuhr sich mit der Hand über sein unrasiertes Kinn und öffnete die Tür.

Sie sah umwerfend aus, einfach umwerfend. Den kleinen Jungen an der Hand, stand Hester an der Tür und lächelte scheu. Er war überrascht. Er hatte sie für kühl und zurückhaltend gehalten. Gab sie sich nur so, um hinter dieser Reserviertheit ihre Schüchternheit zu verstecken, die er ausgesprochen reizvoll fand?

»Hallo, Red.«

»Hallo, Mitch«, gab Red zurück und schien vor Stolz zu wachsen. »Das ist mein Freund, Josh Miller. Er will nicht glauben, dass du Commander Zark bist.«

»Tatsächlich?« Mitch sah auf den ungläubigen Burschen hinunter, einen mageren Jungen mit strohblondem Haar, der nur ein paar Zentimeter größer war als Red. »Kommt rein.«

»Es ist nett von Ihnen, uns hereinzubitten«, fing Hester an. »Red hätte mir keine Ruhe gelassen, bis die Sache mit Josh geregelt gewesen wäre.«

Als Mitch die Tür hinter ihnen geschlossen hatte, war Hesters erster Eindruck, in seinem Wohnzimmer müsse eine Bombe explodiert sein. Wohin man sah, überall lagen Papier, Kleidungsstücke und Krimskrams herum. Möbel ließen sich nur erahnen, zu sehen waren sie nicht.

»Sag Josh, dass du Commander Zark bist«, drängte Red.

»Das könnte man vielleicht sagen.« Die Formulierung gefiel Mitch. »Jedenfalls habe ich ihn erschaffen.« Er bemerkte, dass Josh ihn misstrauisch ansah. »Geht ihr beide zusammen zur Schule?«

»Früher.« Josh sah Mitch immer noch prüfend an. »Sie sehen aber nicht aus wie Commander Zark.«

Mitch rieb sich wieder das Kinn. »Anstrengender Abend, gestern.«

»Er ist aber auch Zark. He, Mom, sieh doch mal, Mitch hat einen Videorekorder.« Radley hatte keine Mühe, in dem

Durcheinander das zu entdecken, was ihn interessierte. »Ich spare schon die ganze Zeit mein Taschengeld, um einen zu kaufen. Siebzehn Dollar hab ich schon.«

»Das läppert sich zusammen.« Mitch nickte und fuhr sich mit dem Finger über die Nase. »Warum gehen wir nicht in mein Arbeitszimmer? Dann kann ich euch zeigen, was ich für die Frühjahrsausgabe ausgebrütet habe.«

»Au toll!«, riefen die Jungs wie aus einem Mund.

Da er das als Zustimmung auslegte, ging Mitch voraus.

Hester fand das Arbeitszimmer groß, hell und genauso chaotisch wie das Wohnzimmer. Sie selbst war sehr ordnungsliebend, und es war ihr unbegreiflich, dass jemand unter diesen Umständen arbeiten konnte. Aber dort stand tatsächlich ein Zeichentisch, und daran waren Skizzen und Zettel mit Schriftblasen geheftet.

»Hier, siehst du? Zark kriegt alle Hände voll zu tun, wenn Leilah sich mit ›Black Moth‹ zusammentut.«

»›Black Moth‹, du meine Güte!« Die Fakten überzeugten und beeindruckten Josh. Dann dachte er nach und wurde wieder misstrauisch. »›Black Moth‹ hatte er doch schon vier Hefte früher ausgeschaltet.«

»Nachdem Zark den Zenith mit ZT-5 bombardiert hatte, war ›Black Moth‹ nur scheintot. Mit ihrem wissenschaftlichen Talent konnte Leilah ihn wieder lebendig machen.«

»Wahnsinn!« Das kam von Josh, der die übergroßen Zeichnungen und Beschriftungen betrachtete. »Warum machen Sie die so groß? Die können doch nicht in ein Comicheft passen.«

»Sie müssen erst kleiner gemacht werden.«

»Ich habe alles darüber gelesen«, erklärte Red fachmännisch. »Ich habe mir in der Bücherei ein Buch ausgeliehen, in dem alles über Comics steht. Seit 1930.«

»Dem Steinzeitalter.« Mitch lächelte, während die Jungen seine Arbeiten bewunderten.

Hester bewunderte andere Dinge. Sie glaubte unter dem Durcheinander einen original französischen Rokokoschrank entdeckt zu haben. Und sie sah Bücher. Hunderte. Mitch beobachtete sie, während sie im Zimmer herumging, und er hätte sie nicht aus den Augen gelassen, wenn Josh ihn nicht am Ärmel gezupft hätte.

»Bitte, würden Sie mir ein Autogramm geben?«

Mitch freute sich, als er das ernste Kindergesicht vor sich sah. »Na klar.« Er wühlte in seinen Blättern herum, fand ein leeres Blatt und signierte es. Dann malte er eine flüchtige Skizze von Zark hinzu.

»Toll.« Josh faltete das Papier sorgfältig zusammen und ließ es in seiner Tasche verschwinden. »Mein Bruder gibt dauernd an, weil er einen Baseball mit Autogramm hat. Aber das ist besser.«

»Hab ich's dir nicht gesagt?« Red stellte sich demonstrativ neben Mitch. »Und nach der Schule bleibe ich jetzt immer bei Mitch, bis Mom von der Arbeit kommt.«

»Ehrlich?«

»So, ihr Burschen, jetzt habt ihr Mr. Dempseys Zeit lange genug in Anspruch genommen.« Hester wollte die Jungen hinausscheuchen, als Taz ins Zimmer getrottet kam.

»Mann, ist der groß.« Radley wollte mit ausgestreckter Hand auf ihn zugehen, aber Hester hielt ihn zurück.

»Radley, du weißt doch, dass man fremde Hunde nicht einfach anfasst.«

»Deine Mutter hat recht«, warf Mitch ein, »aber in diesem Fall ist es in Ordnung. Taz ist harmlos.«

Und riesig, dachte Hester, während sie die beiden Jungen auf Abstand hielt.

Taz, der vor kleinen Menschen einen gesunden Respekt hatte, setzte sich und betrachtete die beiden. Kleine Jungen neigten dazu, rau mit ihm umzugehen und ihn an den Ohren zu ziehen, was Taz zwar heldenhaft erduldete, allerdings ohne Begeisterung. So blieb er vorläufig sitzen, wo er war, und wedelte mit dem Schwanz.

»Er ist alles andere als ein aggressiver Hund«, versicherte Mitch seiner neuen Nachbarin. Er trat um sie herum und legte Taz die Hand auf den Kopf. Hester bemerkte, dass er sich dazu nicht zu bücken brauchte.

»Kann er Kunststücke?«, wollte Radley wissen. Sein geheimster Wunsch war es seit jeher, einen eigenen Hund zu haben. Einen großen. Aber er hatte nie darum gebeten, weil er wusste, dass man ihn nicht den ganzen Tag allein in der Wohnung lassen konnte.

»Nein. Bloß sprechen.«

»Sprechen?« Josh bekam einen Lachanfall. »Hunde können doch nicht sprechen.«

»Er meint bellen«, sagte Hester und lächelte.

»Nein, ich meine sprechen.« Mitch gab Taz ein paar freundliche Klapse. »Na, alter Junge, wie geht es dir?«

Als Antwort darauf stieß Taz den Kopf kräftig an Mitchs Bein und fing an, zu stöhnen und zu brummen. Mit großen, ernsten Augen sah er zu seinem Herrn auf und jaulte und knurrte, bis beide Jungen sich kugelten vor Lachen.

»Der kann ja wirklich sprechen!« Radley ging mit ausgestreckter Hand auf Taz zu. »Er kann es tatsächlich!«

Der Hund war offensichtlich zu der Ansicht gekommen, Red sehe nicht wie ein Ohrenzupfer aus, und schmiegte seine lange Schnauze in die Hand des Jungen. »Er mag mich. Sieh doch, Mom.« Red warf dem Hund die Arme um den Hals. Automatisch wollte Hester ihn daran hindern.

»Er ist so zahm, wie ein Hund nur sein kann, das können Sie mir glauben.« Mitch hatte Hester die Hand auf den Arm gelegt. Doch obgleich der Hund vor Behagen in Radleys Ohr schnaufte und auch Josh erlaubte, ihn zu streicheln, war Hester immer noch nicht überzeugt.

»Ich glaube nicht, dass er an Kinder gewöhnt ist.«

»Er spielt dauernd mit den Kindern im Park.« Als wolle er das beweisen, drehte sich Taz auf den Rücken und bot seinen Bauch zum Kraulen dar. »Hinzu kommt, dass er unverschämt faul ist. Er würde nie so viel Energie aufbringen, in etwas hineinzubeißen, das man nicht in einer Schüssel vor ihn hinstellt. Sie haben doch keine Angst vor Hunden?«

»Nein, natürlich nicht.« Jedenfalls keine große, fügte Hester im Stillen hinzu, und da sie es hasste, Schwächen zuzugeben, hockte sie sich neben die Jungen, um Taz den Kopf zu kraulen. Zufällig erwischte sie dabei genau die richtige Stelle, woraufhin Taz ihr seine große Pfote auf den Schenkel legte, sie mit traurigen Augen ansah und leise jaulte. Hester lachte und kraulte ihn hinter den Ohren. »Du bist ja bloß ein riesengroßes Baby.«

»Ein ganz gerissener Köter ist er«, murmelte Mitch vor sich hin und überlegte, mit welchem Trick er selbst Hester wohl dazu bringen könnte, ihn mit so viel Gefühl zu streicheln.

»Ich darf doch jeden Tag mit ihm spielen, oder, Mitch?«

»Na klar.« Mitch sah Red lächelnd an. »Taz liebt es, wenn man sich mit ihm beschäftigt. Habt ihr beiden vielleicht Lust, mit ihm spazieren zu gehen?«

Die Antwort auf diesen Vorschlag erfolgte in Form begeisterten Geheuls. Hester richtete sich auf und sah zweifelnd auf Taz. »Ich weiß nicht, Red.«

»Bitte, Mom. Wir sind auch vorsichtig. Du hast doch gesagt, Josh und ich dürfen ein bisschen in den Park gehen.«

»Ja, ich weiß, aber Taz ist so groß. Ich möchte nicht, dass er euch wegläuft.«

»Taz ist überzeugter Energiesparer. Er käme nie auf die Idee zu rennen, wenn er gemütlich dahertrotten kann.« Mitch ging in sein Arbeitszimmer, kramte herum und kam mit einer Hundeleine zurück. »Er jagt keine Autos, keine Hunde und keine Parkwächter. Dafür bleibt er aber an jedem Baum stehen.«

Radley kicherte und griff nach der Leine. »Okay, Mom?«

Hester zögerte. Sie hätte Red am liebsten ständig in ihrer Reichweite behalten, wusste aber, dass sie des Jungen wegen gegen dieses Gefühl ankämpfen musste. »Eine halbe Stunde.« Ihre Worte gingen in Freudengeheul unter. »Aber ihr müsst euch eure Mäntel holen und Handschuhe.«

»Wird gemacht. Los, komm, Taz.«

Der Hund gab einen tiefen Seufzer von sich, bevor er sich aufrappelte. Verhalten knurrend trabte er lahm zwischen die beiden Jungen, die nach draußen drängten.

»Es ist die reinste Freude, dem Jungen zuzusehen«, sagte Mitch, als sie allein waren.

»Sie haben aber auch eine sehr nette Art, mit ihm umzugehen«, antwortete Hester. »Tja, dann werde ich jetzt nach oben laufen und sehen, dass die beiden sich warm einpacken.«

»Ich denke, das können die schon allein. Warum setzen Sie sich nicht?« Er machte sich ihr kurzes Zögern zunutze und nahm sie beim Arm. »Kommen Sie ans Fenster. Von da aus können Sie die Jungs hervorragend beobachten.«

Sie gab nach, weil sie genau wusste, wie ungern Red sich bemuttern ließ. »Oh, fast hätte ich's vergessen. Hier sind die Telefonnummern der Bank, der Schule und des Kinderarztes.« Mitch nahm den Zettel und steckte ihn in die Hosentasche. »Sollte es nötig sein, so kann ich in zehn Minuten zu Hause sein«, fügte Hester hinzu.

»Nur mit der Ruhe. Es wird schon alles klappen.«

»Ich wollte Ihnen noch einmal danken. Zum ersten Mal, seit Red zur Schule geht, freut er sich auf den Montag.«

»Ich freue mich auch darauf.«

Sie sah nach unten und wartete auf das Auftauchen des ihr bekannten blauen Mantels. »Wir haben uns noch gar nicht über die Bedingungen unterhalten.«

»Welche Bedingungen?«

»Was Sie für das Aufpassen nehmen, Mr. Dempsey.«

»Meine Güte, Hester, ich will doch nicht, dass Sie mich bezahlen.«

»Unsinn, Mitch. Natürlich werde ich Sie bezahlen.«

Er legte ihr die Hand auf die Schulter, bis sie sich zu ihm umdrehte. »Ich brauche das Geld nicht, und ich will es auch nicht. Ich habe Ihnen das Angebot gemacht, weil Red ein unheimlich netter Kerl ist und ich gern mit ihm zusammen bin.«

»Ich weiß, aber …«

Er ließ sie nicht aussprechen. »Schon wieder dieses ›Aber‹.«

»Ich kann einfach nicht annehmen, dass Sie es umsonst tun.«

»Können Sie es nicht als nachbarliche Geste gelten lassen?«

Sie verzog den Mund, aber ihr Blick blieb ernst. »Nein, ich glaube nicht.«

»Fünf Dollar am Tag.«

Dieses Mal trat das Lächeln auch in ihre Augen. »Danke.«

Er nahm eine Strähne ihres Haares in die Hand und spielte damit. »Sie sind ein harter Verhandlungspartner.«

»So sagt man.« Vorsichtig machte sie einen Schritt zur Seite. »Ah, da sind die beiden ja.« Red hatte seine Handschuhe nicht vergessen, bemerkte sie. Und er hatte auch nicht vergessen, dass er immer nur an einer Ampel die Straße überqueren sollte.

»Er läuft wie auf Wolken. Wissen Sie, Red hat sich immer schon einen Hund gewünscht. Er sagt es aber nicht, weil er weiß, dass man so ein Tier nicht allein in der Wohnung lassen kann. Darum gibt er sich mit einer Katze zufrieden«, erzählte Hester.

Mitch legte ihr wieder eine Hand auf die Schulter. Dieses Mal sehr sanft. »Er macht mir nicht den Eindruck, als müsse er etwas entbehren. Sie brauchen sich nicht schuldig zu fühlen.«

Hester sah ihn ein wenig traurig an, und Mitch fühlte sich von ihrer Wehmut genauso angezogen wie von ihrem Lachen. Unwillkürlich legte er ihr die Hand an die Wange. Das Grau ihrer Augen wurde dunkler. Röte stieg ihr ins Gesicht. Sie trat schnell zurück.

»Ich gehe jetzt lieber. Wenn die Jungs zurückkommen, wollen sie bestimmt heiße Schokolade.«

»Zuerst müssen sie Taz hierher zurückbringen«, erinnerte er sie. »Gönnen Sie sich doch eine kleine Pause, Hester. Möchten Sie einen Kaffee?«

»Also, ich …«

»Gut. Setzen Sie sich, ich hole ihn.«

Hester stand in der Mitte des Zimmers und sagte sich, es sei unhöflich zu gehen, außerdem käme ihr Sohn ohnehin gleich zurück. Und das Mindeste, was sie tun könne, jetzt, wo Mitch auf den Jungen aufpassen würde, sei, ihm ein Weilchen Gesellschaft zu leisten.

Sie war ehrlich genug, sich selbst gegenüber zuzugeben, dass er sie interessierte. Natürlich nur oberflächlich. Er hatte eine so besondere Art, sie anzusehen, tief, durchdringend, während er gleichzeitig den Eindruck erweckte, als wäre das Leben für ihn ein Spaß. Aber an der Art, wie er sie angefasst hatte, war durchaus nichts Spaßiges gewesen.

Sie fühlte mit den Fingerspitzen nach der Stelle an ihrer Wange, wo er sie berührt hatte, und nahm sich vor, diese Art von Kontakt zu vermeiden. Vielleicht gelingt es mir, in ihm einen Freund zu sehen, so wie er Reds Freund ist, überlegte sie. Die Vorstellung, ihm verpflichtet zu sein, gefiel ihr nicht besonders. Sie würde aber damit leben können. Es gibt Schlimmeres, sagte sie sich.

Sie versuchte sich zu entspannen. Dass Mitch nicht zu der Sorte von Männern gehörte, die über das Kind an die Mutter heranzukommen versuchte, hatte sie schnell erkannt. Sie war ganz sicher, dass er Red wirklich gernhatte. Und das war ein Punkt zu seinen Gunsten.

Wenn er mich nur nicht so angesehen und angefasst hätte, dachte sie und seufzte tief.

»Er ist heiß. Wahrscheinlich zu heiß.« Mitch kam mit zwei Bechern herein. »Wollen Sie sich nicht setzen?«

Hester lächelte. »Wohin?«

Er stellte die Becher auf einen Stoß Papier und nahm einen Stapel Zeitschriften vom Sofa. »Hierhin.«

»Wissen Sie …« Sie trat über ein paar alte Zeitungen hinweg. »Red kann sehr gut aufräumen. Er wird Ihnen bestimmt gern helfen.«

»Ich finde mich am besten in kontrollierter Unordnung zurecht.«

Hester setzte sich zu ihm auf das Sofa. »Ich sehe die Unordnung, aber keine kontrollierte«, spottete sie freundlich.

»Sie ist aber da, glauben Sie's mir. Ich hatte Sie nicht gefragt, ob Sie was in den Kaffee wollen, darum habe ich ihn schwarz gebracht.«

»Schwarz ist ausgezeichnet. Dieser Tisch … das ist Queen-Anne-Stil, nicht wahr?«

»Stimmt.« Mitch legte seine bloßen Füße darauf und kreuzte sie übereinander. »Sie haben ein gutes Auge dafür.«

»Das braucht man auch unter diesen Umständen.« Weil er lachte, lächelte auch sie, während sie ihren ersten Schluck Kaffee nahm. »Ich mochte Antiquitäten schon immer. Wahrscheinlich wegen ihrer Beständigkeit. Nicht viele Dinge überdauern.«

»Aber sicher tun sie das. Ich hatte einmal eine Erkältung, die sechs Wochen dauerte.« Er lehnte sich zurück, als sie lachte. »Sie haben ja ein Grübchen am Mundwinkel. Süß.«

Sofort kam Hesters Verlegenheit zurück. »Sie haben eine sehr natürliche Art im Umgang mit Kindern. Kommen Sie aus einer großen Familie?«

»Nein. Ich war Einzelkind.«

»Tatsächlich? Das hätte ich nie vermutet.«

»Sagen Sie bloß nicht, Sie gehören zu den Leuten, die behaupten, nur Frauen könnten mit Kindern umgehen.«

»Nein.« Aber bis jetzt hatte Hester genau diese Erfahrung gemacht. »Ich meine nur, weil Sie so besonders nett zu ihnen sind. Haben Sie selbst Kinder?« Die Frage war ihr peinlich, kaum dass sie sie ausgesprochen hatte, aber sie konnte sie jetzt schließlich nicht mehr zurücknehmen.

»Nein. Ich glaube, ich war viel zu sehr damit beschäftigt, selbst Kind zu sein, um mir eigene anzuschaffen.«

»Da sind Sie kein Einzelfall«, versetzte sie kühl.

Er bog den Kopf zurück und betrachtete sie nachdenklich. »Werfen Sie mich etwa mit Reds Vater in einen Topf?« Ein seltsamer Ausdruck trat in Hesters Blick. Mitch schüttelte den Kopf und nippte an seinem Kaffee. »Meine Güte, Hester, was hat der Kerl Ihnen angetan?«

Sie erstarrte. Als sie dann aufstehen wollte, legte Mitch ihr beschwichtigend die Hand auf den Arm. »Einverstanden.

Keine Fragen mehr zu diesem Thema, bis Sie bereit sind, etwas dazu zu sagen. Ich entschuldige mich, wenn ich einen wunden Punkt berührt haben sollte. Ich bin jetzt zwei Abende mit Red zusammen gewesen, aber er hat seinen Vater nie erwähnt.«

»Ich wäre Ihnen dankbar, wenn Sie ihn nicht danach fragen würden.«

»Ich hatte auch nicht die Absicht, das Kind auszuhorchen.«

Hester war versucht, aufzustehen und sich zu entschuldigen. Aber es war nun einmal so, dass sie diesem Mann nachmittags ihren Sohn anvertrauen wollte. Deshalb hielt sie es für richtiger, ihn über gewisse Dinge zu informieren. »Red hat seinen Vater fast sieben Jahre nicht gesehen.«

»Überhaupt nicht?« Mitch konnte seine Überraschung nicht verbergen. Er selbst hatte kein besonders enges Verhältnis zu seiner Familie, dennoch verging kein Jahr, ohne dass er seine Eltern besuchte. »Das muss hart für den Jungen sein.«

»Sie haben sich nie besonders nahegestanden. Ich glaube, Red wird gut damit fertig.«

»Das sollte keine Kritik an Ihnen sein.« Mitch legte seine Hand wieder auf die ihre, dieses Mal so fest, dass Hester sie nicht abschütteln konnte. »Ich kann sehr wohl erkennen, wenn ein Kind glücklich ist und geliebt wird. Sie würden für Red durchs Feuer gehen.«

»Für mich ist nichts auf der Welt so wichtig wie Radley.« Sie versuchte sich wieder zu entspannen, aber Mitch saß ihr viel zu nahe, und seine Hand lag immer noch auf der ihren. »Ich habe Ihnen das alles nur erzählt, damit Sie ihm keine Fragen stellen, die ihn durcheinanderbringen könnten.«

»Kommt das schon mal vor?«

»Manchmal.«

»Und was ist mit Ihnen? Wie haben Sie sich daran gewöhnt?«

»Gut. Ich habe Red und meine Arbeit.«

»Keine engere Beziehung?«

Sie wusste nicht, ob das Gefühl, das sie übermannte, Verlegenheit oder Zorn war, jedenfalls war es sehr stark. »Das geht Sie nichts an.«

»Wenn die Leute immer nur über Dinge redeten, die sie etwas angehen, kämen sie nicht weit. Sie wirken eigentlich nicht so, als wären Sie eine Männerfeindin, Hester.«

Sie runzelte die Stirn. Wenn es denn unbedingt sein muss, kann ich das Spiel auch nach seinen Regeln spielen, dachte sie. »Es gab eine Zeit, da habe ich Männer aus Prinzip verachtet. Erst allmählich kam ich dann zu der Erkenntnis, dass nicht alle männlichen Wesen unmöglich sind.«

»Das klingt ja vielversprechend.«

Sie lächelte, weil er es ihr leicht machte. »Ich mache also durchaus nicht alle Männer für die Fehler eines einzigen verantwortlich.«

»Wie rücksichtsvoll.«

»Nicht wahr?«

»Eins ist sicher, ich mag Ihre Augen. Nein, sehen Sie nicht zur Seite.« Er bog ihren Kopf zurück. »Sie sind fabelhaft – vom künstlerischen Standpunkt aus betrachtet.«

Sie zwang sich, Haltung zu bewahren. »Ich nehme das als Kompliment.« Am liebsten wäre sie weggelaufen. »Die Jungs müssen jeden Moment zurück sein.«

»Wir haben noch ein bisschen Zeit. Kommt es jemals vor, dass Sie sich amüsieren, Hester?«

»Was für eine idiotische Frage. Natürlich.«

»Ich meine, nicht als Reds Mutter, sondern als Hester.« Er strich ihr durchs Haar.

»Ich bin Reds Mutter.« Sie stand abrupt auf, und er erhob sich gleichzeitig.

»Sie sind aber auch eine Frau. Und zwar eine ganz bezaubernde.« Er sah ihr in die Augen und fuhr mit dem Daumen ihre Wange entlang. »Das können Sie mir ruhig glauben. Ich bin ein ehrlicher Mensch. Sie sind ein ganz bezauberndes Nervenbündel.«

»Sie sind verrückt. Ich wüsste nicht, weshalb ich nervös sein sollte.« Außer dass er mich schon wieder anfasst und seine Stimme so leise ist. Und außerdem ist die Wohnung so leer, dachte sie.

»Ich bedanke mich später für dieses ungewöhnliche Kompliment«, erklärte er scherzhaft, beugte sich vor, um sie zu küssen, und musste sie auffangen, weil sie rückwärts über einen Stapel Zeitungen stolperte. »Immer mit der Ruhe«, sagte er. »Ich werde Sie nicht beißen. Heute noch nicht.«

»Ich muss gehen.« Sie war kurz davor, in Panik zu geraten. »Ich habe noch jede Menge zu tun.«

»Noch eine Minute, bitte.« Er nahm ihr Gesicht in beide Hände. Sie zitterte, und das erstaunte ihn nicht. Er wunderte sich nur darüber, dass er selbst ebenfalls so unruhig war. »Um was es hier geht, Mrs. Wallace, nennt man Anziehungskraft, chemische Reaktion, Lust. Es kommt eigentlich nicht so genau darauf an, wie man es nennt.«

»Ihnen vielleicht nicht«, erwiderte sie.

»Sie dürfen sich gern später einen Namen dafür aussuchen.« Er strich ihr leicht über das Gesicht. »Ich habe Ihnen doch schon gesagt, dass ich kein Ungeheuer bin. Ich sollte mir wohl doch ein paar Referenzen besorgen.«

»Mitch, ich sagte Ihnen bereits, dass ich zu schätzen weiß, was Sie für mich tun, aber …«

»Das hier hat absolut nichts mit Red zu tun. Hier geht es

um Sie und mich. Wann haben Sie sich das letzte Mal erlaubt, mit einem Mann allein zu sein, der Sie begehrte?« Er fuhr ihr wie nebenbei mit dem Daumen über die Lippen. Ihre Augen wurden dunkel. »Wie lange haben Sie keinem Mann mehr erlaubt, das zu tun?«, fragte er weiter.

Ohne auf eine Antwort zu warten, presste er dann seinen Mund auf ihre Lippen. Seine Heftigkeit war beinahe schockierend. Seine Hände waren so sanft gewesen, seine Stimme so beruhigend. Auf diese Leidenschaft war Hester nicht gefasst. Dann aber schlang sie ihm mit dem gleichen ungezügelten Verlangen die Arme um den Hals und beantwortete Begehren mit Begehren.

»Zu lange«, antwortete Mitch nach einer Weile atemlos für sie, als er sich einen Augenblick von ihr löste. »Dem Himmel sei Dank.« Bevor sie etwas sagen konnte, verschloss er ihr wieder die Lippen.

Er war nicht sicher gewesen, was er in ihr finden würde – Abweisung, Kälte oder Angst. Die rückhaltlose Begierde traf auch ihn wie ein Schock. Ihr Mund war weich und voller Bereitschaft. Die Leidenschaft hatte ihre Schüchternheit besiegt. Hester gab mehr, als er verlangt hatte, mehr, als er zu nehmen vorbereitet gewesen war.

Er berührte sie, schmeckte sie und konnte das faszinierende, neuartige Gefühl, das von ihm Besitz ergriffen hatte, noch gar nicht voll begreifen. Er fuhr ihr mit der Hand durchs Haar und zog die beiden Kämme heraus, mit denen Hester es aus dem Gesicht zurückzuhalten pflegte. Er wollte, dass es frei und wild herunterfiele, genau so, wie er sie frei und wild in seinem Bett zu haben wünschte. Sein schöner Plan, zuerst vorsichtig die Wassertemperatur zu prüfen, wurde von dem überwältigenden Wunsch, sich kopfüber in die Flut zu stürzen, vereitelt. Er schob seine Hand unter ihren Pulli, die Haut war zart und warm. Der leichte BH, den sie trug, fühlte sich kühl und seidig an. Er umschloss ihre Brust mit seiner Hand.

Erst versteifte Hester sich, dann begann sie zu zittern. Sie hatte nicht geahnt, wie sehr sie sich danach gesehnt hatte, so berührt zu werden. Wie sehr sie es brauchte! Sie hatte sogar vergessen, wie es war, nach diesen Dingen zu verlangen. Hester hörte ihn ihren Namen flüstern, während er seine Lippen ihren Hals hinauf- und hinuntergleiten ließ.

Wahnsinn. Sie kannte diesen Wahnsinn. Sie hatte ihn schon einmal erlebt. Doch dieses Mal war es anders, süßer, voller, tiefer. Sie wusste, dass es so niemals gewesen war.

»Mitch, bitte.« Hester war überrascht, wie schwer es ihr fiel, ihn in seine Grenzen zurückzuweisen. »Das dürfen wir nicht tun.«

»Wir tun es doch«, widersprach er, »und sogar sehr gut.«

»Ich kann nicht.« Mit dem letzten Rest ihrer Willenskraft machte sie sich frei. »Es tut mir leid, ich hätte es nie so weit kommen lassen dürfen.« Ihre Wangen glühten. Sie legte die Hände darauf und fuhr sich dann durchs Haar.

Seine Knie waren weich, was ihm sehr zu denken gab. Aber im Augenblick musste er sich auf Hester konzentrieren. »Du fühlst dich für vieles verantwortlich, Hester. Das scheint dir zur Gewohnheit zu werden. Ich habe dich geküsst, und du hast mich einfach wiedergeküsst. Da es uns beiden gefallen hat, sehe ich keinen Grund, weshalb sich einer von uns jetzt entschuldigen sollte.«

»Ich hätte es von Anfang an klarmachen sollen.« Sie machte einen Schritt zurück, stolperte wieder über einen Stapel Zeitungen und ging dann darum herum. »Ich bin Ihnen dankbar für das, was Sie für Red tun …«

»Lass um Himmels willen endlich den Jungen aus dem Spiel.«

»Das kann ich nicht.« Sie hatte diese Worte viel zu laut gesagt und war über sich selbst erschrocken. Jetzt war nicht der Zeitpunkt, die Selbstkontrolle zu verlieren. »Ich erwarte nicht, dass Sie das verstehen, aber ich kann ihn da nicht herauslassen.« Sie rang um Haltung. »Ich habe kein Interesse an flüchtigem Sex. Ich muss an Red denken und an mich selbst.«

»Das ist nur fair.« Er hätte sich gern hingesetzt, um sich zu erholen, erkannte aber, dass die Situation eine Auge-in-Auge-Aussprache erforderte. »Mir war eigentlich nicht sehr flüchtig dabei zumute«, gestand er.

Das war es ja gerade, was ihr Sorgen machte. »Wir wollen es lieber vergessen.«

Zorn konnte ein erstaunliches Stimulans sein. Mitch trat vor und legte ihr die Hand unters Kinn. »Kommt überhaupt nicht infrage.«

»Ich möchte mich nicht mit Ihnen streiten. Ich meine nur, dass …« Das Klopfen an der Tür kam Hester vor wie ein Geschenk des Himmels. »Das sind die Jungen.«

»Ich weiß.« Mitch ließ sie trotzdem nicht los. »Du solltest vielleicht darüber nachdenken, ob du nicht zugunsten gewisser Wünsche, Interessen – oder was auch immer es sei – gewisse Zugeständnisse machen müsstest.« Er war nun wirklich wütend, dabei war es sonst gar nicht seine Art, so schnell aus der Fassung zu geraten. »Das Leben verlangt Kompromisse, Hester.« Er ließ sie los und öffnete die Tür.

»Es war klasse!« Mit roten Wangen und leuchtenden Augen kam Red vor Josh und dem Hund hereinmarschiert. »Wir haben ihn sogar einmal zum Rennen gekriegt – für eine Minute.«

»Nicht möglich.« Mitch bückte sich, um die Leine zu lösen. Taz keuchte vor Erschöpfung, wankte zu seinem Platz am Fenster und brach förmlich zusammen.

»Ihr müsst ja frieren.« Hester küsste Red auf die Stirn. »Zeit für eure heiße Schokolade.«

»Au ja.« Radley wandte Mitch sein strahlendes Gesicht zu. »Willst du auch welche? Mom macht sie wirklich gut.«

Die Versuchung, ihr gründlich seine Meinung zu sagen, war groß. Aber vielleicht wäre es für sie beide besser, wenn sein Zorn sich erst verflüchtigte.

»Nächstes Mal.« Er zog Red die Mütze über die Augen. »Ich habe noch zu tun.«

»Danke, dass wir Taz mitnehmen durften. Das war wirklich toll, nicht, Josh?«

»Und wie. Danke, Mr. Dempsey.«

»Gern geschehen. Bis Montag, Red.«

»Okay.« Die Jungen liefen davon. Mitch sah sich nach Hester um, doch sie war schon gegangen.

4. Kapitel

Mitchell war als verwöhntes Kind reicher Eltern aufgewachsen, als ein Kind, das nach Ansicht seiner Eltern mit übermäßiger Fantasie begabt war. Wahrscheinlich war Letzteres der Grund dafür, dass er sich so spontan zu Red hingezogen gefühlt hatte. Der Junge war nicht reich und nicht einmal so verwöhnt, beide Eltern um sich zu haben, aber seine Fantasie war bemerkenswert.

Mitch war gern unter Menschen. Dennoch hatte er es immer vorgezogen, allein zu arbeiten, am liebsten zu Hause, weil er es nicht mochte, wenn ihm jemand bei der Arbeit über die Schulter sah und seine Fortschritte überprüfte. Er hatte nie in Betracht gezogen, seine Gewohnheiten in dieser Hinsicht zu ändern. Doch dann kam Radley.

Sie schlossen schon am ersten Tag einen Vertrag. Sobald Red seine Hausarbeiten gemacht hatte – mit oder ohne Mitchs zweifelhafter Hilfe –, konnte er sich aussuchen, ob er mit Taz spielen oder mit seinen Ideen zu Mitchs letzter Story beitragen wollte. Sobald Mitch mit der Arbeit Schluss machte, beschäftigten sie sich entweder gemeinsam mit Mitchs Videorekorder oder Radleys wachsender Armee von Plastikfiguren.

Für Mitch war das ganz selbstverständlich, Red fand es fantastisch. Zum ersten Mal gab es in seinem jungen Leben einen Mann, einen, der mit ihm redete und ihm zuhörte. Gegen Ende der ersten Woche war Mitch für ihn nicht nur ein Held, der Schöpfer von Zark und Besitzer von Taz, sondern der Mensch, auf den er sich am meisten verließ und dem er am meisten vertraute – abgesehen von seiner Mutter natürlich, die er ohne Vorbehalte liebte.

Mitch erging es allerdings nicht viel anders. Als er Hester erzählt hatte, er habe nie daran gedacht, sich eigene Kinder anzuschaffen, war das die volle Wahrheit gewesen. Hätte er früher gewusst, wie es ist, einen kleinen Jungen zu lieben, in ihm in gewisser Weise sich selbst wiederzusehen, wäre sein Leben möglicherweise anders verlaufen.

Wahrscheinlich wegen dieser Betrachtungen beschäftigte Mitch sich gedanklich auch mit Reds Vater. Was für ein Mann mag das sein, fragte er sich wieder und wieder, der ein so besonderes Kind in die Welt setzte und es dann verließ? Sein eigener Vater war streng gewesen und alles andere als verständnisvoll, aber er war immer da gewesen. Und Mitch hatte seine Liebe nie in Zweifel gezogen.

Ein Mann wurde nicht fünfunddreißig, ohne ein paar Zeitgenossen zu kennen, die geschieden waren. Aber er kannte darunter einige, die es fertiggebracht hatten, sich mit ihren Ex-Ehefrauen so zu einigen, dass sie weiterhin Väter bleiben konnten. Es fiel ihm schwer zu verstehen, wie Radleys Vater es übers Herz hatte bringen können, sich nicht nur von seiner Familie zu trennen, sondern sie ganz und gar zu verlassen. Nach einer Woche in Reds Gesellschaft war ihm das einfach unfassbar.

Und dann Hester. Welcher Mann brachte es fertig, eine Frau allein für den Lebensunterhalt und die Erziehung des Kindes sorgen zu lassen, das sie gemeinsam in die Welt gesetzt hatten? Mit der Frage, wie sehr sie diesen Mann wohl geliebt haben mochte, beschäftigte Mitch sich mehr, als für sein Seelenheil gut war. Als Folge ihrer schlechten Erfahrungen war Hester Männern gegenüber vorsichtig, ja sogar ablehnend.

Mir gegenüber ist sie es jedenfalls, dachte Mitch. Sie ist so vorsichtig, dass sie mir die ganze Woche aus dem Weg gegangen ist und mich hartnäckig immer noch mit »Sie« anredet.

Jeden Tag zwischen vier Uhr fünfzehn und vier Uhr fünfundzwanzig erhielt er einen Anruf von Hester, die ihn fragte, ob alles gut gegangen sei, ihm dafür dankte, dass er auf Red aufgepasst hatte, und ihn bat, den Jungen zu ihr nach oben zu schicken. An diesem Nachmittag hatte Radley ihm einen Scheck über fünfundzwanzig Dollar ausgehändigt. Diesen Scheck hatte er immer noch zusammengeknüllt in seiner Hosentasche.

Glaubt sie wirklich, ich würde mich abschieben lassen, weil sie mich einmal hat abblitzen lassen? fragte er sich. Er hatte den Augenblick nicht vergessen, in dem sie sich rückhaltlos an ihn geschmiegt hatte. Und er wollte nicht nur dasselbe wieder erleben, sondern darüber hinaus alles das, was er sich in seiner Fantasie sonst noch vorgestellt hatte.

Wenn sie denkt, ich träte vornehm beiseite, dann steht Mrs. Hester Wallace noch eine gewaltige Überraschung bevor, dachte er.

»Ich krieg die Retroraketen nicht richtig hin«, beklagte Red sich. »Sie sehen so komisch aus.«

Mitch legte seine eigene Arbeit, an der er ohnehin nichts getan hatte, seit er über Hester nachgedacht hatte, zur Seite und nahm das kleine Skizzenbuch in die Hand, das er Red geliehen hatte. »Da wollen wir einmal sehen. He, ist doch gar nicht so übel.« Er lachte erfreut über Radleys Versuch, die »Defiance« zu zeichnen. Offensichtlich hatten die paar Tipps, die er dem Jungen gegeben hatte, dessen Technik schon verbessert. »Du bist ein echtes Naturtalent, Red.«

Radley errötete vor Freude, runzelte dann jedoch wieder die Stirn. »Aber sieh doch mal, die Raketen sind total verkehrt.«

»Nur weil du zu früh an die Details herangehst. Zuerst musst du mit leichten Strichen deine Gesamtvorstellung skizzieren.« Mitch führte die Hand des Jungen. »Und du darfst keine Angst haben, Fehler zu machen. Dafür gibt es Radiergummis.«

»Aber du machst nie Fehler.«

»Doch, sicher mache ich die. Das hier ist der fünfzehnte Radiergummi in diesem Jahr.«

»Du bist der beste Zeichner der Welt«, erklärte Red voller Überzeugung und sah Mitch bewundernd an.

Gerührt zerzauste Mitch ihm das Haar. »Sagen wir, einer der zwanzig besten«, korrigierte er ihn mit ungewohnter Bescheidenheit.

Als das Telefon klingelte, wäre er am liebsten nicht an den Apparat gegangen. Der Gedanke an ein Wochenende ohne Red gefiel ihm überhaupt nicht. Und für einen Mann, der in seinem Leben nie Verantwortung für jemand anderen gehabt hatte, war es eine ernüchternde Erkenntnis, dass er den Jungen vermissen würde. »Das wird deine Mutter sein.«

»Sie hat gesagt, wir gehen heute Abend ins Kino, weil Freitag ist und so. Du kannst mitkommen.«

Mitch murmelte eine verneinende Antwort vor sich hin und nahm den Hörer ab. »Hallo, Hester.«

»Mitch, ist alles in Ordnung?«

Ihre Stimme kam ihm irgendwie seltsam vor. »Bestens«, antwortete er.

»Hat Radley Ihnen den Scheck gegeben?«

»Hat er. Leider ergab sich bis jetzt keine Gelegenheit, ihn einzulösen.«

»Gut. Ich wäre Ihnen dankbar, wenn Sie Red nach oben schicken würden.«

»Wird gemacht.« Er zögerte. »Anstrengenden Tag gehabt, Hester?«

Sie fasste sich an ihre schmerzende Schläfe. »Geht so. Danke, Mitch.«

»Keine Ursache.« Er legte auf und runzelte die Stirn. Dann wandte er sich Radley zu und zwang sich zu einem Lächeln. »Höchste Zeit, Ihre Ausrüstung zurückzutransportieren, Corporal.«

»Jawohl, Sir!« Radley salutierte gekonnt. Die intergalaktische Armee, die er die Woche über bei Mitch gelassen hatte, wurde in seinen Rucksack verfrachtet, darüber Handschuhe, Mantel und Mütze. Dann kniete Red sich neben Taz auf den Boden. »Mach's gut, Taz. Bis später.« Der Hund gab ein liebevolles Knurren von sich und rieb seine Schnauze an Reds Schulter. »Wiedersehen, Mitch.« Red ging zur Tür und blieb zögernd stehen. »Wir sehen uns doch am Montag wieder?«

»Klar. Warte mal. Ich glaube, ich gehe mit dir rauf. Ich muss doch deiner Mutter berichten, wie's war.«

»Genau!« Radley strahlte. »Du hast die Schlüssel in der Küche liegen lassen. Ich hol sie schnell.« Wie ein Blitz schoss Red in die Küche und war auch schon wieder zurück. »Ich hab fürs Buchstabieren eine Eins bekommen. Wenn ich Mom das erzähle, spendiert sie uns bestimmt 'ne Limo.«

»Das lässt sich hören«, sagte Mitch und ließ sich von dem Jungen aus der Wohnung ziehen.

Hester hörte, wie Radley den Schlüssel im Schloss umdrehte, und legte den Eisbeutel beiseite. Sie beugte sich vor, um ihr Gesicht kritisch im Spiegel zu betrachten, und bemerkte, dass die verletzte Stelle schon anfing zu schwellen. Sie schluckte zwei Aspirin und nahm sich vor, ihrem Sohn das Missgeschick als lustiges Ereignis darzustellen.

»Mom! Hallo, Mom!«

»Hier bin ich, Radley.« Ihre eigene Stimme kam ihr fremd vor. Sie setzte ein möglichst natürliches Lächeln auf und trat aus dem Badezimmer, um ihn zu begrüßen. Das Lächeln verflog augenblicklich, als sie feststellte, dass ihr Sohn Besuch mitgebracht hatte.

»Mitch wollte Bericht erstatten«, erklärte Red, während er den Rucksack von den Schultern nahm.

»Was, zum Teufel, ist denn mit dir passiert?« Mitch war mit zwei Schritten bei ihr. Er nahm ihr Gesicht in beide Hände. »Du bist verletzt!«

»Halb so schlimm.« Sie warf ihm einen warnenden Blick zu und wandte sich an Radley. »Mir geht es gut.«

Der Junge starrte sie an. Seine Augen wurden immer größer, und seine Unterlippe fing an zu zittern, als er den blauen Fleck unter ihrem Auge sah. »Bist du hingefallen?«

Am liebsten hätte sie genickt, da sie es sich aber zur Aufgabe gemacht hatte, ihn nie anzulügen, erwiderte sie: »Nicht ganz.« Obgleich es ihr unangenehm war, vor Zeugen eine Erklärung abzugeben, fügte sie hinzu: »In der U-Bahn-Station war ein Mann, der wollte unbedingt meine Handtasche haben. Ich wollte sie aber behalten.«

»Du bist überfallen worden?« Mitch wusste nicht recht, was er zuerst tun sollte, fluchen oder Hester an sich ziehen, doch ihr vernichtender Blick erlaubte ihm keins von beidem.

»So ungefähr.« Sie machte eine wegwerfende Geste, um Radley zu zeigen, dass die ganze Angelegenheit nicht so schlimm gewesen sei. »Ich muss dir sogar sagen, dass es nicht einmal besonders aufregend war. Um mich herum waren jede Menge Leute. Einer sah, was geschah, und alarmierte die Polizei. Darauf überlegte es sich der Mann anders und machte sich aus dem Staub.«

Radley sah genauer hin. Er hatte zwar schon einmal ein blaues Auge bei einem Schulkameraden gesehen, aber noch nie bei seiner Mutter. »Hat er dich geschlagen?«

»Nicht absichtlich. Das war eher ein Unfall. Er zog an einem Ende meiner Tasche und ich am anderen. Dabei kam sein Ellbogen hoch, und ich bin nicht schnell genug ausgewichen. Das war alles.«

»So was Blödes«, murmelte Mitch, jedoch laut genug, um verstanden zu werden.

»Hast du ihm wenigstens eine gelangt?«, fragte Radley.

»Natürlich nicht«, antwortete Hester und dachte sehnsuchtsvoll an ihren Eisbeutel. »Geh jetzt und räum deine Sachen weg, Radley.«

»Aber ich wollte doch nur wissen ...«

»Sofort«, unterbrach ihn seine Mutter in einem Ton, den sie ihm gegenüber nur selten und darum mit umso größerer Wirkung anschlug.

Ohne Widerrede nahm Red seinen Rucksack vom Sofa. Hester wartete, bis ihr Sohn in seinem Zimmer verschwunden war. »Und Ihnen möchte ich sagen, dass ich auf Ihre Einmischung gut verzichten kann.«

»Du hast keine Ahnung, wie das ist, wenn ich anfange, mich einzumischen. Was ist eigentlich mit dir los? Ich hätte dich wirklich für gescheiter gehalten, als mit einem Gangster um eine Handtasche zu kämpfen. Wenn er nun ein Messer gehabt hätte?«

Hester merkte, dass ihre Knie anfingen zu zittern. Und das ausgerechnet in diesem ungünstigen Augenblick, dachte sie und sagte: »Aber er hatte kein Messer. Und meine Handtasche hat er auch nicht.«

»Aber auch kein blaues Auge. Meine Güte, Hester, er hätte dich ernsthaft verletzen können. Ich glaube nicht, dass die

Handtasche das wert war. Kreditkarten kann man sperren lassen und Puderdose oder Lippenstift neu kaufen.«

»Wenn jemand Ihre Brieftasche klauen wollte, würden Sie also seelenruhig dabei zusehen?«

»Das ist etwas ganz anderes.«

»Natürlich«, fauchte sie ihn zornig an.

Er hörte auf, hin und her zu laufen, und blieb vor ihr stehen. Er hatte bereits gewusst, dass sie störrisch sein konnte, aber mit einem solchen Temperamentsausbruch hatte er nicht gerechnet. Gegen seinen Willen musste er sie bewundern. Darauf kommt es jedoch jetzt nicht an, sagte er sich, während er erneut die Verletzung über ihrem Wangenknochen begutachtete.

»Jetzt wollen wir doch einmal eine Minute lang vernünftig sein. Wie kommst du überhaupt dazu, allein mit der U-Bahn zu fahren?«

Sie stieß einen Laut aus, der ein Lachen sein sollte. »Das soll wohl ein Witz sein.«

Das Blöde war, dass ihm seine Bemerkung selbst äußerst dumm vorkam. Und das machte ihn erst recht wütend. »Nimm dir ein Taxi, verdammt noch mal!«

»Das wäre erstens albern, und zweitens kann ich mir das nicht leisten.«

Mitch zog ihren Scheck aus der Tasche und knallte ihn auf den Tisch. »Hier, damit kannst du es dir erlauben! Einschließlich Trinkgeld.«

»Ich habe nicht die Absicht, das anzunehmen.« Sie schob den zerknitterten Scheck zurück. »Und ich werde kein Taxi nehmen, solange die U-Bahn bequem und billig ist. Und noch weniger beabsichtige ich, Ihnen zu erlauben, aus einem kleinen Missgeschick eine Riesentragödie zu machen. Ich möchte nicht, dass Red sich aufregt.«

»Gut, dann nimm ein Taxi. Des Kindes, wenn nicht deinetwegen. Denk doch einmal daran, was geschehen wäre, wenn du ernsthaft verletzt worden wärst.«

»Ich habe es nicht nötig, mir sagen zu lassen, was ich für das Wohl meines Kindes zu tun habe!«

»Nein. Du kümmerst dich ausgezeichnet um ihn. Nur wenn es um dich selbst geht, hast du ein paar Schrauben locker.« Er steckte die Hände wütend in die Hosentaschen. »Du willst kein Taxi nehmen. Also gut. Dann spiel wenigstens nicht mehr die Heldin, wenn das nächste Mal jemand auf die Idee kommt, dich zu attackieren.«

Hester blitzte ihn wütend an und setzte sich auf die Lehne eines Sessels.

Mitch versuchte einzulenken. »Entschuldige.«

Sie schüttelte den Kopf. »Das kommt alles daher, dass ich einen so üblen Tag hinter mir habe.« Sie massierte sich die Schläfe. »Zuerst meinte Mr. Rosen, er müsse uns allen mal ordentlich Dampf machen. Dann gab es ein Meeting der Angestellten, und ein Idiot namens Cunnings fand wohl, er müsse mich anmachen.«

»Namens wie?«

»Ach, ist doch ganz egal. Jedenfalls ging alles schief, bis ich am liebsten jemanden den Kopf abgerissen hätte. Und als dann dieser Kerl nach meiner Tasche langte, bin ich eben explodiert.«

Mitch beugte sich zu ihr hinunter, um sich, mehr aus Neugier als aus Mitleid, den Schaden noch einmal anzusehen. »Das wird ein Mordsveilchen.«

Hester fasste sich an die Schläfe. »Wirklich? Ich hoffte, es ginge schon zurück.«

»Keine Chance. Das fängt erst richtig an, sich zu färben. Großartig.« Er berührte die Verletzung mit den Lippen, bevor sie ihm ausweichen konnte. »Versuch's doch einmal mit Eis.«

»Auf die Idee bin ich auch schon gekommen.«

»Ich hab meine Sachen weggeräumt.« Radley stand in der Tür und blickte zu Boden. »Die Schulaufgaben, die ich aufhatte, sind schon fertig.«

»Toll. Komm her.« Radley blickte immer noch zu Boden, während er auf seine Mutter zuging. Hester legte ihm den Arm um die Schulter und drückte ihn an sich. »Entschuldige bitte.«

»Schon gut. Ich wollte dich nicht ärgern.«

»Du hast mich nicht geärgert. Mr. Rosen hat mich geärgert. Der Mann, der meine Handtasche wollte, hat mich geärgert, aber nicht du, mein Lieber.«

»Ich kann dir ein nasses Tuch holen, wie du es immer machst, wenn ich Kopfschmerzen habe.«

»Danke, aber ich glaube, ich brauche ein heißes Bad und einen Eisbeutel.« Sie drückte ihn noch einmal. Dann fiel ihr etwas ein. »Oh, wir haben noch etwas vor heute Abend, stimmt's? Cheeseburger essen und danach ins Kino gehen.«

»Wir können auch fernsehen.«

»Na, wir wollen abwarten, wie es mir nachher geht.«

»Ich habe eine Eins fürs Buchstabieren gekriegt.«

»Da freue ich mich aber«, sagte Hester lachend.

»Weißt du, das mit dem Bad war eine gute Idee. Und das mit dem Eis auch.« Mitch machte schon wieder Pläne. »Nimm ein bisschen Badezusatz dazu. Ein Schaumbad verbessert bestimmt deine Laune. Wir sind in einer halben Stunde wieder da.«

»Aber Red ist doch gerade erst nach Hause gekommen.«

»Es dauert nicht lange.« Mitch nahm sie beim Arm und zog sie durch den Flur. »Ich leihe ihn mir nur ein paar Minuten aus.«

»Wohin wollen Sie denn mit ihm?«

»Bloß ein paar Besorgungen machen.«

Der Gedanke, eine halbe Stunde in der Wanne zu liegen, war zu verführerisch. »Aber keine Süßigkeiten so kurz vor dem Dinner.«

»Gut, ich esse kein Stück«, versprach Mitch und schob sie ins Badezimmer. »Fertig für unseren Auftrag, Corporal?«

Radley zwinkerte ihm zu und salutierte. »Fertig, Sir.«

Als das Wasser in der Wanne sich langsam abkühlte, waren Hesters Schmerzen bereits erträglicher geworden. Während sie ihre Jeans anzog, sagte sie sich, sie müsse Mitch dankbar sein dafür, dass sie diese Minuten allein sein konnte. Außer gegen die Schmerzen hatte das heiße Bad auch gegen das innerliche Zittern gewirkt, und als sie sich nun Zeit nahm, ihr blaues Auge noch mal zu betrachten, war sie fast stolz auf sich. Mitch hatte recht gehabt. Ein Schaumbad wirkte Wunder.

Sie bürstete ihr Haar und fragte sich, ob Radley wohl sehr enttäuscht wäre, wenn sie den Kinobesuch verschieben würden. Selbst nach dem Wunder wirkenden Bad war ihr nicht danach zumute, in einem überfüllten Kino zu sitzen. Stattdessen wollte sie lieber am nächsten Morgen mit ihm eine Matinee besuchen. Das setzte eine gewisse Änderung ihrer Pläne voraus, doch der Gedanke an einen ruhigen Abend zu Hause ließ die Pflicht, nach dem Dinner noch die Wäsche zu waschen, in milderem Licht erscheinen.

Was für eine Woche! dachte sie. Mr. Rosen ist ein Tyrann und dieser Cunnings die reinste Pest. Als ob ich nichts Besseres zu tun hätte, als die Hälfte meiner Zeit damit zuzubringen, den einen zu beschwichtigen und den anderen abzuwehren.

Sie fürchtete sich nicht vor Arbeit, aber es passte ihr nicht, über jede Minute ihrer Zeit Rechenschaft ablegen zu müssen. Zumindest war ihr klar geworden, dass Rosen nichts gegen sie persönlich hatte, sondern sich auch allen anderen gegenüber so unmöglich benahm.

Und dann dieser entsetzliche Cunnings, dachte sie und verdrängte den in sie verliebten Kollegen aus ihren Gedanken, während sie sich auf die Bettkante setzte. Die erste Woche war überstanden. Von nun an würde alles einfacher werden, und die größte Erleichterung für sie war, dass sie sich Reds wegen keine Sorgen machen musste.

Sie hätte es keinem gegenüber zugegeben, aber die ganze erste Woche über hatte sie jeden Tag darauf gewartet, dass Mitch ihr erklären würde, er habe es sich anders überlegt und sei es leid, seine Nachmittage in Gesellschaft eines Neunjährigen zu verbringen. Stattdessen aber war Red jeden Nachmittag heraufgekommen und konnte nicht ausführlich genug berichten, was er mit Mitch und Taz alles gemacht hatte.

Mitch hatte ihm die Skizzen gezeigt, die er sich für die Jubiläumsausgabe ausgedacht hatte. Sie waren mit Taz im Park gewesen. Sie hatten sich Mitchs Comic-Sammlung angesehen, einschließlich der ersten Ausgaben von »Superman«, die, wie Hester informiert wurde, von unschätzbarem Wert waren.

Hester verdrehte die Augen und zuckte bei dem Schmerz, den die Bewegung verursachte, zusammen. Der Mann ist mit Sicherheit ein bisschen verrückt, sagte sie sich, aber eins steht fest: Er macht Red glücklich. Ich muss mir eben angewöhnen, in ihm Reds Freund zu sehen, und die unerwartete, unerklärlich heftige Begegnung vom letzten Wochenende vergessen.

Sie zog es vor, es »Begegnung« zu nennen. Das war wesentlich unverbindlicher als die Bezeichnungen, die Mitch dafür gebraucht hatte. Anziehungskraft, chemische Reaktion, Lust. Nein, ihr gefielen weder diese Namen noch ihre unbeherrschte Reaktion auf seine Umarmung.

Hester war zu ehrlich, um zu leugnen, dass sie es einen Augenblick lang genossen hatte, umarmt und geküsst zu werden. Sie hatte auch nicht das Gefühl, sich deswegen schämen zu müssen. Eine Frau, die so lange allein gewesen war wie sie, musste doch so reagieren, wenn ein attraktiver Mann sich ihr näherte.

Und warum habe ich dann nicht dasselbe empfunden, als Cunnings sich an mich herangemacht hat? fragte sie sich und weigerte sich, diese Frage zu beantworten.

Es ist vernünftiger, sich Gedanken über das Abendessen zu machen, entschied sie. Der arme Radley wird sich mit Suppe und einem Butterbrot anstelle seiner geliebten Cheeseburger zufriedengeben müssen.

Seufzend stand Hester auf, als sie die Wohnungstür aufgehen hörte.

»Mom! Mom, komm, sieh mal die Überraschung.«

Hester setzte ein Lächeln auf, obgleich sie sicher war, keine einzige Überraschung mehr ertragen zu können. »Red, hast du dich bei Mitch bedankt für … oh.«

Da war er schon wieder. Hester zupfte automatisch ihren Pulli zurecht. Red und Mitch standen nebeneinander im Türrahmen und strahlten sie mit dem gleichen Grinsen an. Radley trug zwei Papiertüten und Mitch etwas, das verdächtig nach einer Schreibmaschine mit einer herunterhängenden Kabelschnur aussah.

»Was ist denn das alles?«

»Dinner und zwei Filme«, klärte Mitch sie auf. »Red hat mir verraten, dass du eine Schwäche für Schokoladenshakes hast.«

»Ja, das stimmt.« Der Essensduft war schließlich bis zu ihr durchgedrungen. Sie schnüffelte und warf einen Blick auf Reds Tüten. »Cheeseburger?«

»Erraten. Mit Pommes. Mitch meinte, wir sollten doppelte Portionen nehmen. Taz hat seine schon bekommen. Er muss unten essen, weil er ziemlich üble Tischmanieren hat.«

Mitch trug seine Apparatur zu Hesters Fernseher hinüber.

»Und ich habe Mitch geholfen, sein Videogerät abzumontieren. Wir haben ›Die Piraten der verlorenen Arche‹ mitgebracht. Mitch hat Tausende von Filmen.«

»Red sagte mir, du bevorzugst Musicals.«

»Ja, also …«

»Haben wir auch mitgebracht.« Red stellte seine Tüten ab und setzte sich zu seinem Freund auf den Boden. »Mitch sagte, es sei lustig. Dann wird es wohl in Ordnung sein.«

»›Singin' in the Rain‹.« Mitch reichte Red ein Kabel und ließ es den Jungen anbringen.

»Wirklich?«

Er musste lächeln. Manchmal hörte sich Hester an wie ihr Sohn. »Wirklich. Was macht das Auge?«

»Oh, das ist schon viel besser.« Hester trat zu Mitch und Red und sah ihnen zu. Es kam ihr seltsam vor, die kleinen Hände ihres Sohnes mit denen eines Mannes zusammen arbeiten zu sehen.

»Es ist zwar ein bisschen eng, aber er passt gerade noch unter euren Fernseher.« Mitch schlug Red leicht auf die Schulter und stand auf. »Hm, farbenprächtig.« Er hatte einen Finger unter Hesters Kinn gelegt und es zur Seite gedreht, um das Auge zu begutachten. »Red und ich fanden, dass du ein bisschen erschöpft aussahst, deshalb dachten wir, es sei netter, das Kino zu dir ins Wohnzimmer zu bringen.«

»Ich war wirklich sehr müde.« Sie berührte einen Moment lang seine Hand. »Danke.«

»Gern geschehen.« Er fragte sich, wie sie und Radley wohl reagieren würden, wenn er sie auf der Stelle küssen würde. Hester hatte ihm seine Gedanken offensichtlich angesehen, denn sie machte hastig einen Schritt zurück.

»Also, dann hole ich besser ein paar Teller, bevor das Essen kalt wird.«

»Nicht nötig. Wir haben jede Menge Servietten. Setz dich schon aufs Sofa, dann werden mein Assistent und ich auftischen.«

»Ich hab's geschafft!« Radley kroch auf allen vieren zurück. Sein Gesicht war vor Freude gerötet. »Alles fertig.«

Mitch bückte sich, um die Anschlüsse zu überprüfen. »Sie sind ja der reinste Elektromechaniker, Corporal.«

»Zuerst sehen wir uns den Film mit den Piraten an, stimmt's?«

»So haben wir's abgesprochen.« Mitch gab ihm das Band. »Also, dann leg's ein.«

»Ich glaube, ich schulde Ihnen schon wieder Dank«, meinte Hester, als Mitch sich zu ihr auf das Sofa setzte.

»Dann lass endlich das blödsinnige ›Sie‹. Können wir nicht Freunde sein?«

Hester dachte, dass es eigentlich doch ganz natürlich sei, den Freund ihres Sohnes zu duzen. Sie nickte. »Also gut. Die meisten Männer würden am Freitagabend lieber etwas anderes tun, als ihn mit einem kleinen Jungen zu verbringen.«

»Wieso? Ich hatte ohnehin vor, euch heute Abend nicht allein ausgehen zu lassen, und auf diese Weise ist es billiger. Red isst mit Sicherheit nicht einmal die Hälfte seiner Portion, und ich kriege den Rest.«

Sie lachte. Radley nahm Anlauf und sprang zwischen Mitch und Hester auf das Sofa. Während er sich gemütlich zurechtkuschelte, seufzte er zufrieden. »Das ist besser als Ausgehen. Viel besser.«

Er hat recht, dachte Hester, lehnte sich entspannt zurück und ließ sich von Indiana Jones' Abenteuern gefangen nehmen. Vor langer Zeit einmal hatte sie geglaubt, auch das wirkliche Leben könne spannend, romantisch und atemberaubend schön sein. Aber die Umstände hatten sie eines anderen belehrt. Dennoch war ihre Vorliebe für fantasievolle Filme geblieben, da sie ihr wenigstens für ein paar Stunden die Möglichkeit gaben, der Wirklichkeit und den damit verbundenen Sorgen zu entfliehen.

Mit hochroten Wangen wechselte Red nach dem ersten Film die Bänder, doch schon bald nach Gene Kellys berühmtem Tanz im Regen fielen ihm die Augen zu.

»Einfach toll.« Mitch flüsterte, weil Radley inzwischen mit dem Kopf an seiner Schulter ruhte.

»Unübertroffen. Ich bekomme von diesem Film nie genug. Als ich ein kleines Mädchen war, haben wir ihn uns, sooft er im Fernsehen gegeben wurde, angesehen. Mein Vater ist ein richtiger Kinofanatiker. Man braucht ihm nur irgendeinen Film zu nennen, und schon zählt er sämtliche Schauspieler auf, die darin mitgespielt haben. Seine erste Liebe war allerdings das Musical.«

Mitch schwieg. An Hesters Stimme, an der Art, wie ihre Gesichtszüge sich veränderten, hatte er erkannt, dass sie ein sehr enges Verhältnis zu ihrer Familie haben musste. Dass dies bei ihm selbst nicht der Fall war, hatte er immer schon bedauert. Sein Vater hatte nie die Vorliebe seines Sohnes für das Fantastische geteilt, und der Sohn konnte seines Vaters Hingabe fürs Geschäft nicht begreifen. Obgleich er nie auf die

Idee gekommen wäre, seine Kindheit als einsam zu bezeichnen, hatte er doch die Wärme und die Zuneigung vermisst, die so klar aus Hesters Stimme herauszuhören waren, wenn sie von ihrem Vater sprach.

»Wohnen deine Eltern hier in der Stadt?«, fragte er schließlich.

»Hier? Nein.« Hester lachte bei der Vorstellung, ihre Eltern müssten sich mit dem Leben in New York zurechtfinden. »Nein. Ich bin in Rochester aufgewachsen, aber vor etwa zehn Jahren zogen meine Eltern nach Fort Worth, wo ein sonnigeres Klima herrscht. Dad arbeitet immer noch bei einer Bank, und meine Mutter hat einen Teilzeitjob in einem Buchgeschäft. Wir waren alle sehr überrascht, als sie sich den Job besorgte. Ich glaube, wir hatten angenommen, außer Kuchenbacken und Hemdenbügeln könnte sie nichts.«

»Wir? Wie viele sind das?«

Zu Hesters Bedauern ging in diesem Augenblick der Film zu Ende. Sie konnte sich kaum erinnern, in den letzten Jahren einen so gemütlichen Abend verbracht zu haben. »Ich habe einen Bruder und eine Schwester. Ich bin die Älteste. Luke wohnt in Rochester – seine Frau erwartet ein Baby –, Julia lebt in Atlanta. Sie ist Discjockey.«

»Du willst mich wohl auf den Arm nehmen?«

»Absolut nicht.« Hester lachte bei dem Gedanken an ihre Schwester. »Ich würde sie gern einmal mit Red besuchen.«

»Vermisst du deine Geschwister?«

»Es macht mich nur ein bisschen traurig, wenn ich daran denke, dass wir nun alle so weit auseinanderwohnen. Für Red wäre es viel netter, eine Familie in der Nähe zu haben.«

»Und für Hester?«

Sie blickte ihn an und wunderte sich, wie natürlich es wirkte, dass Red an Mitchs Schulter schlief. »Ich habe Radley.«

»Und das ist genug?«

»Mehr als das.« Sie lächelte, schwang ihre Beine vom Sofa und stand auf. »Und da wir gerade von ihm sprechen ... es ist höchste Zeit, dass er ins Bett kommt.«

Mitch hob den Jungen auf und legte ihn sich über die Schulter. »Ich trage ihn.«

»Oh, das kann ich schon. Ich bin daran gewöhnt.«

»Ich habe ihn aber schon. Zeig mir nur, wohin ich ihn tragen soll.«

Hester führte Mitch in Reds Zimmer, wo Mitch ihn aufs Bett legte. Dann half er Hester, den Jungen auszuziehen. »Bekommt er einen Schlafanzug an?«

Hester ging an Radleys Schrank und holte eines seiner Lieblingskleidungsstücke heraus, einen Schlafanzug mit aufgedrucktem Commander Zark.

Mitch grinste. »Er hat einen guten Geschmack. Hab mich immer schon geärgert, dass es die nicht in meiner Größe gibt.«

Hester lachte leise und zog Red das Oberteil an, während Mitch ihm die Hose über die Beine streifte.

»Er schläft wie ein Murmeltier.«

»Immer schon. Selbst als Baby ist er nur selten nachts wach geworden.« Sie nahm einen abgeschabten Plüschhund und legte ihn neben Red ins Bett, bevor sie ihm einen Kuss auf die Wange gab. »Erwähne ›Fido‹ aber bitte nicht. Es ist Red ein bisschen peinlich, dass er immer noch mit ihm schläft.«

»Ich habe nichts gesehen.« Mitch streichelte dem Jungen über das Haar. »Er ist etwas ganz Besonderes.«

»Ja, das ist er.«

»Und du auch.« Mitch wandte sich ihr zu, um auch ihr über das Haar zu streichen. »Geh mir nicht aus dem Weg, Hester«, bat er, als sie den Blick abwandte. »Warum sagst du nicht einfach Danke, wenn man dir ein Kompliment macht? Versuch's doch einmal.«

»Danke.«

»Hmm, gar nicht so übel für den Anfang. Jetzt wollen wir es noch einmal versuchen.« Er zog sie in die Arme. »Schon die ganze Woche über habe ich mich darauf gefreut, dich zu küssen.«

»Mitch, ich ...«

»Hast du deinen Text vergessen?« Sie stemmte sich mit den Händen von seinen Schultern ab, doch ihr Blick sagte etwas anderes, etwas, das ihm wesentlich besser gefiel. »Das war wieder ein Kompliment. Ich möchte es mir nicht zur Gewohnheit machen, an eine Frau zu denken, die sich überschlägt, nur um mir aus dem Weg zu gehen.«

»Das habe ich nicht getan. Wirklich nicht.«

»Schon gut. Ich verstehe ja, dass du dir selbst nicht traust, wenn ich in deiner Nähe bin.«

Daraufhin sah sie ihm fest in die Augen. »Du hast ein erstaunliches Selbstbewusstsein.«

»Danke. Dann wollen wir jetzt einen zweiten Versuch machen.« Während er sprach, hatte er ihr den Rücken gestreichelt. »Küss mich noch einmal. Und wenn die Bombe dann nicht explodiert, gebe ich zu, dass ich mich geirrt habe.«

»Es geht nicht. Radley ...«

»... schläft wie ein Murmeltier.« Er berührte ganz vorsichtig die Schwellung unter ihrem Auge mit den Lippen. »Und selbst wenn er aufwachen sollte ... Ich glaube nicht, dass er Albträume bekäme, wenn er sähe, dass ich seine Mutter küsse.«

Sie wollte etwas einwenden, kam jedoch nicht dazu, da er ihr mit seinen Lippen den Mund verschloss. Dieses Mal war sein Kuss sanft, sogar zärtlich. Trotzdem explodierte die

Bombe. Hester hätte schwören können, der Boden bebe unter ihren Füßen.

Es war unglaublich. Unmöglich. Aber das Verlangen war da. Sofort. Es schlug über ihr zusammen wie lodernde Flammen. Etwas Derartiges hatte sie nie zuvor erlebt. Früher einmal, als sie noch sehr jung gewesen war, hatte sie zwar geahnt, wie es sein könnte, tiefe Leidenschaft zu empfinden, aber bevor sie dieses Gefühl selbst kennenlernte, war ihre Ehe schon in die Brüche gegangen. Seither hatte sie geglaubt, Leidenschaft sei allenfalls eine vorübergehende Angelegenheit. Aber was sie nun empfand, hatte nichts Flüchtiges an sich. Es war, als gelte es für alle Ewigkeit.

Mitch hatte gemeint, alles zu wissen, was es über Frauen zu wissen gibt. Hester bewies ihm jedoch, dass er sich geirrt hatte. Doch selbst als er in dem warmen, sanften Strudel seines Begehrens zu ertrinken glaubte, zwang er sich, nicht zu schnell zu sein, nicht zu viel zu nehmen. Obgleich die Glut in ihr entbrannte wie in einem Vulkan, der allzu lange verschüttet gewesen war, spürte Mitch – wie schon beim ersten Mal –, dass er behutsam vorgehen musste. Vielleicht wusste sie es selbst nicht, aber Hester war sehr, sehr leicht zu verletzen.

Sie fuhr durch sein dichtes Haar, und einen verrückten Augenblick lang presste er sie fest an sich, um ihnen beiden einen Vorgeschmack von dem zu geben, was sein könnte.

»Das war sie, die Bombe, Hester.« Sie erschauerte, als er ihr verlangend mit der Zunge den Hals entlangfuhr. »Die Stadt liegt in Schutt und Asche.«

Sie glaubte ihm. Solange sein Mund auf dem ihren lag, glaubte sie ihm alles. »Ich muss nachdenken.«

»Mmm, das solltest du vielleicht.« Er küsste sie wieder. »Vielleicht sollten wir das beide.« Er streichelte sie. »Aber ich habe das Gefühl, wir kommen beide zu derselben Antwort.«

Zitternd trat sie zurück. Und stolperte über einen Spielzeugroboter. Selbst der Lärm weckte Red nicht auf.

»Weißt du, dass du jedes Mal, wenn ich dich küsse, über irgendetwas stolperst?« Er wusste, dass er nicht bleiben durfte, und riss sich los, bevor es zu spät war. »Den Videorekorder hole ich mir morgen.«

Sie nickte und seufzte erleichtert. Sie hatte gefürchtet, er würde sie bitten, mit ihm zu schlafen, und sie war absolut nicht sicher, wie ihre Antwort ausgefallen wäre. »Danke, Mitch, danke für alles.«

»Wunderbar. Du hast ja etwas gelernt.« Er strich ihr mit dem Finger über die Wange. »Tu was für dein Auge.«

Obgleich Hester wusste, dass sie sich wie ein Feigling benahm, blieb sie an Reds Bett stehen, bis sie die Wohnungstür zuschlagen hörte. Dann beugte sie sich zu ihrem schlafenden Sohn hinunter und flüsterte: »Red, auf was habe ich mich da eingelassen?«

5. Kapitel

Um sieben Uhr fünfundvierzig ging das Telefon. Mitch hätte es ruhig klingeln lassen, wenn Taz ihn nicht mit der Schnauze an die Wange gestoßen und ihm ins Ohr gepustet hätte. Er fluchte, stieß den Hund zur Seite, griff nach dem Hörer und nahm ihn mit unter die Bettdecke.

»Ja?«

»Mitch, ich bin's, Hester.«

»So?«

»Ich habe dich wohl aufgeweckt?«

»Richtig.«

Auf solch peinliche Art und Weise offenbarte sich, dass Mitch ein Morgenmuffel war. »Tut mir leid, ich weiß, es ist noch sehr früh.«

»Rufst du an, um mir das mitzuteilen?«

»Nein … Ich nehme an, du hast noch nicht aus dem Fenster gesehen?«

»Süße, ich habe noch nicht einmal mit den Augen geblinzelt.«

»Es schneit. Es liegen bereits zwölf Zentimeter Schnee, und es soll erst gegen Mittag aufhören zu schneien.«

»Danke für den Wetterbericht.«

»Mitch, leg bitte noch nicht auf.«

Er seufzte laut und vernehmlich. »Gibt es noch andere wichtige Neuigkeiten?«

»Die Schulen sind geschlossen.«

»Yippie!«

Die Versuchung für Hester, den Hörer aufzulegen, war groß, sehr groß sogar. Das Schlimme war nur, dass sie ihn brauchte. »Ich frage dich nicht gern, aber ich weiß nicht, ob ich Red den ganzen Tag zu Mrs. Cohen bringen kann. Ich würde mir einen Tag freinehmen, aber ich habe eine Besprechung nach der anderen. Ich werde versuchen, früh nach Hause zu kommen, aber …«

»Schick ihn runter.«

Kurzes Zögern. »Bist du sicher?«

»Willst du, dass ich Nein sage?«

»Ich möchte nicht, dass er dich von deiner Arbeit abhält.«

»Hast du Kaffee?«

»Ja, ich …«

»Dann schick ihn auch runter.«

Es klickte an ihrem Ohr, Hester starrte den Hörer in ihrer Hand an und bemühte sich, daran zu denken, dass sie dankbar zu sein hatte.

Radley war begeistert. Er machte mit Taz einen Morgenspaziergang, warf Schneebälle, die zu jagen sich der Hund aus Prinzip weigerte, und rollte sich im Schnee, bis er zu seiner Zufriedenheit über und über damit bedeckt war.

Den Rest des Morgens beschäftigte er sich mit Mitchs Comics und seinen neuesten Entwürfen.

Was Mitch betraf, so fand er Reds Gesellschaft eher angenehm als störend. Der Junge lag auf dem Boden, und wenn er nicht gerade las, redete er über alles, was ihm in den Sinn kam. Dabei wandte er sich entweder an Taz oder an Mitch, und es schien ihm ganz egal zu sein, ob er eine Antwort bekam oder nicht. So waren alle zufrieden.

Gegen Mittag hörte es auf zu schneien, und Reds Hoffnung auf einen zweiten freien Tag zerrann. Mitch stand von seinem Zeichenbrett auf. »Magst du Tacos?«

»Und wie.« Red wandte sich vom Fenster ab. »Weißt du, wie man die macht?«

»Nein, aber ich weiß, wie man sie kauft. Holen Sie Ihren Mantel, Corporal, wir brechen auf.«

Radley mühte sich noch mit seinen Stiefeln ab, als Mitch mit drei Pappröhren aus dem Arbeitszimmer kam. »Ich muss beim Büro vorbeigehen und diese Dinger abgeben.«

Red riss Augen und Ohren auf. »Du meinst, da, wo sie die Comics machen?«

»Genau da.« Mitch zog seinen Mantel an. »Aber wenn es dir zu lästig ist, kann ich es auch morgen machen.«

»Nein, ich möchte es ja gern.« Der Junge zog Mitch am Ärmel. »Wir gehen heute, ja? Ich verspreche dir, nichts anzufassen, und ich bin auch ganz leise.«

»Wie willst du Fragen stellen, wenn du ganz leise bist?« Mitch stellte Reds Mantelkragen hoch. »Hol Taz, ja?«

Es war nie ganz einfach und meistens ein bisschen kostspielig, einen Taxifahrer zu finden, der bereit war, einen hundertfünfzig Pfund schweren Hund als Passagier zu akzeptieren. Sobald Taz jedoch erst einmal im Wagen saß, benahm er sich vorbildlich und sah aus dem Fenster.

»Lausiges Wetter, was?« Der Taxifahrer blickte freundlich in den Rückspiegel. Es war wohl die unmittelbare Reaktion auf das Trinkgeld, das er im Voraus bekommen hatte. »Ich mag den Schnee nicht, aber meine Kinder natürlich.« Er pfiff vor sich hin. »Ich nehme an, Ihr Sohn hat auch nichts dagegen, nicht zur Schule zu gehen.« Ohne auf eine Antwort zu warten, fuhr er fort: »Nichts mögen die Kinder lieber als schulfrei, stimmt's, Junge?«

Er lachte in sich hinein, als er am Bürgersteig anhielt. »Da sind wir. Netten Hund hast du da, Junge.« Er gab Mitch sein Wechselgeld heraus und wartete pfeifend, bis sie ausgestiegen waren.

»Er hat gedacht, du wärst mein Dad«, sagte Red, als sie die Straße entlanggingen.

»Ja.« Mitch wollte Red die Hand auf die Schulter legen, zögerte aber. »Stört dich das?«

Der Junge sah mit großen Augen zu ihm auf. Zum ersten Mal wirkte er scheu. »Nein. Dich?«

Mitch beugte sich zu ihm hinunter, bis sich ihre Augen auf gleicher Höhe befanden. »Eigentlich nicht – wenn du nur nicht so hässlich wärst.« Gleichzeitig zog er eine Grimasse.

Radley grinste erfreut und schob seine Hand in die seines Freundes. Er hatte sich bereits früher vorzustellen versucht, Mitch sei sein Vater. Auch den Lehrer, den er im zweiten Schuljahr gehabt hatte, hatte er sich schon mal als Vater vorgestellt, und der war nicht halb so nett wie Mitch.

»Ist es hier?« Er blieb zögernd stehen, als Mitch auf ein großes, verwittert aussehendes Sandsteingebäude zuging.

»Hier ist es«, bestätigte Mitch.

Radley musste gegen seine Enttäuschung ankämpfen. Er hatte sich vorgestellt, das Verlagshaus sei zumindest mit den Fahnen von Perth oder Ragamond geschmückt. Mitch verstand sehr gut, wie Red zumute war. Er führte ihn hinein.

Der Wärter in der Empfangshalle hob die Hand zum Gruß und biss erneut in sein Pastrami-Sandwich. Mitch zog Red zu einem Aufzug mit schmiedeeiserner Gittertür.

»Der ist ja ganz nett«, meinte Red.

»Er ist noch netter, wenn er funktioniert«, erwiderte Mitch. »Hoffen wir das Beste.«

»Ist er schon einmal abgestürzt?« Die Frage klang halb ängstlich, halb hoffnungsvoll.

»Nein. Aber manchmal streikt er.« Die Kabine stotterte und hielt abrupt im fünften Stock. Mitch öffnete das Gitter.

»Willkommen im Irrenhaus«, sagte er, wobei er Red die Hand auf den Kopf legte.

Und genau das war es. Red vergaß seine Enttäuschung über das Äußere des Verlags, als er sich ehrfurchtsvoll im Inneren des Gebäudes umsah. In einer Art Empfangsraum standen ein Schreibtisch und ein Telefonpult, hinter denen eine besorgt wirkende Frau in einem Prinzessin-Leilah-Sweatshirt saß. Die Wände ringsum waren über und über mit Postern bedeckt, auf denen die bekanntesten Helden des Universal-Verlags zu sehen waren: der Menschliche Skorpion, der Sanfte Säbel, die tödliche Schwarze Motte und natürlich Commander Zark.

»Na, wie geht's denn so, Lou?«

»Frag mich nicht.« Sie drückte auf den Knopf eines der Telefone. »Ist es meine Schuld, wenn das Delikatessengeschäft sein Corned Beef nicht liefert?«

»Wenn ich dafür sorge, dass seine Laune sich bessert, suchst du mir dann ein paar Muster zusammen?«

»Universal Comics, bitte bleiben Sie am Apparat, ich verbinde.« Die Empfangsdame drückte auf einen anderen Knopf. »Wenn du das schaffst, bekommst du meinen Erstgeborenen.«

»Nur die Muster, Lou. Setzen Sie Ihren Helm auf, Corporal, wir stürzen uns ins Getümmel.«

Mitch führte Red einen kurzen Flur entlang und von dort aus in einen hellen Raum, der das Zentrum geräuschvoller Aktivitäten war und einen chaotischen Anblick bot. An den Wänden hingen Entwürfe, Mitteilungen und Fotos. In einer Ecke stand eine Pyramide aus leeren Sodawasser-Dosen. Irgendjemand warf danach mit einem Ball aus zusammengeknülltem Papier.

»Der Skorpion hat sich noch nie mit jemandem zusammengetan. Warum sollte er sich plötzlich für Recht und Gesetz einsetzen?«

Eine Frau mit rotem Haar, aus dem in gefährlichen Winkeln Bleistifte herausragten, schob ihren Drehstuhl zurecht, ihre ohnehin riesigen Augen wurden von Eyeliner und einer dicken Schicht Mascara noch betont. »Also lass uns doch einmal realistisch sein. Er allein kann die Wasserversorgung der Welt nicht retten. Folglich tut er sich mit jemandem wie Atlantis zusammen.«

Ihr gegenüber saß ein Mann, der gerade eine dicke saure Gurke vertilgte. »Sie hassen sich. Schon seit sie den Zusammenstoß wegen der Dreiecksgeschichte hatten.«

»Aber das ist doch gerade der springende Punkt, du Dummchen. Für das Wohl der Menschheit müssen sie ihre persönlichen Gefühle hintanstellen. Das ist ihre moralische Pflicht.« Jetzt hatte die Frau Mitch entdeckt. »Hör zu, Mitch, Dr. Tödlich hat das Wasser der Erdbewohner vergiftet. Skorpion hat ein Gegenmittel gefunden. Wie soll er es anwenden?«

»Da hätte er gemeinsam mit Atlantis schon vorher Zäune aufstellen sollen«, erwiderte Mitch. »Was meinst du, Red?«

Einen Moment lang war Red so stumm, als hätte er die Sprache verloren. Dann holte er tief Luft und sprudelte los: »Ich glaube, sie gäben ein gutes Team ab, weil sie vorher immer gegeneinander gekämpft haben.«

»Ganz deiner Meinung, Junge.« Die Rothaarige streckte ihm ihre Hand entgegen. »Ich bin M. J. Jones.«

»Wirklich?« Red wusste nicht, was ihn mehr beeindruckte, das Treffen mit M. J. Jones an sich oder die Entdeckung, dass es sich dabei um eine Frau handelte.

»Und dieser Meckerfritze hier ist Rob Myers. Hast du den Jungen zu deinem Schutz mitgebracht, Mitch?«, fragte sie, ohne Rob genügend Zeit zu lassen, seine Gurke runterzuschlucken. Sie war mit ihm seit sechs Jahren verheiratet und hatte ganz offensichtlich ihre Freude daran, ihm eins auszuwischen.

»Hab ich das denn nötig?«

»Wenn du nicht was ganz besonders Umwerfendes da in deinen Pappröhren hast, dann rate ich dir, dich auf schnellstem Wege wieder davonzuschleichen.« Sie schob einen Packen unfertiger Entwürfe beiseite. »Malony hat gekündigt. Ist zum ›Five Star‹-Verlag desertiert.«

»Das darf doch nicht wahr sein.«

»Skinner redet den ganzen Morgen nur noch von Verrätern, und der Schnee hat seine Laune auch nicht gerade verbessert. Also, ich an deiner Stelle würde … puh … schon zu spät.«

Da M. J. Jones es mit den Ratten hielt, die ein sinkendes Schiff frühzeitig verlassen, wandte sie sich ab und vertiefte sich in ein Gespräch mit ihrem Mann.

»Dempsey, du hättest bereits vor zwei Stunden hier sein sollen.«

Mitch lächelte seinen Verleger entwaffnend an. »Mein Wecker hat nicht geklingelt. Das hier ist mein Freund Radley Wallace. Red, das ist Rich Skinner.«

Radley starrte den Verleger an. Skinner sah genauso aus wie Hank Wheeler, der gewaltige Boss von Joe David, alias ›Die Fliege‹. Mitch erzählte ihm später, dass diese Ähnlichkeit durchaus kein Zufall war.

»Hallo, Mr. Skinner. Ihre Comics gefallen mir unheimlich gut. Viel besser als die von ›Five Star‹. Die kauf ich fast nie. Die Storys sind einfach nicht gut.«

»Recht hast du.« Skinner fuhr sich durch das schütter werdende Haar. »Ganz recht«, wiederholte er mit Nachdruck.

»Verschwende dein Geld bloß nicht an diesen Schund, mein Junge.«

»Nein, Sir.«

»Mitch, du weißt doch, dass du diesen Köter nicht mit hier hereinbringen sollst.«

»Tja, aber Taz liebt dich nun einmal so.« Wie auf Kommando hob Taz den Kopf und fing an zu jaulen.

Skinner wollte fluchen, besann sich jedoch gerade noch früh genug auf die Anwesenheit des Kindes. »Hast du etwas in diesen Röhren, oder bist du bloß gekommen, um mich aufzuheitern?«

»Warum siehst du nicht selbst nach?«

Skinner ging ihnen voran in sein Büro, holte die Zeichnungen aus den Pappröhren und breitete sie auf seinem Schreibtisch aus. »Gar nicht mal so übel«, lobte er, nachdem er die Skizzen und Entwürfe eine Weile betrachtet hatte. »Diese neue Figur da, diese Mirium, willst du die noch weiter ausbauen?«

»Ich denke, ja. Ich dachte, es sollte mal wieder ein bisschen Spannung in Zarks Liebesleben kommen.«

»Zark hat nie besonders viel Glück.«

»Aber er ist der Allerbeste«, meldete sich Red erneut. »Man weiß immer, dass er genau das Richtige tut. Er hat keine Superpower oder so was, aber echt was auf dem Kasten.«

Skinner nickte. »Wir machen einen Versuch mit deiner Mirium, Mitch, und warten ab, wie sie bei den Lesern ankommt.« Er nahm die Hände von den Zeichenblättern, die sich von selbst wieder zusammenrollten. »Das ist das erste Mal – soweit ich mich erinnern kann –, dass du dein Zeug früher als zum Ablieferungstermin bringst.«

»Das kommt daher, dass ich jetzt einen Assistenten habe.« Mitch legte Red die Hand auf die Schulter.

»Gute Arbeit, Mitch. Warum machst du mit deinem Assistenten nicht einmal eine Besichtigungsrunde?«

Red sollte noch wochenlang über diese Stunde im Universal-Verlag reden. Als sie das Gebäude verließen, besaß er eine ganze Tragetasche voller Bleistifte, Poster, Entwürfe und dazu einige Comics, die frisch aus der Presse gekommen waren.

»Das war der schönste Tag in meinem ganzen Leben«, erklärte er und hüpfte den schneebedeckten Bürgersteig entlang. »Warte nur, bis ich die Sachen Mom zeige. Sie wird es nicht glauben.«

Mitch hatte selbst gerade an Hester gedacht. Er ging ein bisschen schneller, um mit Red Schritt zu halten. »Warum gehen wir sie eigentlich nicht einfach mal besuchen?«

»Au ja!« Radley nahm Mitchs Hand. »Die Bank ist natürlich nicht halb so schön wie dein Verlag. Da darf nie jemand Radio laufen lassen oder mal schreien, aber da ist ein riesiger Tresor, wo sie schrecklich viel Geld aufbewahren – Millionen Dollar. Und dann haben sie überall Kameras, um die Leute zu fotografieren, die es klauen wollen. Mom ist aber noch nie in einer Bank gewesen, die beraubt worden ist.«

Da diese Bemerkung als Entschuldigung gedacht war, lachte Mitch. »Es kann nun einmal nicht jeder das Glück haben.« Er klopfte sich auf den Magen. Seit ein paar Stunden hatte er nichts mehr gegessen. »Aber zuerst besorgen wir uns ein paar Tacos.«

Innerhalb der soliden Mauern der »National Trust Bank« war Hester mit einem Stapel von Kreditanträgen beschäftigt. Sie durfte sich nicht allzu oft erlauben, weichherzig zu sein. Manchmal erforderten die vorgelegten Fakten und Zahlen, dass sie Nein sagte, und ein Teil ihrer Arbeit bestand darin, höfliche und unpersönliche Absagebriefe zu schreiben. Das tat sie zwar nur ungern, sah jedoch ein, dass es notwendig war.

Da sie in fünfzehn Minuten ihre nächste Besprechung hatte, aß sie, während sie die Anträge zur Genehmigung durch den Vorstand zusammenstellte, nur schnell ein Brötchen und trank dazu eine Tasse Kaffee. Als ihre Assistentin sich per Sprechanlage meldete, war sie darüber nicht gerade erfreut.

»Ja bitte, Kay?«

»Hier ist ein junger Mann, der Sie sprechen möchte, Mrs. Wallace.«

»Er hat erst in fünfzehn Minuten seinen Termin. Bis dahin muss er warten.«

»Nein, nein, es ist nicht Mr. Greenburg. Und ich glaube auch nicht, dass er wegen eines Darlehens hier ist. Bist du wegen eines Darlehens gekommen, Kleiner?«

Hester hörte ein ihr bekanntes Kichern und lief zur Tür. »Red? Es ist doch alles in Ordnung?«

Red war da, aber nicht allein. Mitch stand neben ihm und außerdem der große, treuherzig dreinblickende Hund.

»Wir haben gerade Tacos gegessen.«

Hester erspähte einen winzigen Rest von Soße an Reds Kinn. »Das sehe ich.« Sie bückte sich, um ihn zu umarmen, und sah dann zu Mitch auf. »Es ist doch alles in Ordnung?«

»Ja, sicher. Wir hatten gerade geschäftlich hier in der Gegend zu tun und wollten nur mal kurz hereinschauen.« Er bemerkte, dass sie ihre farbenprächtige Verletzung mit Make-up abgedeckt hatte. Nur noch eine Spur von Gelb und Grün schimmerte durch. »Das Auge sieht ja schon viel besser aus.«

»Die Krise habe ich überlebt.«

»Ist das dein Büro?« Ohne dazu aufgefordert worden zu sein, steckte er den Kopf durch die Tür. »Himmel, wie deprimierend! Vielleicht solltest du Red bitten, dir eins von seinen Postern zu geben.«

»Oh, du kannst eins haben«, stimmte Red sofort zu. »Ich war mit Mitch im Universal-Verlag und hab jede Menge geschenkt gekriegt. Mom, das hättest du sehen sollen. Die haben Millionen von Comics, und ich hab M. J. Jones und Rich Skinner getroffen. Und sieh mal, was hier alles drin ist.« Er hielt ihr seine Tragetasche hin. »Alles umsonst.«

Als Erstes empfand Hester Unbehagen. Ihre Verpflichtung Mitch gegenüber schien von Tag zu Tag größer zu werden. Aber dann sah sie in Reds vor Eifer glühendes Gesicht und lächelte. »Das hört sich ja an, als hättest du einen schönen Vormittag verlebt.«

»Es war der allerschönste in meinem ganzen Leben.«

»Achtung«, murmelte Kay, »Rosen ist im Anzug.«

Auch ohne dass es ihm hätte erklärt werden müssen, begriff Mitch, dass Rosen eine Person war, deren Wichtigkeit nicht unterschätzt werden durfte. Hesters Gesichtsausdruck und die Handbewegung, mit der sie glättend über ihr Haar strich, sagten ihm genug.

»Guten Tag, Mrs. Wallace.« Rosen warf einen vielsagenden Blick auf den Hund, der sofort an seinem Schuh schnupperte. »Vielleicht ist Ihnen entgangen, dass Tieren der Zutritt zu dieser Bank untersagt ist.«

»Nein, Sir. Mein Sohn ist nur gerade …«

»Ihr Sohn?« Rosen nickte Red flüchtig zu. »Guten Tag, junger Mann. Mrs. Wallace, ich bin sicher, dass Sie sich an die Gepflogenheiten unseres Hauses bezüglich des Besuches von Angehörigen während der Arbeitszeit erinnern.«

»Mrs. Wallace, ich lege diese Unterlagen nur schnell auf Ihren Schreibtisch. Wenn Sie so freundlich wären, sie nach Ihrer Mittagspause zu unterschreiben.« Kay legte ein paar beschriebene Blätter auf den Schreibtisch, als handelte es sich dabei um Dokumente von größter Wichtigkeit, und zwinkerte Red zu.

»Danke, Kay.«

Rosen räusperte sich. Gegen die Mittagspause konnte er natürlich nicht ankommen. Aber da gab es ja noch andere Aspekte der Firmenpolitik. »Was dieses Tier betrifft …«

Taz, dem Rosens Ton offensichtlich nicht zusagte, stieß seine Nase gegen das Knie seines Herren und jaulte. »Der Hund gehört zu mir.« Mitch trat vor, setzte sein charmantestes Lächeln auf, mit dem er, wie Hester fand, selbst Sumpfland in Florida hätte verkaufen können, und streckte die Hand aus.

»Mitchell Dempsey II. Hester und ich sind gute Freunde, sehr gute Freunde. Sie hat mir so viel von Ihnen und Ihrer Bank erzählt.« Er schüttelte Rosens Hand betont herzlich. »Meine Familie unterhält bei verschiedenen Banken hier in New York größere Kapitalkonten. Hester hat mich jedoch davon überzeugt, dass ich meinen Einfluss dahin gehend geltend machen sollte, sie insgesamt der ›National Trust Bank‹ anzuvertrauen. Möglicherweise sind Ihnen einige unserer Familienunternehmen bekannt, Mr. Rosen? ›Trioptic‹, ›D. & H. Chemicals‹, ›Dempsey Paperworks‹?«

»Aber natürlich, selbstverständlich.« Rosen konnte Mitchells Hand gar nicht genug schütteln. »Es ist mir ein Vergnügen, Ihre Bekanntschaft zu machen. Ein großes Vergnügen.«

»Hester hat mich dazu überredet, selbst vorbeizukommen, um mich von der Leistungsfähigkeit Ihrer Bank zu überzeugen.« Amüsiert beobachtete Mitch, wie gut seine Nummer wirkte. In Rosens Kopf schienen die Dollarzeichen nur so herumzuflitzen. »Ich bin sehr beeindruckt. Das war natürlich vorauszusehen, nach allem, was Mrs. Wallace mir bereits berichtet hatte.« Er legte Hester vertraulich die Hand auf die

Schulter. »Sie ist ein Finanzgenie. Ich darf Ihnen verraten, dass mein Vater sie am liebsten vom Fleck weg als Finanzberater engagieren würde. Wissen Sie eigentlich, wie glücklich Sie sich schätzen können, dass sie bei Ihnen arbeitet?«

»Mrs. Wallace ist eine unserer meistgeschätzten Mitarbeiterinnen …«

»Das freut mich zu hören. Ich muss unbedingt mit meinem Vater über die Vorzüge der ›National Trust Bank‹ reden.«

»Es wäre mir eine Ehre, Sie persönlich durch unsere Bank zu führen. Sie würden doch sicher gern die Büros der Direktion sehen.«

»Nichts lieber als das, aber ich stehe leider ein wenig unter Zeitdruck.« Selbst wenn er gar nichts zu tun gehabt hätte, wäre Mitch keinen Augenblick auf die Idee gekommen, sich langweilige Büros anzusehen. »Warum stellen Sie mir nicht ein paar Unterlagen zusammen, die ich bei der nächsten Aufsichtsratssitzung vorlegen kann?«

»Mit dem größten Vergnügen.« Rosens Gesicht glänzte. Wenn es ihm gelänge, einen Kunden wie Dempsey für seine Bank an Land zu ziehen, würde er sich einige Lorbeeren verdienen.

»Geben Sie sie einfach Hester mit. Es macht dir doch nichts aus, den Boten zu spielen, meine Liebe?«, erkundigte er sich fröhlich.

»Nein«, brachte sie gerade noch heraus.

»Ausgezeichnet.« Rosens Stimme klang freudig erregt. »Ich bin sicher, wir können Ihnen in jeder Beziehung von Vorteil sein. Wir sind schließlich eine Bank, die mit den Ansprüchen ihrer Kunden wächst.« Er tätschelte Taz den Kopf. »Reizender Hund«, sagte er und schritt beschwingt davon.

»Was für ein mieser alter Kerl«, erklärte Mitch. »Wie kannst du es hier überhaupt aushalten?«

»Würdest du bitte für einen Moment mit in mein Büro kommen?« Hesters Stimme klang kühl. Red kannte diesen Ton. Er sah Mitch an und verdrehte die Augen. »Kay, sollte Mr. Greenburg kommen, so bitten Sie ihn zu warten.«

»Gern, Mrs. Wallace.«

Hester ging in ihr Büro voraus, schloss die Tür und lehnte sich dagegen. Wäre da nicht die Sorge gewesen, ihre Stelle zu verlieren, so hätte sie wohl Mitch die Arme um den Hals geworfen und laut und herzlich über die Art und Weise gelacht, in der er mit Rosen umgesprungen war. Aber sie war auf ein regelmäßiges Gehalt angewiesen, und so sagte sie vorwurfsvoll: »Wie konntest du das tun?«

»Was tun?« Mitch sah sich in ihrem Büro um. »Der braune Teppich muss raus. Und diese Farben ... wie würdest du sie nennen?«

»Scheußlich«, schlug Red vor und machte es sich auf einem Stuhl bequem.

»Du sagst es. Weißt du, deine Umgebung wirkt sich auch auf deine Arbeit aus. Versuch doch einmal, das Rosen klarzumachen.«

»Ich werde überhaupt nichts mehr versuchen können, wenn Rosen herausfindet, was du getan hast. Rausgeschmissen werde ich.«

»Sei nicht albern. Ich habe ihm nicht versprochen, dass meine Familie ihre Konten auf die ›National Trust Bank‹ übertragen wird. Außerdem wäre es ja sogar durchaus möglich, wenn er entsprechende Angebote vorlegt.« Mitch machte eine wegwerfende Handbewegung, um die Bedeutungslosigkeit der Sache zu betonen. »Wenn es dich glücklicher macht, könnte ich ja einstweilen meine eigenen Konten nach hier verlegen. Eine Bank ist eine Bank, so wie ich das sehe.«

»Verdammt noch mal!« Es kam nur selten vor, dass Hester laut und vernehmlich fluchte. Radley hielt es für angebracht, sich intensiv mit Taz zu beschäftigen. »Rosen hat im Geiste schon ein Milliardenunternehmen als Kunden der Bank erobert. Wenn er herauskriegt, dass du das alles erfunden hast, lässt er mich dafür büßen.«

Mitch klopfte mit der Hand auf einen ordentlichen Stapel von Papieren. »Du bist die reinste Ordnungsfanatikerin, weißt du das? Und ich habe überhaupt nichts erfunden. Ich hätte es aber durchaus tun können«, meinte er nachdenklich. »In so etwas bin ich nämlich gut. Es gab allerdings keinen Grund dafür.«

»Hörst du bitte auf damit?« Ärgerlich schlug sie ihm die Hände von ihren Arbeitsunterlagen. »Dieser Blödsinn über ›Trioptic‹ und ›D. & H. Chemicals‹.« Sie seufzte tief und setzte sich auf die Ecke ihres Schreibtisches. »Ich verstehe ja, dass du versucht hast, mir zu helfen, und ich weiß das zu schätzen, aber …«

»Weißt du das?« Mitch fasste sie lächelnd bei ihren Jackenaufschlägen.

»Du meinst es ja gut«, murmelte Hester.

»Manchmal.« Er beugte sich zu ihr hinunter. »Du riechst viel zu gut für dieses Büro«, flüsterte er.

»Mitch.« Sie legte die Hände gegen seine Brust und warf einen nervösen Blick zu Red hinüber. Der hatte Taz einen Arm um den Hals gelegt und war in eins seiner neuesten Comics vertieft.

»Meinst du wirklich, es würde ihm schaden, wenn er sähe, dass ich dich küsse?«

»Nein. Aber darum geht es überhaupt nicht.«

»Worum denn?« Mitch spielte mit dem goldenen Dreieck an ihrem Ohr.

»Darum, dass ich zu Rosen gehen muss, um ihm zu erklären, dass du nur …«, sie suchte nach dem passenden Wort, »… fantasiert hast.«

»Das tue ich oft«, gab er zu und strich ihr mit dem Daumen über die Wange. »Aber das geht Rosen absolut nichts an. Soll ich dir einmal die Geschichte von dir und mir im Rettungsboot auf dem Indischen Ozean erzählen?«

»Nein.« Jetzt musste Hester lachen, doch bevor das warme Gefühl in ihrem Magen Gelegenheit hatte, sich auszubreiten, blickte sie schnell zur Seite. »Warum geht ihr beide nicht jetzt nach Hause? Ich habe noch eine Besprechung, danach gehe ich zu Mr. Rosen.«

»Nicht mehr verärgert?«

Sie schüttelte den Kopf. Dann gab sie einem Impuls nach und berührte seine Wange. »Du wolltest mir helfen. Und es war lieb von dir.«

Sie redet mit mir, als wäre ich Red und hätte bei dem Versuch, das Geschirr abzuwaschen, einen Teller ihres veilchenumrandeten Geschirrs fallen lassen, dachte Mitch. Und weil ihm das nicht gefiel, küsste er sie. Die Reaktion erfolgte stufenweise. Zuerst Schock, dann Spannung, dann Begehren. Als er sie losließ, sah er mehr als Nachgiebigkeit in ihren Augen. Der Funke blitzte zwar nur kurz, aber dafür unverkennbar auf.

»Komm, Red, deine Mutter muss noch arbeiten. Wenn du nach Hause kommst und wir sind nicht in meiner Wohnung, dann sind wir im Park, Hester.«

»Gut.« Sie presste unwillkürlich die Lippen zusammen, um die Wärme seines Kusses zu bewahren. »Danke.«

»Keine Ursache.«

»Wiedersehen, Red, ich bin bald zu Hause.«

»Okay.« Red hob die Arme und legte sie ihr um den Hals. »Bist du noch immer wütend auf Mitch?«, fragte er leise.

»Nein«, antwortete sie im gleichen, gut hörbaren Flüsterton. »Nein, bin ich nicht.«

Als sie sich wieder aufrichtete, lächelte sie, dennoch entging Mitch der besorgte Ausdruck ihrer Augen nicht. An der Tür drehte er sich noch einmal um. »Willst du tatsächlich zu Rosen gehen und ihm sagen, ich hätte alles nur erfunden?«

»Muss ich doch.« Es tat ihr bereits leid, Mitch so angefahren zu haben, deshalb lächelte sie ihm zu. »Mach dir keine Sorgen, ich werde schon mit ihm fertig.«

»Und wenn ich dir nun sagte, dass ich überhaupt nichts erfunden habe und meine Familie vor siebenundvierzig Jahren die Firma ›Trioptic‹ gegründet hat?«

Hester runzelte die Stirn. »Dann würde ich antworten: ›Vergiss deine Handschuhe nicht, es ist kalt draußen.‹«

»Na gut. Aber bevor du Rosen deine Seele offenbarst, tu dir selbst einen Gefallen. Sieh mal im ›Who's who‹ nach.«

Hester begleitete die beiden zur Tür und sah hinter ihnen her, wie sie Hand in Hand den Flur hinuntergingen.

»Ihr Sohn ist ein entzückendes Bürschchen«, meinte Kay, die ihr eine Akte reichte. Nach dem kleinen Geplänkel mit Rosen hatte sie ihr Urteil über die zurückhaltende Mrs. Wallace revidiert.

»Danke.« Als Hester sie anlächelte, fand Kay sich in ihrer neuen Meinung bestätigt. »Und ich weiß es zu schätzen, dass Sie mir geholfen haben.«

»Das war doch nichts. Was ist denn schon dabei, wenn Ihr Sohn Sie einmal für eine Minute besuchen kommt?«

»Es ist gegen das Prinzip der Bank.«

Kay schnaufte. »Gegen Rosens Prinzip, meinen Sie wohl. Er muss sich immer aufspielen. Aber machen Sie sich keine Sorgen, zufällig weiß ich, dass er Ihre Arbeit außerordentlich schätzt. Und das ist für ihn das Wichtigste.«

Hester klemmte sich die Akte unter den Arm. »Nochmals vielen Dank, Kay, und schicken Sie mir Mr. Greenburg herein, wenn er kommt.«

»Er ist schon da.«

»Schön. Ach, und Kay, könnten Sie mir wohl eine Ausgabe von ›Who's who‹ besorgen?«

6. Kapitel

Als sie die Tür ihrer Wohnung aufschloss, war Hester immer noch benommen. Ihr Nachbar mit den nackten Füßen und den löchrigen Jeans war der Erbe eines der größten Vermögen im ganzen Land.

Hester zog sich den Mantel aus und hängte ihn auf. Der Mann, der seine Tage damit verbrachte, Fortsetzungsgeschichten von Commander Zark zu erfinden, gehörte zu einer Familie, die Polopferde und Sommerhäuser besaß. Und doch wohnte er im vierten Stock eines ganz gewöhnlichen Wohnhauses in Manhattan.

Sie hätte blind und taub sein müssen, um nicht zu merken, dass er sich zu ihr hingezogen fühlte. Doch obwohl sie ihn nun seit Wochen kannte, hatte er nicht ein einziges Mal seine Familie oder seine gesellschaftliche Stellung erwähnt, um ihr zu imponieren.

Sie hatte geglaubt, ihn ein bisschen zu kennen, und nun war er plötzlich ein Fremder.

Es war an der Zeit, ihn wie jeden Tag anzurufen und ihm zu sagen, sie sei wieder zu Hause und er möge Red raufschicken. Doch sie war noch völlig außer Fassung. Zuerst hatte sie ihm vorgeworfen, Mr. Rosen Märchen erzählt zu haben, und ihm dann gnädig verziehen – wie herablassend ihm das vorgekommen sein musste. Sie hatte sich lächerlich gemacht, und sie schämte sich.

Als sie sich endlich dazu aufraffte, Mitchs Nummer zu wählen, hörte sie schallendes Gelächter und Fußgetrampel im

Treppenhaus. Sie öffnete die Tür in dem Augenblick, als Red den Schlüssel aus seiner Hosentasche holen wollte.

Der Junge und Mitch waren mit Schnee bedeckt, als hätten sie sich darin herumgewälzt.

»Hallo, Mom, wir waren im Park. Wir sind erst bei Mitch vorbeigegangen, um meine Tasche zu holen, und dann hergekommen, weil wir uns gedacht haben, du wärst wieder zu Hause. Komm doch mit uns nach draußen.«

»Ich bin nicht für Schneeballschlachten angezogen.« Sie lächelte und nahm Red die schneeverkrustete Mütze vom Kopf, sah aber nicht zu Mitch auf.

»Dann zieh dich um«, schlug Mitch vor. Er lehnte sich gegen den Türrahmen und achtete nicht auf den Schnee, der ihm von den Stiefeln auf den Teppich fiel.

»Wir haben ein Fort gebaut. Das musst du dir ansehen. Und ich habe angefangen, einen Krieger aus Schnee zu machen. Aber Mitch hat gemeint, wir müssten dir zuerst Bescheid sagen, damit du dir keine Sorgen machst.«

»Das war sehr rücksichtsvoll von ihm.« Nun blieb ihr nichts anderes übrig, als Mitch doch anzusehen.

Er betrachtete sie nachdenklich – zu nachdenklich, fand Hester. »Red sagte, du seist ganz groß im Schneemännerbauen.«

»Bitte, Mom. Wenn es morgen taut, ist alles wieder weg.«

»Also gut, dann ziehe ich mich schnell um. Warum machst du inzwischen nicht für Mitch und dich eine heiße Schokolade zum Aufwärmen?«

»Wird gemacht!« Radley setzte sich gleich an der Tür auf den Boden. »Du musst dir deine Stiefel ausziehen«, befahl er Mitch. »Sie ist sauer, wenn du den Teppich dreckig machst.«

Mitch knöpfte sich die Jacke auf. »Das wollen wir auf gar keinen Fall riskieren.«

Innerhalb von fünfzehn Minuten hatte Hester sich umgezogen. Jetzt trug sie eine Cordhose, einen dicken Pullover, und anstelle ihres roten Mantels zog sie darüber einen verschlissenen roten Parka. Während sie durch den Park liefen, hielt Mitch mit einer Hand den Hund an der Leine, die andere steckte er in die Hosentasche. Er hätte nicht genau sagen können, wieso es ihn so freute, Hester so lässig gekleidet Hand in Hand mit Radley daherlaufen zu sehen. Er hätte auch nicht genau zu sagen vermocht, warum ihm so viel daran gelegen war, mit ihr in den Park zu gehen, aber er war es gewesen, der Red die Idee, seine Mutter zu überreden, in den Kopf gesetzt hatte.

Mitch liebte den Winter. Während sie durch den weichen tiefen Schnee im Central Park gingen, atmete er tief die kalte Luft ein. Kälte und Schnee gefielen ihm, besonders wenn die Bäume weiße Hauben trugen und man Schlösser aus Schnee bauen konnte.

Als er noch ein Junge war, hatte seine Familie oft in der Karibik überwintert, weit weg von dem ganzen Matsch und der Ungemütlichkeit, wie es seine Mutter zu nennen pflegte. Er hatte zwar eine Vorliebe für Meer und weiße Strände entwickelt, dennoch hatte eine Palme ihm nie die Fichte zu Weihnachten ersetzen können.

Am liebsten war er im Winter im Landhaus seines Onkels in New Hampshire gewesen, wo es Wälder gab und Hügel zum Schlittenfahren. Seltsamerweise hatte er sich schon mit dem Gedanken getragen, ein paar Wochen zu ihm zu fahren, doch dann waren die Wallaces zwei Stockwerke über Mitch eingezogen. Bis zu diesem Augenblick war ihm nicht bewusst geworden, dass seine Pläne in Vergessenheit geraten waren, sobald er Hester und ihren Sohn kennengelernt hatte.

Und nun war ihr unbehaglich zumute. Sie war verlegen und fühlte sich ganz offensichtlich nicht wohl in ihrer Haut. Fürsorglich hatte sie darauf geachtet, dass Radley zwischen ihnen beiden ging, um Mitch auf diese Weise auf seinen Platz als Reds Freund zu verweisen.

Das bin ich ja auch, dachte Mitch in sich hineinlächelnd, aber ich will verdammt sein, wenn das alles ist.

»Da steht das Fort, siehst du?« Radley zog Hester am Ärmel, ließ sie dann los und rannte voraus.

»Eindrucksvoll, was?« Bevor Hester es verhindern konnte, hatte Mitch ihr ganz selbstverständlich den Arm um die Schultern gelegt. »Er ist wirklich begabt.«

Hester versuchte die Wärme und den Druck seines Armes zu ignorieren, während sie sich das Werk ihres Sohnes ansah. Die Wände des Forts waren ungefähr einen halben Meter hoch und ganz glatt. An einer Seite gingen sie in einen runden Turm über. Das mit einem Bogen versehene Eingangstor war so groß, dass Red auf Händen und Knien darunter durchkriechen konnte. Im Inneren angekommen, richtete er sich auf und reckte die Arme in die Höhe.

»Es ist großartig, Red. Ich kann mir denken, dass du viel dabei geholfen hast«, wandte sie sich leise an Mitch.

»Ein bisschen hier und da.« Er verzog das Gesicht, als lache er über sich selbst. »Dein Sohn ist ein besserer Architekt, als ich es je sein werde.«

Red kam bäuchlings wieder durch das Tor gekrochen. »Ich mache meinen Krieger fertig. Mom, du kannst einen auf der anderen Seite des Forts bauen. Das sind dann die Wachen.« Er begann, Schnee auf seine halb fertige Figur zu häufen. »Du kannst ihr ja helfen, Mitch, weil ich schon bald fertig bin.«

»Das ist fair.« Mitch nahm eine Handvoll Schnee. »Was gegen Teamwork einzuwenden?«

»Natürlich nicht.« Hester vermied es immer noch, ihn anzusehen. Sie kniete sich auf den Boden. Mitch ließ ihr den Schnee aus der Hand auf den Kopf rieseln.

»Ich dachte, auf diese Weise bekäme ich dich am schnellsten dazu, mich anzusehen.« Sie blitzte ihn an und fing an, eine Figur zu formen. »Was ist los, Mrs. Wallace?«

Sekunden vergingen, bis sie antwortete: »Ich habe im ›Who's who‹ nachgeschlagen.«

»Tatsächlich?«

»Du hast die Wahrheit gesagt.«

»Ab und zu kommt das vor.« Er schob Schnee zu ihr hinüber. »Und?«

»Ich komme mir ziemlich albern vor.«

»Ich habe die Wahrheit gesagt, und du kommst dir albern vor.« Geduldig klopfte Mitch den gehäuften Schnee in Form. »Könntest du mir diesen Zusammenhang bitte einmal erklären?«

»Du hast zugelassen, dass ich dich beschimpft habe.«

»Es ist schwer, dich zu bremsen, wenn du erst einmal in Fahrt kommst.«

Die Beine des »Wächters« nahmen Gestalt an. »Du hast mich glauben lassen, du seist ein armer exzentrischer Samariter. Ich wollte dir schon anbieten, deine Jeans zu flicken.«

Unglaublich gerührt fasste Mitch mit seiner behandschuhten Hand unter ihr Kinn. »Das finde ich aber lieb.«

»Dabei bist du ein reicher exzentrischer Samariter.« Sie schob seine Hand weg und sammelte Schnee für den Torso.

»Heißt das, du willst meine Jeans nicht mehr flicken?«

Hesters tiefer Seufzer ließ eine kleine weiße Wolke vor ihrem Mund entstehen. »Ich will nicht mehr darüber sprechen.«

»Oh doch, das willst du wohl.« Er schob ihr so viel Schnee zu, dass ihre Arme bis zu den Ellbogen darin vergraben waren. »Geld sollte dir doch nichts ausmachen. Du bist doch eine Bankfrau.«

»Geld macht mir auch nichts aus.« Mit einem Ruck machte sie ihre Arme frei und warf ihm eine ordentliche Ladung Schnee ins Gesicht. Und weil sie kichern musste, drehte sie ihm den Rücken zu. »Ich wünschte nur, die Situation wäre von vornherein klar gewesen.«

»Wie ist denn die Situation, Mrs. Wallace?«

»Hör doch endlich auf, in diesem Ton mit mir zu reden.« Sie drehte sich um und bekam so einen Schneeball an den Kopf.

»Tut mir leid.« Mitch lächelte und strich ihr den Schnee von der Stirn. »Der muss mir aus der Hand gerutscht sein. Um noch einmal auf die Situation zurückzukommen …«

»Zwischen uns gibt es keine Situation.« Bevor er wusste, wie ihm geschah, gab sie ihm einen kräftigen Stoß, sodass er rücklings in den Schnee fiel.

»Entschuldige bitte.« Sie konnte sich kaum halten vor Lachen. »Das habe ich nicht gewollt. Ich weiß auch nicht, wie ich dazu komme.« Er starrte sie an. »Es tut mir ehrlich leid«, wiederholte sie. »Am besten lassen wir die Angelegenheit auf sich beruhen. Wenn ich dir jetzt helfe aufzustehen, versprichst du, dich nicht an mir zu rächen?«

»Klar.« Mitch streckte die Hand aus, doch als sie danach griff, zog er sie herunter. Hester fiel mit dem Gesicht in den Schnee. »Immer sage ich eben doch nicht die Wahrheit.« Bevor sie antworten konnte, zog er sie in seine Arme und fing an, sich zu rollen.

»He! Ihr sollt doch die andere Wache bauen!« Red mischte sich ein.

»In einer Minute«, rief Mitch ihm zu. »Ich zeige deiner Mutter nur gerade ein neues Spiel. Gefällt es dir?«, fragte er Hester, während er sie wieder unter sich rollte.

»Geh runter von mir. Ich habe Schnee unter dem Pullover und in meinen Jeans ...«

»Es hat sowieso keinen Zweck. Du bringst es nicht fertig, mich hier zu verführen.«

»Du bist ja verrückt.« Sie versuchte sich aufzusetzen, aber er hielt sie fest.

»Mag sein.« Er leckte ihr eine Spur Schnee von der Wange und spürte, dass sie plötzlich ganz ruhig unter ihm lag. »Aber blöd bin ich nicht.« Seine Stimme hatte sich verändert. Das war nicht mehr der fröhliche Ton ihres sorglosen Nachbarn, sondern die sanfte Stimme eines Liebhabers. »Du fühlst etwas für mich. Auch wenn es dir nicht gefällt, fühlst du etwas für mich.«

Seine Augen strahlten intensiv blau im Licht der untergehenden Sonne, sein Haar war feucht vom Schnee. Und sein Gesicht war so nahe, viel zu nahe. Ja, dachte sie, ich fühle etwas für ihn. Schon von der ersten Minute an. Aber ich bin auch nicht blöde.

»Wenn du mich loslässt, zeige ich dir, was ich für dich fühle.«

»Wie komme ich dazu zu denken, das würde mir nicht gefallen? Na, egal.« Er küsste sie leicht, bevor sie antworten konnte. »Hester, die Situation ist doch so: Deine Gefühle haben nichts mit meinem Geld zu tun, weil du bis vor ein paar Stunden nichts davon wusstest. Und sie haben auch nicht nur etwas damit zu tun, dass ich deinen Sohn sehr gern habe. Sie betreffen ganz persönlich dich und mich.«

»Erzähl mir nicht, was für Gefühle ich habe.«

»Na gut. Dann will ich dir sagen, was ich fühle. Ich habe dich sehr gern – lieber, als ich es für möglich gehalten hätte.«

Sie erblasste unter ihren kältegeröteten Wangen. »Sag so etwas nicht.«

»Warum nicht? Daran wirst du dich gewöhnen müssen. Ich habe mich ja auch dran gewöhnt.«

»Ich will aber nicht. Ich will solche Gefühle nicht.«

Er sah Hester an. »Darüber werden wir noch reden.«

»Nein. Darüber gibt es nichts zu reden. Und ich will auch nicht darüber nachdenken. Ich kann nicht.«

»Doch, du kannst. Du bist viel stärker, als du denkst. Wovor fürchtest du dich? Doch nicht vor mir?«

»Nein, ich fürchte mich nicht vor dir.«

»Dann küss mich.« Seine Stimme war jetzt sanft und drängend. »Es wird gleich dunkel. Küss mich, bevor die Sonne untergeht.«

Sie schloss die Augen, hob ihm das Gesicht entgegen und überlegte nicht, warum es plötzlich das Natürlichste der Welt zu sein schien, zu tun, was er verlangte. Für Fragen ist später noch Zeit, dachte sie, und sie wusste auch, dass ihr die Antworten nicht leichtfallen würden. Seine Lippen waren kühl, kühl und – geduldig, und unter ihrer Berührung erglühte Hesters Haut, und ihr Puls fing an zu jagen.

Mitch hätte sie gern drängender geküsst, sie mit seinen Küssen zu überzeugen versucht, aber er, der es gewohnt war, impulsiv zu handeln, erkannte, dass es Situationen gab, in denen es ratsamer war, Schritt für Schritt voranzugehen. Besonders wenn der Preis, den es zu erringen galt, so kostbar war.

Darum löste er sich von ihr. Er wollte geduldig sein und warten. »Damit dürften ein paar Punkte geklärt sein«, meinte er, nahm ihre Hand und drückte sie an seine Brust. »Aber ich glaube trotzdem, dass wir noch miteinander reden müssen. Bald.«

»Ich weiß nicht.« Hester war unfähig, einen klaren Gedanken zu fassen.

»Ich komme zu dir rauf, oder du kannst zu mir runterkommen, aber wir müssen darüber sprechen.«

Sie fühlte sich in die Enge getrieben, wusste jedoch, dass sie sich ihm früher oder später stellen musste. »Nicht heute Abend«, erwiderte sie schnell und verachtete sich für ihre Feigheit. »Red und ich haben noch eine Menge zu tun.«

»Verzögerungstaktik ist eigentlich nicht dein Stil.«

»Dieses Mal doch«, murmelte sie und wandte sich ab. »Radley, wir müssen jetzt zurückgehen«, rief sie ihrem Sohn zu.

»Sieh mal, Mom, ich bin gerade fertig. Ist der nicht toll geworden?« Red trat zurück, um ihr seinen Krieger zu zeigen. »Du hast ja deinen noch nicht einmal angefangen.«

»Ich mache ihn vielleicht morgen fertig.« Sie ging schnell auf ihn zu und nahm ihn bei der Hand. »Wir müssen jetzt Dinner machen.«

»Aber können wir denn nicht …«

»Nein. Es ist schon fast dunkel.«

»Kann Mitch mitkommen?«

»Nein, kann er nicht.« Während sie sprach, warf sie einen Blick über die Schulter zurück. Mitch stand neben Reds Fort und war jetzt kaum mehr als ein Schatten. »Heute nicht.«

Taz jaulte und wollte Mitch hinter Red herziehen. Doch dieser legte ihm die Hand auf den Kopf. »Nichts zu machen, mein Freund, dieses Mal nicht.«

Ich kann ihm nicht dauernd aus dem Weg gehen, dachte Hester, als sie sich – weil ihr Sohn sie darum gebeten hatte – auf den Weg zu Mitchs Wohnung machte. Sie gestand sich sogar ein, dass es unsinnig gewesen wäre, es überhaupt zu versuchen.

Oberflächlich gesehen hätte man denken können, Mitch Dempsey ermögliche die Lösung vieler ihrer Probleme. Er war Red aufrichtig zugetan und sein Freund. Sie war froh, ihm ihren Sohn anvertrauen zu können, während sie bei der Arbeit war.

In Wahrheit aber komplizierte er ihr Leben. Es nützte gar nichts, dass sie sich bemühte, in ihm nichts als Reds Freund oder einen leicht verrückten Nachbarn zu sehen. Er erweckte in ihr Gefühle, die sie seit fast zehn Jahren nicht mehr empfunden hatte. Flatternder Pulsschlag und aufsteigende Leidenschaft, das waren Begriffe, die Hester nur noch mit jungen, mit optimistischen Menschen in Verbindung gebracht hatte. Ihr selbst waren sie fremd geworden, seit Radleys Vater sie verlassen hatte.

In all den Jahren, die darauf gefolgt waren, hatte sie sich nur ihrem Sohn gewidmet. Sie hatte versucht, ihm ein Heim zu schaffen und sein Leben so normal und ausgeglichen wie möglich zu gestalten. War dabei auch Hester, die Frau, auf der Strecke geblieben, so war für sie ihr Erfolg als Mutter ein fairer Ausgleich. Und nun kam dieser Mitch Dempsey einfach daher und weckte lange vergessene Gefühle, schlimmer noch, Wünsche in ihr wieder auf.

Sie atmete tief durch und klopfte an Mitchs Tür. Er ist Reds Freund, sagte sie sich immer wieder, und der einzige Grund, weshalb ich hier bin, ist der, dass Red mir unbedingt etwas zeigen wollte. Ich bin nicht gekommen, um Mitch zu treffen. Doch bei dem Gedanken, er könne ihr wieder mit den Fingerspitzen über die Wange streichen, wurde ihr ganz warm.

Sie verschränkte die Hände und konzentrierte sich auf Radley. Sie wollte sich ansehen, was immer er ihr zu zeigen hatte, und ihn dann gleich mit nach oben nehmen.

Mitch öffnete die Tür. Er trug ein Sweatshirt, auf dem ein mit Zark konkurrierender Superheld abgebildet war, und dazu eine Jogginghose, in deren Knie ein großes Loch war.

Über die Schultern hatte er ein Handtuch geschlungen, mit dessen einem Ende er sich das Gesicht abtrocknete.

»Bist du etwa bei diesem Wetter gelaufen?«, fragte sie und bedauerte die Frage sofort, weil sie ihre Besorgnis verraten hatte.

»Nein.« Er nahm sie bei der Hand und zog sie nach drinnen. Hester duftete nach Frühling, und ihr strenges blaues Kostüm verlieh ihr ein Flair von Tüchtigkeit, das er merkwürdigerweise in diesem Augenblick als besonders sexy empfand. »Hanteln«, erklärte er. Seit er Hester kennengelernt hatte, trainierte er noch öfter mit Gewichten, weil er es für die zweitbeste Möglichkeit hielt, Spannungen und überflüssige Energie loszuwerden.

»Oh. Ich wusste nicht, dass du dich mit so etwas beschäftigst.«

Er lachte. »Ich bin nicht darauf aus, ein Muskelprotz zu werden. Aber wenn ich nicht regelmäßig trainiere, werde ich dünn wie ein Zahnstocher. Und das sieht wirklich nicht sehr hübsch aus.« Weil sie so nervös wirkte, konnte Mitch nicht widerstehen. Er grinste und beugte den Arm. »Mal fühlen?«

»Verzichte. Vielen Dank.« Sie reichte ihm einen großen, prall gefüllten Umschlag. »Mr. Rosen schickt dir diese Unterlagen. Du hattest ihn darum gebeten.«

»Hab ich.« Mitch nahm den Umschlag und warf ihn auf einen Stapel Zeitschriften. »Bestell ihm, ich würde es weitergeben.«

»Und wirst du das tun?«

Er hob verärgert die Augenbrauen. »Normalerweise halte ich mein Wort.«

Dessen war Hester gewiss. Und es erinnerte sie daran, dass er gesagt hatte, sie würden miteinander reden. Und zwar bald. »Radley hat mich angerufen und gesagt, er müsse mir unbedingt ganz dringend etwas zeigen. Was ist es denn?«

»Er ist im Arbeitszimmer. Möchtest du einen Kaffee?«

Das Angebot kam so selbstverständlich und freundlich, dass sie es fast angenommen hätte. »Danke, aber wir können nicht länger bleiben. Ich musste mir Arbeit mit nach Hause nehmen.«

»Gut. Dann geh schon hinein, ich brauche was zu trinken.«

»Mom!« Sobald sie ins Arbeitszimmer trat, sprang Radley auf und griff nach ihrer Hand. »Ist das nicht toll? Das ist das schönste Geschenk, das ich in meinem ganzen Leben gekriegt habe.« Er zog sie zu einem kleinen Zeichentisch.

Es war kein Spielzeug. Hester erkannte sofort, dass es sich um eine erstklassige Zeichenausrüstung handelte, wenn auch auf die Größe eines Kindes abgestimmt. Der kleine drehbare Stuhl war verschlissen, aber der Sitz war neu mit Leder bezogen. Radley hatte grafisches Papier auf dem Brett befestigt und mit Zirkel und Lineal etwas zu zeichnen begonnen, das wie ein architektonischer Entwurf aussah.

»Gehört das Mitch?«

»Ja, aber er hat gesagt, ich kann es benutzen, solange ich will. Sieh mal, ich mache einen Plan für eine Raumstation. Das hier ist der Maschinenraum. Und hier sind die Mannschaftsunterkünfte. Es kommt auch noch ein Gewächshaus dazu, weißt du, so eins wie in dem Film, den ich mir mit Mitch angesehen habe. Er hat mir gezeigt, wie man alles im richtigen Maßstab in diese Quadrate zeichnen kann.«

»Das ist ja fantastisch.« Der Stolz auf ihren Sohn löste alle Spannungen. Hester ging in die Hocke, um genauer sehen zu können. »Das hast du aber schnell gelernt, Red. Einfach toll. Sie könnten dich glatt bei der NASA gebrauchen.«

Red kicherte, hielt dabei aber den Kopf gesenkt, wie immer, wenn er gleichzeitig erfreut und verlegen war. »Vielleicht werde ich mal Ingenieur.«

»Du kannst werden, was immer du willst.« Sie drückte ihm einen Kuss auf die Stirn. »Wenn du so weitermachst, wirst du mir bald erklären müssen, was du da tust. Alle diese Geräte.« Sie nahm ein Geodreieck in die Hand. »Ich glaube, du weißt schon, wofür man die alle braucht.«

»Mitch hat es mir gezeigt. Er benützt sie auch manchmal, wenn er zeichnet.«

»Tatsächlich?« Sie wendete das Dreieck in der Hand. Es kam ihr sehr professionell vor.

»Auch für Comiczeichnungen braucht man eine gewisse Disziplin«, sagte Mitch von der Tür her. Er hielt ein Glas Orangensaft in der Hand, das schon halb geleert war. Hester erhob sich.

Sein Sweatshirt war über der Brust leicht feucht. Das Haar hatte er nur mit den Fingern gekämmt, und es war nicht das erste Mal, dass er sich keine Mühe gemacht hatte, sich zu rasieren. Hester fand sein Aussehen sehr männlich. Neben ihm bearbeitete ihr Sohn glücklich sein Zeichenpapier.

Männlich, gefährlich, aufregend – alles das mag er sein, dachte sie. Fest steht aber auch, dass ich keinen liebevolleren Mann kenne. Sie trat auf ihn zu. »Ich weiß nicht, wie ich dir danken soll.«

»Das hat Red schon getan.«

Sie nickte und legte Red eine Hand auf die Schulter. »Mach das zu Ende, Red. Ich bin mit Mitch nebenan.«

Hester ging ins Wohnzimmer voraus. Es sah aus, wie sie erwartet hatte. Unordentlich und chaotisch. »Oh Mitch, ich dachte, ich kenne Red in- und auswendig«, begann sie. »Aber ich hatte keine Ahnung, dass ein Zeichentisch ihm so viel bedeuten könnte. Ich hätte ihn für viel zu jung gehalten.«

»Ich habe dir schon einmal gesagt, dass er ein Naturtalent ist.«

»Ich weiß.« Sie nagte an ihrer Unterlippe. Jetzt wünschte sie, sie hätte eine Tasse Kaffee angenommen, dann hätte sie sich wenigstens an etwas festhalten können. »Red hat mir erzählt, dass du ihm Zeichenunterricht gibst. Du hast so viel für ihn getan. Ganz bestimmt viel mehr, als das, wozu du verpflichtet bist.«

Er sah sie lange an. »Das hat nichts mit Verpflichtung zu tun. Warum setzt du dich nicht?«

»Nein.« Sie verschränkte die Hände wieder ineinander, löste sie aber sogleich wieder. »Nein. Ich wollte dir nur sagen, wie dankbar ich dir bin. Red hatte nie einen ...« Hester konnte das Wort »Vater« gerade noch entsetzt herunterschlucken. »Er hatte nie jemanden, der sich so mit ihm beschäftigt hat – außer mir. Er sagte, der Zeichentisch gehöre dir?«

»Mein Vater hat ihn für mich anfertigen lassen, als ich ungefähr in Reds Alter war. Er hoffte, ich würde aufhören, Ungeheuer zu malen, und etwas Produktiveres tun.« Das sagte er ohne Bitterkeit, ja eher ein wenig amüsiert. Er nahm seinen Eltern ihr mangelndes Verständnis schon lange nicht mehr übel.

»Er muss dir viel bedeuten, dass du ihn so lange aufbewahrt hast. Solltest du ihn nicht lieber für deine eigenen Kinder verwahren?«

Mitch nahm einen Schluck aus seinem Glas und sah sich im Raum um. »Im Moment laufen hier keine herum.«

»Aber ...«

»Hester. Ich hätte ihm die Sachen nicht gegeben, wenn ich es nicht gewollt hätte. Sie haben jahrelang herumgestanden und Staub angesetzt. Da habe ich nur den Sitz neu beziehen lassen. Es macht mir Spaß zu sehen, wie Red damit umgeht.« Er trank sein Glas leer, setzte es ab und ging auf sie zu. »Das Geschenk ist für Red. Und damit sind keine Bedingungen an seine Mutter gebunden.«

»Das weiß ich, ich wollte nicht sagen …«

»Gut.« Und dann tat er das, was sie befürchtet hatte – er strich ihr mit dem Finger die Wange entlang. »Es ist nämlich so, Mrs. Wallace: Ich würde den Jungen auch mögen, wenn es dich nicht gäbe, und ich würde dich auch ohne den Jungen mögen.« Mitch neigte den Kopf zur Seite, als wäre ihm gerade ein ganz neuer Gedanke gekommen. »Ich glaube, jetzt fange ich an zu verstehen. Du glaubst doch wohl nicht, ich wollte mich bei Red beliebt machen, um Reds Mutter ins Bett zu kriegen?«

»Natürlich nicht.« Sie warf den Kopf zurück. »Wenn ich das glaubte, wäre Red nicht in deiner Nähe.«

»Aber …« Er legte ihr die Arme um die Schultern und verschränkte die Hände in ihrem Nacken. »Du fragst dich, ob deine Gefühle für mich durch Reds Gefühle hervorgerufen sein könnten.«

»Ich habe nie gesagt, dass ich Gefühle für dich hätte.«

»Oh doch, das hast du. Und du sagst es immer wieder, wenn es mir gelingt, dir so nahe zu kommen wie jetzt. Nein, weich mir nicht aus, Hester.« Er verstärkte seinen Griff. »Lass uns Klartext miteinander reden. Ich möchte mit dir schlafen. Das hat nichts mit Red zu tun und viel weniger, als ich dachte, mit dem Begehren, das ich empfand, als ich zum ersten Mal deine Beine sah.« Ihre Augen waren unruhig, aber sie hielt seinem Blick stand. »Es hat etwas damit zu tun, dass ich dich in vieler Hinsicht attraktiv finde. Du bist intelligent, du bist stark – und du bist beständig. Das mag nicht gerade romantisch klingen, aber es ist nun einmal so, dass diese Beständigkeit auf mich sehr anziehend wirkt. Ich selbst habe nie sehr viel davon besessen.«

Er fuhr mit verschränkten Händen hinten an ihrem Kopf hoch. »Es mag sein, dass du in diesem Augenblick noch nicht bereit bist, mir entgegenzukommen, aber ich bitte dich, dir genau zu überlegen und dir genau darüber klar zu werden, was du möchtest und was du empfindest.«

»Ich weiß nicht, ob ich das kann. Du hast nur dich selbst. Ich habe Red. Was immer ich tue, was immer ich entscheide, hat Auswirkungen auf ihn. Vor Jahren habe ich mir geschworen, ihm nie wehzutun. Und das Versprechen werde ich halten.«

»Lass mich dir sagen, was ich glaube. Du könntest nie eine Entscheidung treffen, die Red verletzen würde, aber durchaus eine, die dich selbst verletzt. Ich möchte bei dir sein, Hester, und ich glaube nicht, dass unser Zusammensein Radley schaden könnte.«

»Ich bin fertig.« Red kam mit einer Zeichnung aus dem Arbeitszimmer. Hester wollte sich sofort von Mitch lösen, aber der hielt sie fest, um seine Argumentation zu beweisen.

»Ich möchte sie mitnehmen und morgen Josh zeigen. Darf ich?«

Um in Radleys Gegenwart kein Gerangel anzufangen, blieb Hester, wo sie war, und sagte über die Schulter: »Natürlich darfst du.«

Red betrachtete die beiden einen Augenblick. Er hatte nie gesehen, dass ein Mann seine Mutter umarmte, außer sein Großvater und sein Onkel, und er überlegte, ob Mitch nun auch zur Familie gehörte. »Ich gehe nämlich morgen Nachmittag zu Josh und darf bis übermorgen bei ihm bleiben. Wir werden die ganze Nacht nicht schlafen.«

»Dann muss ich auf deine Mom aufpassen, meinst du nicht?«

»Könnte sein.« Red rollte die Zeichnungen zusammen und steckte sie in eine Pappröhre, wie Mitch es ihm gezeigt hatte. »Radley weiß, dass niemand auf mich aufzupassen braucht.«

Mitch ignorierte ihre Bemerkung und wandte sich weiter an Red. »Was hältst du davon, wenn ich deine Mom einlade, mit mir auszugehen?«

»Du meinst fein machen, in ein Restaurant gehen und so was?«

»So was Ähnliches.«

»Ist in Ordnung.«

»Gut. Dann hole ich sie um sieben ab.«

»Ich glaube wirklich nicht …«

»Nicht um sieben? Na gut, dann um sieben Uhr dreißig, aber nicht später. Wenn ich bis acht nichts zu essen bekomme, werde ich unausstehlich.« Er küsste Hester noch schnell auf die Stirn, bevor er sie losließ. »Amüsier dich gut bei Josh.«

»Bestimmt.« Radley holte seinen Mantel und die Schultasche. Dann kam er zu Mitch und umarmte ihn. Hester schluckte die Bemerkung, die ihr auf der Zunge gelegen hatte, herunter. »Danke für den Zeichentisch und alles.«

»Gern geschehen. Also, dann bis Montag.« Er wartete, bis Hester an der Tür war. »Sieben Uhr dreißig.«

Sie nickte und zog die Tür hinter sich ins Schloss.

7. Kapitel

Hester hätte sich irgendeine Ausrede einfallen lassen können, aber sie wollte es im Grunde gar nicht. Sie war sich völlig darüber im Klaren, dass Mitch sie mit dieser Einladung überrannt hatte, aber es machte ihr nichts aus. Sie war ihm sogar dankbar dafür, dass er ihr die Entscheidung abgenommen hatte – jedenfalls fast.

Trotzdem war sie nervös. Obgleich sie sich immer noch nicht über ihre Gefühle klar war, wenn es um Mitch Dempsey ging, so war sie doch froh darüber, dass sie keine Angst vor ihm hatte.

Sie griff nach der Bürste und betrachtete sich im Spiegel, während sie ihr Haar glättete. Es war ihr nicht anzusehen, dass sie so nervös war. Wenigstens das beruhigte sie. Das schwarze Kleid aus leichter Wolle, das knapp über den Knien endete, schmeichelte ihrer Figur. Sie legte große Ohrringe an und versuchte, nicht darüber nachzudenken, wie lange es her war, dass sie sich von einem Mann zum Dinner hatte einladen lassen. Stattdessen sagte sie sich immer wieder, dass sie Mitch gut genug kannte, um sich den ganzen Abend mit ihm über unverfängliche Themen zu unterhalten. Und sosehr sie Red liebte, einem Abend unter Erwachsenen sah sie mit Vergnügen entgegen.

Als sie das Klopfen hörte, warf sie noch einen schnellen prüfenden Blick in den Spiegel und ging dann an die Tür. Sobald sie sie geöffnet hatte, schwand ihr Selbstvertrauen dahin.

Der Mann, der dort stand, hatte kaum Ähnlichkeit mit dem Mitch, den sie kannte. Von verschlissenen Jeans und ausgeleiertem Sweatshirt keine Spur. Dieser Mann trug einen dunklen Anzug mit blassblauem Hemd sowie eine Krawatte. Der oberste Hemdknopf stand offen, die Krawatte aus dunkelblauer Seide war lose geknüpft und hing etwas zu tief, war aber dennoch unbestritten eine Krawatte. Mitch war frisch rasiert, und wenn sein Haar vielleicht auch eine Spur kürzer hätte sein dürfen, so fiel es doch locker und glänzend bis eben zum Hemdkragen.

Hester fühlte sich plötzlich sehr unsicher.

Auch Mitch war einen Augenblick beklommen zumute, als er sie ansah. Hester sah großartig aus. Ihre hochhackigen Abendschuhe machten sie größer, sodass sie nicht aufblicken musste, um ihm in die Augen zu schauen. Es war Hesters Unsicherheit, die ihm sein Selbstvertrauen zurückgab.

»Sieht so aus, als hätte ich die richtige Farbe ausgesucht.« Er lächelte und gab ihr einen Armvoll roter Rosen.

Sie wusste, dass es für eine Frau ihres Alters albern war, sich von etwas so Normalem wie Blumen irritieren zu lassen. Aber als sie den Strauß entgegennahm, klopfte ihr das Herz bis zum Hals.

»Hast du schon wieder deinen Text vergessen?«

»Meinen Text?«

»Danke schön.«

»Danke schön.«

»Und jetzt solltest du sie in die Vase tun.«

Hester kam sich mehr als albern vor. »Natürlich. Komm herein.«

Mitch war ihr in die Küche gefolgt, wo sie geschickt die Rosen in einer Vase arrangierte. Ich bin eine erwachsene Frau, sagte sie sich immer wieder. Dass ich lange nicht mehr mit einem Mann ausgegangen bin, bedeutet nicht, dass ich vergessen habe, mich zu benehmen. Sie drehte sich mit der Vase in den Händen um und wäre fast mit ihm zusammengestoßen.

»Das Auge sieht wieder ziemlich normal aus.« Er berührte den schwachen Schatten unter ihrem Lid mit der Fingerspitze.

»Es war halb so schlimm.« Die Kehle wurde ihr eng. Erwachsene Frau oder nicht, sie war jedenfalls froh, dass sich in diesem Augenblick eine Vase mit Rosen zwischen ihnen befand. »Ich hole schnell meinen Mantel.«

Nachdem sie die Blumen auf den Tisch neben dem Sofa gestellt hatte, ging Hester zum Schrank. Sie hatte einen Arm im Ärmel, als Mitch hinter sie trat, um ihr beim Anziehen zu helfen. Aus einer ganz normalen Angelegenheit machte er ein sinnliches Ereignis, indem er ihr mit den Händen über Schulter und Ärmel strich und das Haar über den Mantelkragen hob.

Hester ballte die Hände zu Fäusten, wendete den Kopf und brachte mühsam ein »Danke« hervor.

»Bitte sehr.« Er drehte sie zu sich herum. »Vielleicht fühlst du dich besser, wenn wir das erst einmal aus dem Weg schaffen.«

Er ließ seine Hände, wo sie waren, und legte fest und warm seinen Mund auf ihre Lippen. Hester lockerte ihre verkrampften Hände. An diesem Kuss war nichts Forderndes oder Leidenschaftliches. Er war so verständnisvoll, dass sie zutiefst gerührt war.

»Besser?«, murmelte Mitch.

»Ich bin mir nicht ganz sicher.«

Lachend küsste er sie noch einmal. »Aber ich fühle mich jetzt besser«, erklärte er, nahm ihre Hand und ging mit ihr zur Tür.

Das Restaurant war französisch, exklusiv und von zurückhaltender Eleganz. Die blassseidenen Tapeten schimmerten im flackernden Licht der Kerzen. Die Gäste unterhielten sich gedämpft über leinenen Tischtüchern und langstieligen Kristallgläsern.

»Ah, Monsieur Dempsey, wir haben Sie lange nicht gesehen.« Der Maître kam ihnen entgegen, um sie zu begrüßen.

»Sie wissen doch, dass ich schon wegen Ihrer Schnecken immer wiederkomme.«

Lachend winkte der Maître einen Kellner herbei. »Guten Abend, Mademoiselle. Ich bringe Sie zu Ihrem Tisch.« Die kleine Nische, zu der er sie führte, war ein Platz für intime Gespräche. »Der Weinkellner kommt sofort zu Ihnen. Ich wünsche Ihnen einen angenehmen Abend.«

»Ich brauche gar nicht zu fragen, ob du schon früher hier gewesen bist.«

»Von Zeit zu Zeit bin ich tiefgefrorene Pizza leid. Möchtest du Champagner?«

»Gern.«

Mitchs Bestellung erfreute den Getränkekellner. Hester schlug die Speisekarte auf und seufzte beim Anblick der Auswahl. »Daran werde ich denken, wenn ich das nächste Mal zwischen zwei Geschäftsgesprächen in ein halbes Thunfischsandwich beiße.«

»Dir gefällt dein Job?«

»Sogar sehr.« Sie fragte sich, ob das »Soufflé de Crabbes« das war, wonach es sich anhörte. »Mr. Rosen kann sehr lästig sein, aber er holt das Beste an Leistung aus einem heraus.«

»Und es gefällt dir, gute Leistungen zu bringen?«

»Das ist sehr wichtig für mich.«

»Was sonst noch – außer Red?«

»Sicherheit.« Sie sah ihn mit einem angedeuteten Lächeln an. »Ich glaube, das hat etwas mit Red zu tun. Eigentlich hat alles, was mir in den letzten Jahren wichtig gewesen ist, mit Red zu tun.«

Sie sah auf, als der Kellner mit dem Champagner kam und Mitch davon zum Probieren einschenkte. Sie beobachtete, wie die blassgoldene Flüssigkeit in den Kelchen perlte. »Auf Red«, sagte Mitch, als er sein Glas hob und ihres damit berührte. »Und auf seine faszinierende Mutter.«

Hester nippte und stellte fest, dass sie nie zuvor so köstlichen Champagner getrunken hatte. »Ich habe mich nie für faszinierend gehalten.«

»Eine schöne Frau, die in einer der härtesten Städte der Welt ganz allein einen Sohn aufzieht, fasziniert mich.« Er trank und lächelte schelmisch. »Außerdem hast du fantastische Beine.«

Sie lachte, und selbst als er seine Hand auf die ihre legte, spürte sie keinerlei Verlegenheit. »Das hast du schon einmal gesagt. Lang sind sie jedenfalls. Bis mein Bruder die Highschool abgeschlossen hatte, war ich größer als er. Weil er darüber wütend war, nannte er mich ›Lange‹.«

»Ich war der ›Dünne‹.«

»Der Dünne?«

»Kennst du die Bilder mit dem achtzigpfündigen Schwächling? So habe ich ausgesehen.«

Über den Rand ihres Glases hinweg betrachtete Hester seinen kräftigen Oberkörper. »Das kann ich nicht glauben.«

»Eines Tages, wenn ich einmal zu viel getrunken habe, zeige ich dir vielleicht ein paar Fotos.«

Mitch bestellte das Essen in perfektem Französisch. Hester starrte ihn an. Das also ist der Comicschreiber, der Forts aus Schnee baut und mit seinem Hund redet, dachte sie.

Mitch, der ihren Blick bemerkt hatte, hob die Brauen. »Ich bin während meiner Schulzeit ein paar Jahre in Paris gewesen.«

»Ach, deshalb.« Das erinnerte Hester an seine Herkunft. »Leben deine Eltern eigentlich in New York?«

»Nein.« Er brach ein Stück von dem knusprigen französischen Weißbrot ab. »Meine Mutter lässt sich hin und wieder mal hier blicken, zum Einkaufen oder um ins Theater zu gehen, und mein Vater kommt gelegentlich aus geschäftlichen Gründen, aber New York ist nicht ihr Stil. Sie leben immer noch den größten Teil des Jahres in Newport, wo ich aufgewachsen bin.«

»Oh, in Newport. Als ich noch ein Kind war, sind wir einmal durch Newport gefahren. Wir machten in den Ferien meist Fahrten ins Blaue mit dem Wagen. Ich kann mich an die Häuser dort noch genau erinnern. Diese riesigen Herrenhäuser mit Säulen inmitten blühender Gärten. Wir haben sie sogar fotografiert. Kaum zu glauben, dass darin wirklich Menschen wohnten.« Sie hielt inne und blickte in Mitchs amüsiertes Gesicht. »Du hast darin gelebt.«

»Das ist zu komisch. Ich saß oft mit dem Fernglas am Fenster, betrachtete die Touristen und habe sie sehr beneidet.«

»Tatsächlich? Wieso?«

»Weil sie Ferien machten und heiße Würstchen essen konnten. Ihr durftet in Motels übernachten und unterwegs im Auto Bingo spielen.«

»Ja«, murmelte sie. »So war es.«

»Glaub nur nicht, ich wollte dir die Nummer vom armen reichen Jungen vorspielen«, fügte er hinzu, als er ihren Gesichtsausdruck bemerkte. »Ich will damit nur sagen, dass ein Haus zu haben nicht unbedingt besser sein muss, als einen Kombi zu besitzen.« Er goss ihr noch etwas Champagner ein.

»In meinem Fall hat die Rebellion gegen den Besitz von Geld schon vor langer Zeit aufgehört.«

»Das kann ich kaum glauben von jemandem, der seine Louis-Quinze-Möbel verstauben lässt.«

»Das hat nichts mit Rebellion zu tun. Das ist reine Faulheit.«

»Und eine Sünde. Ich bin jedes Mal versucht, sie mit einem Tuch und Zitronenöl abzureiben.«

»Nur keine Hemmungen. Du bist jederzeit willkommen.«

Sie lächelte. »Was hast du denn in deiner Rebellionsphase angestellt?« Hester strich ihm mit den Fingerspitzen über die Hand, und es kam ihr ganz natürlich vor.

Mitch sah von ihrer Hand auf in ihr Gesicht. »Willst du das wirklich wissen?«

»Ja.«

»Dann treffen wir ein Abkommen. Meine leicht verkürzte Lebensgeschichte gegen deine.«

»Gut. Aber du fängst an.«

»Ich erzählte dir schon, dass meine Eltern aus mir gern einen Architekten gemacht hätten. Das war für sie die einzig akzeptable Verwertbarkeit meines zeichnerischen Talents. Kaum war ich jedoch aus der Highschool entlassen, da entschloss ich mich, mein Leben der Kunst zu weihen.«

Die Vorspeisen wurden serviert. Mitch seufzte genießerisch beim Anblick der Schnecken.

»Und so bist du nach New York gekommen?«

»Nein. Nach New Orleans. Da ich mich weigerte, die Hilfe meiner Eltern in Anspruch zu nehmen, war New Orleans das, was ich mir leisten konnte und das Paris am nächsten kam. Und ich habe New Orleans geliebt. Ich hungerte, aber ich liebte die Stadt. Diese feuchtheißen Nachmittage, der Geruch des Flusses. Es war mein erstes großes Abenteuer.«

»Und was hast du in New Orleans gemacht?«

»Meine Staffelei am Jackson Square aufgestellt und mir meinen Lebensunterhalt mit dem Zeichnen von Touristen und dem Verkauf von Aquarellen verdient. Drei Jahre lang wohnte ich in einem winzigen Zimmer und war äußerst glücklich.«

»Was geschah dann?«

»Es gab da eine Frau. Ich glaubte, ich sei verrückt nach ihr, und umgekehrt. Sie stand mir Modell, als ich meine Matisse-Periode durchmachte. Du hättest mich damals sehen sollen. Mein Haar war fast so lang wie deins, und ich hatte sogar einen Ohrring im linken Ohr.«

»Du? Einen Ohrring?«

»Du brauchst gar nicht so zu grinsen.« Die Vorspeisen wurden ab- und die Salate aufgetragen. »Na, jedenfalls waren wir glücklich miteinander, bis ich ihr eines Abends, als ich ein bisschen zu viel getrunken hatte, von meinen Eltern erzählte. Sie fuhr fast aus der Haut vor Wut.«

»Auf deine Eltern?«

»Du bist süß«, sagte Mitch und küsste ihr die Hand. »Nein, sie war wütend auf mich. Ich war reich und hatte es ihr nicht gesagt. Ich hatte haufenweise Geld und erwartete von ihr, dass sie sich mit einem erbärmlichen kleinen Raum im French Quarter zufriedengab, in dem sie auf einer Kochplatte Bohnen und Reis kochen musste. Das Komische war, dass sie mich wirklich gemocht hatte, solange sie glaubte, ich sei arm. Aber als sie herausfand, dass ich keinesfalls die Absicht hatte, Gebrauch von dem zu machen, was zur Verfügung stand, wurde sie wütend. Wir hatten einen gewaltigen Streit, in dessen Verlauf sie mich wissen ließ, was sie von mir und meiner Arbeit wirklich hielt.«

»Die Leute sagen, wenn sie wütend sind, schon manchmal Dinge, die sie im Grunde gar nicht so meinen.«

Er hob Hesters Hand und küsste noch einmal ihre Finger. »Ja, sehr süß bist du.« Er hielt ihre Hand, während er fortfuhr: »Sie verließ mich jedenfalls und gab mir Gelegenheit, mir über mich selbst klar zu werden. Drei Jahre lang hatte ich mir Tag für Tag eingeredet, was für ein großartiger Künstler ich sei. In Wahrheit war ich das aber ganz und gar nicht. Also verließ ich New Orleans, ging nach New York und widmete mich der kommerziellen Kunst. Darin war ich gut. Ich arbeitete hart, stellte meine Kunden im Großen und Ganzen zufrieden, mich selbst jedoch machte ich unglücklich. Durch meine Verbindungen bekam ich eine Stelle beim Universal-Verlag. Zuerst als Matrizenschneider, dann als Künstler. Und dann ...«, Mitch hob sein Glas, »... dann kam Zark. Den Rest kennst du.«

»Und du bist glücklich.« Sie drehte die Hand, sodass ihre Handflächen sich berührten. »Man merkt es dir an. Nicht jeder ist so zufrieden mit seinem Leben wie du, so zufrieden mit dem, was er tut.«

»Das hat eine Weile gedauert.«

»Und deine Eltern? Ist es zwischen euch zu einer Verständigung gekommen?«

»Zu der, dass wir uns nie gegenseitig verstehen werden. Aber wir fühlen uns trotzdem als Familie. Ich habe meine Anteile an der Firma, und so können sie ihren Freunden erzählen, die Sache mit den Comics mache ich nur zu meinem Vergnügen. Was ja auch eigentlich der Wahrheit entspricht.« Mitch bestellte eine weitere Flasche Champagner zum Hauptgang. »Jetzt bist du dran.«

Hester lächelte. »Oh, ich hatte eine ganz durchschnittliche Kindheit in einer ganz durchschnittlichen Familie. Dad hatte einen guten Job, Mom blieb zu Hause. Wir liebten einander sehr, kamen aber nicht immer gut miteinander aus. Meine

Schwester war sehr kontaktfreudig und lebhaft – Cheerleader und Ähnliches. Ich dagegen war fast krankhaft scheu.«

»Du bist immer noch scheu«, stellte Mitch leise fest und verschränkte seine Finger mit ihren.

»Ich dachte, man merkt es nicht.«

»Es wirkt sehr reizvoll. Was ist mit Reds Vater?« Er fühlte, wie sie sich verkrampfte. »Ich würde gern mit dir darüber reden, Hester, aber wenn es dich aufregt, lassen wir es lieber.«

Sie entzog ihm die Hand und griff nach ihrem Glas. Der Champagner war kalt und belebend. »Es ist schon so lange her. Wir hatten uns in der Schule kennengelernt. Radley gleicht seinem Vater sehr, so kannst du vielleicht verstehen, dass ich ihn sehr attraktiv fand. Er war auch ein bisschen wild, was mich besonders zu ihm hinzog. Ich verliebte mich bis über beide Ohren in ihn, gleich beim ersten Mal, als ich ihm begegnete. Ein paar Wochen nach Schulabschluss waren wir verheiratet. Ich war noch nicht ganz achtzehn und stellte mir unter einer Ehe eine Folge von Abenteuern vor.«

»Und das war sie nicht?«

»Für eine Weile schon. Wir waren jung, und es war nie besonders schlimm, dass Allan dauernd die Stellung wechselte oder wochenlang überhaupt nicht arbeitete. Einmal hat er die Wohnzimmereinrichtung verkauft, die meine Eltern uns zur Hochzeit geschenkt hatten, um von dem Geld eine Reise nach Jamaika zu machen. Das klingt heute unbegreiflich, aber wir hatten zu der Zeit niemandem gegenüber eine Verantwortung. Dann wurde ich schwanger.«

Sie machte eine Pause und erinnerte sich an die Gefühle, die sie damals gehabt hatte. »Ich war hingerissen, Allan begeistert. Er kaufte sofort ein Kinderstühlchen und Spielzeug auf Kredit. Geld war knapp, aber wir waren optimistisch, und ich fand einen Teilzeitjob. Nachdem Red geboren war, nahm ich

Mutterschaftsurlaub. Er war ein süßes Baby.« Sie lachte ein wenig. »Ich weiß, dass alle Mütter das von ihren Kindern sagen, aber er war wirklich das schönste und süßeste Kind, das ich je gesehen hatte. Mein Leben wurde durch ihn verändert. Allans Leben nicht.«

Hester spielte mit dem Stiel ihres Glases und versuchte, Dinge, an die sie sich lange nicht zu denken erlaubt hatte, wieder aus ihrer Erinnerung zu holen. »Damals war ich mir nicht darüber klar, aber Allan widerstrebte es, Verantwortung zu tragen. Er hasste es, nicht ins Kino oder zum Tanzen gehen zu können, wann immer es ihm in den Sinn kam. Er ging immer noch unglaublich leichtsinnig mit Geld um, doch Reds wegen musste ich für Ausgleich sorgen.«

»Mit anderen Worten«, sagte Mitch, »du wurdest erwachsen, Allan nicht.«

»Ja.« Es erleichterte sie, dass er offensichtlich so schnell verstand. »Heute habe ich erkannt, dass er eifersüchtig auf Red war, damals jedoch wollte ich nur, dass er endlich seine Rolle als Vater übernahm. Mit zwanzig war er immer noch der Junge von sechzehn, den ich von der Highschool kannte, aber ich war nicht mehr dasselbe Mädchen. Ich fing wieder an zu arbeiten, weil ich glaubte, das zusätzliche Einkommen würde alles ein wenig leichter machen. Eines Abends, als ich Red von seinem Babysitter abgeholt hatte und mit ihm nach Hause kam, war Allan fort. Er hatte eine Notiz hinterlassen, in der er erklärte, er könne es nicht länger ertragen, so angebunden zu sein.«

»Hast du geahnt, dass er dich verlassen würde?«

»Nein, ich hatte nicht die blasseste Ahnung. Wahrscheinlich hat er – wie so oft – ganz impulsiv gehandelt. Er hielt es für fair, die Hälfte des Geldes mitzunehmen, ließ mir jedoch alle Rechnungen. Ich musste für abends einen zweiten

Teilzeitjob annehmen, weil ich Red nicht den ganzen Tag über bei einem Babysitter lassen wollte. Die folgenden sechs Monate waren die schlimmsten meines Lebens.«

Hesters Augen hatten sich verdunkelt. »Nach einer Weile bekam ich die Dinge so in den Griff, dass ich den zweiten Job aufgeben konnte. Ungefähr um diese Zeit herum rief Allan wieder an. Es war das erste Mal, dass ich von ihm hörte, seit er mich verlassen hatte. Er war sehr liebenswürdig, benahm sich, als wären wir lediglich alte Bekannte, und erzählte mir, er gehe nach Alaska, um dort zu arbeiten. Nachdem er aufgelegt hatte, rief ich einen Anwalt an und wurde dann sehr schnell geschieden.«

»Das muss eine wirklich schwere Zeit für dich gewesen sein. Hättest du nicht nach Hause zu deinen Eltern gehen können? Die hätten doch Verständnis gehabt.«

»Ja und nein. Ich war lange Zeit so außer mir vor Wut, dass ich niemanden sehen wollte. Als die Wut endlich erstarb, hatte ich die Dinge in den Griff bekommen.«

»Ist er nie gekommen, um Red zu sehen?«

»Nein, nie.«

Er fasste ihr unters Kinn und küsste sie zart. »Er weiß nicht, was er da verpasst hat.«

Wie selbstverständlich legte sie ihm eine Hand an die Wange. »Dasselbe könnte ich von der Frau in New Orleans sagen.«

»Danke.« Er knabberte an ihren Lippen, die leicht nach Champagner schmeckten. »Dessert?«

»Hmm?«

Ihr geistesabwesender Seufzer erweckte in ihm eine Art Triumphgefühl. »Lassen wir es ausfallen. Ich denke, wir sollten noch einen kleinen Spaziergang machen.«

Die Luft war beißend kalt und fast so berauschend wie

der Champagner. Hester war warm, und sie hätte meilenweit laufen können, ohne den Wind und die Kälte zu spüren, solange nur Mitch den Arm um sie gelegt hielt und die Richtung bestimmte.

Sie wusste, es würde ihr nicht schwerfallen, sich in ihn zu verlieben. Die Zeit verlor an Bedeutung, die Lichter schienen heller, die Gebäude waren kleiner, und mitten im Winter glaubte sie den Duft von Blumen zu riechen. Das alles hatte sie schon einmal mit aller Intensität verspürt, aber geglaubt, es nie mehr wieder erleben zu dürfen. Und als eine innere Stimme ihr sagen wollte, das könne oder dürfe nicht sein, da ignorierte sie diese Stimme. In diesem Augenblick war sie nur eine Frau.

Mitch hielt sie warm im Arm, und sie konnte den starken, gleichmäßigen Rhythmus seines Herzens spüren. Sie hob den Kopf, und ihre Lippen waren nur eine Handbreit von seinen entfernt. »Alles ist anders heute Abend.«

Mitch hatte sich vorgenommen, ihr genug Zeit zu lassen, um einen klaren Kopf zu bekommen, aber als sie ihn so ansah, war er nahe daran, seine guten Vorsätze zu vergessen, sie in das nächste Taxi zu setzen und schnell mit ihr nach Hause zu fahren.

Er nahm jedoch seine ganze Willenskraft zusammen, küsste sie leicht auf die Schläfe und erwiderte leise: »Nachts wirkt immer alles anders. Besonders wenn man Champagner getrunken hat.« Er entspannte sich. »Alles sieht ein bisschen anders aus als in Wirklichkeit, aber nett ist es schon. Und von der Wirklichkeit hat man ja genug von neun bis fünf.«

»Du nicht. Du denkst dir von neun bis fünf und überhaupt immer die fantastischsten Geschichten aus.«

»Soll ich dir einmal die erzählen, die ich mir gerade ausdenke?« Er atmete tief die kühle Luft ein. »Lass uns lieber noch ein bisschen laufen, und dabei erzählst du mir eine Geschichte, die du dir ausdenkst.«

»Eine Geschichte?« Sie passte sich seinem Schritt an. »Geschichten denke ich mir eigentlich nie aus, aber ich stelle mir manchmal vor, ich hätte ein Haus.«

»Ein Haus.« Er ging auf den Park zu und hoffte, bis sie zu Hause ankämen, wären sie beide ein bisschen sicherer auf den Füßen. »Was für ein Haus?«

»Ein Haus auf dem Land, eines dieser großen alten Farmhäuser mit Fensterläden und einer Veranda rundum. Viele große Fenster müsste es haben, durch die man einen Wald sehen kann. Drinnen gibt es hohe Decken und riesige Kamine. Und draußen klettern Glyzinien an den Wänden hoch. Den ganzen Sommer lang hört man die Bienen summen. Und dann gibt es einen großen Garten für Red, sodass er einen Hund haben kann. Ich sitze abends auf der Veranda und sehe zu, wie er Glühwürmchen in einer Dose sammelt.« Sie lachte und legte den Kopf an seine Schulter. »Nichts Weltbewegendes, oder?«

»Mir gefällt es.« Es gefiel ihm so sehr, dass er sich das Haus genau vorstellen konnte – mit weißen Blendläden, spitzem Giebel und einer Scheune, die etwas abseits gelegen war. »Aber du brauchst noch einen Bach, an dem Red fischen kann.«

Sie schloss einen Moment die Augen und schüttelte den Kopf. »Bei aller Liebe zu ihm, ich könnte nie einen lebenden Köder am Haken befestigen. Da würde ich ihm lieber ein Baumhaus bauen.«

»Das kannst du auch? Diese Frau ist voller Überraschungen.« Er führte sie ins Haus und ging mit ihr auf den Aufzug zu. »Einen so schönen Abend habe ich lange nicht mehr erlebt.«

»Ich auch nicht«, gestand sie.

Während sie nach oben fuhren, sah Hester ihn prüfend an. »Ich habe mich schon so oft gefragt, wieso du eigentlich keine Beziehung hast.«

Mitch berührte ihr Kinn mit einem Finger. »Habe ich keine?« Amüsiert tippte er ihr mit dem Zeigefinger auf die Nasenspitze. »Sehe ich wie ein Mönch aus?«

»Nein.« Sie blickte verlegen zur Seite. »Nein, natürlich nicht.«

»Weißt du, Hester, wenn man sich einmal ausgetobt hat, verliert man den Geschmack an wilden Abenteuern. Mit einer Frau zusammen zu sein, nur um nicht allein zu sein, ist nicht sehr befriedigend.«

»Nach den Geschichten zu urteilen, die ich von alleinstehenden Frauen im Büro gehört habe, sind viele Männer da aber ganz anderer Meinung.«

Er zuckte die Schultern, als sie den Aufzug verließen. »Anscheinend hast du dich noch nicht in der Single-Szene umgesehen.« Da er bemerkte, dass sie die Stirn runzelte, während sie nach ihrem Schlüssel suchte, fügte er schnell hinzu: »Das war als Kompliment gedacht. Es ist nämlich ermüdend oder langweilig.«

»Und wir leben im Zeitalter der inhaltsschweren Beziehungen.«

»Das klingt ein bisschen zynisch und passt überhaupt nicht zu dir, Hester.« Er lehnte sich an den Türpfosten, während sie aufschloss. »Darf ich hereinkommen?«

Sie zögerte. Der Spaziergang hatte ihren Kopf wieder so klar gemacht, dass die Zweifel wiederkehrten. Aber stärker als die Zweifel war der Nachklang der Gefühle, die sie empfunden hatte, als sie zusammen in der Kälte gestanden hatten. »Also gut. Möchtest du einen Kaffee?«

»Nein.« Er sah sie an, während er sich den Mantel auszog.

»Es macht mir keine Mühe. Ist in einer Minute fertig.«

Er nahm sie bei der Hand. »Ich will keinen Kaffee, Hester, ich will dich.« Er nahm ihr den Mantel von der Schulter. »Ich will dich so sehr, dass es schon beinahe schmerzt.«

Sie wich ihm nicht aus, sondern blieb wartend stehen. »Ich weiß nicht, was ich sagen soll. Ich bin aus der Übung.«

»Ich weiß.« Zum ersten Mal war ihm eine gewisse Nervosität anzumerken. »Das macht es mir ja so schwer. Ich möchte dich nicht verführen.« Dann lachte er und trat ein paar Schritte zurück. »Und ich tu's auch nicht.«

»Ich habe versucht, mir etwas vorzumachen, aber als ich heute mit dir ausging, wusste ich, dass es so kommen würde.« Hester legte sich die Hand auf den Magen, als hätte sie Schmerzen. »Ich glaube, ich hatte gehofft, du würdest mich einfach überrennen, damit ich keine Entscheidung zu treffen brauche.«

»Du steckst den Kopf in den Sand, Hester.«

»Ich weiß.« Sie wagte nicht, ihn anzusehen. »Ich bin nie mit jemand anderem als Reds Vater zusammen gewesen. Ich wollte es nie.«

»Und jetzt?«

Sie presste die Lippen zusammen. »Es ist so lange her, Mitch. Ich habe Angst.«

»Würde es dir helfen, wenn ich dir gestehe, dass ich auch Angst habe?«

»Ich weiß nicht.«

»Hester.« Er trat auf sie zu und legte ihr die Hände auf die Schultern. »Sieh mich an. Ich möchte, dass du dir ganz sicher bist, weil ich nicht will, dass du morgen etwas bedauerst. Sag mir ehrlich, was du willst.«

»Bleib heute Nacht bei mir«, bat Hester leise.

8. Kapitel

Mitch nahm Hesters Gesicht in beide Hände und spürte, dass sie zitterte. Er berührte ihren Mund mit den Lippen, hörte sie seufzen und wusste, dass er sich an diesen Augenblick immer erinnern würde, an ihre Hingabe, ihr Verlangen, ihre Verletzlichkeit.

In der Wohnung war es still. Die Lampe brannte hell. Weiches Kerzenlicht wäre ihm lieber gewesen.

Er hätte ihr gern erklärt, dass das, was sie einander geben wollten, nichts Gewöhnliches, nichts Flüchtiges sei, dass er sein ganzes Leben lang auf einen Augenblick wie diesen gewartet habe. Aber er war sich nicht sicher, dass er die richtigen Worte finden würde.

Deshalb wollte er es ihr zeigen.

Er gab ihren Mund nicht frei, als er sie auf die Arme nahm. Einen Moment war sie überrascht, dann schlang sie die Arme um seinen Hals.

»Mitch ...«

»Ich bin leider kein Märchenprinz.« Er sah sie halb lächelnd, halb fragend an. »Aber für heute Nacht könnten wir so tun, als wäre ich einer.«

Er wirkte männlich, stark und unglaublich liebenswert. Was für Zweifel sie auch immer gehabt hatte, sie lösten sich einfach in Wohlgefallen auf. »Ich brauche keinen Märchenprinzen.«

»Für dich will ich heute Nacht gerne einer sein.« Er küsste sie noch einmal, bevor er sie ins Schlafzimmer trug.

Er begehrte sie so sehr, so schmerzlich, dass er sie am liebsten auf das Bett gelegt und sich auf sie gestürzt hätte. Er glaubte sogar, dass Hester Verständnis dafür gehabt hätte. Dennoch stellte er sie neben dem Bett auf den Boden und berührte nur ihre Hand.

»Das Licht«, sagte er leise.

»Aber …«

»Ich möchte dich sehen.«

Obgleich es Hester nicht recht war, war sie sich dessen bewusst, dass dieser Augenblick zu kostbar war, um sich in der Dunkelheit zu verstecken. Sie schaltete die Nachttischlampe an.

In dem gedämpften Licht standen sie sich Hand in Hand, Auge in Auge gegenüber. Die altbekannte Panik kehrte zurück. Der Puls hämmerte ihr in den Schläfen. Dann berührte Mitch sie, und Ruhe erfüllte sie plötzlich. Er nahm ihr die Ohrringe ab und legte sie auf das Nachttischchen. Das Metall verursachte auf dem Holz ein klickendes Geräusch. Ihr wurde plötzlich heiß, als hätte er sie mit dieser einfachen Geste schon entkleidet.

Er fasste nach ihrem Gürtel, hielt jedoch inne, als sie nervös nach seiner Hand griff. »Ich werde dich nicht überrumpeln.«

»Nein.« Sie glaubte ihm und ließ die Hände sinken. Er löste die Schnalle und ließ den Gürtel zu Boden gleiten. Als er sich zu ihr herunterbeugte, um sie erneut zu küssen, schlang sie ihm die Arme um die Taille und ließ es geschehen.

Das war es, was sie gewollt hatte. Es hatte keinen Sinn, sich noch länger zu belügen, noch länger nach Ausflüchten zu suchen. In dieser Nacht wollte sie nur Frau sein. Eine Frau, die begehrt und bewundert wurde, eine Frau, die Erfüllung zu schenken vermochte. Und Hester lächelte.

»Darauf habe ich die ganze Zeit gewartet.« Er berührte ihre Lippen mit dem Finger. Seine Freude war so tief, dass er sie nicht in Worte fassen konnte.

»Auf was?«

»Darauf, dass du lächelst, wenn ich dich küsse. Lass uns es gleich noch einmal versuchen.«

Dieses Mal war sein Kuss fordernder, brachte lang verstummte Saiten in ihr zum Klingen. Sie legte die Arme um seinen Hals. Er spürte ihre Finger auf seiner Haut, zuerst scheu, dann mit immer größerem Selbstvertrauen.

»Noch Angst?«

»Nein. Doch, noch ein bisschen. Ich bin nicht …« Sie wandte das Gesicht zur Seite, doch er drehte es zurück, sodass sie ihn wieder ansehen musste.

»Was?«

»Ich bin nicht sicher, was ich tun soll … was du magst.«

Er war über ihre Worte weniger erstaunt als beschämt. Er hatte ihr gesagt, er habe sie gern, und das stimmte auch. Aber in diesem Augenblick wusste er, dass er noch mehr für sie empfand. Er wusste, dass er sie liebte.

»Hester, ich weiß nicht, was ich dir sagen soll.« Er zog sie heftig an sich und hielt sie ganz einfach fest. »Heute Nacht sollst du einfach tun, was du willst. Es wird alles richtig sein, ganz sicher.«

Er küsste ihr Haar, sog den Duft ein, der ihm vertraut und lieb war. Sie begehrten einer den anderen, brauchten einander nicht zu verführen. Er fühlte, wie ihr Herz raste, sie hob ihm ihr Gesicht entgegen und fand mit ihren Lippen seinen Mund.

Seine Hände zitterten leicht, als er ihr den Reißverschluss am Rücken herunterzog. Niemand hätte ihm vorwerfen können, jemals ein selbstsüchtiger Liebhaber gewesen zu sein, aber in dieser Nacht sollte alles vollkommen sein. Nie hatte er seine eigenen Wünsche so vollständig hinter denen eines anderen Menschen zurückgestellt.

Er schob ihr den weichen Wollstoff von den Schultern. Unter dem Kleid trug sie eine einfache kurze Chemise, ohne Verzierungen oder Spitzen, doch keine Seide hätte ihn mehr erregen können.

»Du bist zauberhaft.« Er presste einen Kuss erst auf die eine, dann auf die andere Schulter. »Absolut zauberhaft.«

Sie wollte es für ihn sein. Es war so lange her, seit ihr daran gelegen gewesen war, für jemanden mehr als nur ansehnlich zu sein. Und als Hester ihm in die Augen sah, fühlte sie sich schön. Sie nahm all ihren Mut zusammen und fing an, ihn ebenfalls auszuziehen.

Mitch wusste, dass es nicht unproblematisch für sie war. Hester zog ihm die Jacke aus und knüpfte ihm die Krawatte auf, bevor sie es fertigbrachte, ihn dabei anzusehen. Er bemerkte das Zittern ihrer Finger, als sie ihm das Hemd aufknöpfte.

»Du bist auch bezaubernd«, flüsterte sie. Der einzige Mann, den sie je so berührt hatte, war kaum mehr als ein Junge gewesen. Mitch war nicht übermäßig muskulös, aber er war sehr kräftig. Ihre Bewegungen waren langsam – eher aus Schüchternheit als aus wissender Berechnung. Er zuckte zusammen, als sie nach dem Haken seiner Hose griff.

»Du machst mich wahnsinnig«, flüsterte er.

Sofort zog sie die Hände zurück. »Entschuldige bitte.«

»Nein.« Er versuchte zu lachen, aber es klang eher wie ein Stöhnen. »Es gefällt mir, wirklich.«

Ihre Finger zitterten noch stärker, als sie ihm die Hose über die Hüften streifte. Schlanke, muskulöse Hüften. Dann lag sie an seiner Brust, und das Gefühl, seine Haut an ihrer zu fühlen, war beunruhigend schön.

Er kämpfte dagegen an, sie an sich zu reißen und zu nehmen. Ihre schüchternen Bewegungen, ihr staunender Blick hatten ihn an den Rand der Beherrschung gebracht, und er brauchte seine ganze Willenskraft, um an sich zu halten. Sie fühlte, dass er mit sich kämpfte, spürte seine plötzliche Verkrampftheit und hörte seinen heftigen Atem.

»Mitch?«

»Warte. Eine Minute.« Er barg das Gesicht in ihrem Haar. Die Selbstkontrolle zurückzugewinnen fiel ihm nicht leicht. Er fühlte sich schwach, benommen und versuchte sich auf die zarte, weiche Haut ihres Halses zu konzentrieren.

Sie bog sich ihm entgegen, wobei sie instinktiv den Kopf zurücklegte, um seine Zärtlichkeiten ganz genießen zu können. Ihr war, als hätte sich ein Schleier über ihre Augen gelegt, sie sah das ihr inzwischen vertraut gewordene Zimmer wie durch einen Nebel. Dort, wo seine Lippen ihre Haut berührten, schien sein Kuss sich einzubrennen und ihre Empfindsamkeit zu vertausendfachen. Plötzlich bemerkte sie, dass sie vor Sehnsucht leise stöhnte, und sie war es dann, die ihn auf das Bett herunterzog.

Er hätte gern noch etwas gewartet, bevor er sich auf sie legte. Er hatte das Gefühl, als würde ein Feuer in ihm glühen, als wolle etwas in ihm explodieren. Er wollte sich noch beherrschen, aber sie berührte ihn, drängte sich gegen ihn. Mit letzter Willenskraft gelang es ihm, sich so zu rollen, dass sie Seite an Seite zu liegen kamen.

Er suchte ihren Mund, und einen Augenblick lang konzentrierten sich sein ganzes Begehren, seine Fantasie, seine tiefen Sehnsüchte auf ihre Lippen. Ihr Mund war feucht und heiß und schenkte ihm ein Vorgefühl der Wonnen, der Erfüllung, die er erhoffte, wenn er in ihr sein würde. Er schob das dünne Hemd beiseite, und als er ihre unverhüllte Brust berührte, holte sie tief Luft. Als er dann die festen Spitzen zwischen die Lippen nahm, schrie sie leise auf.

Das war Hingabe. Hester war so sicher gewesen, dass sie diese Selbstaufgabe nie mehr erleben wollte, aber in diesem Augenblick, in dem ihr Körper zu zerschmelzen schien, glaubte sie, in ihrem Leben nichts anderes mehr zu wollen. Das Gefühl seines Körpers, heiß und feucht an ihrem, war überwältigend und berauschend. Er murmelte etwas, und sie verstand, sie antwortete darauf. Das Licht fiel auf seine Hand, als er ihr zeigte, wie ihre Berührung ihn berauschen konnte.

Sie war nackt, empfand jedoch keine Scheu mehr. Sie wollte, dass er sie berührte, streichelte, erfüllte, so wie auch er es wollte. Sein Körper, seine Haut, seine Muskeln faszinierten sie. Bis zu diesem Augenblick hatte sie nicht gewusst, dass einen anderen zu berühren, einem anderen zu gefallen solch wilde Leidenschaft hervorzurufen vermochte.

Er legte seine Hand vorsichtig auf die Stelle, wo ihre Leidenschaft bereits wie eine Flamme brannte. In diesem Augenblick loderte das Feuer auf, und Hester drängte sich gegen ihn.

Noch nie hatte Mitch erlebt, dass eine Frau so ganz und gar mitging. Zu erleben, wie sie sich dem Höhepunkt näherte, versetzte ihn ebenfalls in einen Rausch der Erregung.

Mitch kam zu ihr, und Hester nahm ihn in sich auf.

Er hätte nicht sagen können, wie lange sie sich miteinander bewegten – Minuten, Stunden, eine Ewigkeit. Aber nie würde er den Ausdruck ihrer Augen vergessen, mit dem sie ihn dabei ansah.

Danach lag Mitch innerlich aufgewühlt neben Hester auf dem zerdrückten Laken. Solange er sich erinnern konnte, war er nie so in einer Frau aufgegangen. Er hatte das Gefühl gehabt, die Welt um ihn herum sei versunken.

Er zog Hester an sich. »Du bist so still«, murmelte er.

Sie hatte die Augen geschlossen und wollte sie auch noch nicht wieder öffnen. »Ich weiß nicht, was ich sagen soll.«

»Wie wäre es mit ›wow‹?«

Sie war überrascht, dass sie nach einem solch intensiven Erlebnis lachen konnte. »Also gut: wow.«

»Versuch es einmal mit ein bisschen mehr Begeisterung. Wie wäre es mit fantastisch, unglaublich, welterschütternd?«

Sie schlug die Augen auf und sah ihn an. »Wie wäre es mit wunderschön?«

Er griff nach ihrer Hand und küsste sie. »Ja, das lasse ich gelten.« Als er sich auf den Ellbogen stützte, um auf sie herunterzusehen, rückte sie ein wenig von ihm ab. »Jetzt ist es zu spät, um Hemmungen zu haben«, erklärte er und fuhr mit der Hand leicht, doch zugleich besitzergreifend über ihren Körper. »Weißt du, du hast wirklich fantastische Beine. Ich könnte dich wohl nicht dazu überreden, Shorts anzuziehen und Söckchen?«

»Wie bitte?«

Sie hörte sich so fassungslos an, dass er sie an sich zog und ihr Gesicht mit Küssen bedeckte. »Lange Beine und Shorts mit Söckchen hauen mich glatt um. Wenn ich im Sommer Frauen im Park in Shorts und Söckchen, die auch noch farblich aufeinander abgestimmt sind, joggen sehe, dann bin ich völlig erledigt.«

»Du bist verrückt.«

»Aber Hester, es gibt doch sicher etwas, das auch dich anspricht. Männer in Netzhemden oder im Smoking mit Fliege und offenen Hemdknöpfen?«

»Sei nicht albern.«

»Warum nicht?«

Ja, warum eigentlich nicht? dachte sie und überlegte. »Tja, also Jeans mit offen stehendem Knopf, das finde ich ganz reizvoll.«

»Ich werde meine Jeans nie mehr zuknöpfen, solange ich lebe.«

Sie lachte wieder. »Das heißt aber nicht, dass ich ab sofort Shorts mit Söckchen trage.«

»In Ordnung. Wenn ich dich in einem strengen Kostüm sehe, turnt mich das genauso an.«

»Tut es nicht.«

»Oh doch! Die tüchtige und verantwortungsbewusste Mrs. Wallace. Immer wenn ich dich so angezogen sehe, stelle ich mir vor, wie faszinierend es wäre, dich aus der strengen Kleidung herauszupellen und die adretten Kämme aus deinen Haaren zu ziehen.« Er ließ ihr Haar durch seine Finger gleiten.

Nachdenklich legte Hester ihre Wange an seine Brust. »Du bist ein seltsamer Mann, Mitch.«

»Schon möglich.«

»Du lebst so sehr mit deiner Vorstellungskraft, mit Träumen. Bei mir geht es immer um Fakten und Zahlen, Gewinn und Verlust. Sein oder Nichtsein.«

»Redest du von deinem Beruf oder von deiner Persönlichkeit?«

»Hängt das eine nicht mit dem anderen zusammen?«

»Nein. Ich bin nicht Commander Zark, Hester.«

»Ich wollte damit sagen, der Künstler, der Schriftsteller in dir schöpft von deiner Vorstellungskraft. Wohingegen die Bankfrau in mir immer um Kontrolle und Ausgleich bemüht ist.«

Mitch schwieg einen Moment und strich ihr über das Haar. »Ich will jetzt nicht anfangen zu philosophieren, aber was glaubst du, warum du dich für die Kreditabteilung entschieden hast? Wenn du ein Gesuch ablehnen musst, verschafft dir das die gleiche Befriedigung, als wenn du den Kredit geben kannst?«

»Nein, natürlich nicht.«

»Natürlich nicht«, wiederholte er. »Denn wenn du den Kredit zuteilen kannst, schafft es eine große Befriedigung zu sagen: Einverstanden, bauen Sie Ihr Haus, machen Sie ein Geschäft auf, vergrößern Sie Ihr Unternehmen.«

Hester hob den Kopf. »Du scheinst mich sehr gut zu verstehen.«

»Ich denke eben viel über dich nach.« Er zog sie an sich und fragte sich, ob sie sich wohl darüber klar war, wie gut ihre Körper zueinanderpassten. »Sogar sehr viel. Tatsache ist, dass ich, seit ich euch die Pizza gebracht habe, an keine andere Frau mehr gedacht habe.«

Darüber lächelte sie, und sie hätte sich wieder an ihn gekuschelt, hätte Mitch sie nicht zurückgehalten.

»Hester …« Er war verlegen, und das kam nur selten vor. »Weißt du, ich will gar nicht mehr an andere Frauen denken oder mit anderen Frauen zusammen sein – so zusammen sein.« Er druckste herum. »Verdammt, ich komme mir vor wie ein Schuljunge.«

Sie lächelte anzüglich. »Willst du mich etwa bitten, ›mit dir zu gehen‹?«

Das war es eigentlich nicht, worum er sie hatte bitten wollen, aber an ihrem Gesichtsausdruck erkannte er, dass er besser nichts überstürzen sollte. »Vielleicht habe ich noch irgendwo einen Freundschaftsring herumliegen.«

Sie war seltsam gerührt. »Vielleicht sollten wir es einfach dabei lassen, dass auch ich mit niemand anderem zusammen sein möchte.«

Er setzte zum Sprechen an, hielt sich aber zurück. Sie brauchte mehr Zeit. In ihrem Leben hatte es bisher nur einen einzigen Mann gegeben, und damals war sie kaum mehr als ein Kind gewesen. Um fair zu sein, musste er ihr Gelegenheit geben, sich über sich selbst klar zu werden.

»Abgemacht.« Er hatte genügend Schlachten geplant und gewonnen, um sich eine Strategie auszudenken. Er würde Hester gewinnen, bevor sie überhaupt merkte, dass es einen Kampf gegeben hatte.

Er zog sie an sich, küsste sie und begann mit der ersten Belagerung.

Es war ein seltsames und wunderbares Gefühl, morgens neben einem Liebhaber wach zu werden – selbst wenn dieser Liebhaber die Tendenz hatte, einen aus dem Bett zu drängen. Hester öffnete die Augen, verhielt sich ganz still und genoss diesen Zustand.

Mitch hielt sein Gesicht an ihren Hals geschmiegt und seinen Arm fest um ihre Taille geschlungen – glücklicherweise, denn sonst wäre sie schon längst auf den Boden gerollt. Hester bewegte sich vorsichtig, und das Gefühl ihrer Haut an seiner berauschte sie.

Sie hatte nie einen Liebhaber gehabt. Einen Ehemann ja, aber ihre Hochzeitsnacht, die Nacht, in der sie zur Frau geworden war, ließ sich mit der Nacht, die sie mit Mitch verbracht hatte, nicht vergleichen. Ist es überhaupt fair, das eine mit dem anderen zu vergleichen? fragte sie sich, kam jedoch zu der Antwort, dass es geradezu unmenschlich sei, es nicht zu tun.

Diese erste Nacht damals hatte ganz unter dem Eindruck ihrer eigenen Nervosität und der Hast ihres Mannes gestanden. In der vergangenen Nacht hatte sich die Leidenschaft

Stufe für Stufe aufbauen können, und Hester hatte nicht geahnt, dass der Liebesakt so befreiend sein konnte. Sie hatte auch nicht geahnt, dass einem Mann ebenso viel daran gelegen sein könnte, Freude zu geben, wie Freude zu empfangen.

Sie kuschelte sich in ihr Kissen und fragte sich, ob sie beide wohl nach dem Aufwachen Verlegenheit empfinden würden. Sie wusste ja nicht, wie es war, einen Liebhaber zu haben oder eine Geliebte zu sein.

Vorsichtig versuchte sie aufzustehen, doch Mitch hielt sie fest. »Wohin willst du?«

Sie versuchte, sich umzudrehen, entdeckte aber, dass er sie mit seinen Beinen umschlungen hielt. »Es ist schon fast neun.«

»So?«

»Ich muss aufstehen. In ein paar Stunden muss ich Red abholen.«

»Hmm.« Er sah seinen Traum, den Morgen mit ihr im Bett zu verbringen, wie eine Seifenblase zerplatzen, wollte aber versuchen, wenigstens einen Teil davon zu verwirklichen. »Du fühlst dich so himmlisch an.« Er drehte sie zu sich herum. »Und du siehst außerdem fantastisch aus«, erklärte er, während er sie aus noch halb geschlossenen Augen betrachtete. »Und du schmeckst ...«, er berührte ihre Lippen, »... wunderbar. Stell dir einmal Folgendes vor.«

Er strich mit der Hand über ihre Hüften. »Wir sind auf einer Insel – nehmen wir mal an, in der Südsee. Unser Schiff ist vor einer Woche untergegangen. Wir sind die einzigen Überlebenden.« Er schloss die Augen und küsste sie auf die Stirn. »Wir haben von Früchten gelebt und von den Fischen, die ich so geschickt mit meinem selbst geschnitzten Spieß gefangen habe.«

»Wer nimmt sie aus?«

»Hier geht es um Fantasie, also brauchst du dich nicht um Einzelheiten zu kümmern. In der vergangenen Nacht hatten wir einen Sturm – einen gewaltigen tropischen Sturm –, und wir haben in der Wärme des Unterstandes, den ich gebaut habe, Zuflucht gesucht.«

»Den du gebaut hast?« Sie hauchte einen Kuss auf seine Lippen. »Tue ich eigentlich auch irgendetwas Nützliches?«

»In deiner eigenen Fantasie kannst du alles tun, was du willst. Jetzt halte einmal den Mund.« Er zog sie enger an sich und hatte fast das Gefühl, die salzige Luft riechen zu können. »Es ist Morgen, und der Sturm hat alles reingewaschen. Die Möwen segeln über der nahen Brandung. Wir liegen zusammen unter einer alten Decke.«

»Die du auf heroische Weise vom Wrack gerettet hast.«

»Jetzt kommst du der Sache schon wesentlich näher. Als wir aufwachen, entdecken wir, dass wir einander umschlungen halten. Gegen unseren Willen hat es uns zueinandergezogen. Die Sonne brennt heiß. Sie hat unsere halb nackten Körper erwärmt. Und dann …« Mitchs Lippen waren kaum von ihren entfernt. »Und dann greift uns ein Wildschwein an, und ich kämpfe mit ihm.«

»Halb nackt und unbewaffnet.«

»Genau. Ich werde ernsthaft verletzt, aber ich töte es mit bloßen Händen.«

»Und während du das tust, ziehe ich mir die Decke über den Kopf und jammere.«

»Richtig.« Mitch küsste sie auf die Nase. »Aber hinterher bist du mir sehr dankbar dafür, dass ich dir das Leben gerettet habe.«

»Arme hilflose Frau, die ich bin.«

»Du hast es begriffen. Du bist so dankbar, dass du die

Lumpen deines Rockes zerreißt, um daraus Verbände für meine Wunden zu machen, und dann …« Er legte eine Pause ein, um die Spannung zu vergrößern. »Dann machst du mir Kaffee.«

Hester fuhr zurück. »Diese ganze Geschichte hast du nur erfunden, damit ich dir Kaffee mache?«

»Nicht nur irgendwelchen Kaffee. Die erste Tasse Kaffee. Lebenselixier.«

»Den hätte ich dir auch ohne diese Geschichte gemacht.«

»Ja, aber hat dir die Geschichte gefallen?«

Sie strich sich das Haar aus dem Gesicht, während sie überlegte. »Das nächste Mal fange ich den Fisch.«

»Einverstanden.«

Sie stand auf, und obgleich sie wusste, dass es albern war, wünschte sie, sie hätte etwas zum Anziehen in Reichweite. Sie ging an ihren Schrank, holte ihren Morgenrock heraus und zog ihn über. »Möchtest du frühstücken?«

Er setzte sich auf. »Frühstücken? Meinst du etwa, mit Eiern und so? Was Warmes?« Sonst bekam er nur dann ein warmes Frühstück, wenn er genügend Energie aufbrachte, zum Café an der Ecke zu gehen.

»Mrs. Wallace, für ein warmes Frühstück können Sie die Kronjuwelen von Perth haben.«

»Nur für Eier und Speck?«

»Speck auch noch? Himmel, was für eine Frau!«

Sie lachte. »Dann steh auf und geh unter die Dusche – wenn du willst. Es wird nicht lange dauern.«

Er hatte das gar nicht scherzhaft gemeint. Er erwartete von einer Frau nicht, dass sie ihm anbot, für ihn zu kochen. Aber, erinnerte er sich, das war die Frau, die seine alten Jeans hatte flicken wollen, weil sie geglaubt hatte, er könne sich keine neuen erlauben.

Er sprang aus dem Bett und fuhr sich nachdenklich mit den Händen durchs Haar. Diese sich kühl und geschäftsmäßig gebärdende Mrs. Wallace war in Wirklichkeit eine warmherzige und ganz besondere Frau, und er hatte nicht die Absicht, sie jemals wieder gehen zu lassen.

Als Mitch in die Küche kam, rührte Hester gerade Eier in die Pfanne. Der Speck tropfte auf einem Sieb ab, und der Kaffee war schon fertig. Er blieb einen Augenblick im Türrahmen stehen, verwundert darüber, dass eine so einfache häusliche Szene ihn so anrührte.

Hesters Morgenrock war vom Hals bis zu den Knöcheln zugeknöpft, doch sie war ihm nie verführerischer vorgekommen. Er war sich nicht darüber klar gewesen, dass er sich nach diesen Dingen gesehnt hatte – den morgendlichen Düften, dem morgendlichen Anblick der Frau, mit der er die Nacht verbracht hatte.

Als er noch ein Kind war, hatte es sonntags gegen elf einen formellen Brunch gegeben, der von einem uniformierten Bediensteten serviert worden war. Orangensaft in Waterford-Gläsern, Rühreier auf Wedgwood-Tellern. In späteren Jahren bedeutete der Sonntagmorgen für ihn dann, mit geröteten Augen die Schränke nach etwas Essbarem zu durchsuchen oder in die nächste Kneipe zu gehen. Er kam sich blöd vor, aber am liebsten hätte er Hester gesagt, dass das Frühstück mit ihr ihm genauso viel bedeutete wie die lange Nacht in ihrem Bett.

Er ging auf sie zu und nahm sie in die Arme.

»Ich bin fast fertig«, sagte sie. »Du hast mir nicht gesagt, wie du die Eier haben willst, so habe ich dir einfach Rühreier mit ein bisschen Dill und Käse gemacht.«

Er drehte sie zu sich herum und küsste sie lange und fordernd. »Danke.«

Nur ungern löste sich Hester aus der Umarmung, um die Eier vor dem Anbrennen zu bewahren. »Warum setzt du dich nicht?« Sie goss Kaffee in einen Becher. »Hier, dein Lebenselixier.«

Er trank den halben Becher leer, bevor er sich hinsetzte. »Hester, weißt du noch, was ich über deine Beine gesagt habe? Dein Kaffee und deine Eier sind fast so gut wie deine Beine! Du hast unwahrscheinliche frauliche Qualitäten.«

»Du lieber Himmel, das sind doch nur ein paar Eier«, meinte sie verlegen. »Du solltest sie essen, bevor sie kalt werden.«

»Diese Frau ist ganz erstaunlich. Sie zieht einen interessanten, ausgeglichenen Sohn auf, füllt einen verantwortungsvollen Posten aus und kocht auch noch.« Mitch biss in ein Stück Speck. »Willst du mich nicht heiraten?«

Sie lachte und goss ihm mehr Kaffee ein. »Wenn du wegen ein paar Rühreiern gleich einen Heiratsantrag machst, wundert es mich, dass du nicht drei oder vier Frauen im Schrank versteckt hast.«

Die Frage war Mitch durchaus ernst gewesen, was sie bemerkt haben würde, hätte sie ihm in die Augen gesehen. Aber Hester war damit beschäftigt, Butter auf ihren Toast zu streichen, und Mitch erkannte, dass es eine dumme Art und außerdem zu früh gewesen war, ihr einen Heiratsantrag zu machen. Er war sich klar darüber, dass er es behutsamer anstellen musste, und nahm sich vor, sofort damit zu beginnen.

»Hast du für heute schon etwas vor?«

»Gegen zwölf Uhr muss ich Red abholen.« Sie hatte gerade daran gedacht, dass sie seit Jahren zum ersten Mal in Gesellschaft eines Erwachsenen frühstückte, und die Situation gefiel ihr sehr. »Ich habe versprochen, mit ihm und Josh in eine Matinee zu gehen. ›Der Mond der Andromeda‹.«

»Toller Film. Die Spezialeffekte sind fantastisch.«

»Du hast ihn schon gesehen?« Sie war ein bisschen enttäuscht, weil sie gehofft hatte, Mitch würde sich ihnen vielleicht anschließen.

»Zweimal sogar. Wirklich ein Augen- und Ohrenschmaus. Nehmt ihr mich mit?«

»Du sagtest gerade, du hättest ihn schon zweimal gesehen.«

»Na und? Einen Film, den ich mir nicht mehrmals ansehe, kannst du gleich vergessen. Also, wie ist es? Ich sorge auch für das Popcorn.« Er küsste ihr die Hand.

»Wie könnte ich ein so großzügiges Angebot ablehnen.«

»Gut. Dann helfe ich dir jetzt schnell beim Abräumen und gehe dann runter, um mit Taz einen Spaziergang zu machen, bevor ihm etwas Peinliches passiert.«

»Geh ruhig gleich. Das bisschen hier mache ich schon selbst. Und Taz jault sicher schon hinter der Tür.«

»Na schön.« Er stand gleichzeitig mit ihr auf. »Aber nächstes Mal koche ich.«

»Erdnussbutter und Gelee?«

»Oh, um dich zu beeindrucken, werde ich schon etwas Besseres zustande bringen.«

Sie lächelte. »Du brauchst mich nicht zu beeindrucken.«

Er nahm ihr Gesicht in beide Hände. »Doch, brauche ich wohl.« Und küsste sie, bis sie beide atemlos waren.

Sie schluckte, als er sie losließ. »Das war ein guter Anfang.«

Er berührte lächelnd ihre Stirn mit den Lippen. »In einer Stunde bin ich wieder da.«

Hester blieb stehen, wo sie war, bis sie die Tür zuschlagen hörte, dann atmete sie tief durch und setzte sich wieder hin. Dreh bloß nicht durch, warnte sie sich. Nimm nicht wieder gleich alles zu ernst. Er ist nett, aber die Sache ist sicher nichts Beständiges. Das einzig Beständige ist meine Beziehung zu Red. Das habe ich mir vor Jahren geschworen, und das werde ich nie vergessen.

Hester nahm sich vor, jetzt mehr denn je daran zu denken.

9. Kapitel

»Rich, du weißt, dass ich geschäftliche Besprechungen vor dem Mittagessen hasse.« Mitch saß in Skinners Büro. Taz schnarchte zu seinen Füßen. »Wenn du mir eine Gehaltserhöhung geben willst, ist das sehr nett, aber du hättest damit gut bis nach dem Mittagessen warten können.«

»Du bekommst keine Gehaltserhöhung. Du bist sowieso schon überbezahlt.«

»Wenn du mich rausschmeißen willst, hättest du erst recht noch ein paar Stunden warten können.«

»Ich werfe dich nicht raus.« Skinner zog die Augenbrauen zusammen. »Aber wenn du nicht damit aufhörst, diesen Köter ständig mitzubringen, könnte ich es mir noch anders überlegen.«

»Ich habe Taz zu meinem Agenten gemacht. Er darf alles hören, was du mir zu sagen hast.«

Skinner lehnte sich zurück und faltete die Hände über seinem Bauch zusammen. »Weißt du, Dempsey, jemand, der dich nicht genau kennt, würde denken, du machst Witze. Aber ich weiß, dass du wirklich so verrückt bist.«

»Darum kommen wir beide ja so gut miteinander aus, stimmt's? Mach's kurz. Sag mir, warum du mich herzitiert hast.«

Skinner atmete tief durch und kam zur Sache. »Du weißt, dass die ›Two-Moon-Filmproduktion‹ mit Universal wegen der Filmrechte für Zark verhandelt?«

»Klar. Seit einem oder anderthalb Jahren.« Mitch beugte

sich vor, um Taz zu streicheln. »Das Letzte, was du mir darüber erzählt hast, war, dass diese Pfeifen aus Los Angeles nicht lange genug aus der heißen Badewanne kämen, um einen Vertrag abzuschließen.« Mitch grinste. »Du hast immer schon eine besondere Art gehabt, dich auszudrücken, Rich.«

»Gestern ist er abgeschlossen worden«, erklärte Rich trocken.

»Im Ernst?«

»Ich rede immer im Ernst«, sagte Rich, »und ich finde, du könntest dich ein bisschen mehr begeistern. Dein Baby wird schließlich Filmstar.«

»Um ehrlich zu sein – ich weiß nicht, ob es mir gefällt.« Mitch stand aus dem Sessel auf und begann, in Richs vollgestopftem Büro hin und her zu laufen. Er wusste, dass er sich albern benahm. Zark gehörte nicht ihm. Er hatte ihn zwar geschaffen, aber er gehörte, wie alle anderen Geschöpfe der unter Vertrag stehenden Künstler, dem Universal-Verlag. Falls er, Mitch, den Verlag verlassen würde, blieb Zark dessen Eigentum, und jemand anderes würde sich um weitere Geschichten kümmern. »Haben wir irgendein künstlerisches Mitspracherecht?«

»Hast du Angst, dein Erstgeborener könnte entstellt werden?«

»Vielleicht.«

»Hör zu. ›Two Moon‹ hat die Rechte für Zark gekauft, weil er, so wie er ist, sein Publikum hat. Es wäre geschäftlich unklug, auch nur irgendetwas an ihm zu verändern. Diese Clowns von der Westküste mögen sich komisch anziehen, aber sie wissen, wie man Geschäfte macht. Wenn du dir aber trotzdem Sorgen machst, könntest du ja ihr Angebot annehmen.«

»Was für ein Angebot?«

»Sie möchten, dass du das Drehbuch schreibst.«

Mitch blieb abrupt stehen. »Ich? Ich schreibe keine Filme.«

»Du schreibst Zark, das genügt den Produzenten offensichtlich. Unsere Herausgeber sind auch nicht gerade blöd. Knauserig«, fügte er mit einem Blick auf das abgetragene Linoleum hinzu, »aber nicht blöd. Sie wollen, dass das Skript von jemandem aus unserem Haus geschrieben wird, und sie haben das Recht, jemanden vorzuschlagen. ›Two Moon‹ hat zugestimmt, sich zunächst einen Entwurf von dir anzusehen. Falls sie nicht damit zufrieden sind, wollen sie dich immer noch als künstlerischen Berater.«

»Künstlerischer Berater.« Mitch ließ den Titel auf der Zunge zergehen.

»Wenn ich du wäre, Dempsey, würde ich mir einen zweibeinigen Agenten zulegen, aber schnell.«

»Vielleicht tue ich das sogar. Weißt du, ich muss darüber nachdenken. Wie viel Zeit lassen die mir?«

»Von einem Termin war nicht die Rede. Ich glaube, an die Möglichkeit, du könntest Nein sagen, haben die überhaupt nicht gedacht. Aber die kennen dich ja auch nicht so gut wie ich.«

»Ich brauche ein paar Tage. Da ist jemand, mit dem ich darüber sprechen will.«

»Mitch, denk daran, Gelegenheiten wie diese klopfen nicht oft an deine Tür.«

»Du wirst von mir hören.«

Innerhalb weniger Wochen hatte sich Mitchs Leben völlig geändert. In Hester hatte er die Frau seines Lebens gefunden, und nun wurde ihm die größte Chance seines beruflichen Werdegangs geboten. Da er aber nicht an das eine denken konnte, ohne das andere mit in Betracht zu ziehen, ging er zuerst zu ihr.

Auf dem Weg zur Bank hatte er Gelegenheit, über alles, was Skinner gesagt hatte, nachzudenken. Und inzwischen hatte die Begeisterung von ihm Besitz ergriffen. Zark in Technicolor! In Stereo!

Hester war gerade dabei, eine lange Reihe von Zahlen zu addieren, als Mitch eintrat. »Kay, könnten Sie mir bitte ein Sandwich bestellen. Ich habe keine Zeit, zum Essen zu gehen.«

Mitch schloss die Tür hinter sich. »Du wirst sie dir nehmen müssen.«

»Mitch!« Hester sah auf. »Was machst du denn hier?«

»Dich entführen. Taz wird die Wachen ablenken.« Er hatte schon ihren Mantel vom Ständer hinter der Tür genommen.

»Mitch, ich muss ...«

»... mit mir was zu essen holen und mich lieben. Weißt du, wie lange es her ist, seit wir eine Stunde für uns allein gehabt haben? Vier Tage.«

»Ich weiß. Es tut mir leid, aber ich hatte viel zu tun.«

Er nickte. »Und außerdem hast du mich auf Abstand gehalten.«

»Nein, habe ich nicht«, widersprach sie.

In Wahrheit hatte sie sich zurückgehalten, um sich zu beweisen, dass sie ihn nicht so sehr brauchte, wie sie befürchtete. Aber damit hatte sie nicht besonders viel Erfolg gehabt, sonst hätte ihr das Herz in diesem Augenblick nicht wieder bis zum Hals geklopft. »Mitch, du weißt, wenn Red in der Wohnung ist, kann ich einfach nicht ...«

»Darüber streite ich mich ja auch gar nicht mit dir. Aber jetzt ist er in der Schule, und du hast ein Recht auf eine Mittagspause.«

Sie wusste, dass sie es später bereuen würde, drehte aber trotzdem der Arbeit den Rücken zu. »Ein Erdnussbutterbrot genügt mir. Ich bin nicht hungrig.«

»Dann sollst du es haben.«

Fünfzehn Minuten später waren sie in Mitchs Apartment. Er warf ihren Mantel achtlos über einen Stuhl, zog sie an sich, küsste sie, und ihre Selbstkontrolle schwand so schnell dahin, wie er brauchte, um ihr die Kämme aus den Haaren zu ziehen.

Sie begehrte ihn, oh ja, wie sehr sie ihn begehrte. In den langen Nächten, seit sie mit ihm geschlafen hatte, hatte sie an ihn gedacht, daran, wie er sie berührt hatte, wo er sie berührt hatte, und nun war alles genau so, wie sie es in Erinnerung hatte.

Dieses Mal war sie schneller als er. Sie zog ihm den Pulli über den Kopf, um seine warme Haut darunter zu spüren. Sie hing voller Verlangen an seinen Lippen, während er ihr das Jackett auszog und die Knöpfe ihrer Bluse öffnete. Dieses Mal war er nicht geduldig, und sie war es auch nicht. Sie drängte sich hart an ihn und wehrte sich nicht gegen die Leidenschaft, die sie überwältigte.

Wahnsinn! Ja, das war wieder dieser Wahnsinn. Und Hester wunderte sich, wie sie je ohne diesen Wahnsinn hatte leben können.

Er knöpfte ihren Rock auf und ließ ihn zu Boden fallen. Vier Tage? Waren es nur vier Tage gewesen? Ihm kam es vor, als seien Jahre vergangen, seit er sie so nahe für sich allein gehabt hatte. Sie klammerte sich so leidenschaftlich an ihn, wie er es in seinen Träumen erlebt hatte. Begehren erfasste seinen ganzen Körper und schwemmte alle Überlegungen beiseite. Er wollte nur noch berühren und berührt werden.

Fest presste er seinen Mund auf den ihren und zog Hester zu Boden. Er hätte es gern hinausgezögert, obwohl er kaum an sich halten konnte. Aber sie umklammerte ihn. Bevor er noch Atem holen konnte, hatte sie ihre Hände auf seine Hüften gelegt und ihn auf sich gezogen. Sie hielt ihn ganz fest umarmt, murmelte seinen Namen, und ein Vulkan schien in seinem Körper zu explodieren.

Als Hester wieder fähig war, klar zu denken, lag sie auf einem unschätzbaren Aubusson-Teppich, und Mitchs Kopf ruhte auf ihrer Brust. Sie konnte sich nicht daran erinnern, jemals so zufrieden gewesen zu sein.

Sie fuhr ihm mit der Hand durch das Haar. »Ich bin froh, dass du mich zum Lunch eingeladen hast«, sagte sie.

»Wenn das eine Anspielung sein soll … ich bin gern bereit, daraus eine Gewohnheit zu machen. Möchtest du trotzdem noch dein Sandwich?«

»Ich brauche nichts.« Nur dich, dachte Hester. »Ich muss zurück an die Arbeit.«

»Kay hat mir gesagt, dass du vor zwei Uhr keinen Termin hast. Also bleib noch ein paar Minuten. Ich muss mit dir reden.«

»Das klingt ja so ernst.«

»Ich habe halt manchmal ernste Momente.« Er schob ein paar Zeitschriften aus dem Weg. »Ich will etwas mit dir besprechen, bevor ich eine Entscheidung treffe.«

»Hat es etwas mit deiner Familie zu tun?« Sie wirkte betroffen.

»Nein.« Er nahm ihre Hand. »Eine Filmgesellschaft aus Hollywood hat gerade vom Universal-Verlag das Recht erkauft, einen Spielfilm mit Zark herauszubringen.«

Hester war sichtlich beruhigt. »Aber das ist ja wunderbar! Da bist du doch sicher ganz begeistert und stolz.«

»Ich weiß nicht, was ich davon halten soll. Ich fürchte, sie können ihn nicht in der richtigen Art herausbringen. Stimme,

Bewegungen und was sonst noch alles dazugehört. Sieh mich nicht so an.«

»Mitch. Ich weiß, was du für Zark empfindest. Wenigstens glaube ich es zu wissen. Er ist deine Schöpfung, und er bedeutet dir sehr viel.«

»Er ist Wirklichkeit für mich«, sagte Mitch, »hier oben.« Er berührte seine Schläfe. »Und so blöd es klingen mag, auch hier«, fügte er hinzu und legte die Hand aufs Herz. »Ich will nicht, dass er entstellt wird, dass er seinen Charakter verliert.«

Hester schwieg einen Moment. Mit einem Mal erkannte sie, dass eine gewisse Ähnlichkeit darin bestand, einem Kind oder einer Idee Leben zu geben. »Lass mich dir eine Frage stellen. Warum hast du ihn erfunden?«

»Ich wollte einen Helden schaffen, einen sehr menschlichen, mit Fehlern und Schwächen und mit hohem moralischen Standard. Jemanden, mit dem sich Kinder identifizieren wollen. Jemanden, der stark genug ist, Nein zu sagen, oder: Ich will nicht, oder: Ich mag nicht. Kinder haben es in dieser Hinsicht nicht leicht. Er sollte sein, was sie selbst sein möchten.«

»Und meinst du, du hast es erreicht?«

»Ja. Was mich persönlich betrifft, so fühlte ich mich erfolgreich, sobald die erste Ausgabe erschienen war. Geschäftlich war er auch ein Erfolg. Er hat Universal Millionen eingebracht.«

»Bedauerst du das?«

»Nein, warum?«

»Dann sollte es dir auch nicht leidtun, dass er den nächsten Schritt tut.«

Mitch schwieg eine Weile. Ich hätte wissen müssen, dass Hester die Dinge klarer sieht als ich, dachte er. Das ist noch ein Grund mehr, weshalb ich sie brauche. »Sie haben mir angeboten, das Drehbuch zu schreiben.«

»Was?« Sie setzte sich kerzengerade auf. »Oh Mitch, das ist ja wunderbar. Ich bin so stolz auf dich.«

Er spielte mit ihren Fingern. »Ich habe so etwas noch nie gemacht.«

»Meinst du, du könntest es nicht?«

»Ich bin nicht sicher.«

Sie setzte zu einer Antwort an, hielt aber inne, um zu überlegen. Nach einer Weile meinte sie: »Seltsam, wenn mich jemand gefragt hätte, hätte ich gesagt, ich hielte dich für den selbstbewusstesten Mann, den ich je kennengelernt habe. Außerdem hätte ich geglaubt, dass du vor lauter Eifersucht niemanden anderen an Zark heranlassen würdest.«

»Es besteht ein Unterschied zwischen dem Text für eine Comicserie und dem Drehbuch für einen langen Spielfilm.«

»Na und?«

»Jetzt gibst du's mir aber zurück, was?«

»Du kannst schreiben. Ich kann bezeugen, dass du eine sehr lebhafte Fantasie hast, und du kennst deine Figuren besser als irgendjemand anderes. Ich sehe da überhaupt kein Problem.«

»Ich könnte Mist machen. Aber falls ich mit dem Drehbuch nicht fertig werde, wollen sie mich immer noch als künstlerischen Berater.«

»Ich kann und darf dir nicht sagen, was du tun sollst.«

»Sag es trotzdem.«

Sie lehnte sich vor und legte ihm die Hände auf die Schulter. »Schreib das Drehbuch, Mitch. Du würdest sehr unzufrieden sein, wenn du es nicht wenigstens versuchtest. Natürlich gibt es keine Garantie für Erfolg, aber wenn du es nicht wagst, kannst du mit Sicherheit nicht gewinnen.«

Er legte seine Hand über ihre und sah sie ernst an. »Das ist deine ehrliche Meinung?«

»Ja, und ich glaube, dass du es schaffst.« Sie küsste ihn. »Was hast du gesagt?«

»Heirate mich, Hester.«

Sie erstarrte. Langsam, sehr langsam, löste sie sich von ihm.

»Heirate mich.« Er griff nach ihrer Hand. »Ich liebe dich.«

»Nicht, bitte, tu das nicht.«

»Was soll ich nicht tun? Dich lieben?« Als Hester ihre Hand losmachen wollte, griff er fester zu. »Dazu ist es viel zu spät, und das weißt du. Ich lüge nicht, wenn ich dir sage, dass ich noch nie gefühlt habe, was ich für dich empfinde. Ich möchte bis an mein Lebensende mit dir zusammen sein.«

»Ich kann nicht«, wehrte sie atemlos ab. Es war, als brächte sie nur mit großer Anstrengung die Worte hervor. »Ich kann dich nicht heiraten. Ich will niemanden heiraten. Du verstehst nicht, was du von mir verlangst.«

»Dass ich nicht verheiratet war, bedeutet nicht, dass ich es nicht weiß.« Er hatte mit Überraschung, ja sogar mit Widerstand gerechnet, aber nicht mit dieser tiefen Furcht. »Hester, ich bin nicht Allan, und wir beide wissen, dass du nicht mehr dieselbe Frau bist, die mit ihm verheiratet war.«

»Das ist völlig egal. Ich will so etwas nicht noch einmal durchmachen, und Red darf es erst recht nicht erleben.« Sie stand auf und fing an, sich hastig anzuziehen. »Du siehst das nicht so, wie es ist.«

»Meinst du?« Er bemühte sich, ruhig zu bleiben, trat hinter sie, um ihr zu helfen, die Bluse zuzuknöpfen. »Aber du kannst doch unsere Beziehung nicht mit dem vergleichen, was vor vielen Jahren geschehen ist.«

»Ich will nicht darüber sprechen.« Ihr Ton war sehr entschieden.

»Vielleicht ist jetzt dazu nicht der geeignete Augenblick, aber darüber reden musst du.« Obgleich sie sich dagegen wehrte, drehte er sie zu sich herum. »Wir werden darüber sprechen.«

»Mitch, wir kennen uns gerade ein paar Wochen, und ich habe erst seit wenigen Tagen angefangen, unsere Beziehung zu akzeptieren.«

»Und was ist das denn für eine Beziehung? Warst du nicht diejenige, die gesagt hat, du seist an flüchtigem Sex nicht interessiert?«

Hester wurde blass, dann wandte sie sich ab, um ihre Kostümjacke aufzuheben. »Ich hatte nicht den Eindruck, dass daran etwas Flüchtiges gewesen ist.«

»Nein, das war es für keinen von uns. Verstehst du denn nicht?«

»Doch, aber …«

»Hester, ich sagte, ich liebe dich. Jetzt will ich wissen, was du für mich fühlst.«

»Ich weiß nicht.« Sie atmete tief, als bekäme sie zu wenig Luft, als er wieder nach ihren Schultern griff. »Ich weiß es wirklich nicht. Ich glaube, ich liebe dich. Du bittest mich, alles aufs Spiel zu setzen, was ich für mich und Red geschaffen habe, und das für ein Gefühl, das sich über Nacht ändern kann.«

»Liebe ändert sich nicht über Nacht«, sagte er ernst. »Sie kann getötet, aber auch gehegt und gepflegt werden. Das liegt in der Hand der Betroffenen. Ich möchte, dass du dich an mich gebunden fühlst, möchte von dir eine Familie, und ich will dir dasselbe zurückgeben.«

»Mitch, das alles geht viel zu schnell, viel zu schnell für uns beide.«

»Verdammt noch mal, Hester! Ich bin fünfunddreißig Jahre alt und kein dummer Junge mehr. Ich weiß, was ich will. Ich will dich nicht heiraten, um bequemen Sex zu haben oder etwas Warmes zum Frühstück, sondern weil ich weiß, dass wir zusammengehören.«

»Du weißt nicht einmal, was eine Ehe ist. Du stellst es dir nur vor.«

»Und du erinnerst dich an eine schlimme Beziehung, Hester. Sieh mich an. Wann, verflixt noch mal, hörst du endlich auf, Reds Vater als Maßstab zu nehmen?«

»Was sollte ich denn sonst für einen Mann als Maßstab nehmen? Mitch, ich fühle mich geehrt, dass du mich heiraten willst.«

»Ach, zum Teufel damit.«

»Bitte.« Sie machte eine hilflose Geste. »Ich habe dich sehr gern, und das Einzige, was ich ganz sicher weiß, ist, dass ich dich nicht verlieren will.«

»Eine Ehe bedeutet nicht das Ende einer Beziehung, Hester.«

»Ich kann nicht an eine Ehe denken. Tut mir leid.« Sie fühlte sich wieder der Panik nahe und musste sich zwingen, ruhig durchzuatmen. »Wenn du mich nicht mehr sehen willst, so werde ich versuchen, das zu verstehen. Aber lieber wäre mir … Ich hoffe, es kann alles so bleiben, wie es jetzt ist.«

Er steckte die Hände enttäuscht in die Hosentaschen. Er war sich klar darüber, dass er wieder einmal zu sehr gedrängt hatte. Aber er fand es schrecklich, kostbare Zeit zu verschwenden, die sie gemeinsam hätten verbringen können. »Für wie lange, Hester?«

»Solange es dauert.« Sie schloss die Augen. »Das klingt hart, ist aber nicht so gemeint. Du bedeutest mir sehr viel, Mitch.«

Mitch strich mit dem Finger über ihre Wange, und der Finger wurde nass. »Ein Tiefschlag«, murmelte er und betrachtete die Träne.

»Entschuldige bitte. Ich wollte nicht weinen. Ich war nur auf das alles nicht vorbereitet.«

»Das ist mir inzwischen klar geworden.«

»Ich habe dich verletzt. Ich kann dir nicht sagen, wie leid es mir tut.«

»Ich bin selbst schuld. Ich hätte mit meinem Heiratsantrag mindestens noch eine Woche warten sollen.«

»Mitch, können wir nicht einfach dieses Gespräch vergessen und so weitermachen wie bisher?«

Er streckte die Hand aus und stellte ihr den Jackenkragen hoch. »Ich fürchte, nein. Ich habe einen Entschluss gefasst, Hester, und das kommt höchstens ein- oder zweimal im Jahr vor. Aber wenn ich einmal so weit bin, gibt es kein Zurück mehr.« Er sah ihr fest in die Augen. »Ich werde dich heiraten, früher oder später. Ich lass dir gerne ein bisschen Zeit, dich an den Gedanken zu gewöhnen.«

»Mitch, ich werde meine Meinung nicht ändern. Es wäre nicht fair, dich hoffen zu lassen. Es handelt sich nicht um eine Laune, sondern um ein Versprechen, das ich mir selbst gegeben habe.«

»Manche Versprechen sollte man besser nicht halten.« Sie schüttelte den Kopf und setzte zu einer Antwort an, doch er legte ihr den Finger auf den Mund. »Wir werden später darüber sprechen. Ich bringe dich jetzt zur Bank zurück.«

»Nicht nötig, bemühe dich nicht. Ich muss nachdenken. Und das fällt mir schwer, wenn ich mit dir zusammen bin.«

»Das ist doch gar nicht einmal so schlecht für den Anfang.« Er legte ihr die Hand unters Kinn und sah sie nachdenklich an. »Und wenn ich dir das nächste Mal einen Heiratsantrag mache, fang bitte nicht wieder an zu weinen. Das ist verheerend für mein Selbstbewusstsein.« Er küsste sie, bevor sie noch etwas sagen konnte. »Bis später, Mrs. Wallace. Danke für das Mittagessen.«

Ein bisschen unsicher auf den Beinen ging sie zur Tür. »Ich rufe dich später an.«

»Tu das, ich bin zu Hause.«

Er schloss die Tür hinter ihr und lehnte sich dagegen. Verdammt, dachte er, und ob ich verletzt bin. Wenn ich gewusst hätte, dass Liebe so wehtut, hätte ich davor die Flucht ergriffen.

Als vor langer Zeit in New Orleans seine erste Liebesaffäre zu Ende gegangen war, hatte es geschmerzt. Nichts hatte ihn auf das vorbereitet, was nun mit ihm geschah. Aber er dachte nicht daran, aufzugeben. Jetzt hieß es, feinfühlig und geschickt vorzugehen, unwiderstehlich zu sein und den Sieg davonzutragen.

Nachdenklich sah Mitch auf Taz herunter. »Was meinst du? Wohin möchte Hester wohl die Hochzeitsreise machen?«

Der Hund brummte und rollte sich auf den Rücken.

»Nein«, erklärte Mitch, »die Bermudas sind zu überlaufen. Ach, vergiss es. Ich werde mir schon noch etwas einfallen lassen.«

10. Kapitel

»Radley, könnt ihr nicht ein bisschen leiser spielen?« Hester war dabei, eine kleine Glasvitrine an die Wand zu hängen. Sie schlug gerade den ersten Nagel in die Wand, dort, wo sie mit dem Bleistift eine Markierung eingezeichnet hatte, als es an der Tür klopfte.

»Moment bitte.« Sie hämmerte ein letztes Mal auf den Nagel und steckte den zweiten in die Tasche. »Red, wir bekommen noch eine Anzeige wegen ruhestörenden Lärms.« Sie öffnete die Tür.

»Hallo!« Mitch strahlte sie an.

Die freudige Überraschung auf ihrem Gesicht ermutigte ihn. Zwei Tage waren vergangen, seit er ihr gesagt hatte, er liebe sie und wolle sie heiraten. In diesen zwei Tagen hatte er viel nachgedacht, und er konnte nur hoffen, dass es Hester nicht anders ergangen war.

»Bist du dabei, etwas zu reparieren?«, fragte er mit einem Blick auf den Hammer.

»Ich hänge nur ein Glasschränkchen auf. Komm herein.« Als wieder lautes Geschrei aus Radleys Zimmer drang, meinte sie erklärend: »Radley hat Josh zu Besuch hier. Und Ernie. Ernie wohnt über uns und geht mit Red zur Schule.«

»Ach ja, ich kenne ihn. Netter Kerl.« Mit einem Blick auf das Schränkchen fragte er: »Kann ich das für dich machen?«

»Oh nein, danke. Das kann ich schon allein. Warum setzt du dich nicht? Ich hole dir eine Tasse Kaffee.«

»Häng du das Ding auf, ich hole uns Kaffee.« Er küsste sie auf die Nasenspitze. »Und entspann dich.«

»Mitch.« Er hatte zwei Schritte auf die Küche zu gemacht, als sie ihn am Arm zurückhielt. »Mitch, ich freue mich schrecklich, dich zu sehen. Ich hatte schon Angst, du wärst mir böse.«

»Böse?« Er sah sie verblüfft an. »Warum?«

»Wegen …« Sie sprach den Satz nicht zu Ende und fragte sich, ob er wirklich nicht wusste, wovon sie redete. »Ach, nichts.« Sie holte den Nagel aus der Hosentasche. »Bediene dich mit dem Kaffee.«

»Danke.« Er grinste zufrieden vor sich hin, während er ihr den Rücken zudrehte, denn er hatte genau das erreicht, was er sich vorgenommen hatte – sie verwirrt. Jetzt würde sie anfangen zu überlegen, was zwischen ihnen alles gesagt worden war. Und je mehr sie darüber nachdachte, desto eher würde sie zur Einsicht kommen.

Pfeifend schlenderte er in die Küche, während Hester den zweiten Nagel einschlug.

Er benimmt sich, als ob nichts gewesen wäre, dachte sie. Dabei hat er mich doch gefragt, ob ich ihn heiraten will. Und er war verletzt und wütend. Und ich habe zwei Tage lang bedauert, dass ich ihn verletzt habe.

Hester legte den Hammer hin und hob das Schränkchen hoch. Vielleicht hat er es sich inzwischen anders überlegt und ist jetzt ganz froh darüber, dass ich Nein gesagt habe, dachte sie. Doch dann wunderte sie sich, dass sie sich nicht so erleichtert fühlte, wie sie sollte.

»Du hast ja Plätzchen gebacken.« Mitch kam mit zwei Bechern zurück und balancierte auf einem einen Teller mit Keksen.

»Heute Morgen.« Sie sah über ihre Schulter, während sie mit Hammer und Nägeln beschäftigt war.

Er setzte sich auf eine Armlehne, stellte die Becher ab, um die Hände für das Gebäck freizuhaben. »Fantastisch«, verkündete er nach dem ersten Bissen. »Und ich bin ein Experte, wenn ich das von mir selbst sagen darf.«

»Da kann ich ja von Glück sagen, wenn sie dir schmecken.«

»Du brauchst gar nicht darüber zu lachen. Es würde mir schwerfallen, eine miserable Köchin zu heiraten. Aber das kann mir ja glücklicherweise nicht passieren.«

»Mitch!« Bevor sie wusste, was sie dazu sagen sollte, polterte Red, gefolgt von seinen beiden Freunden, ins Zimmer.

»Mitch!« Entzückt über den Besuch, stürzte Red auf ihn zu, sodass es ganz natürlich war, dass Mitch seinen Arm um ihn legte. »Wir haben gerade eine tolle Schlacht gewonnen.«

»Wetten, dass du danach hungrig bist? Hier, nimm ein paar Plätzchen.«

Red nahm einen Keks und stopfte ihn sich in den Mund. Dann wandte er sich an seine Mutter. »Wir wollen bei Ernie neue Munition holen.« Er streckte erneut die Hand nach den Plätzchen aus, zog sie aber schnell wieder zurück, als er den warnenden Blick seiner Mutter bemerkte. »Du hast ja Taz nicht mit raufgebracht.«

»Er hat gestern Abend zu lange ferngesehen. Deshalb schläft er heute den ganzen Tag.«

»Wirklich?« Radley lachte, dann wandte er sich wieder an seine Mutter. »Dürfen wir ein bisschen bei Ernie oben bleiben?«

»Sicher, wenn ihr nicht nach draußen lauft, ohne Bescheid zu sagen.«

»Abgemacht. Ernie, Josh, lauft schon mal los. Ich muss noch etwas holen.« Er rannte ins Schlafzimmer, während seine Freunde zur Tür hinausliefen.

»Ich bin froh, dass er ein paar neue Freunde gewonnen hat«,

meinte Hester, die nach ihrem Becher griff. »Er war noch ein bisschen traurig, dass er seine alte Schule verlassen musste.«

»Red gehört nicht zu den Kindern, denen es schwerfällt, Freunde zu gewinnen. Aber wenn wir erst verheiratet sind, sollten wir trotzdem für ein paar Brüder und Schwestern sorgen.«

»Mitch, ich will nicht mit dir streiten, aber wir sollten eins klarstellen ...«

»Klarstellen? Oh, ich wollte dir noch erzählen, dass ich gut mit dem Manuskript vorankomme.«

»Das freut mich.« Hester war schon wieder verwirrt. »Wirklich, das ist wunderbar, aber ich denke, wir sollten trotzdem zuerst über ...«

Zum zweiten Mal wurde sie von ihrem Sohn unterbrochen. »Ich habe für dich etwas in der Schule gemacht.« Verlegen hielt Red die Hände hinter dem Rücken versteckt.

»Tatsächlich? Darf ich es sehen?«

»Heute ist Valentinstag, weißt du?« Nachdem er noch einen Moment gezögert hatte, überreichte Red Mitch ein Gebilde aus Papier und blauem Band. »Für Mom hab ich das Herz mit Spitze gemacht, aber ich dachte, für Männer wäre blaues Band besser.« Er sah verlegen zu Boden. »Es ist eine Karte, die du aufmachen kannst.«

Mitch musste schlucken. Er öffnete die Karte, in die Red in seiner schönsten Blockschrift und mit viel Sorgfalt geschrieben hatte:

Für meinen besten Freund, Mitch. In Liebe, Radley.

Mitch räusperte sich, um den Kloß in seinem Hals loszuwerden. »Das hast du aber toll gemacht. Ich ... äh ... mir hat noch nie jemand eine Karte gemacht.«

»Wirklich nicht?« Red war ehrlich überrascht. »Für Mom mache ich immer welche. Sie gefallen ihr besser als die gekauften.«

»Diese hier gefällt mir auch viel, viel besser.« Mitch war nicht sicher, ob Jungen von fast zehn Jahren etwas dagegen hatten, geküsst zu werden. Er fuhr ihm mit der Hand durch die Haare und küsste ihn trotzdem. »Danke schön.«

»Bitte schön. Bis später.«

Mitch hörte die Tür zuschlagen und starrte auf die Karte.

»Ich hatte keine Ahnung, dass er das gemacht hat«, sagte Hester. »Er hat es geheim gehalten.«

Mitch fühlte sich nicht in der Lage zu erklären, was diese Karte mit der Schleife ihm bedeutete. Er trat ans Fenster, um seine Rührung zu verbergen. »Ein toller Kerl«, murmelte er.

»Ja, das ist er.«

Falls Hester je an Mitchs Gefühlen für Red gezweifelt hatte, so wäre spätestens in diesem Augenblick jeder Zweifel geschwunden. Und das machte die Dinge nur noch schwieriger. »In diesen paar Wochen hast du so viel für ihn getan«, begann sie. »Ich weiß, dass keiner von uns beiden ein Recht darauf hat, dass du bei uns bist, aber du sollst wissen, dass es uns sehr viel bedeutet.«

Mitch wollte ihre Dankbarkeit nicht und musste sich beherrschen, um sich seinen Zorn nicht anmerken zu lassen. »Das Beste, was du tun kannst, Hester, ist, dich möglichst bald an meine Anwesenheit zu gewöhnen.«

»Genau das kann ich eben nicht.« Sie trat auf ihn zu. »Mitch, ich habe dich sehr gern, aber ich will mich nicht auf dich verlassen. Ich kann es mir einfach nicht erlauben. Ich darf nicht.«

»Das hast du schon einmal gesagt. Und ich will mich nicht mit dir streiten.«

»Was du da eben gesagt hast ...«

»Was habe ich denn gesagt?«

»Du meinst, wenn wir verheiratet wären, sollten wir ...«

»Habe ich so etwas gesagt?« Er lächelte und drehte eine Strähne ihrer Haare um seinen Finger. »Was habe ich mir bloß dabei gedacht?«

»Mitch, ich habe das Gefühl, du versuchst, mich durcheinanderzubringen.«

»Und? Klappt es?«

Es gelang ihr, auf seinen scherzhaften Ton einzugehen. »Es bestätigt nur meine Meinung über dich, dass du ein seltsamer Mann bist.«

»Wie meinst du das?«

»Nun, du redest zum Beispiel mit deinem Hund ...«

»Er redet zurück. Das ist also ganz normal. Was sonst noch?« An der Haarsträhne, die Mitch immer noch um seinen Finger gewickelt hielt, zog er Hester ein bisschen näher zu sich heran.

»Du verdienst deinen Lebensunterhalt mit dem Schreiben von Comics. Und du liest sie auch noch.«

»Als Frau mit Bankerfahrung solltest du etwas von der Bedeutung einer guten Investition verstehen. Weißt du, was für einen Marktwert mein ›Verteidiger von Perth‹ unter Sammlern hat? Meine Bescheidenheit verbietet es mir, Zahlen zu nennen.«

»Natürlich.« Ihre Bemerkung nahm er mit einem leichten Nicken zur Kenntnis. »Außerdem hast du in den letzten fünf Jahren nicht eine einzige Zeitung oder ein einziges Magazin weggeworfen.«

»Ich bin eben ein sparsamer Mensch und hebe es für die papierarme Zeit im nächsten Jahrhundert auf.«

»Du hast tatsächlich auf alles eine Antwort«, spottete sie.

»Jetzt möchte ich einmal eine von dir hören. Habe ich dir schon gesagt, dass ich mich, gleich, nachdem mich der Anblick deiner Beine umgeworfen hat, in deine Augen verliebt habe?«

»Nein, hast du nicht.« Sie verzog die Lippen zu einem verlegenen Lächeln. »Und ich habe dir noch nie gesagt, dass ich dich unverschämt lange durch den Spion angestarrt habe, als du das erste Mal vor unserer Tür gestanden hast.«

»Ich weiß.« Er grinste zurück. »Wenn man richtig in das Ding hineinsieht, kann man nämlich Schatten erkennen.«

»Ach, so ist das.« Mehr wusste sie darauf nicht zu antworten.

»Scherz beiseite. Wissen Sie, Mrs. Wallace, die Jungs können jeden Augenblick zurückkommen. Hätten Sie etwas dagegen, wenn wir ein paar Minuten aufhören würden zu reden?«

»Nein.« Sie legte ihm die Arme um den Hals. »Durchaus nicht.«

Sie gestand es nicht einmal sich selbst gerne ein, dass sie sich sicher und behütet in seinen Armen fühlte, aber es war trotzdem so. Sie gestand sich auch nicht gerne ein, dass sie Angst gehabt hatte, ihn zu verlieren, Angst vor der Leere, die er in ihrem Leben hinterlassen würde. Aber diese Angst war etwas sehr Reales gewesen und verlor erst jetzt, als sie sich in seine Arme schmiegte und ihm ihre Lippen bot, ihre Schrecken.

Hester wollte weder an den nächsten Tag noch an eine gemeinsame Zukunft mit Mitch denken, und wenn er sie ihr auch noch so rosig schilderte. Einmal hatte sie geglaubt, eine Ehe würde für das ganze Leben geschlossen, hatte aber nur zu bald erfahren müssen, dass ihre eigene zerbrach. Sie wollte keine gescheiterte Ehe, keine gebrochenen Schwüre mehr.

Und während Hester Mitch umschlungen hielt und ihn

näher an sich zog, sagte sie sich, es sei ihre Aufgabe, sie beide vor späterem Unglück zu bewahren.

»Ich liebe dich, Hester.« Er murmelte die Worte an ihrem Mund, obgleich er wusste, dass sie sie vielleicht nicht hören wollte. Er musste es trotzdem immer wieder sagen. Wenn ich es nur oft genug wiederhole, wird sie anfangen, es zu glauben, und begreifen, was die Worte bedeuten, dachte er.

Er wollte sie für immer, nicht nur für ein paar gestohlene Augenblicke wie diesen. Nur ein einziges Mal in seinem Leben hatte er etwas mit dieser Intensität gewollt. Dabei war es um etwas Abstraktes, nicht Greifbares gegangen: um die Kunst. Damals hatte er erkennen müssen, dass dieser Traum nie Wirklichkeit werden würde.

Hester jedoch war hier in seinen Armen. Er konnte sie fühlen, schmecken. Sie war kein Traum, sondern die Frau, die er liebte und begehrte. Ja, er würde sie haben. Und wenn er, um sie zu erobern, sich alle möglichen Spielchen ausdenken müsste, dann würde er es eben tun, bis ihr Widerstand Schritt um Schritt verschwinden würde.

Er hob die Hand und fuhr mit den Fingern durch ihr Haar. »Ich glaube, die Jungs kommen gleich zurück.«

»Wahrscheinlich.« Ihre Lippen suchten wieder die seinen. »Ich wünschte, wir hätten mehr Zeit«, flüsterte sie.

»Lass mich heute Nacht zurückkommen.«

»Oh Mitch.« Sie lehnte ihren Kopf an seine Schulter. Zum ersten Mal seit vielen Jahren befanden sich die Frau und die Mutter in ihr im Widerstreit. »Ich will dich. Du weißt, dass ich dich will, nicht wahr?«

Er fühlte ihr Herz heftig an seiner Brust schlagen. »Ich glaube, das hast du mir schon deutlich gemacht.«

»Ich wünschte, wir könnten diese Nacht zusammen sein. Aber da ist Red.«

»Ich weiß, wie du darüber denkst, Hester ...« Er strich ihr mit der Hand über die Arme. »Sollten wir ihm nicht ehrlich sagen, dass wir uns gernhaben und zusammen sein wollen?«

»Mitch, er ist doch noch so klein.«

»Nicht zu klein, um das zu verstehen. Er sollte wissen, was wir füreinander fühlen und dass zwei erwachsene Menschen, die so viel füreinander empfinden, das auch zeigen wollen.«

Es klang so einfach, so logisch, wie Mitch es sagte. Sie versuchte ihre Gedanken zu sammeln und trat einen Schritt zurück. »Mitch, Red liebt dich, und er liebt dich mit der Rückhaltlosigkeit und Unschuld eines Kindes.«

»Ich liebe ihn auch.«

Sie sah ihm in die Augen. »Ja, ich glaube, das tust du, und deshalb wirst du mich hoffentlich verstehen. Wenn ich Red in diesem Augenblick mit einbeziehe, würde er sich noch mehr auf dich verlassen, als er es ohnehin schon tut. Er könnte in dir ...«

»... einen Vater sehen«, führte Mitch den Satz zu Ende. »Und du willst nicht, dass er einen Vater hat, Hester, nicht wahr? So ist es doch?«

»Das ist nicht fair.« Hesters Augen blitzten zornig.

»Vielleicht nicht. Aber ich an deiner Stelle würde einmal ernsthaft darüber nachdenken.«

»Du solltest nicht so harte Dinge sagen, nur weil ich nicht mit dir schlafen will, wenn mein Sohn nebenan liegt.«

Er packte sie so heftig am Arm, dass sie ihn überrascht anstarrte. Sie hatte ihn schon verärgert gesehen, aber nie so wütend.

»Verdammt noch mal! Begreifst du denn nicht, wovon ich rede? Wenn ich nur Sex wollte, brauchte ich nur nach unten zu gehen und den Telefonhörer aufnehmen. Sex ist leicht zu haben, Hester. Dazu braucht man nur zwei Leute mit ein bisschen Zeit.«

»Es tut mir leid.« Sie schloss die Augen und war beschämt. »Das war dumm von mir, Mitch. Aber ich habe ständig das Gefühl, mit dem Rücken zur Wand zu stehen. Ich brauche mehr Zeit.«

»Ich auch. Aber ich brauche Zeit, um mit dir zusammen zu sein.« Er ließ die Arme sinken und steckte die Hände in die Tasche. »Ich weiß, dass ich dich bedränge. Aber ich werde nicht damit aufhören, weil ich an uns glaube.«

»Ich wünschte, das könnte ich auch. Ehrlich. Aber es steht zu viel für mich auf dem Spiel.«

Für mich auch, dachte Mitch, war aber beherrscht genug, es nicht auszusprechen. »Lassen wir das Ganze eine Weile ruhen. Was meinst du, hast du Lust, mit Red und mir heute Abend am Time Square ein paar Spielchen zu machen?«

»Natürlich! Red wird begeistert sein.« Hester trat auf ihn zu. »Und ich auch.«

»Das sagst du jetzt. Aber wenn ich dich durch meine Überlegenheit geschlagen habe, wirst du anders darüber denken.«

»Ich liebe dich.«

Mitch musste an sich halten, um sie nicht zu packen. »Sagst du mir Bescheid, wenn du dich an diesen Gedanken gewöhnt hast?«

»Du wirst die erste Person sein, der ich es sage.«

Er griff nach der Karte, die Red für ihn gemacht hatte. »Sag Red, ich hätte mich unheimlich gefreut.«

»Mach ich.« Er war schon fast zur Tür hinaus, als sie hinter ihm herrief. »Mitch, warum kommst du nicht morgen Abend zum Essen? Ich mache einen Braten.«

Er neigte den Kopf zur Seite. »So einen mit kleinen Kartoffeln und Karotten rundherum?«

»Ja, klar.«

»Hinterher Kuchen?«

Sie lächelte. »Wenn du möchtest.«

»Hört sich toll an. Aber leider kann ich nicht.«

»Oh.« Fast hätte sie gefragt, warum nicht, erinnerte sich jedoch noch gerade früh genug daran, dass sie kein Recht dazu hatte.

Mitch lächelte schadenfroh. »Kann ich auf die Einladung später zurückkommen?«

»Natürlich.« Sie bemühte sich, ihn ihre Enttäuschung nicht merken zu lassen. »Ich nehme an, Red hat dir von seiner Geburtstagsparty in der nächsten Woche erzählt?«

»Nur fünf oder sechs Mal.« Er blieb stehen.

»Die Party ist am Samstagnachmittag. Er würde sich bestimmt sehr freuen, wenn du kämst.«

»Ich komme. Ich hole euch also gleich ab. Sagen wir um sieben? Ich bringe genügend Kleingeld mit.«

»Wir sind um sieben fertig.« Er gibt mir nicht einmal einen Abschiedskuss, dachte sie. »Mitch, ich ...«

»Oh, fast hätte ich was vergessen.« Er griff lässig in seine Tasche und holte ein Päckchen hervor. »Heute ist doch Valentinstag, oder? Hier, ein Geschenk für dich.«

»Ein Geschenk für mich?«, fragte sie überrascht nach.

»Ist doch schließlich Tradition. Vergessen? Zuerst wollte ich dir etwas Süßes schenken, aber dann dachte ich, das hier sei dir bestimmt lieber. Wenn dir allerdings was Süßes lieber ist, kann ich es auch wieder mitnehmen und ...«

»Nein.« Sie hielt das Päckchen außerhalb seiner Reichweite. »Dabei weiß ich nicht einmal, was es ist.«

»Das könntest du herausfinden, wenn du das Päckchen aufmachst.«

Hester fand darin ein Goldkettchen mit einem Anhänger in

Form eines Herzens, das nicht größer war als ein Zentimeter. Die Diamanten, mit denen es besetzt war, blitzten und funkelten. »Oh Mitch, das ist wunderschön.«

»Habe ich mir doch gedacht, dass es dir besser gefallen würde als Schokolade. Die macht außerdem dick.«

»So gefährdet bin ich nun auch wieder nicht.« Sie nahm das Herz aus dem Kästchen. »Mitch, es ist wirklich wunderschön. Es gefällt mir sehr, aber es ist zu …«

»… altmodisch. Ich weiß. Aber ich bin nun einmal so ein altmodischer Kerl.«

»Ach, wirklich?«

»Dreh dich einmal um, damit ich es dir festmachen kann.«

Sie gehorchte und hob mit beiden Händen das Haar im Nacken. »Ich bin ganz verliebt in das Herz, aber ich hätte nie erwartet, dass du mir ein so wertvolles Geschenk machen würdest.«

»Um-hmm.« Er zog die Stirn in Falten, während er an dem Verschluss hantierte. »Ich hatte auch nicht mit Eiern und Speck gerechnet, und du warst ganz versessen darauf, sie für mich zu machen. Nun, ich bin versessen darauf, dich mit meinem Herzen um den Hals herumlaufen zu sehen.«

»Danke!« Sie berührte das Schmuckstück mit dem Finger. »Ich habe dir auch keine Schokolade gekauft. Aber vielleicht kann ich dir etwas anderes geben.«

Sie küsste ihn mit einer Heftigkeit und Sinnlichkeit, die sie beide überraschte. Er stand mit dem Rücken an der Tür, strich mit den Händen von ihrem Gesicht zu ihrem Haar über die Schultern zu den Hüften, um sie noch fester an sich zu pressen. Das Feuer zwischen ihnen flammte so heftig auf, dass ihm, selbst als sie sich zurückgezogen hatte, noch war, als hätte er sich verbrannt. Er seufzte tief auf und ließ sie nicht aus den Augen.

»Ich glaube, die Kinder kommen zurück.«

»Jeden Augenblick.«

»Uh-huh.« Er küsste sie leicht auf die Stirn, bevor er die Tür öffnete. Ich hole mir Taz, dachte er, und mache mit ihm einen Spaziergang. Einen langen, zum Abreagieren.

Wie Mitch versprochen hatte, kam er mit einer Tasche voller Münzen. In der Spielhalle drängten sich die Menschen, und der riesige Raum war vom Klingeln, Pfeifen und Knattern der Geräte erfüllt. Hester sah zu, wie Mitch und Red mit vereinten Kräften versuchten, die Welt vor intergalaktischen Angriffen zu bewahren.

»Guter Schuss, Corporal.« Mitch schlug Red auf die Schulter, als eine Phaser-II-Rakete sich in einen Blitz auflöste.

»Du bist dran«, schrie Red und ließ Mitch an die Hebel. »Pass auf deine Sensor Missiles auf.«

»Keine Sorge. Ich bin ein alter Kämpfer.«

»Wir schaffen die höchste Punktzahl.«

Zwischendurch riss sich Red gerade lange genug von der Mattscheibe los, um seiner Mutter einen hastigen Blick zuzuwerfen. »Ist das nicht toll hier? Es gibt einfach alles.«

Alles, dachte Hester, einschließlich einiger verdächtig aussehender Gestalten in Leder und mit Tätowierungen auf den Armen. Aus der Maschine hinter ihr ertönte ein kreischender Laut. »Bleib nur ja in unserer Nähe, ja?«

»Versprochen«, rief Red zurück.

»Nur noch siebenhundert Punkte bis zum Höchststand, Corporal. Halten Sie Ausschau nach mit Atomkraft gesteuerten Satelliten!«

»Aye, aye, Sir.« Radley konzentrierte sich und biss die Zähne zusammen.

»Er ist äußerst geschickt, dein Sohn«, bemerkte Mitch,

während Red mit einer Hand sein Raumschiff kontrollierte und mit der anderen Raketen abfeuerte.

»Josh hat ein Videogerät für solche Spiele zu Hause. Red ist oft bei ihm, um damit zu spielen.« Sie biss sich vor Schreck auf die Unterlippe, als Radleys Raumschiff fast getroffen wurde. »Ich habe keine Ahnung, wieso er immer weiß, was da los ist.«

Als zum Schluss ein sprühendes Feuerwerk auf der Mattscheibe explodierte, warf Mitch Radley in die Luft. »Ein neuer Rekord! Dafür werden Sie befördert, Corporal.«

»Aber du hast doch mehr Punkte als ich.«

»Wer zählt denn hier schon Punkte? Du warst einmalig. Auch mal versuchen, Hester?«

»Nein danke, ich sehe lieber zu.«

»Mom spielt nicht gerne. Sie kriegt immer feuchte Hände.«

»Soso.« Mitch grinste.

Hester warf Red einen vernichtenden Blick zu. »Das liegt an der Spannung. Ich ertrage es einfach nicht, für das Schicksal der Welt verantwortlich zu sein. Ich weiß, es ist nur ein Spiel«, sagte sie, bevor Mitch antworten konnte, »aber es macht mich völlig fertig.«

»Du bist großartig, Mrs. Wallace.« Er küsste sie, und Radley sah interessiert zu.

Er hatte immer ein komisches Gefühl, wenn Mitch seine Mutter küsste. Er wusste allerdings nicht, ob es ein nettes komisches Gefühl oder ein blödes komisches Gefühl war. Dann legte Mitch eine Hand auf seine Schulter, und das fand er immer nett.

»Gut. Was kommt als Nächstes an die Reihe, der Amazonas oder der Killerhai?«

»Ich möchte das Spiel mit den Ninjas. Bei Josh zu Hause habe ich einen Film mit Ninjas gesehen – na ja, fast. Joshs

Mutter hat abgeschaltet, weil eine Frau anfing, sich auszuziehen und so.«

»Tatsächlich?« Mitch verkniff sich ein Lachen, als er sah, wie entsetzt Hester dreinsah. »Wie hieß das Spiel?«

»Vergiss es.« Hester nahm Reds Hand. »Da haben Joshs Eltern sich sicher vertan.«

»Joshs Vater hatte gedacht, es sei was mit Kung-Fu. Joshs Mutter war sauer, und er musste die Kassette wieder zurückbringen und was anderes dafür holen. Ich mag aber Ninjas immer noch.«

»Lass mal sehen, ob wir ein freies Gerät finden.« Mitch ging neben Hester her. »Ich glaube nicht, dass er Schaden fürs ganze Leben davongetragen hat«, meinte er.

»Ich würde nur gerne wissen, was er mit ›und so‹ gemeint hat.«

»Ich auch.« Er legte ihr einen Arm um die Schulter und steuerte sie durch eine Gruppe von Teenagern. »Vielleicht können wir uns den Film mal leihen.«

»Verzichte, vielen Dank.«

»Wie, du hast keine Lust, dir den Film ›Die nackten Ninjas von Nagasaki‹ anzugucken?«

Als sie sich umdrehte, um Mitch fassungslos anzusehen, hob er die Hände in einer abwehrenden Geste. »Ich kenne ihn auch nicht. Habe ich gerade erst erfunden. Ich schwöre.«

»Hmm.« Hester war nicht recht überzeugt.

»Hier ist frei. Kann ich hier spielen?«, rief Red ihnen zu.

Mitch grinste immer noch vor sich hin, als er ein paar Münzen aus der Tasche hervorkramte.

Die Zeit verflog, und Hester hatte sich so an den Lärm der Spielgeräte gewöhnt, dass sie ihn fast nicht mehr hörte. Um Red eine Freude zu machen, beteiligte sie sich an ein paar weniger aufregenden Spielen, die nichts mit dem Überleben der Menschheit oder deren Zerstörung zu tun hatten. Aber meist sah sie einfach zu und freute sich darüber, dass Red den Abend so offensichtlich genoss.

Die Leute werden uns für eine Familie halten, dachte sie, während Red und Mitch sich gemeinsam über die Apparate beugten. Schade, dass ich an glückliche Familien nicht glauben kann. Sie seufzte. Ich will nur von einem Tag zum anderen denken, sagte sie sich. In ein paar Stunden stecke ich Red ins Bett und gehe allein auf mein Zimmer. Das ist für uns beide am sichersten.

Hester hörte, wie Mitch laut lachte und Red anfeuerte, und sie drehte den beiden den Rücken zu. Ganz gleich, wie sehr sie sich wünschte, wie sehr sie versucht war, diesem Mann zu vertrauen, sie konnte es nicht riskieren.

»Wie wär's mit einem Spielchen an einer der Pinball-Maschinen?«, schlug Mitch vor.

Obgleich sie viel Lärm machten und Licht in allen Regenbogenfarben versprühten, fand Red sie ziemlich langweilig. »Ich habe keine besondere Lust, aber Mom mag sie.«

»Bist du gut?«

Hester schob ihre Gedanken beiseite. »Nicht schlecht.«

»Hast du Lust?« Mitch klimperte mit den Münzen in seiner Tasche.

Hester hatte früher gut Pinball gespielt. Jedenfalls so gut, dass sie ihren Bruder in neun von zehn Spielen geschlagen hatte. Und obgleich diese Geräte elektronisch waren und raffinierter als diejenigen, mit denen sie in ihrer Jugend gespielt hatte, zweifelte sie nicht daran, dass sie sich gut schlagen würde. Also nickte sie.

»Ich könnte dir ein paar Punkte Vorsprung geben«, bot Mitch an, als er seine Münzen in den Schlitz warf.

»Komisch, dasselbe wollte ich dir gerade vorschlagen.« Lächelnd nahm Hester ihren Platz an den Hebeln ein.

Sie stellte die Geräusche auf Minimallautstärke ein und konzentrierte sich darauf, den Ball im Spiel zu halten. Ihr Timing war äußerst gekonnt. Mitch stand hinter ihr und nickte anerkennend, während er zusah, wie sie den Ball in Bewegung hielt. Es gefiel ihm, wie sie sich mit halb geöffneten Lippen und zusammengekniffenen Augen über die Maschine beugte. Sie fuhr sich aufgeregt mit der Zunge über die Lippen und stieß sich nach vorne, als wolle sie mit ihren Bewegungen dem Ball folgen.

Der kleine Silberball berührte die Hindernisse, ließ die Glocken klingeln und die Lichter aufflackern. Als ihr erster Ball ausfiel, hatte sie schon eine imponierende Punktezahl.

»Nicht schlecht für einen Amateur«, kommentierte Mitch und zwinkerte Red zu.

»Ich fange gerade erst an, warm zu werden.« Lächelnd trat Hester zurück.

Red sah noch eine Weile zu, als Mitch an der Reihe war, aber er musste sich auf Zehenspitzen stellen, um den Ball beobachten zu können. So sah er sich bald nach weniger langweiligen Geräten in der Nachbarschaft um und wünschte, er hätte Mitch um eine Münze gebeten, bevor er angefangen hatte, mit seiner Mutter zu spielen. Nach einer Weile ging er zu einem Gerät in der Nachbarschaft, bei dem er das Spiel leichter verfolgen konnte.

»Ich habe hundert mehr«, erklärte Mitch, als er beiseitetrat, um Hester erneut ans Gerät zu lassen.

»Bloß weil ich dich nicht gleich mit dem ersten Ball vernichten wollte. Das wäre doch unhöflich gewesen.« Hester zog den Hebel zurück und ließ den Ball kreisen.

Dieses Mal brauchte sie keine Zeit, um sich an den richtigen Rhythmus zu gewöhnen. Sie ließ die Kugel nicht zur Ruhe kommen, während sie sie immer wieder von rechts nach links und zurück durch die Mitte schoss. Sie fühlte sich in ihre Kindheit zurückversetzt, in der ihre Wünsche noch leicht erfüllbar gewesen waren und sie noch an die Verwirklichung ihrer Träume geglaubt hatte. Als die Maschine von höllischem Lärm erschüttert wurde, lachte sie und warf sich richtig ins Spiel.

Ihre Punktzahl stieg und stieg, und von dem Lärm angezogen, hatte sich mittlerweile eine kleine Menge um sie herum versammelt. Bevor der zweite Ball ins Aus fiel, ergriffen die Leute Partei.

Dann war Mitch wieder dran. Im Gegensatz zu Hester dämpfte er seine Ausrufe nicht, sondern ließ sie mit aller Kraft kommen. Trotzdem lag er dieses Mal fünfzig Punkte hinter ihr zurück.

Bei der dritten Runde glaubte Hester, bevor sie sich ganz auf den Ball und ihr Timing konzentrierte, zu hören, wie unter den Leuten Wetten abgeschlossen wurden. Als sie zurücktrat, war sie geradezu erschöpft.

»Jetzt kann dich nur noch ein Wunder retten, Mitch«, erklärte sie völlig außer Atem.

»Gib bloß nicht so an«, meinte er freundlich.

Hester musste zugeben, dass er eine ausgezeichnete Technik hatte und brillant spielte. Er nahm jede Chance, und war sie auch noch so riskant, wahr und hatte damit Erfolg. Entspannt und mit breiten Beinen stand er vor dem Gerät, doch seinem Blick war anzumerken, wie sehr er sich konzentrierte. Das Haar fiel ihm über die Stirn ins Gesicht, und er lächelte zugleich selbstzufrieden und draufgängerisch.

Hester bemerkte, dass sie mehr Mitch als den Ball beobachtete, während sie mit dem kleinen Diamantherzen spielte, das sie unter ihrem schwarzen Baumwollpulli trug.

Das war ein Mann, der Frauen dazu bringen könnte, sich an ihn anzulehnen, wenn sie sich nicht sehr in Acht nähmen. Mit einem Mann wie Mitch könnte eine Frau viele glückliche Jahre verbringen. Hester seufzte, und obwohl sie es nicht wahrhaben wollte, bildeten sich tiefe Risse in der Mauer, die sie zu ihrer Verteidigung um ihr Herz herum errichtet hatte.

Die Zuschauer feuerten Mitch an, bis der letzte Ball verloren war.

»Sie hat dich um zehn Punkte geschlagen, Kumpel«, sagte einer aus der Menge. »Zehn Punkte.«

»Hast dir ein Freispiel verdient«, meinte ein anderer und gab Hester einen freundschaftlichen Klaps auf den Rücken.

Mitch wischte sich kopfschüttelnd die Hände an den Jeans ab. »Um auf das Handicap zurückzukommen ...«

»Zu spät.« Lächerlich erfreut und selbstzufrieden hakte Hester die Daumen in die Gürtelschlaufen ihrer Hose und betrachtete ihren Punktestand. »Tja, die richtigen Reaktionen muss man halt haben. Alles aus dem Handgelenk.«

»Wie wär's mit einer Revanche?«

»Ich will dich nicht noch einmal demütigen.« Lachend drehte sie sich zur Seite, um Red das Freispiel anzubieten. »Red, warum machst du nicht ... Red?« Sie sah sich suchend um und schob ein paar Zuschauer beiseite. »Radley?« In ihrer Stimme machte sich ein Anflug von Panik bemerkbar.

»Vor einer Minute war er noch hier.« Mitch legte ihr die Hand auf den Arm und sah sich ebenfalls im Raum um.

»Ich habe nicht auf ihn aufgepasst.« Sie fasste sich entsetzt an den Hals und lief durch den Raum. »Ich hätte wissen müssen, dass ich ihn an einem Platz wie diesem nicht aus den Augen lassen darf.«

»Halt!« Mitch sprach ruhig, obgleich ihre Angst sich bereits auf ihn übertragen hatte. »Er sieht sich nur ein bisschen unter den anderen Geräten um. Wir werden ihn finden. Ich gehe hier herum, du dort.«

Sie nickte und drehte sich um, ohne ein Wort zu sagen. Bei jedem Gerät hielt sie an, um sich nach einem kleinen blonden Jungen im blauen Pullover umzusehen. Sie rief laut nach ihm, um den Lärm der Maschinen zu übertönen. Als sie an den großen Glastüren vorüberkam und draußen die vielen Menschen sah, die sich auf den Bürgersteigen des Time Square drängten, zog sich ihr Herz zusammen. Nein, sagte sie sich, Red würde nie allein nach draußen gehen. Außer, jemand hat ihn mitgenommen und …

Hester ballte die Hände zu Fäusten und wandte sich ab. An so etwas wollte sie nicht einmal denken.

Die Spielhalle war jedoch so groß, so gedrängt voller Menschen, lauter Fremde. Und dieser ohrenbetäubende Lärm. Wie hätte ich ihn bei diesem Krach hören können, wenn er nach mir gerufen hätte? dachte sie. Vielleicht sucht er mich. Vielleicht hat er Angst. Vielleicht …

Dann sah sie ihn. Mitch hatte ihn auf dem Arm. Hester schob zwei junge Burschen zur Seite und rannte auf sie zu. »Radley!« Sie schlang die Arme um alle beide und vergrub ihr Gesicht in Reds Haar.

»Er hat bei anderen Leuten zugesehen.« Mitch strich ihr über den Rücken. »Er hatte jemanden getroffen, den er von der Schule her kannte.«

»Das war Ricky Nesbit, Mom. Er war mit seinem großen Bruder hier, und er hat mir eine Münze geliehen. Wir wollten dahinten ein Spiel machen. Ich wusste nicht, dass es so weit weg war.«

»Radley.« Sie kämpfte mit den Tränen und sprach ruhig.

»Wir haben doch abgemacht, dass du bei mir bleibst. Hier sind so viele fremde Menschen. Ich muss mich darauf verlassen können, dass du nicht wegläufst.«

»Das hab ich doch auch gar nicht getan. Ricky sagte, es würde nur eine Minute dauern. Und dann wollte ich gleich zurückkommen.«

»Radley, ich habe dir erklärt, warum du immer in meiner Nähe bleiben solltest!«

»Aber Mom ...«

»Red.« Mitch legte dem Jungen den Arm um die Schultern. »Du hast deiner Mutter und mir einen gewaltigen Schrecken eingejagt.«

»Tut mir leid.« Red war den Tränen nahe. »Das wollte ich nicht.«

»Tu so etwas nicht noch einmal.« Hester küsste ihn auf die Wange. »Du bist alles, was ich habe, Red.« Sie drückte ihn an sich. Da sie die Augen geschlossen hatte, sah sie nicht, wie Mitchs Gesichtsausdruck sich veränderte. »Dir darf einfach nichts passieren!«

»Ich tu es nicht wieder. Bestimmt nicht, Mom.«

Er ist also alles, was sie hat, dachte Mitch bitter. Ist sie so störrisch, dass sie nicht zugeben kann, nicht einmal sich selbst gegenüber, dass sie jetzt noch jemanden hat? Einen zweiten Menschen?

Er steckte die Hände in die Hosentaschen und versuchte seinen Zorn und das Gefühl des Verletztseins zu unterdrücken. Sie wird es zugeben müssen, dachte er. Bald. Oder ich werde sie dazu zwingen.

11. Kapitel

In den folgenden Tagen ging Mitch Hester aus dem Weg, obgleich er nicht sicher war, ob er damit mehr Schaden als Nutzen anrichtete. Es entsprach eigentlich nicht seinem Charakter, Dinge auseinanderzunehmen und zu analysieren. Normalerweise fasste er seine Entschlüsse schnell und schritt zur Tat, aber er war auch noch nie so starken Gefühlsschwankungen ausgeliefert gewesen.

Er vergrub sich in seine Arbeit und beschäftigte sich so viel wie möglich mit dem Drehbuch, von dem er immer noch nicht sicher war, dass er es schreiben konnte. Auf diese Weise hielt er sich davon ab, zwei Stockwerke höher zu gehen und Hester Wallace zu zwingen, endlich zur Vernunft zu kommen.

Sie wollte ihn und wollte ihn andererseits auch wieder nicht. Sie öffnete sich ihm und hielt doch ihr Innerstes vor ihm verschlossen. Sie vertraute ihm, glaubte aber nicht genug an ihn, um ihr Leben mit ihm zu teilen.

Du bist alles, was ich habe, Red, hatte sie gesagt. Aber ist Red auch alles, was sie will? fragte Mitch sich wieder und wieder. Wie ist es möglich, dass eine so intelligente, lebendige Frau den Rest ihres Lebens von einem Fehler beherrscht wird, den sie vor zehn Jahren einmal gemacht hat?

Er fühlte sich völlig hilflos, und das machte ihn wütend. Selbst damals in New Orleans hatte er sich nicht hilflos gefühlt. Er hatte seine Grenzen erkannt, sie sich eingestanden und etwas Neues angefangen. War es an der Zeit, sich auch dieses Mal einzugestehen, dass die Grenzen gesetzt waren?

Darüber dachte er stundenlang nach, erwog Kompromisse und verwarf sie wieder. Er fragte sich, ob er auf Hesters Forderung, die Dinge so zu lassen, wie sie waren, eingehen konnte. Sie wären Liebende ohne Bindung, ohne Gedanken an eine gemeinsame Zukunft. Die Beziehung würde dauern, solange er nicht versuchte, eine ständige Partnerschaft zu erzwingen. Aber auf eine derartige Beziehung wollte und konnte er sich nicht einlassen. Jetzt, da er die Frau, die einzige Frau, mit der er sein Leben verbringen wollte, gefunden hatte, wollte er nicht nur zeitweise mit ihr zusammen sein, nicht nur einen Teil von ihr besitzen.

Die Erkenntnis, dass er – ausgerechnet er – ein Verteidiger der Institution Ehe geworden war, schockierte ihn selbst ein wenig. Er hätte nicht behaupten können, viele gute Ehen zu kennen. Seine Eltern hatten eigentlich in vieler Hinsicht gut zueinandergepasst – gleicher Geschmack, gleiche Herkunft, gleiche Ansichten –, aber er hatte nie bemerkt, dass sie Leidenschaft füreinander empfunden hätten. Zuneigung, Loyalität, ja. Aber Liebe? Begehren? Verlangen?

Er fragte sich, ob es nur Leidenschaft war, was er für Hester empfand, obwohl er sich die Frage schon oft genug früher beantwortet hatte. Sie war der Mensch, den er an seiner Seite haben wollte. Er fühlte sich glücklich bei der Vorstellung, sie wären zwanzig Jahre älter, säßen auf der Veranda des Bauernhauses, das Hester so lebendig beschrieben hatte, und tauschten gemeinsame Erinnerungen miteinander aus.

Nein, darauf wollte er nicht verzichten.

Er fuhr sich mit der Hand durchs Haar und sammelte ein paar Sachen zusammen, um sie nach oben zu tragen.

Hester fürchtete, er würde nicht kommen. Seit jenem Abend am Time Square war eine Veränderung mit Mitch vor sich gegangen. Am Telefon war er seltsam zurückhaltend, und obgleich sie ihn mehr als einmal eingeladen hatte heraufzukommen, hatte er immer eine Entschuldigung gefunden.

Ich habe ihn verloren, dachte Hester, während sie Saft in zehn Papierbecher goss, und erinnerte sich daran, dass sie ja immer gewusst hatte, die Beziehung könne nicht von Dauer sein. Er hat das Recht, sein eigenes Leben zu leben, seine eigenen Wege zu gehen. Ich kann nicht verlangen, dass er eine so lose Beziehung akzeptiert, wie ich sie ihm bieten kann. Ich kann nicht erwarten, dass er sich mit dem wenigen an Zeit zufriedengibt, das Radley und mein Job für ihn übrig lassen. Ich kann nur hoffen, dass er mir als Freund erhalten bleibt.

Aber, Himmel, wie ich ihn vermisse! dachte sie. Sie vermisste die Gespräche mit ihm, sie vermisste sein Lachen, sie vermisste sogar die Möglichkeit, sich an ihn zu lehnen – nur ein kleines bisschen natürlich. Sie stellte den Krug mit dem Saft ab und seufzte. Nicht daran denken, sagte sie sich, und schon gar nicht jetzt, wo zehn lärmende Jungen im Nebenzimmer sind, für die ich die Verantwortung habe. Ich kann es mir nicht erlauben, hier herumzustehen und Selbstmitleid zu haben.

Sobald sie mit dem Tablett voller Getränke im Wohnzimmer erschien, schossen zwei Jungen auf sie zu. Zwei andere balgten sich auf dem Boden, während die anderen laut herumschrien, um sich über das Gedröhne des Plattenspielers hinweg verständlich zu machen. Hester hatte schon bemerkt, dass einer von Radleys besten Freunden einen silbernen Ohrring trug und sich erfahren über Mädchen äußerte. Meine Güte, dachte sie, hoffentlich interessiert Red sich noch ein paar Jahre für Spielsachen und Comics. All dem anderen fühle ich mich noch nicht gewachsen.

»Es gibt was zu trinken!«, rief sie laut. »Michael, warum lässt du Ernie nicht mal einen Moment aus dem Schwitzkasten und holst dir eine Limo? Red, setz das Kätzchen auf den Boden. Ihm wird schlecht, wenn du es dauernd herumschleppst.«

Zögernd legte Red das kleine schwarz-weiße Knäuel ins gepolsterte Körbchen. »Es ist wirklich süß. Es gefällt mir am allerbesten.« Er grapschte sich einen Becher von dem Tablett, nach dem sich nun viele Hände ausstreckten. »Die Armbanduhr ist natürlich auch klasse.« Er streckte den Arm aus und drückte auf einen Knopf, woraufhin nach der Zeitangabe ein Mini-Video-Spiel hinter dem Glas zu sehen war.

»Ich hoffe nur, du spielst nicht damit, wenn du in der Schule aufpassen sollst.«

Die Jungen johlten und stießen sich gegenseitig mit den Ellbogen. Hester hatte sie gerade dazu überredet, sich zu einem von Radleys Spielen hinzusetzen, als es an der Tür klopfte.

»Ich mach auf!« Red sprang auf die Füße und rannte zur Tür. Er hatte noch einen Geburtstagswunsch. Als er die Tür öffnete, war er überglücklich. »Mitch! Ich wusste, dass du kommst. Mom meinte, du hättest vielleicht zu viel zu tun, aber ich wusste, du würdest kommen. Ich habe eine kleine Katze bekommen. Ich nenne sie Zark. Willst du sie mal sehen?«

»Sobald ich diese Pakete losgeworden bin.« Mitchs Arme wurden allmählich lahm. Er stellte die Kartons auf das Sofa, und als er sich umdrehte, wurde ihm Zarks Namensvetter in die Hand gedrückt. Das Kätzchen miaute und machte einen Buckel, als er es vorsichtig mit dem Finger streichelte.

»Niedlich. Wir müssen ihn mit nach unten nehmen und mit Taz bekannt machen.«

»Meinst du nicht, der frisst es auf?«

»Du machst wohl Witze.« Mitch schob sich das Kätzchen auf die Schulter und sah Hester an. »Hallo.«

»Hallo!« Mitch hätte eine Rasur gebrauchen können und hatte ein Loch im Pullover, aber Hester fand, er hatte nie besser ausgesehen. »Wir befürchteten schon, du würdest es nicht schaffen.«

»Ich habe doch gesagt, ich käme.« Er kraulte das Kätzchen hinter den Ohren. »Was ich verspreche, pflege ich zu halten.«

»Sieh mal, die Uhr hier habe ich auch gekriegt.« Red hielt ihm den Arm hin. »Sie zeigt die Zeit und das Datum an und alles so was, und außerdem kann man Spiele damit machen. Willst du's mal versuchen?«

»Nachher. Tut mir leid, dass ich so spät bin, ich wurde im Verlag aufgehalten.«

»Ist schon in Ordnung. Kuchen haben wir sowieso noch nicht gegessen, weil ich auf dich warten wollte. Es gibt Schokoladenkuchen.«

»Toll! Fragst du denn überhaupt nicht nach deinem Geschenk?«

»Das soll ich doch nicht. Weil es sich nicht gehört.« Red warf seiner Mutter einen verstohlenen Blick zu, die gerade vollauf damit beschäftigt war, zwei seiner Freunde auseinanderzuhalten, die sich wieder balgen wollten. »Hast du mir wirklich etwas mitgebracht?«, fragte Red dann neugierig.

»Ach wo!« Mitch lachte über Reds Gesichtsausdruck und verwuschelte ihm das Haar. »Na klar hab ich dir was mitgebracht. Es steht vor dir auf dem Sofa.«

»Welches Paket?« Radleys Augen wurden riesig groß. »Alle?«

»Die gehören in gewisser Weise zusammen. Warum machst du nicht einmal zuerst eins auf?«

Mitch hatte sich nicht mehr die Zeit genommen, die Pakete einzeln mit Geschenkpapier zu verpacken, aber wohlweislich Firmennamen und Bezeichnung des Modelltyps überklebt. Mithilfe seiner Freunde machte Red sich daran, die schweren Kartons zu öffnen.

»Toll! Ein Computer!« Josh hatte Red über die Schulter gesehen. »Robert Swayer hat genau so einen. Damit kann man alles Mögliche machen.«

»Ein Computer.« Red starrte in den geöffneten Karton und drehte sich dann zu Mitch um. »Ist der wirklich für mich? Ich darf ihn behalten?«

»Natürlich darfst du ihn behalten. Das ist doch dein Geschenk. Ich hoffe nur, du lässt mich auch damit spielen.«

»Du kannst immer damit spielen. Immer, wann du willst.« Red warf Mitch die Arme um den Hals und schämte sich überhaupt nicht vor seinen Freunden, die dabei zusahen. »Danke. Können wir ihn sofort anschließen?«

»Ich dachte schon, du würdest nie danach fragen.«

»Red, zuerst musst du die Sachen von deinem Schreibtisch abräumen. Einen Moment«, fügte Hester hinzu, als die Jungen sich an ihr vorbeidrängten. »Das heißt aber nicht, dass ihr einfach alles unter das Bett werft. Ihr räumt ordentlich auf. Mitch und ich werden dann die Geräte in dein Zimmer tragen.«

Als die Jungen unter Indianergeheul davontrabten, wusste Hester, dass sie noch einige Tage lang Überraschungen unter Reds Bett und Teppich vorfinden würde. Doch darüber wollte sie später nachdenken. Sie ging durch das Zimmer und stellte sich neben Mitch.

»Das war ein mehr als großzügiges Geschenk.«

»Er ist intelligent. Intelligente Kinder verdienen so etwas.«

»Ja.« Sie sah auf die noch nicht geöffneten Kartons mit Monitor und Software. »Ich wollte ihm auch einen kaufen, war aber dazu noch nicht in der Lage.«

»Das war nicht als Kritik gemeint, Hester.«

»Ich weiß.« Sie nagte an ihrer Unterlippe in einer Weise, die verriet, dass sie nervös war. »Ich weiß auch, dass wir miteinander reden müssen, und dies ist nicht der richtige Zeitpunkt dazu. Aber bevor wir die Sachen in Reds Zimmer tragen, möchte ich dir sagen, wie sehr ich mich darüber freue, dass du hier bist.«

»Ich möchte immer hier sein.« Er fuhr ihr mit dem Finger über das Kinn. »Das solltest du mir endlich glauben.«

Sie nahm seine Hand und küsste die Handfläche. »Du könntest deine Meinung vielleicht noch ändern, wenn du erst einmal eine Stunde oder so mit zehn Jungs zugebracht hast.« Sie zuckte zusammen, als in Reds Zimmer etwas klirrend zu Boden fiel. Danach erhoben sich mehrere junge Stimmen zu einer lebhaften Diskussion. »Na, wie dem auch sei …« Sie atmete tief durch und hob den ersten Karton vom Sofa. »Dann wollen wir mal.«

Die Party war vorbei. Der letzte Geburtstagsgast war von seinen Eltern abgeholt worden. Ungewohntes, wunderbares Schweigen herrschte in der Wohnung. Hester saß mit halb geschlossenen Augen in einem Sessel, während Mitch mit ganz geschlossenen auf dem Sofa ausgestreckt lag. Das Schweigen wurde nur gelegentlich von einem leisen Klick aus Reds neuem Computer und dem Maunzen des Kätzchens unterbrochen, das es sich auf Reds Schoß bequem gemacht hatte.

Hester seufzte zufrieden und betrachtete das Chaos um sie herum. Überall Papiertassen und -teller. Überall standen

Schüsselchen mit Resten von Pommes frites und Salzbrezeln herum. Das meiste davon lag jedoch auf dem Teppich. Sie wollte sich lieber nicht vorstellen, wie es erst in der Küche aussehen mochte.

Mitch öffnete die Augen. »Haben wir die Schlacht geschlagen?«

»Absolut. Es war ein glorreicher Sieg.« Zögernd raffte sich Hester aus ihrem Sessel hoch. »Möchtest du ein Kissen?«

»Nein.« Er griff nach ihrer Hand und zog sie zu sich herunter.

»Mitch, Radley ...«

»... spielt mit seinem Computer«, beendete Mitch den Satz und knabberte an ihrer Unterlippe. »Ich wette, aus lauter Neugier nimmt er sich sogar noch die erzieherische Software vor, bevor er aufhört.«

»Das war ganz schön raffiniert von dir, die mit darunterzumischen.«

»Ich bin sowieso ein ziemlich raffiniertes Bürschchen.« Er schob Hester so zurecht, dass sie zwischen seinem Arm und Schulter zu liegen kam. »Außerdem hatte ich mir gedacht, ich könnte dich über diesen Computer noch ein bisschen mehr für mich gewinnen, und Red könnte dann noch öfter mit mir zusammen spielen.«

»Ich wundere mich nur, dass du nicht selbst einen hast.«

»Tja, um ehrlich zu sein, als ich den für Red gekauft habe, erschien mir der Kauf so günstig, dass ich gleich zwei mitgenommen habe. Um mein Haushaltsbuch zu führen und meine Kartei zu modernisieren.«

»Du hast eine Kartei?«

»Hab ich nicht.« Er schmiegte seine Wange an ihr Haar. »Hester, weißt du eigentlich, was eine der größten Errungenschaften der Zivilisation ist?«

»Die Mikrowelle?«

»Das Mittagsschläfchen. Das Sofa, das du hier hast, ist einfach wunderbar.«

»Es müsste neu gepolstert werden.«

»Das sieht man nicht, wenn man darauf liegt.« Er legte ihr einen Arm um die Taille. »Komm, schlaf ein Stündchen mit mir zusammen.«

»Ich muss dringend aufräumen.« Aber die Augen fielen ihr ebenfalls zu.

»Wieso? Erwartest du noch Besuch?«

»Nein. Aber musst du nicht noch Taz ausführen?«

»Ich habe Ernie ein Trinkgeld in die Hand gedrückt, damit er das für mich erledigt.«

Hester kuschelte sich an Mitchs Schulter. »Du bist wirklich clever.«

»Das versuche ich dir doch schon die ganze Zeit beizubringen.«

»Ich hab noch nicht einmal über das Abendessen nachgedacht.«

»Sollen sie doch Kuchen essen.«

Hester lachte leise in sich hinein, bevor sie sich neben Mitch zum Schlafen zurechtdrehte.

Ein paar Minuten später kam Red mit dem Kätzchen unter dem Arm herein, um den beiden von seinen Erfolgen zu berichten. Er blieb vor dem Sofa stehen und betrachtete nachdenklich seine Mutter und Mitch. Manchmal, wenn er sich nicht wohlfühlte oder etwas Schlechtes geträumt hatte, durfte er bei Mom schlafen. Dann ging es ihm immer gleich wieder besser. Vielleicht fühlt Mom sich besser, wenn sie bei Mitch schläft, dachte er.

Er fragte sich, ob Mitch seine Mom wohl lieb hatte. Sein Magen kribbelte ganz komisch, als er darüber nachdachte. Er hätte es ganz toll gefunden, wenn Mitch immer bei ihnen wäre und sein Freund bliebe. Wenn er nun aber Mom heiratete, hieß das, dass er weggehen würde? Radley nahm sich vor, seine Mutter danach zu fragen. Sie sagte ihm immer die Wahrheit. Er rückte das Kätzchen auf seinem Arm zurecht, nahm sich eine Schüssel mit Kartoffelchips und ging damit in sein Zimmer.

Es war schon fast dunkel, als Hester aufwachte. Sie schlug die Augen auf und bemerkte, dass Mitch sie ansah. Sie blinzelte und versuchte, sich zu orientieren. Dann küsste er sie, und sie erinnerte sich an alles.

»Wir müssen eine ganze Stunde geschlafen haben«, murmelte sie.

»Fast zwei Stunden. Wie fühlst du dich?«

»Zerschlagen. Ich fühle mich immer zerschlagen, wenn ich tagsüber schlafe.« Sie rekelte sich und hörte Red im Nebenzimmer kichern. »Er muss noch mit seinem Computer beschäftigt sein. Ich glaube, er ist noch nie so glücklich gewesen.«

»Und du?«

»Ja.« Sie zog seine Lippen mit dem Finger nach. »Ich bin glücklich.«

»Wenn du zerschlagen und glücklich bist, ist dies vielleicht genau der richtige Moment, dich noch einmal zu bitten, mich zu heiraten.«

»Mitch.«

»Nein? Auch gut, dann werde ich eben warten, bis ich dich mal betrunken machen kann. Ist noch etwas vom Kuchen übrig geblieben?«

»Ein bisschen. Bist du nicht böse?«

Mitch setzte sich auf und fuhr sich mit den Fingern durchs Haar. »Warum?«

Hester legte ihre Wange an sein Gesicht. »Es tut mir so leid, dass ich dir nicht geben kann, was du dir wünschst.«

Er schloss sie fest in die Arme und bemühte sich, gelassen zu wirken. »Gut. Das bedeutet, dass du langsam anfängst, deine Meinung zu ändern. Ich möchte auf dem Standesamt und in der Kirche getraut werden.«

»Mitch!«

»Ja?«

»Ach, nichts.« Sie richtete sich auf und schüttelte den Kopf. »Ich sage besser nichts mehr. Nimm dir von dem Kuchen. Ich fange inzwischen schon einmal an, hier aufzuräumen.«

Mitch sah sich im Wohnzimmer um und fand es eigentlich nicht besonders unordentlich. »Willst du das wirklich heute Abend noch aufräumen?«

»Du glaubst doch wohl nicht, ich ließe die Wohnung bis morgen in diesem chaotischen Zustand«, erwiderte sie. Dann unterbrach sie sich. »Ach, vergiss es. Ich hab nicht daran gedacht, mit wem ich rede.«

Mitch kniff die Augen zusammen. »Willst du damit andeuten, ich sei schlampig?«

»Überhaupt nicht. Es hat sicher etwas für sich, in einer Rumpelkammer-Atmosphäre zu hausen. Das ist individuell. Eben ein eigener Stil.« Sie fing an, Pappteller und -becher einzusammeln. »Das kommt bestimmt daher, dass ihr zu Hause Dienstpersonal hattet.«

»Das kommt daher, dass ich früher nie etwas durcheinanderbringen durfte, weil meine Mutter Unordnung nicht ausstehen konnte. Zu meinem zehnten Geburtstag engagierte sie einen Zauberer. Wir saßen auf kleinen Faltstühlen im Garten – die Jungen in Anzügen, die Mädchen in Organdykleidern – und sahen der Vorstellung zu. Danach wurde uns ein leicht bekömmliches Essen auf der Terrasse serviert. Jede

Menge Dienstboten schwirrten um uns herum, und als wir fertig waren, lag kein einziger Krümel auf dem Boden. Ich denke, meine Unordnung ist eine Art übertriebene Kompensation.«

»Schon möglich.« Sie küsste ihn auf beide Wangen. Was für ein verrückter Mann er ist, dachte sie, so lässig und sicher auf der einen Seite, und auf der anderen Seite von Erinnerungen verfolgt. Hester glaubte fest daran, dass Kindheitserlebnisse den Menschen bis ins hohe Alter hinein prägten. Gerade deshalb war sie ja so wild entschlossen, das Beste für Red zu tun. »Du hast ein Recht auf deinen Staub und deine Unordnung, Mitch. Lass dir von niemandem etwas anderes weismachen.«

Er revanchierte sich mit einem Kuss auf ihre Wange. »Und du hast ein Recht auf deine Ordnung.« Als er sie an sich ziehen wollte, hob sie die Arme, um die Pappteller in Sicherheit zu bringen, und schrie auf. »Vorsicht.«

Doch es war schon zu spät. Die Teller mit den Resten von Eiscreme und Kuchen glitten ihr aus den Händen und trafen ihn voll im Gesicht. »Oh Himmel!« Sie schluchzte vor Lachen und ließ sich rückwärts in einen Sessel fallen. Dann wollte sie etwas sagen, konnte aber nur hilflos weiterlachen.

Mitch fuhr langsam mit der Hand über seine Wange und besah sich das Geschmiere. Hester, die ihm dabei zusah, brach erneut in schallendes Gelächter aus.

»Was ist denn hier los?« Radley kam ins Wohnzimmer gestürzt und starrte seine Mutter an, die nichts anderes tun konnte, als mit dem Finger auf Mitch zu zeigen. Red starrte nun Mitch an. »Oje!« Er verdrehte die Augen und fing an zu kichern. »Mikes kleine Schwester hat das Gesicht auch immer so verschmiert, wenn sie was isst. Sie wird bald zwei.«

Hester, die sich gerade einigermaßen beruhigt hatte, verlor erneut die Fassung. Sie bekam kaum Luft vor Lachen und zog Radley an sich. »Es … es war ein Versehen«, brachte sie schließlich mühsam hervor.

»Das war eine hundsgemeine, heimtückische Attacke«, widersprach Mitch. »Und die verlangt nach unmittelbarer Vergeltung.«

»Oh, bitte nicht!« Hester streckte abwehrend die Hand aus. »Es tut mir leid. Ich schwöre es. Es war wirklich ein Versehen, nichts anderes.«

»Und das ist auch nur ein Versehen.« Mitch kam näher, und als sie sich hinter Red zu ducken versuchte, langte er einfach über den kichernden Jungen hinweg, packte Hester und küsste sie auf den Mund, die Wangen, die Nase und auf jeden freien Flecken, den er erreichen konnte. Sie wand und wehrte sich, aber als er fertig war, hatte er einen reichlichen Anteil der Schokolade auf sie übertragen. Radley warf einen Blick auf seine Mutter und warf sich vor Lachen zu Boden.

»Du bist wahnsinnig!«, beschimpfte Hester Mitch und wischte sich mit dem Handrücken das Geschmiere aus dem Gesicht.

»Und dir steht Schokolade besonders gut, Hester.«

Sie brauchten mehr als eine Stunde, um das Chaos zu beseitigen, und dabei hatte Red bis zum Schluss mitgeholfen. Anschließend teilten sie sich auf gemeinsamen Beschluss eine Pizza, wie an dem Tag, an dem sie sich kennengelernt hatten, und brachten den Rest des Abends damit zu, Radleys Geburtstagsschätze auszuprobieren. Als er über dem Keyboard eingeschlafen war, brachte Hester ihn zu Bett.

»War das ein Tag!« Hester setzte das Kätzchen in den Korb am Fußende von Radleys Bett und ging in die Diele.

»Ich glaube, das war ein Geburtstag, an den er sich erinnern wird«, meinte Mitch.

»Ich werde mich auch daran erinnern.« Sie massierte sich den Nacken mit der Hand. »Möchtest du ein Glas Wein?«

»Ich hole ihn. Geh nur und setz dich hin.«

Hester streckte dankbar die Beine aus und streifte die Schuhe von den Füßen. Ja, dachte sie, an diesen Tag werde ich mich sicherlich auch erinnern. Irgendwann im Laufe dieses Tages war ihr nämlich der Gedanke gekommen, es könne sich an den Tag auch eine Nacht anschließen, an die zu erinnern sich lohnen würde.

»Auf dein Wohl.« Mitch gab ihr ein Glas Wein und setzte sich neben sie auf das Sofa, sodass sie sich an ihn lehnen konnte.

»Das tut gut.« Seufzend hob Hester das Glas an die Lippen. »Manchmal vergesse ich, wie es ist, sich zu entspannen. Alles ist getan, Red schläft glücklich und zufrieden in seinem Bett, morgen ist Sonntag, und es gibt nichts Dringendes, an das ich denken müsste.«

»Keine innere Unruhe? Kein Bedürfnis, tanzen zu gehen oder in einer Bar herumzuhängen?«

»Nein. Du?«

»Mir geht es hier bestens.«

»Dann bleib hier.« Sie presste einen Moment die Lippen aufeinander. »Bleib heute Nacht hier.«

Er schwieg und hörte auf, ihr den Hals zu massieren. Dann sagte er langsam: »Bist du sicher?«

»Ja.« Sie atmete tief ein, bevor sie sich ihm zuwandte. »Ich habe dich vermisst. Ich wünschte, ich wüsste, was falsch oder für uns alle richtig ist. Aber eins weiß ich: dass du mir gefehlt hast. Bleibst du?«

»Ich gehe nicht weg heute Abend.«

Sie lehnte sich zufrieden zurück. Lange Zeit saßen sie einfach da und träumten schweigend vor sich hin.

Dann fragte Hester schließlich: »Arbeitest du noch an dem Skript?«

»Mmm-Hmm.«

Er hatte gerade gedacht, wie schön es wäre, Hester an vielen, vielen Abenden so im schummrigen Lampenlicht neben sich zu haben, an ihn geschmiegt, während der Duft ihres Haares seine Sinne reizte. »Du hattest recht. Ich hätte mir nie verziehen, wenn ich es nicht versucht hätte. Aber ich musste zuerst einmal meine Unsicherheit überwinden.«

»Deine Unsicherheit?« Sie lächelte ihn an. »Du und unsicher?«

»Und ob! Immer wenn es um etwas Unbekanntes geht oder um etwas, das mir sehr wichtig ist. Was meinst du, wie gespannt meine Nerven waren, als wir zum ersten Mal miteinander geschlafen haben.«

Das zu hören überraschte sie nicht nur, es machte die Erinnerung an jene Nacht nur noch süßer. »Davon habe ich dir aber nichts angemerkt.«

»War aber so.« Er strich ihr leicht und mit solcher Lässigkeit über die Hüften, dass von der Geste eine ganz besondere Erotik ausging. »Ich hatte scheußliche Angst, eine falsche Bewegung zu machen und alles zu verderben. Und dabei war mir nie im Leben etwas wichtiger gewesen.«

»Du hast keine falsche Bewegung gemacht, und du hast mir das Gefühl gegeben, etwas ganz Besonderes zu sein.«

Als Mitch aufstand, reichte sie ihm ganz selbstverständlich die Hand. Er löschte das Licht, bevor sie zum Schlafzimmer gingen.

Mitch schloss die Tür. Hester deckte das Bett auf. Er wusste, dass es jede Nacht so sein könnte, jedes Jahr ihres

Lebens. Und sie war ganz nahe daran, dasselbe zu glauben, das wusste er. Er las es in ihren Augen, wenn ihre Blicke sich kreuzten. Während sie einander in die Augen sahen, knöpfte sie ihre Bluse auf.

Sie zogen sich schweigend aus, aber die Luft knisterte vor Erwartung. Obgleich keiner von beiden nervös war, war ihr Verlangen größer denn je, denn nun wussten sie, was einer dem anderen geben konnte. Sie gingen zusammen ins Bett und wandten sich einander zu.

Mitch nahm sie in die Arme und zog sie an sich, und Hester fühlte sich geborgen. Noch bevor sie sich berührten, wusste sie, wie er sich anfühlte, so warm, so stark und kräftig. Und sie wusste, wie vollkommen die Form ihres Körpers sich an den seinen anpasste. Sie legte den Kopf zurück, sah ihm in die Augen und bot ihm den Mund zum Kuss.

Ihn zu küssen war, als glitte sie durch einen kühlen Fluss auf reißend wildes Gewässer zu. Glücklich seufzte sie, als sie sich an ihn presste. Sie war immer noch ein wenig schüchtern, aber sie zögerte dennoch nicht, hielt nichts zurück. Alles ordnete sich dem Wunsch unter, zu geben.

So war es immer, wenn sie zusammenkamen. Überwältigend, atemberaubend und natürlich. Er umfasste ihren Kopf, als sie sich über ihn neigte. Der leichte Geschmack des Weines war noch nicht vollständig von ihrer Zunge verschwunden. Er schmeckte ihn, als er ihren Mund erforschte. Mitch spürte eine Kühnheit in ihr, die vorher nicht da gewesen war, ein neues Vertrauen, das es ihr erlaubte, ihm ihre Wünsche, ihr Begehren ganz zu zeigen.

Sie öffnete ihm jetzt ihr Herz, das erkannte er, als sie mit den Lippen über seinen Hals fuhr. Und sie war frei. Das hatte er sich so sehr gewünscht – für sich und für sie. Lachend rollte er sich über sie.

Sie konnte nicht genug von ihm kriegen. Sie benutzte ihre Hände, ihren Mund, ihren ganzen Körper, um ihn zu fühlen, zu schmecken, und fand es trotzdem unmöglich, ihr Begehren zu stillen. Wie kann ein Mann so aufregend sein? fragte sie sich. Wie ist es möglich, dass der Geruch seiner Haut mir zu Kopf steigt und mein Verlangen ins Unerträgliche steigert? Er braucht nur meinen Namen zu murmeln, und ich schmelze dahin.

Ineinander verschlungen wälzten sie sich auf dem Laken, verfingen sich in der Bettdecke, die sie daraufhin beiseiteschoben. Ihnen war ohnehin heiß genug.

Mitch bewegte sich mit ihr im gleichen Rhythmus, entdeckte immer neue Möglichkeiten, sie zu erregen und zu locken. Sie hörte ihn ihren Namen murmeln, als sie seine Brust mit Küssen bedeckte. Sie fühlte, wie er sich aufbäumte, als sie ihre Hand tiefer gleiten ließ.

Vielleicht hatte sie diese Macht immer schon besessen, aber Hester spürte, dass sie in dieser Nacht geboren wurde: die Macht, einen Mann über alle Vernunft hinaus zu erregen. Dann kam sie ihm auf halbem Weg entgegen, als er seiner Begierde freien Lauf ließ.

Sein Mund war heiß und hungrig. Worte der Leidenschaft, der Liebe wirbelten in ihrem Kopf durcheinander, aber sie brachte sie nicht heraus. Hester konnte kaum noch atmen, als er sie höher und höher trieb. Sie klammerte sich an ihn, als suche sie Rettung in einem wilden Meer.

Dann versanken sie beide.

12. Kapitel

Der Himmel war wolkig und sah nach Schnee aus. Schlaftrunken wandte sich Hester vom Fenster ab und wollte Mitch umarmen. Der Platz neben ihr war leer.

Sie strich mit der Hand über die Stelle, an der er gelegen hatte, und ihre erste Reaktion war Enttäuschung. Sie hätte es so schön gefunden, morgens neben ihm wach zu werden. Dann zog sie die Hand zurück und legte sie unter ihre Wange.

Vielleicht war es besser, dass er gegangen war. Sie wusste nicht, wie Red auf seine Anwesenheit reagiert hätte. Und wenn er geblieben wäre, hätte womöglich der Wunsch, ihn immer neben sich zu haben, zu groß werden können.

Dabei hatte es Hester so viel Kraft gekostet, unabhängig zu werden, niemanden mehr zu brauchen. Nach all den Jahren hatte sie endlich das Gefühl gehabt, ihrem Ziel nahe zu sein. Es war ihr gelungen, Radley ein Zuhause zu schaffen, ein Heim in einer annehmbaren Gegend, sie hatte sich einen gut bezahlten Job erobert, Sicherheit, Stabilität.

Das alles durfte sie nicht dadurch aufs Spiel setzen, dass sie wieder von jemandem abhängig wurde.

Sie warf die Bettdecke zurück. Erkenntnisse hin, Vernunftgründe her, sie bedauerte, dass Mitch nicht mehr da war. Und sie bedauerte mehr, als er je ahnen könnte, dass sie stark genug war, ihm zu widerstehen.

Hester zog ihren Morgenrock über und ging nachsehen, ob Radley schon frühstücken wollte.

Sie fand die beiden Männer zusammen in Radleys Zimmer,

wo sie über die Tastatur des Computers gebeugt waren, auf dessen Bildschirm grafische Darstellungen explodierten.

»Das Ding muss defekt sein«, behauptete Mitch gerade. »Das war eine Fehlschaltung.«

»Ach wo. Du hast meilenweit danebengeschossen.«

»Ich muss deiner Mutter sagen, dass du eine Brille brauchst. Und kannst du mir bitte mal sagen, wie ich mich konzentrieren soll, wenn diese blöde Katze dauernd an meinen Zehen herumknabbert?«

»Du hast keinen Sportsgeist«, erklärte Red trocken, als Mitchs letzter Mann vom Bildschirm verschwunden war.

»Keinen Sportsgeist! Ich werde dir Sportsgeist zeigen.« Er packte Red und hielt ihn mit den Füßen in die Luft. »Sag, ist der Apparat kaputt oder nicht?«

»Nein.« Kichernd stemmte Red die Hände auf den Fußboden. »Wahrscheinlich ist es so, dass du selber eine Brille brauchst.«

»Tja, da werde ich dich wohl leider auf den Kopf fallen lassen müssen. Du lässt mir keine Wahl. Oh, hallo, Hester!« Während er mit den Armen Radleys Beine umklammert hielt, lächelte er Hester zu.

»Hallo, Mom!« Obgleich seine Wangen allmählich rot wurden, fühlte Red sich in seiner Position offensichtlich pudelwohl. »Ich habe Mitch dreimal geschlagen. Aber er ist nicht richtig wütend.«

»Wer sagt das?« Mitch schwenkte den Jungen nach oben und warf ihn aufs Bett. »Ich bin gedemütigt worden.«

»Ich habe dich besiegt«, erklärte Red äußerst zufrieden.

»Ich kann kaum glauben, dass ich den Kampf verschlafen haben soll.« Hester lächelte beiden zu. Radley schien lediglich begeistert darüber zu sein, Mitch hier vorgefunden zu haben. Und was sie selbst betraf, so hatte sie die größte Mühe, sich ihr Entzücken nicht anmerken zu lassen. »Ich nehme an, nach drei Kämpfen würdet ihr gerne frühstücken.«

»Wir haben schon was gegessen.« Red lehnte sich über das Bett, um sich das Kätzchen zu holen. »Ich habe Mitch gezeigt, wie man französischen Toast macht. Er sagt, er hätte ihm richtig gut geschmeckt.«

»Das war, bevor du angefangen hast zu mogeln.«

»Hab ich ja gar nicht.« Radley rollte sich auf den Rücken und erlaubte dem Kätzchen, auf seinem Bauch herumzukriechen. »Mitch hat die Pfanne gespült, und ich habe abgetrocknet. Wir wollten dir auch was machen, aber du hast immer weitergeschlafen.«

Die Vorstellung, dass die beiden Männer in ihrem Leben gemeinsam in der Küche herumgewerkelt hatten, während sie schlief, verwirrte sie. »Ich konnte ja nicht wissen, dass ihr so früh aufstehen würdet.«

»Hester.« Mitch trat näher und umarmte sie. »Es fällt mir schwer, es dir beizubringen, aber es ist nach elf.«

»Nach elf Uhr?«

»Ja, allerdings. Wie wär's mit Lunch?«

»Also, ich …«

»Kannst ja mal darüber nachdenken. Ich gehe inzwischen runter und kümmere mich um Taz.«

»Das mach ich.« Red sprang vom Bett und hüpfte auf und ab. »Ich kann ihm sein Futter geben und ihn spazieren führen und alles. Ich weiß, wie. Du hast es mir doch gezeigt.«

»Von mir aus. Hester?«

Sie hatte Mühe, mitzukommen. »Also gut. Aber du musst dich warm einmummen.«

»Wird gemacht.« Er langte schon nach seinem Mantel. »Kann ich Taz mit raufbringen? Er hat Zark noch gar nicht kennengelernt.«

Hester warf einen Blick auf das kleine Pelzknäuel und stellte sich die großen weißen Zähne des Hundes vor. »Ich bin nicht sicher, ob Taz Zark mag.«

»Er liebt Katzen«, versicherte Mitch, der gerade Radleys Skimütze vom Boden aufhob. »Auf ganz und gar unkannibalistische Weise.« Er griff in die Hosentasche, um seine Wohnungsschlüssel herauszuholen.

»Bitte sei vorsichtig«, ermahnte Hester Red, als er mit Mitchs Schlüssel klingelnd an ihr vorübersauste. Mit einem lauten Knall schlug die Tür hinter ihm zu.

»Guten Morgen«, sagte Mitch und drehte Hester in seinen Armen zu sich herum.

»Guten Morgen. Du hättest mich ruhig wecken können.«

»Ich war auch in Versuchung.« Er streichelte ihr den Rücken. »Ich wollte sogar Kaffee machen und ihn dir ans Bett bringen. Aber dann kam Radley herein. Und bevor ich mich versah, steckte ich bis über beide Ellbogen in geschlagenen Eiern.«

»Er … äh … hat sich nicht darüber gewundert, dass du hier warst?«

»Nein.« Mitch konnte genau nachvollziehen, was sie dachte, und küsste sie auf die Nasenspitze. Dann schob er sie an seine Seite und ging mit ihr zur Küche. »Er kam herein, als ich gerade dabei war, Wasser aufzusetzen, und fragte, ob ich das Frühstück mache. Nach kurzer Beratung kamen wir überein, dass er dazu besser qualifiziert sei als ich. Es ist noch ein bisschen Kaffee übrig, aber ich glaube, den schüttest du besser weg und machst dir neuen.«

»Er wird schon noch gut genug sein.« Hester brachte fast ein Lächeln zustande, als sie sich Milch aus dem Kühlschrank nahm. »Ich hatte geglaubt, du seist schon gegangen.«

»Wäre dir das lieber gewesen?«

Sie schüttelte den Kopf, sah ihn aber nicht an. »Mitch, es ist so schwer. Und es wird immer schwerer.«

»Was?«

»Nicht zu wünschen, du würdest immer hierbleiben.«

»Sag ein Wort, und ich ziehe hier ein, mit Koffern, Hund und allem, was ich habe.«

»Ich wünschte, ich könnte. Ich wünschte es wirklich, Mitch. Als ich heute Morgen in Reds Zimmer kam und euch beide zusammen sah, hat es geklickt. Ich stand da und dachte, so könnte es immer für uns sein.«

»Mir ging das Licht in dem Augenblick auf, als ich dich zum ersten Mal sah, Hester. Ich hatte vorher nie eine genaue Vorstellung von dem, was ich wollte, und ich kann auch nicht behaupten, dass immer alles so gegangen ist, wie ich es geplant hatte. Aber bei dir war ich mir sofort absolut sicher.« Er küsste ihr Haar. »Liebst du mich, Hester?«

»Ja.« Sie seufzte tief auf und schloss die Augen. »Ja, ich liebe dich.«

»Dann heirate mich.« Er hob vorsichtig ihr Gesicht. »Ich verlange nicht von dir, irgendetwas zu ändern, außer deinen Namen.«

Sie hätte so gerne geglaubt, dass es möglich sei, noch einmal ein neues Leben anzufangen. Während sie die Arme um seinen Hals schlang, fühlte sie ihr Herz heftig klopfen. Nimm die Gelegenheit wahr, schien es ihr sagen zu wollen, wirf die Liebe nicht fort. Ganz fest hielt sie ihn umarmt. »Mitch, ich …« Als das Telefon klingelte, löste Hester sich nur zögernd. »Tut mir leid.«

»Mir auch«, murmelte er, ließ sie aber gehen.

Sie fühlte sich immer noch unsicher auf den Beinen, als sie den Hörer aufnahm. »Hallo?« Dann lösten sich alle Träume in nichts auf. »Allan!«

Mitch sah sich schnell um. Ihre Augen waren so ausdruckslos wie ihre Stimme. Sie hatte die Telefonschnur um ihr Handgelenk geschlungen, als müsste sie sich daran festhalten. »Gut«, sagte sie. »Es geht uns beiden gut. Florida? Ich dachte, du wärst in San Diego.«

Also ist er schon wieder umgezogen, stellte sie fest, während sie die bekannte, wie immer rastlos klingende Stimme an ihrem Ohr hörte. Mit viel Geduld ließ sie es über sich ergehen, dass er ihr erzählte, wie großartig, unglaublich gut und wunderbar es ihm gehe.

»Red ist im Augenblick nicht hier«, erklärte sie dann. »Wenn du ihm zum Geburtstag gratulieren willst, kann ich ihm sagen, er soll zurückrufen.« Dann entstand eine Pause, und Mitch sah Zorn in ihren Augen aufblitzen. »Gestern.« Hester biss die Zähne zusammen und brachte dann mühsam hervor: »Er ist zehn, Allan. Dein Sohn Radley ist gestern zehn geworden. Ja, ich glaube dir, dass du dir das nur schwer vorstellen kannst.«

Dann verfiel sie wieder in Schweigen und hörte zu. Als sie wieder sprach, klang ihre Stimme gepresst. »Meinen Glückwunsch. Ob ich mich gekränkt fühle?« Es war ihr gleichgültig, dass ihr Lachen so seltsam klang. »Nein, Allan, ich fühle überhaupt nichts. Also, dann viel Glück. Bedaure, aber mehr Begeisterung kann ich nicht aufbringen. Ich sage Radley, dass du angerufen hast.«

Sie legte auf, sorgfältig darauf bedacht, ganz ruhig zu bleiben. Langsam rollte sie die Schnur ab, die ihr ins Handgelenk schnitt.

»Alles in Ordnung?«

Sie nickte und ging zum Herd, um sich Kaffee einzugießen, den sie gar nicht trinken wollte. »Er hat angerufen, um mir zu sagen, dass er wieder heiraten will. Er dachte, es würde mich interessieren.«

»Macht es dir etwas aus?«

»Nein.« Sie trank den Kaffee schwarz und empfand den bitteren Geschmack als wohltuend. »Was Allan tut, hat schon vor Jahren aufgehört, Bedeutung für mich zu haben. Er wusste nicht einmal, dass Red Geburtstag gehabt hat.« Jetzt kam ihr Ärger hoch, sosehr sie sich auch bemüht hatte, ihn zu unterdrücken. »Er wusste nicht einmal, wie alt er ist.« Sie knallte die Tasse auf den Tisch, sodass der Kaffee nach allen Seiten überschwappte. »In der Sekunde, in der Allan aus der Tür ging, hörte Radley auf, für ihn eine Realität zu sein. Er brauchte dazu nur die Tür hinter sich ins Schloss zu werfen.«

»Was macht das heute denn noch für einen Unterschied?«

»Er ist Radleys Vater.«

»Nein.« Nun brach auch sein eigener Ärger hervor. »Das musst du dir abgewöhnen zu denken. Du musst endlich lernen zu akzeptieren, dass die einzige Rolle, die er in Radleys Leben gespielt hat, eine biologische ist. Und dadurch entsteht noch nicht notwendigerweise eine menschliche Beziehung.«

»Er hat aber nun mal eine Verantwortung seinem Sohn gegenüber.«

»Die er nicht will, Hester.« Mitch bemühte sich, geduldig zu bleiben, und nahm ihre Hände. »Er hat das Band zwischen sich und Red selbst zerschnitten. Das kann man nicht gerade bewundernswert nennen, und er hat es sicher nicht zum Besten seines Kindes getan. Aber wäre es dir lieber, wenn er je nach Laune mal erschiene, mal nicht – und das Kind verwirren und ihm Schmerz zufügen würde?«

»Nein, aber ich ...«

»Du möchtest, dass ihm etwas an seinem Sohn liegt. Aber das tut es nun einmal nicht.« Obgleich Hester ihm die Hände überließ, spürte er die Veränderung, die in ihr vor sich ging. »Du ziehst dich schon wieder vor mir zurück.«

Das war tatsächlich so. Sie bedauerte es, konnte aber nichts dagegen tun. »Das will ich nicht.«

»Aber du tust es.« Diesmal war er derjenige, der sich abwandte. »Und das hat ein einziger Telefonanruf fertiggebracht«, sagte Mitch nach einer Weile bitter.

»Mitch, bitte, versuch doch zu verstehen.«

»Das habe ich versucht.« In seiner Stimme war eine Schärfe, die sie bisher nie darin gehört hatte. »Dieser Mann hat dich verlassen, und das war schmerzlich. Aber es ist lange vorbei.«

»Es ist nicht der Schmerz.« Sie fuhr sich mit der Hand durch das Haar. »Oder nur zum Teil. Ich will das alles nicht noch einmal durchmachen, die Furcht, die Leere. Ich habe ihn geliebt. Ich mag dumm gewesen sein, und ich war sehr jung, aber du musst verstehen, dass ich ihn geliebt habe.«

»Das habe ich immer verstanden«, sagte er. »Eine Frau wie du macht keine leichtherzigen Versprechungen.«

»Nein, wenn ich welche mache, habe ich auch vor, sie zu halten.« Hester legte beide Hände um die Kaffeetasse, um sie warm zu halten. »Ich kann dir gar nicht sagen, wie sehr ich mich bemüht habe, aus meiner Ehe einen Erfolg zu machen. Als ich Allan heiratete, habe ich einen Teil meiner Persönlichkeit aufgegeben. Ich ging, wohin er wollte, ich tat, was immer er wollte, auch weil es leichter war, als sich ihm entgegenzustellen. Mein Zuhause, meine Familie, meine Freunde zu verlassen fiel mir außerordentlich schwer, aber ich tat es, weil er es verlangte. Mein ganzes Leben drehte sich um ihn. Dann, im Alter von zwanzig, musste ich entdecken, dass ich überhaupt kein eigenes Leben gelebt hatte.«

»Du hast aber dann für Radley und für dich ein Leben aufgebaut. Es mag am Anfang sehr schwer für dich gewesen sein, aber heute führt ihr ein Leben, auf das du stolz sein kannst.«

»Das bin ich auch. Aber es hat acht Jahre gedauert, bis ich festen Boden unter den Füßen hatte. Und nun bist du da.«

»Und nun bin ich da«, wiederholte er langsam und sah sie prüfend an. »Und du kannst dich immer noch nicht an den Gedanken gewöhnen, dass ich dir nicht auch den Teppich unter den Füßen wegziehen werde.«

»Ich will nicht mehr diese Art von Frau sein.« Sie suchte verzweifelt nach Worten. »Eine Frau, die ihre eigenen Bedürfnisse, ihre eigenen Wünsche nur im Zusammenhang mit den Wünschen eines anderen Menschen sehen kann. Nach der letzten Enttäuschung habe ich es geschafft, mich selbst zu finden. Ich weiß nicht, ob es mir noch einmal gelingen würde.«

»Weißt du eigentlich, was du da sagst? Du willst lieber allein sein, als zu riskieren, dass vielleicht in den nächsten fünfzig Jahren nicht alles genau so wird, wie du es dir vorgestellt hast. Sieh mich doch einmal richtig an, Hester. Ich bin nicht Allan Wallace. Ich will dich nicht kaufen, damit du mich glücklich machst. Ich liebe die Frau, die du jetzt bist, ich will mit der Frau, die du heute bist, mein Leben teilen.«

»Die Menschen ändern sich, Mitch.«

»Und sie können sich gemeinsam ändern.« Er atmete tief durch. »Oder sie ändern sich eben unterschiedlich. Warum lässt du es mich nicht wissen, wenn du zu einem Entschluss gekommen bist und weißt, was du willst?«

Sie wollte schon etwas antworten, schluckte die Worte aber herunter, als er sie verließ. Sie hatte nicht das Recht, ihn zurückzurufen.

Mitch fand, er dürfe sich nicht beklagen. Er saß an seinem neuen Computer und beschäftigte sich mit der nächsten Szene in seinem Drehbuch. Die Arbeit ging ihm besser von der Hand, als er erwartet hatte, und schneller. Es fiel ihm immer leichter, sich in Zarks Probleme hineinzudenken und seine eigenen zeitweise zu verdrängen.

Er kniff die Augen zusammen und hielt den Blick auf den Computer gerichtet. Die Atmosphäre der Szene war gut. Mitch hatte keine Schwierigkeiten, sich ein Krankenhauszimmer im dreiundzwanzigsten Jahrhundert vorzustellen. Es fiel ihm auch nicht schwer, sich Zarks Wut und Enttäuschung über Leilah vorzustellen. Das Einzige, was ihm schwerfiel, sich vorzustellen, war ein Leben ohne Hester.

»Es ist doch einfach zu blöd«, sagte er laut vor sich hin, und der Hund zu seinen Füßen gähnte zustimmend. »Ich sollte einfach in die Bank gehen und sie mir unter den Arm nehmen. Meinst du nicht, das würde ihr gefallen?« Er lachte, schob seinen Stuhl vom Schreibtisch ab und streckte sich. »Ich könnte sie anflehen. Meinst du, das brächte was?« Der Gedanke gefiel ihm nicht sehr. »Vielleicht. Vielleicht würden wir es aber hinterher beide bedauern. Und ich weiß wirklich nicht mehr, mit welchen Vernunftgründen ich ihr noch kommen könnte. Was würde Zark tun?«

Mitch stieß sich mit den Fersen ab und schloss die Augen. Würde Zark, der Held, sich vornehm zurückziehen? Würde Zark, der Verteidiger von Recht und Gesetz, sich anmutig verbeugen und verzichten? Quatsch, dachte Mitch, wenn es um die Liebe geht, dann ist Zark ein echter Kämpfer. Mag Leilah noch so um sich schlagen und ihm Sternenstaub in die Augen werfen, er erobert sie immer wieder zurück.

Hester hatte wenigstens nicht versucht, ihn mit Nervengas zu vergiften, oder noch Schlimmeres mit ihm angestellt – wie Leilah mit Zark. Und trotzdem war der immer noch verrückt nach ihr.

Mitch warf einen Blick auf die Uhr, erinnerte sich aber dann daran, dass sie vor zwei Tagen aufgehört hatte zu laufen, nachdem er sie mit seinen Socken zusammen in die Wäscherei geschickt hatte. Weil er jedoch gerne wissen wollte, wie lange es noch dauern würde, bis Hester von der Arbeit zurückkäme, ging er ins Wohnzimmer. Dort stand auf der Kommode eine alte Tischuhr, an der er so hing, dass er nie vergaß, sie aufzuziehen. Gerade als er einen Blick darauf warf, kam Red herein.

»Kommst gerade richtig«, erklärte Mitch, als die Tür aufflog. »Kalt draußen?« Er rieb über Reds Wangen, wie es zwischen ihnen inzwischen zur Gewohnheit geworden war.

»Ziemlich. Aber die Sonne scheint«, meinte Red, der seinen Schulranzen ablegte.

»Du möchtest sicher in den Park gehen, stimmt's? Warte einen Moment, bis ich mich gestärkt habe. Mrs. Jablonski von nebenan hat Plätzchen gebacken. Ich tue ihr leid, weil niemand mir was Warmes zu essen macht. Deshalb konnte ich ein Dutzend abstauben.«

»Was für eine Sorte?«

»Nussmakronen.«

»Klasse.« Radley ging in die Küche und setzte sich, zufrieden mit Plätzchen, Milch und mit Mitchs Gesellschaft, an den Tisch, den Mitch an die Wand gerückt hatte.

»Wir haben was ganz Blödes aufgekriegt. Einen Fachaufsatz über die Staaten«, erzählte Red mit vollem Mund. »Ich habe Rhode Island bekommen. Das ist der kleinste Staat. Texas wäre mir viel lieber gewesen.«

»Rhode Island.« Mitch lächelte. »Ist das so schlecht?«

»Wer kümmert sich schon um Rhode Island? Wo es in Texas Alamo und so was alles gibt.«

»Ich könnte dir vielleicht ein bisschen helfen. Ich bin nämlich dort geboren.«

»In Rhode Island? Ehrlich?« Sogleich war der winzige Staat wesentlich interessanter geworden.

»Richtig. Wie viel Zeit hast du?«

»Sechs Wochen«, erklärte Red schulterzuckend und nahm sich noch ein Plätzchen. »Wir müssen Illustrationen dazu machen. Das ist ja ganz in Ordnung. Aber blöd finde ich, dass wir auch über Industrie, Naturschätze und so schreiben sollen. Wieso bist du da denn weggezogen?«

Mitch setzte schon an, eine nichtssagende Antwort zu geben, erinnerte sich aber dann an Hesters Grundsatz der Ehrlichkeit. »Ich habe mich nicht gut mit meinen Eltern verstanden. Jetzt sind wir aber wieder ganz gute Freunde.«

»Manchmal gehen Leute weg und kommen nicht wieder.«

Der Junge hatte ganz sachlich gesprochen, und Mitch sagte im gleichen Ton: »Ich weiß.«

»Früher hatte ich immer Angst, Mom könnte mal weggehen. Aber sie hat es nie getan.«

»Sie liebt dich.« Mitch fuhr dem Jungen durchs Haar.

»Wirst du sie heiraten?«

Mitch hielt mitten in der Bewegung inne. »Tja, ich ...« Was sollte er da sagen? »Ich habe schon einmal daran gedacht.« Mit einem Mal war er lächerlich nervös, deshalb stand er auf, um sich den Kaffee aufzuwärmen. »Ich habe sogar sehr oft darüber nachgedacht. Was würdest du davon halten?«

»Würdest du dann immer bei uns wohnen?«

»So sollte es eigentlich sein.« Er goss sich Kaffee ein und setzte sich wieder neben Red. »Würde dich das stören?«

Radley sah ihn mit seinen dunklen Augen zweifelnd an. »Die Mutter von einem meiner Freunde hat wieder geheiratet. Kevin sagt, seitdem ist sein Stiefvater nicht mehr sein Freund.«

»Meinst du, wenn ich deine Mom heirate, würde ich aufhören, dein Freund zu sein? Ich kann dir versprechen, dass ich mich nicht ändern werde, wenn ich dein Stiefvater würde.«

»Ich will dich aber nicht als Stiefvater. Ich will überhaupt keinen Stiefvater.« Radleys Mund zitterte. »Ich will einen richtigen. Richtige Väter gehen nicht weg.«

Mitch nahm Red und hob ihn zu sich auf den Schoß. »Du hast recht. Richtige Väter tun das nicht.« Wie gut der Junge das erkannt hat, dachte er und drückte Red fest an sich. »Weißt du, ich hab noch nicht viel Übung darin, Vater zu sein. Wirst du sauer auf mich sein, wenn ich schon mal was falsch mache?«

Red schüttelte den Kopf und kuschelte sich noch fester an ihn. »Können wir es Mom erzählen?«

Mitch brachte es fertig zu lachen. »Klar, gute Idee. Holen Sie Ihren Mantel, Sergeant, wir machen uns auf zu einer sehr bedeutenden Mission. Hoffentlich haben wir Erfolg.«

Hester war bis über beide Ohren mit Zahlen beschäftigt. Aus irgendwelchen Gründen fiel es ihr seit einigen Tagen schwer, zwei und zwei zu addieren, und das schien nicht einmal wichtig zu sein. Nichts schien mehr wichtig zu sein. Und das, erkannte sie, war ein sicheres Zeichen dafür, dass sie völlig aus dem Gleichgewicht geraten war. Sie nahm eine Akte nach der anderen, kalkulierte, bewertete und schloss die Akte wieder, ohne etwas dabei zu fühlen.

Seine Schuld, dachte sie. Mitch ist schuld daran, dass mir Tag für Tag die gleichen Gedanken durch den Kopf gehen und mir wahrscheinlich noch in den nächsten zwanzig Jahren durch den Kopf gehen werden. Er hat es fertiggebracht, dass ich mich selbst infrage stelle. Er hat es fertiggebracht, dass ich wieder Zorn und Schmerz über Dinge empfinde, die ich längst in mir vergraben hatte. Er weckt Wünsche in mir, die ich nie mehr wünschen wollte.

Und was nun? Sie setzte die Ellbogen auf den Aktenstapel

und starrte die Decke an. Sie liebte, das ließ sich nicht länger leugnen. Sie liebte inniger und tiefer, als sie es je getan hatte. Und der Mann, den sie liebte, war aufregend, liebenswert und verantwortungsbewusst, und er bot ihr einen neuen Anfang.

Das ist es ja gerade, wovor ich Angst habe, gestand sich Hester ein. Das ist es, wovor ich zurückschrecke.

Sie hatte sich gesagt, sie tue es wegen Radley, aber das entsprach nur zum Teil der Wahrheit. Sie fürchtete sich davor, sich an Mitch zu binden.

Er hat recht gehabt, sagte sie sich. Er hat in so vielen Dingen recht gehabt. Ich bin schon lange nicht mehr dieselbe Frau, die Allan Wallace geliebt hat. Ich bin auch nicht dieselbe Frau, die, als sie sich plötzlich mit einem Kind alleingelassen fand, keinen Boden unter den Füßen hatte.

Wann werde ich eigentlich aufhören, mich selbst zu bestrafen? Jetzt! In diesem Augenblick! beschloss Hester und griff nach dem Telefon. Mit ruhiger Hand wählte sie Mitchs Nummer, doch ihr Herz klopfte, als wolle es zerspringen. Sie biss sich auf die Lippe, während das Telefon bei ihm klingelte – und klingelte.

»Oh Mitch, komme ich denn nie zur rechten Zeit?«

Sie legte den Hörer auf und befahl sich, nicht den Mut zu verlieren. In einer Stunde wollte sie nach Hause gehen und ihm sagen, sie sei zu einem Neubeginn bereit.

Das Sprechgerät summte. Hester drückte die Antworttaste. »Ja, Kay?«

»Mrs. Wallace, hier ist jemand, der Sie wegen eines Darlehens sprechen möchte.«

Stirnrunzelnd sah Hester in ihren Terminkalender. »Ich habe mir keinen Termin notiert.«

»Ich dachte, Sie könnten vielleicht zwischendurch mit dem Besucher reden.«

»Also gut, aber klingeln Sie in zwanzig Minuten durch. Ich muss noch ein paar Sachen zu Ende machen, bevor ich gehe.«

»Ja, gern.«

Hester räumte ihren Schreibtisch ein wenig auf und war gerade dabei aufzustehen, als Mitch hereinkam. »Mitch? Ich wollte gerade ... Was machst du denn hier? Wo ist Red?«

»Er wartet mit Taz in der Empfangshalle.«

»Kay sagte, da sei jemand, der mich sprechen wollte.«

»Das bin ich.« Er trat an den Schreibtisch heran und stellte seine Aktentasche auf den Boden.

Sie wollte nach seiner Hand greifen, doch sein Gesichtsausdruck blieb reserviert. »Mitch, du brauchst nicht so zu tun, als kämst du wegen eines Darlehens, wenn du mich besuchen willst.«

»Genau deshalb bin ich aber gekommen – wegen eines Darlehens.«

Sie lächelte und lehnte sich zurück. »Rede keinen Unsinn. Das ist doch Blödsinn.«

»Mrs. Wallace, Sie sind doch Leiterin der Kreditabteilung dieser Bank?«

»Mitch, wirklich, das ist doch nicht nötig.«

»Ich würde Mr. Rosen nur ungern sagen, du hättest mich zur Konkurrenz geschickt.« Er öffnete die Aktentasche. »Hier habe ich eine Auskunft über meine finanziellen Verhältnisse und die anderen bei einem Darlehensantrag erforderlichen Unterlagen mitgebracht. Ich nehme an, du hast die entsprechenden Formulare zur Hand?«

»Natürlich, aber ...«

»Warum holst du sie dann nicht heraus?«

»Also gut.« Wenn er ein Spiel spielen will, mir soll es recht sein, dachte sie. »Du möchtest also eine Hypothek beantragen. Willst du den Besitz als Investition kaufen, zum Vermieten oder aus anderen geschäftlichen Gründen?«

»Nein, es handelt sich um eine rein persönliche Angelegenheit.«

»Verstehe. Hast du schon einen Kaufvertrag?«

»Hier ist er.«

Hester nahm die Papiere von ihm entgegen und sah sie prüfend durch. »Aber die sind ja echt.«

»Natürlich sind die echt. Ich habe schon vor ein paar Wochen für dieses Haus ein Angebot gemacht.« Er kratzte sich das Kinn, als versuche er sich zu erinnern. »Warte mal ... das war ein paar Tage vor Reds Geburtstag. Nein, an dem Tag, an dem ich leider deine Einladung zum Braten nicht annehmen konnte. Du bist übrigens nicht mehr darauf zurückgekommen.«

»Du hast ein Haus gekauft?« Sie warf erneut einen Blick auf die Papiere. »In Connecticut?«

»Gestern haben sie mein Angebot akzeptiert. Die Unterlagen sind gerade gekommen. Ich nehme an, die Bank will sichergehen und ihre eigene Schätzung vornehmen lassen, stimmt's? Und dafür verlangt sie von mir eine Gebühr, nicht wahr?«

»Wie bitte? Oh ja, natürlich. Ich werde das Formular ausfüllen.«

»Schön. In der Zwischenzeit suche ich dir ein paar Fotos und Kopien heraus.« Er holte sie aus der Aktentasche und schob sie ihr über den Schreibtisch. »Vielleicht möchtest du sie dir einmal ansehen? Sie sind ganz interessant.«

»Ich verstehe immer noch nicht, was das alles soll.«

»Vielleicht beginnst du zu verstehen, wenn du einen Blick auf die Fotos wirfst.«

Sie nahm das erste Bild in die Hand und starrte auf das Haus, das sie in ihren Träumen gesehen hatte. Es war groß und behäbig, war rundherum von Veranden umgeben und hatte hohe, breite Fenster. Schnee lag auf den immergrünen Pflanzen neben dem Eingang und bildete auf dem Dach eine dicke weiße Haube.

»Es gehören noch ein paar Nebengebäude dazu, die hier auf den Bildern nicht zu sehen sind. Eine Scheune, ein Hühnerstall – beide stehen im Augenblick leer. Das Grundstück ist ungefähr fünf Morgen groß, einschließlich Wald und Bach. Der Immobilienmakler hat mir versichert, es gebe reichlich Fische darin. Das Dach müsste repariert werden, die zusammengefallenen Zäune neu errichtet, es braucht einen neuen Anstrich, und die Installation muss modernisiert werden. Aber ansonsten ist es sehr solide.«

Während Mitch sprach, hatte er Hester nicht aus den Augen gelassen. Sie blickte nicht auf, sondern starrte wie verzaubert auf die Fotos, die vor ihr lagen. »Das Haus steht seit hundertfünfzig Jahren, und ich denke, es wird ganz bestimmt noch eine Weile länger halten, wenn wir es liebevoll pflegen.«

»Es ist wunderschön.« Tränen traten ihr in die Augen. »Ganz wunderschön.«

»Sprichst du im Namen der Bank?«

Hester schüttelte den Kopf. Mitch macht es mir nicht leicht, dachte sie und gestand sich ein, dass sie das auch gar nicht verdient hatte. »Ich wusste nicht, dass du daran denkst umzuziehen. Was wird aus deiner Arbeit?«

»Meinen Zeichentisch kann ich genauso gut in Connecticut aufstellen.«

»Das ist wahr.« Sie nahm den Federhalter auf, aber anstatt damit zu schreiben, drehte sie ihn nervös zwischen den Fingern.

»Man sagte mir, in der Stadt gebe es eine Bank. Nichts in der Größenordnung wie die ›National Trust‹, aber eine kleine, unabhängige Bank. Ich nehme an, jemand mit Erfahrung könnte dort eine gute Stelle bekommen.«

»Kleine Banken sind mir immer lieber gewesen.« Hester hatte einen Kloß im Hals. »Und kleine Städte«, fügte sie hinzu.

»Es gibt dort auch ein paar gute Schulen. Die Grundschule ist gleich in der Nähe der Farm. Man hat mir erzählt, manchmal kämen die Kühe über den Zaun bis auf den Schulhof.«

»Du weißt ja offensichtlich schon über alles Bescheid.«

»Ich glaube, ja.«

Sie starrte immer noch auf die Bilder und fragte sich, wie es ihm gelungen sein mochte, genau so ein Haus zu finden, wie sie es sich immer schon gewünscht hatte. Und sie fragte sich, womit sie all seine Mühe verdient hatte. »Tust du das für mich?«

»Nein.« Er wartete, bis sie ihn ansah. »Für uns.«

Hesters Augen füllten sich erneut mit Tränen. »Ich habe dich gar nicht verdient.«

»Ich weiß.« Er nahm ihre Hände und zog sie hoch. »Es wäre also ziemlich dumm von dir, ein so gutes Angebot abzulehnen.«

»Und ich möchte nicht gerne dumm sein.« Sie entzog ihm die Hände und ging zu ihm auf die andere Schreibtischseite. »Ich muss dir etwas sagen, aber zuerst möchte ich, dass du mich küsst.«

»Ist das die Art und Weise, wie hier die Kredite vergeben werden?« Mitch nahm sie beim Kragen ihres Jacketts und zog sie an sich. »Ich fürchte, ich muss mich über Sie beschweren, Mrs. Wallace. Später.«

Er küsste sie und fühlte, dass sie dieses Mal rückhaltlos auf ihn zukam, dass sie ihn angenommen hatte. Er strich ihr mit der Hand über das Gesicht und spürte, dass sie lächelte. »Heißt das, ich bekomme das Darlehen?«

»Über das Geschäftliche sprechen wir in einer Minute.« Sie

legte den Kopf zurück. »Gerade bevor du hereinkamst, habe ich hier gesessen und über uns nachgedacht. Eigentlich habe ich seit Tagen nicht viel anderes getan, als hier zu sitzen und über uns nachzudenken.«

»Weiter. Ich glaube, die Geschichte wird mir gefallen.«

»Ich habe auch über mich selbst nachgedacht, und das war nicht leicht, weil ich die letzten zehn Jahre meines Lebens sehr viel Energie daran verschwendet habe, nicht über mich nachzudenken.«

Sie hielt seine Hand fest, trat aber einen Schritt zurück. »Ich glaube, das, was mit Allan und mir geschehen ist, musste so kommen. Wenn ich klüger und stärker gewesen wäre, hätte ich mir selbst schon lange eingestehen müssen, dass unsere Beziehung nur zeitlich begrenzt sein konnte. Vielleicht, wenn er uns nicht auf diese Weise verlassen hätte …« Sie schüttelte den Kopf. »Es ist nicht mehr wichtig, Mitch. Das habe ich jetzt erkannt. Mitch, ich möchte mich nicht den Rest meines Lebens fragen müssen, ob du und ich es miteinander geschafft hätten. Bevor du heute mit all diesem hier hereingekommen bist, hatte ich den Entschluss gefasst, dich zu fragen, ob du mich immer noch heiraten willst.«

»Die Antwort ist ja. Unter einer Bedingung.«

Hester fuhr zurück. »Bedingung?«

»Bitte, hör mir zu. Es ist eine sehr wichtige Bedingung.« Er strich ihr mit den Händen sanft über die Arme und ließ sie dann herabfallen. »Ich möchte Reds Vater sein.«

»Wenn wir heiraten, wirst du das automatisch.«

»Ich glaube, Stiefvater wäre in diesem Fall die richtige Bezeichnung. Red und ich sind aber der Meinung, dass wir das nicht mögen.«

»*Ihr* seid der Meinung? Heißt das, ihr habt schon darüber gesprochen?«

»Ja, ich habe darüber mit Red diskutiert. Er fing damit an, aber ich wollte ohnehin mit ihm darüber reden. Er fragte mich heute Nachmittag, ob ich dich heiraten wolle. Hätte ich ihn belügen sollen?«

»Nein.« Sie schwieg einen Moment, schüttelte dann den Kopf. »Natürlich nicht. Was hat er gesagt?«

»Seine größte Sorge war, ob ich dann immer noch sein Freund sei, weil er gehört hat, Stiefväter würden sich ändern, sobald sie den Fuß zwischen Tür und Angel hätten. Obgleich ich ihn in dieser Hinsicht beruhigen konnte, erklärte er mir, er wolle mich nicht als Stiefvater.«

»Oh Mitch.«

»Er will einen richtigen Vater, Hester, weil richtige Väter nicht fortlaufen. Wie ich die Dinge sehe, steht dir noch eine sehr wichtige Entscheidung bevor. Bist du damit einverstanden, dass ich ihn adoptiere?« Mit großen Augen sah sie ihn an. »Ich möchte von dir wissen, ob du bereit bist, Red mit mir zu teilen. Es fällt mir nicht schwer, mich gefühlsmäßig als seinen Vater zu betrachten. Aber ich möchte es auch rechtmäßig sein. Ich kann mir nicht denken, dass es Probleme mit deinem Ex-Mann geben könnte.«

»Nein, bestimmt nicht.«

»Und mit Red auch nicht. Wie ist es mit dir?«

Hester trat ein paar Schritte vom Schreibtisch zurück. »Ich weiß nicht, was ich sagen soll. Ich finde nicht die richtigen Worte.«

»Nimm einfach irgendwelche.«

Sie stellte sich vor ihn hin und holte tief Luft. »Am besten fange ich damit an, dass Red einen ganz tollen Vater bekommen wird, in jeder Hinsicht. Und ich liebe dich, ich liebe dich sehr.«

»Das ist für den Anfang schon genug.« Er zog sie an sich. »Das ist doch wunderbar.« Dann küsste er sie lachend, und sie hielt ihn umschlungen und lachte auch. »Heißt das, ich bekomme das Darlehen?«

»Tut mir leid, ich muss es ablehnen.«

»Wie bitte?«

»Dafür würde ich aber Ihnen und Ihrer Frau gemeinsam eine Hypothek bewilligen.« Sie nahm sein Gesicht zwischen die Hände. »Unser Haus – also auch unsere gemeinsame Verpflichtung.«

»Das sind Bedingungen, mit denen ich leben kann.« Er gab ihr einen wunderbar zarten Kuss. »Zumindest die nächsten hundert Jahre oder so.« Er hob sie hoch und schwang sie im Kreis herum. »Komm, wir wollen es Red gleich sagen.«

Während sie Hand in Hand das Büro verließen, fragte Mitch: »Sag mal, was würdest du von einer Hochzeitsreise nach Disneyland halten?«

Sie lachte. »Die Idee finde ich großartig.«

– ENDE –

Nora Roberts

Nie mehr allein

Roman

Aus dem Englischen von
Eva von der Gönna

1. Kapitel

In zehn Jahren kann sich viel verändern. Jason Langley war darauf vorbereitet. Während des Fluges von London nach Boston und der anschließenden langen Fahrt nach Quiet Valley, New Hampshire, hatte er Zeit gehabt, sich darauf einzustellen. Selbst eine Kleinstadt in Neuengland mit 32000 Einwohnern – das war bei seinem Weggang etwa die Einwohnerzahl gewesen – musste sich im Laufe eines Jahrzehnts weiterentwickelt haben. Menschen würden gestorben und andere zur Welt gekommen sein. Geschäfte und Wohnhäuser würden den Besitzer gewechselt haben. Einige gab es vielleicht überhaupt nicht mehr.

Nicht zum ersten Mal seit seinem Entschluss, seine Heimatstadt zu besuchen, kam sich Jason ziemlich töricht vor. Wahrscheinlich würde man ihn überhaupt nicht erkennen. Bei seinem Fortgang war er ein schmales, trotziges Bürschchen von zweiundzwanzig Jahren in abgetragenen Jeans gewesen. Und nun kehrte er als Mann zurück, der gelernt hatte, Trotz durch Arroganz zu ersetzen – und er hatte damit Erfolg. Inzwischen trug er Anzüge, die in der Saville Row in London oder der Seventh Avenue in New York angefertigt worden waren. Sie brachten seine sportliche Figur unauffällig zur Geltung. In zehn Jahren war aus dem verzweifelten Jungen, der entschlossen gewesen war, der Welt seinen Stempel aufzudrücken, ein äußerlich gelassener Mann geworden, der sich auf seine Leistungen etwas zugute halten konnte. Nicht verändert hatte sich sein nach innen gerichtetes Wesen. Er suchte immer noch nach Wurzeln, nach einem Ort, wo er hingehörte. Deshalb fuhr er jetzt zurück nach Quiet Valley.

Die Straße wand und schlängelte sich noch genauso durch Wälder und über Hügel wie damals, als er mit dem Greyhound-Bus in umgekehrter Richtung gefahren war. Die dichte Schneedecke am Boden wölbte sich nur an den Stellen, wo sich Felsbrocken darunter verbargen. Einzelne Kristalle an Zweigen glitzerten im Sonnenlicht. Hatte er die Winter Neuenglands vermisst?

Einmal hatte er den Dezember in den Anden verbracht, wo ihm der Schnee bis zu den Hüften reichte. Ein andermal war er nach Afrika geflogen. Die Jahre liefen ineinander, aber seltsamerweise konnte sich Jason genau daran erinnern, wo er zu Weihnachten jeweils gewesen war, obwohl er das Fest nicht feierte. Die Straße verengte sich, machte einen weiten Bogen und gab den Blick auf die verschneite Bergkette frei. Ja, das hatte ihm gefehlt.

Aus einem Impuls heraus hielt Jason an und stieg aus. Sein Atem wurde wie Rauch vom Wind davongeweht. Die Kälte ließ seine Haut prickeln, aber er knöpfte seine Jacke nicht zu. Auch die Handschuhe ließ er in der Tasche stecken. Er hatte das Bedürfnis, die eisige Luft an sich heranzulassen. Wie schon als Kind hatte er das Gefühl, Tausende kleiner spitzer Nadeln einzuatmen. Jason stieg ein Stück den Berg hoch, bis er auf Quiet Valley hinuntersehen konnte. Hier war er geboren und aufgewachsen. Hier hatte er Freude und Leid kennengelernt – und hier hatte er auch zum ersten Mal geliebt. Selbst aus dieser Entfernung konnte er ihr Haus sehen. Nein, das Haus ihrer Eltern, verbesserte Jason sich selbst. Erstaunt stellte er fest, dass der Zorn immer noch nicht verflogen war. Sie würde jetzt woanders wohnen mit ihrem Mann und ihren Kindern.

Unwillkürlich hatte er die Hände zu Fäusten geballt, nun zwang er sich dazu, seine Muskeln zu entspannen. Seine Gefühle nicht preiszugeben, sich zu beherrschen, das war eine Fähigkeit, die er im Laufe des vergangenen Jahrzehnts zu vervollkommnen gelernt hatte. Die Arbeit war dabei sein Lehrmeister, wenn er über Hungersnot, Krieg und menschliches Leiden berichten musste. Er hatte festgestellt, dass ihm das alles im Privatleben half. Seine Gefühle für Leonie waren die Sehnsüchte eines Jungen gewesen. Jetzt war er ein Mann, und sie war ebenso wie Quiet Valley ein Teil seiner Kindheit. Er war über fünftausend Meilen gereist, um sich genau das zu beweisen. Jason Langley drehte der Stadt den Rücken und kehrte zum Auto zurück.

Aus der Entfernung hatte Quiet Valley ausgesehen wie ein Bild von Grandma Moses. Als Jason näher kam, wirkte es weniger idyllisch, und er war insgeheim erleichtert. Hier und da blätterte die Farbe von einer Fassade ab. Zäune waren unter der Last des Schnees umgeknickt. An Stellen, wo früher Felder gewesen waren, standen jetzt Häuser. Veränderungen. Er rief sich ins Gedächtnis, dass er nichts anderes erwartet hatte.

Aus den Schornsteinen stieg Rauch auf. Kinder und Hunde rannten durch den Schnee um die Wette. Jason schaute auf die Uhr. Halb vier. Die Schule war aus, und er war jetzt seit fünfzehn Stunden unterwegs. Es wäre jetzt das Klügste, festzustellen, ob es das Gasthaus noch gab, und wenn ja, sich dort ein Zimmer zu nehmen. Ein Lächeln spielte um seinen Mund, als er sich fragte, ob der alte Mr. Beantree noch hinter der Theke stehen würde. Er konnte gar nicht mehr zählen, wie oft ihm dieser nachgerufen hatte, dass aus ihm nie etwas Rechtes werden würde. Inzwischen konnte er das Gegenteil mit einem Pulitzerpreis und der Medaille des internationalen Journalistenverbandes beweisen.

Die Häuser standen jetzt enger zusammen, und Jason erkannte sie wieder. Dort wohnten die Bedfords und daneben Tim Hawkins. Das einstöckige Holzhaus der Witwe Marchant war immer noch himmelblau gestrichen, und Jason freute sich, dass wenigstens hier alles beim Alten geblieben war. Wie früher flatterten rote Bänder an der Fichte im Vorgarten. Die Witwe Marchant war gut zu ihm gewesen. Jason hatte nicht vergessen, wie sie ihm Kakao gekocht und stundenlang zugehört hatte, wenn er ihr von den Reisen in ferne Länder erzählte, die er machen wollte. Als er fortging, war sie bereits über siebzig gewesen, aber kerngesund. Vielleicht war sie auch jetzt noch dort hinter den Fenstern und hörte ihre geliebten Rachmaninow-Platten.

Die Gehsteige waren vom Schnee gereinigt. Neuengländer waren praktisch veranlagt und – nach Jasons Überzeugung – ebenso widerstandsfähig wie der Boden, auf dem sie sich angesiedelt hatten. Die Stadt hatte sich nicht so verändert, wie er es erwartet hatte. Das Eisenwarengeschäft der Railings befand sich immer noch an der Ecke zur Churchstreet, und auch die Post war nach wie vor in einem Ziegelbau von der Größe einer Garage untergebracht. Wie seit jeher in der Adventszeit hingen rote Girlanden zwischen den Laternenpfosten entlang der Straße. Vor dem Grundstück der Lintners bauten Kinder einen Schneemann.

Wessen Kinder es wohl sind? fragte sich Jason. Ihre Gesichter waren hinter Schals und dicken Pudelmützen verborgen. Jedes von ihnen konnte Leonies Kind sein. Wieder stieg ohnmächtige Wut in ihm auf, und er wandte sich ab.

Das Schild am Eingang des Valley-Inn war neu, aber ansonsten war auch hier alles so wie früher. Auch hier hatte man den Schnee vor dem Eingang weggeschaufelt. Aus beiden Schornsteinen quoll Rauch. Jason fuhr daran vorbei. Zuerst musste er etwas anderes erledigen, etwas, von dem er gewusst hatte, dass es unvermeidlich war. Er hätte an der nächsten Ecke abbiegen können, um zu dem Haus zu kommen, wo er aufgewachsen war, aber er tat es nicht.

Am Ende der Hauptstraße würde ein gepflegtes weißes Haus stehen, größer als die meisten anderen, mit zwei Erkerfenstern und einer Veranda. Dieses Haus hatte Tom Monroe für sich und seine Braut gekauft. Ein Reporter von Jasons Kaliber wusste, wie man sich solche Informationen beschafft. Vielleicht hatte Leonie die Spitzenvorhänge aufgehängt, von denen sie als junges Mädchen schon geträumt hatte. Bestimmt hatte Tom ihr auch das Teeservice aus zartem Porzellan gekauft, das im Schaufenster des Haushaltswarengeschäfts ausgestellt gewesen war. Er würde ihr alles das gegeben haben, was sie sich wünschte. Ein Leben mit Jason dagegen hätte unzählige Motelzimmer an ständig wechselnden Orten bedeutet. Leonie hatte ihre Wahl getroffen.

Wieder stellte er fest, dass er sich auch nach zehn Jahren nicht damit abgefunden hatte. Er zwang sich zur Ruhe, als er am Straßenrand anhielt. Leonie und er waren einmal Freunde gewesen und – für ganz kurze Zeit – Liebende. Seitdem hatte er andere Frauen gehabt, und sie war verheiratet. Trotzdem konnte er sich noch genau daran erinnern, wie sie mit achtzehn gewesen war – lieb, sanft und neugierig auf das Leben. Sie hatte mit ihm gehen wollen, aber er hatte es nicht zugelassen. Sie hatte versprochen zu warten, doch ihr Versprechen nicht gehalten. Jason atmete tief ein und stieg aus.

Das Haus war sehr hübsch. Am Fenster zur Straße stand ein geschmückter Christbaum. Jetzt bei Tageslicht sah er überwiegend grün aus. Nachts jedoch würde er glitzern wie ein Zauberding. Dessen konnte er sicher sein, Leonie glaubte an Zauberei, und ihr würde es gelingen, auch diesen Baum zu verzaubern.

Jason stand auf dem Fußweg und hatte Angst. Er war daran gewöhnt, von Kriegsschauplätzen zu berichten und Interviews mit Terroristen zu machen. Doch dabei hatte er nie solche Furcht verspürt wie jetzt. Ich brauche ja nicht hineinzugehen, sagte er sich. Wenn ich will, kann ich umkehren und die Stadt verlassen. Es war nicht erforderlich, dass er sie wiedersah. Sie gehörte nicht mehr zu seinem Leben. Dann bemerkte er die Spitzenvorhänge, und wieder stieg der alte Groll in ihm auf. Groll, der stärker war als seine Angst.

Als er auf das Haus zuging, kam plötzlich ein Mädchen um die Ecke gerannt, auf der Flucht vor einem genau gezielten Schneeball. Sie warf sich zu Boden und kam damit aus der Schusslinie. Im nächsten Augenblick war sie aber bereits wieder auf den Beinen und ging zum Gegenangriff über.

»Volltreffer, Jimmy Harding!« Mit einem Triumphschrei wirbelte sie herum und stieß mit Jason zusammen. »Entschuldigung.« Von Kopf bis Fuß schneebedeckt, schaute sie auf und grinste ihn fröhlich an. Jason hatte das Gefühl, dass die Zeit rückwärts gegangen war.

Sie war das Ebenbild ihrer Mutter. Das dunkelbraune Haar war aus der Mütze gerutscht und fiel ihr in wirren Locken auf die Schultern. Das kleine, zierliche Gesicht wurde von großen blauen Augen beherrscht, die lustig funkelten. Doch was ihm ans Herz ging, war das Lächeln, dieses unwiderstehliche Lächeln, das auch Leonie gehabt hatte. Unwillkürlich trat er einen Schritt zurück. Das kleine Mädchen klopfte sich den Schnee ab und betrachtete ihn interessiert.

»Sie habe ich noch nie gesehen.«

Er schob die Hände in die Hosentaschen. Aber ich dich, dachte er. »Nein. Wohnst du hier?«

»Ja, aber der Eingang zum Laden ist auf der anderen Seite.« Ein Schneeball landete mit einem Plumps vor ihren Füßen. Sie verdrehte die Augen. »Das ist Jimmy«, erklärte sie im Tonfall einer Frau, die von einem lästigen Verehrer verfolgt wird. »Er kann überhaupt nicht richtig zielen. Wie gesagt, zum Laden müssen Sie andersrum.« Sie bückte sich und formte das nächste Geschoss. »Gehen Sie ruhig hinein; die Tür ist offen.«

Mit einem Schneeball in jeder Hand rannte sie davon. Jason stellte fest, dass er beinahe Mitleid mit Jimmy Harding empfand.

Leonies Tochter. Er hatte ganz vergessen, sie nach ihrem Namen zu fragen, und um ein Haar rief er sie zurück. Dann aber verzichtete er darauf. Es ist nicht wichtig, redete er sich ein. Er würde nur für einige Tage in der Stadt sein, ehe er zu seiner nächsten Reportage aufbrach. Quiet Valley war nur eine Station auf der Durchreise.

Langsam ging Jason ums Haus herum. Obwohl er sich nicht vorstellen konnte, was für eine Art Laden Tom betrieb, hielt er es für besser, ihn zuerst aufzusuchen. Er freute sich beinahe darauf.

Die kleine Werkstatt, die er erwartet hatte, entpuppte sich als Miniaturausgabe eines viktorianischen Hauses. Auf dem Schlitten vor der Tür saßen zwei lebensgroße Puppen in Zylinder, Rüschenhaube, Capes und Stiefeln. »Puppenhaus« stand auf dem handgemalten Schild über dem Eingang. Als Jason die Klinke herunterdrückte, erklangen Glöckchen von drinnen.

»Ich komme gleich!«

Als er ihre Stimme hörte, hatte er das Gefühl, den Boden unter den Füßen zu verlieren. Aber er würde damit fertig werden. Er würde das Wiedersehen durchstehen, weil er es musste.

Jason nahm die Sonnenbrille ab, schob sie in die Tasche und schaute sich um. Der Raum war wie ein gemütliches Wohnzimmer eingerichtet, aber die Möbel waren alle auf die Maße von Kindern zugeschnitten. Puppen in allen Größen und Formen saßen auf Sesseln, Stühlen, Regalen und Schränken. Vor einem kleinen Kamin hatte sich eine Puppengroßmutter mit Spitzenhaube und Schürze im Schaukelstuhl niedergelassen. Die Puppe war so lebensecht, dass Jason unwillkürlich darauf wartete, dass sie zu schaukeln anfing.

»Es tut mir leid, dass Sie warten mussten.« Mit einer Porzellanpuppe in der einen und einem Brautschleier in der anderen Hand kam Leonie zur Tür herein. »Ich war gerade damit beschäftigt …«

Sie brach ab, und der Schleier glitt ihr aus der Hand. Wie schwerelos schwebte er langsam zu Boden. Alle Farbe wich aus ihrem Gesicht, und im Gegensatz dazu wirkten die dunkelblauen Augen beinahe schwarz. Wie zur Verteidigung drückte sie die Puppe an die Brust. »Jason.«

2. Kapitel

Wie Leonie da im schwachen Winterlicht in der Tür stand, erschien sie Jason noch viel schöner, als er sie in Erinnerung hatte. Seine Hoffnung, dass es nicht so sein würde, erfüllte sich nicht. Er hatte geglaubt, dass seine Traumvorstellung von ihr sich als übertrieben herausstellen würde, wie es bei Träumen oft der Fall ist, doch sie stand vor ihm in Fleisch und Blut und so schön, dass ihm der Atem stockte. Vielleicht lag es daran, dass sein Lächeln etwas zynisch wirkte. »Hallo, Leonie.«

Sie war unfähig, sich zu rühren. Wie schon vor vielen Jahren hatte sie das Gefühl, in der Falle zu sitzen. Damals hatte er es nicht gewusst, und heute durfte er erst recht nichts davon erfahren.

Lange verdrängte und geheim gehaltene Gefühle kämpften gegen ihre Willenskraft an und wurden unterdrückt. »Wie geht es dir?«, brachte sie heraus. Noch immer hielt sie die Puppe fest umklammert.

»Gut.« Er ging auf sie zu. Die Nervosität in ihren Augen bereitete ihm eine wahre Genugtuung. Dabei quälte es ihn, dass sie noch genauso gut roch wie früher. Sanft, jung, unschuldig. »Du siehst wunderbar aus«, sagte er beiläufig und gab seiner Stimme einen eher gelangweilten Ton.

»Du bist der letzte Mensch, den ich hier erwartet hätte«, platzte sie heraus.

Denn, fügte sie im Stillen hinzu, ich habe lernen müssen, mir das Warten abzugewöhnen. Entschlossen, ihren inneren

Aufruhr nicht zu verraten, lockerte Leonie Monroe ihren Griff um die Puppe. »Wie lange wirst du in Quiet Valley bleiben?«

»Nur ein paar Tage. Ich hatte plötzlich das Bedürfnis nach Abwechslung.«

Sie lachte und hoffte, dass es nicht hysterisch klang. »Das war bei dir schon immer so. Wir haben deine Reportagen gelesen. Es ist dir also gelungen, all die Länder zu besuchen, von denen du geträumt hast.«

»Und noch einige dazu.«

Sie wandte sich ab und schloss kurz die Augen. »Es hat Schlagzeilen gemacht, als du den Pulitzerpreis gewannst. Mr. Beantree stolzierte durch die Stadt, als wäre er persönlich für deinen Erfolg verantwortlich. ›Ein guter Junge, dieser Jason Langley‹, sagte er immer wieder. ›Ich habe von Anfang an gewusst, dass aus dem mal was wird.‹«

»Ich habe deine Tochter gesehen.«

Das war ihre größte Angst, die größte Hoffnung, der Traum, den sie schon vor Jahren begraben hatte. Sie bückte sich, um den Schleier aufzuheben. »Clara?«

»Draußen vor dem Haus. Sie war mit Schneebällen hinter Jimmy, einem Jungen, her.«

»Ja, das klingt nach Clara.« Auch jetzt leuchtete ihr Gesicht, wenn sie lächelte. Hätte er einen Wunsch frei gehabt, dann den, die Hand auszustrecken und sie anzufassen. Sie nur einmal zu berühren und sich daran zu erinnern, wie es gewesen war.

»Wie ich sehe, hast du deine Spitzenvorhänge bekommen.«

Dabei, dachte sie bitter, wäre ich mit Fenstern ohne Gardinen und kahlen Wänden zufrieden gewesen, wenn ich nur bei dir hätte sein können. »Ja«, wiederholte sie. »Ich habe meine Spitzenvorhänge. Und du deine Abenteuer.«

»Du hast auch das hier.« Er wies auf die Puppen. »Wann hast du denn damit angefangen?«

Ich kann diese entsetzlich beiläufige Unterhaltung ertragen, sagte sie sich. »Ich habe den Laden vor fast acht Jahren eröffnet.«

Er nahm eine Stoffpuppe aus der Wiege. »Du verkaufst also Puppen. Ein Hobby?«

Leonie hob stolz den Kopf. »Nein, mein Geschäft. Ich verkaufe sie, repariere sie, und manchmal fertige ich sie auch an.«

»Geschäft?« Jason hatte die Puppe wieder weggelegt. In seinem Lächeln lag keine Spur von Humor. »Ich hätte nicht gedacht, dass Tom damit einverstanden ist. Mir kam er immer vor wie ein Mann, der nicht will, dass seine Frau arbeitet.«

»So?« Mechanisch begann sie, den Brautschleier am Kopf der Porzellanpuppe zu befestigen. »Du warst immer stolz darauf, dass dir nichts entgeht, aber du bist lange weg gewesen.« Sie sah ihn über die Schulter an, und diesmal lagen nicht Nervosität oder Stolz in ihrem Blick, sondern nur Kälte. »Sehr lange. Tom und ich haben uns schon vor acht Jahren scheiden lassen. Zuletzt hörte ich, dass er jetzt in Los Angeles wohnt. Du siehst, er hielt auch nichts von Kleinstädten. Oder den Mädchen, die in Kleinstädten leben.«

Jason konnte mit den Gefühlen, die auf ihn einstürmten, nichts anfangen, und etwas verlegen schob er sie deshalb beiseite.

Bitterkeit war einfacher. »Offensichtlich hast du keine kluge Wahl getroffen, Leonie.«

Sie lachte und zerknüllte den Schleier. »So sieht es aus.«

»Du hast nicht gewartet.« Die Worte waren heraus, ehe er sie zurückhalten konnte.

Er hasste sich deshalb und sie auch.

»Du warst fort.« Sie drehte sich langsam wieder um und verschränkte die Hände.

»Ich habe dir gesagt, dass ich wiederkommen würde. Habe ich nicht versprochen, dich so bald wie möglich nachzuholen?«

»Du hast niemals angerufen oder geschrieben. Drei lange Monate habe ich …«

»Drei Monate?« Wütend packte er sie an den Armen. »Nach allem, worüber wir gesprochen und für unser gemeinsames Leben geplant hatten, konntest du mir nicht mehr als drei Monate geben?«

Sie hätte ihm noch viel mehr Zeit eingeräumt, aber sie hatte keine andere Wahl gehabt. Bemüht, ruhig zu bleiben, hielt sie seinem Blick stand. Auch dieser Blick war immer noch der gleiche – eindringlich und ungeduldig. »Ich wusste nicht, wo du warst. Nicht einmal eine Adresse hast du mir hinterlassen.« Sie trat zurück, weil das Verlangen, ihm nahe zu sein, noch genauso heftig war wie früher. »Ich war achtzehn, und du warst nicht aufzufinden.«

»Und Tom war da.«

Sie reckte das Kinn vor. »Richtig, Tom war da. Jason, das alles ist jetzt zehn Jahre her, und du hast nicht einmal versucht, Kontakt mit mir aufzunehmen. Warum also jetzt?«

»Das habe ich mich auch gefragt«, antwortete er und ging ohne ein weiteres Wort.

Ihre Träume waren schon immer unrealistisch gewesen. Als Kind hatte sich Leonie eine von weißen Pferden gezogene Kutsche und Tanzschuhe aus Glas ausgemalt. Die Wirklichkeit war etwas, mit dem man sich Tag für Tag auseinandersetzen musste in einer Familie, wo das Geld, aber nicht der Stolz knapp war. Doch Träume waren keineswegs nur auf die Nacht beschränkt.

Sie hatte sich in Jason verliebt, als sie acht und er zehn gewesen war. Er war mutig auf drei Jungen losgegangen, die sie in den Schnee geworfen hatten. Leonie erinnerte sich mit Genugtuung daran, dass mehrere nötig gewesen waren, um sie überhaupt zu überwältigen. Doch dann war Jason ihr zu Hilfe gekommen und hatte ihre Angreifer vertrieben. Das haftete ihr unauslöschlich im Gedächtnis. Er war für seine Größe viel zu schmal gewesen, und sein Mantel zu groß und oft geflickt. Mit zusammengezogenen Brauen hatte er unmutig auf sie heruntergeblickt. Schnee klebte ihm an den blonden Haarsträhnen, und seine Haut war vor Kälte gerötet. Sie hatte ihm in die Augen gesehen und sich in ihn verliebt. Er hatte irgendetwas gemurmelt, ihr aufgeholfen und sie ausgeschimpft, weil sie die drei Jungs provoziert hatte.

Und dann war er davongestapft, die Hände in den Taschen seines Mantels vergraben.

Während der Kindheit und später als Teenager schaute Leonie keinen anderen Jungen an. Natürlich tat sie hin und wieder so, als würde sie sich für jemanden interessieren, weil sie hoffte, dass Jason Langley dann Notiz von ihr nehmen würde.

Das tat er erst, als sie sechzehn war. In der Turnhalle fand ein Ball statt, und ihre Mutter hatte ihr zum ersten Mal ein langes Kleid genäht. Auch anderen fiel sie auf, und sie flirtete hemmungslos.

Ihr Ziel jedoch blieb das gleiche – Jason. Missmutig sah er zu, wie sie für jeden Tanz den Partner wechselte. Das hatte sie sorgfältig geplant, ebenso wie den bedeutsamen Blick, den sie ihm zuwarf, als sie in der Pause hinausging, um frische Luft zu schöpfen. Wie erhofft, folgte er ihr. Sie stellte sich gleichgültig. Er benahm sich besitzergreifend. Und dann brachte er sie nach Hause. Es war Vollmond.

Viele gemeinsame Spaziergänge folgten – im Frühling, im Sommer, im Herbst und im Winter. Sie waren verliebt, wie es nur ganz junge Menschen sein können, bedenkenlos und unschuldig. Sie erzählte ihm, dass sie sich ein Haus und Kinder wünschte. Er sprach von seiner Sehnsucht zu reisen, alles zu sehen und es aufzuschreiben. Leonie wusste, dass er sich in der Kleinstadt wie in der Falle fühlte, zurückgehalten von einem Vater, der ihm keine Liebe und wenig Hoffnung gab. Jason wusste, dass sie von wohnlichen Zimmern und Blumen in Kristallvasen träumte. Gegensätze, die sich anzogen, und ihre Träume vermischten sich.

Dann, als in einer Sommernacht der Duft frischen Heus in der Luft hing, überschritten sie die Grenze zwischen Kindheit und Erwachsensein, und ihre Liebe war nicht mehr unschuldig.

»Mom, du träumst ja schon wieder!«

»Wie?«

Die Arme bis zu den Ellbogen im Seifenwasser, drehte Leonie sich um. Ihre Tochter stand in der Küchentür. Sie trug einen warmen Bademantel, der bis auf den Boden reichte. Mit ihrem frisch gebürsteten Haar und den roten Wangen sah sie wie ein Engel aus.

Leonie wusste es allerdings besser. »Hast du deine Schularbeiten fertig?«

»Ja. So kurz vor den Ferien finde ich es doof, dass uns die Lehrerin noch etwas aufgibt.«

»Das sagtest du bereits gestern. Und vorgestern.«

»Mom, du bist schlecht gelaunt.« Clara beäugte die Keksdose. »Du solltest mal einen schönen langen Spaziergang machen.«

Leonie hatte erraten, worauf ihre Tochter hinauswollte. »Nur einen«, mahnte sie. »Und vergiss nicht, dir die Zähne zu putzen.« Sie schaute zu, wie Clara sich sorgfältig das größte Plätzchen heraussuchte. »Hast du heute Nachmittag einen Mann gesehen? Einen großen Mann mit blonden Haaren?«

»Hm.« Clara hatte den Mund voll, und es dauerte eine Weile, ehe sie antwortete. »Er wollte zum Haus. Ich habe ihn in den Laden geschickt.«

»Hat er irgendetwas zu dir gesagt?«

»Eigentlich nicht. Zuerst hat er mich ein bisschen komisch angeschaut, so als hätte er mich schon mal gesehen. Kennst du ihn?«

Leonies Herz pochte schmerzhaft.

Sie trocknete sich sorgfältig die Hände ab. »Ja. Er hat vor langer Zeit einmal hier gewohnt.«

»Jimmy war sehr beeindruckt von seinem Auto.« Clara fragte sich, ob sich ihre Mutter noch einen Keks abluchsen ließe.

»Ich glaube, ich werde wirklich noch ein Stück spazieren gehen, Clara, aber ich möchte, dass du dich schon hinlegst.«

Clara kannte den Ton und verzichtete klugerweise auf ein zweites Plätzchen. »Kann ich die Geschenke unter dem Baum noch mal zählen?«

»Das hast du doch schon zehn Mal getan.«

»Aber vielleicht liegt inzwischen noch was da.«

Leonie hob ihre Tochter hoch. »Darauf bestehen nicht die geringsten Aussichten.« Dann lachte sie und trug sie ins Wohnzimmer. »Aber eine zusätzliche Zählung wird nicht schaden.«

Die Luft roch nach Schnee, als sie ins Freie trat. Die Tür abzuschließen war in einer Stadt, wo jeder jeden kannte, nicht nötig. Sie schlug den Mantelkragen hoch und drehte sich noch einmal um zu dem Fenster im ersten Stock, wo ihre Tochter im Bett lag.

Clara war der Grund dafür, dass das Haus nicht kalt und ihr Leben nicht leer war. Dabei hätte beides sehr leicht sein können.

Leonie hatte die elektrischen Christbaumkerzen brennen lassen, und der Lichtschein malte Kringel in den Schnee. Nur noch vier Tage bis Weihnachten, dachte sie. Von dort, wo sie stand, sah die Stadt wie eine Postkarte aus. Lichterketten säumten die Straßen, und der große Weihnachtsbaum auf dem Marktplatz war deutlich zu erkennen. Manche Straßenlaternen waren mit buntem Papier verkleidet. Sie konnte den Rauch von Holzfeuern riechen. Hier und da duftete es stark nach Harz, wenn Tannen- und Kiefernzapfen verbrannt wurden.

Manche Leute hätten das Dasein in einer Kleinstadt wie Quiet Valley als beengt und eintönig empfunden. Leonie Monroe hatte jedoch hier ein Heim für sich und ihre Tochter geschaffen. Sie hatte sich ihr Leben nach eigenen Vorstellungen eingerichtet und fühlte sich wohl dabei.

»Ich bedaure nichts«, sagte sie laut und schaute noch einmal zum Kinderzimmer hinauf. Sie vermutete, dass Clara wie immer gehorsam die Nachttischlampe ausgelöscht hatte und jetzt mit der Taschenlampe unter der Bettdecke las. Hatte sie es nicht in ihrem Alter genauso gemacht? »Nein«, wiederholte sie. »Ich bedaure nichts.«

Während sie die Straße entlangging, frischte der Wind auf. Vor Weihnachten würde es noch mehr Schnee geben, das fühlte sie. Darauf würde sie sich jetzt konzentrieren, anstatt zurückzuschauen.

»Du gehst also immer noch gern spazieren.«

3. Kapitel

Hatte Leonie gewusst, dass Jason sie finden würde? Vielleicht war es tatsächlich so. »Manche Dinge ändern sich nicht«, sagte sie einfach. Jason ging neben ihr her.

»Das habe ich heute Nachmittag herausgefunden.« Er dachte an die Stadt, die noch genauso war wie früher. Und an seine Gefühle für die Frau an seiner Seite. »Wo ist denn deine Tochter?«

»Sie schläft schon.«

Er war jetzt gelassener als am Nachmittag und entschlossen, es auch zu bleiben. »Ich habe dich gar nicht gefragt, ob du noch andere Kinder hast.«

»Nein.« In ihrer Stimme lag ein Unterton, den er schlecht deuten konnte. »Clara ist das einzige.«

»Wie bist du denn auf den Namen gekommen?«

Sie lächelte. Es war typisch für Jason, Fragen zu stellen, die niemand anderem in den Sinn kommen würden. »Erinnerst du dich an das Märchen vom Nussknacker? Ich wollte, dass meine Tochter auch die Fähigkeit zu träumen hat.« Genauso wie sie selbst. Leonie schob die Hände tiefer in die Taschen und versuchte sich einzureden, dass sie und Jason zwei alte Freunde waren, die miteinander durch die stillen Straßen spazieren gingen. »Wohnst du im Gasthaus?«

»Ja.« Jason rieb sich belustigt das Kinn. »Der alte Beantree brachte höchstpersönlich mein Gepäck nach oben in mein Zimmer.«

»Einheimischer wird zur Berühmtheit.« Leonie wandte den Kopf und betrachtete ihn. Seltsam, dachte sie. Als sie ihn das erste Mal angeschaut hatte, hatte sie den Jungen gesehen. Jetzt sah sie den Mann. Sein Haar war etwas nachgedunkelt, aber immer noch blond. Es war nicht mehr ungepflegt, aber so geschnitten, dass es ihm immer noch in die Stirn fiel. Das Gesicht war nach wie vor schmal mit den ausgeprägten Backenknochen, die sie schon damals so fasziniert hatten. Um den Mund hatten sich tiefe Falten eingegraben. »Du hast doch erreicht, was du wolltest?«

»So ungefähr.« Als ihre Blicke sich trafen, spürte sie wieder das alte schmerzliche Verlangen in sich aufsteigen.

»Und was ist mit dir, Leonie?«

Sie schüttelte den Kopf. »Ich habe nie so viel gewollt wie du, Jason.«

»Bist du glücklich?«

»Wer das nicht ist, muss die Schuld bei sich selbst suchen.«

»Das ist zu einfach.«

»Ich habe nicht das gesehen, was du gesehen hast. Ich habe nicht die Aufgaben lösen müssen, die du lösen musstest. Ich bin mit einfachen Dingen zufrieden, Jason. Das war doch das Problem, nicht wahr?«

»Nein.« Er drehte sie zu sich herum und legte ihr die Hand auf die Wange. Er trug keine Handschuhe, und sie spürte, wie ihre Haut sich bei der Berührung erwärmte. »Du hast dich überhaupt nicht verändert.« Sie blieb ganz still stehen, als er die Finger durch ihr Haar gleiten ließ und schließlich ihre Schultern umfasste. »Ich habe oft daran gedacht, wie du im Mondlicht aussiehst. Die Erinnerung hat mich nicht getrogen.«

»Ich habe mich verändert, Jason.« Doch sie klang atemlos. »Und du auch.«

»Manche Dinge bleiben dieselben«, sagte er heiser und kapitulierte vor dem übermächtigen Verlangen, sie zu küssen.

Als ihre Lippen sich berührten, wusste er, dass er nach Hause gekommen war. Alles, woran er sich erinnerte und was er verloren zu haben glaubte, war wieder sein. Sie war so zart und duftete nach Frühling, obwohl ringsherum Schnee lag. Willig überließ sie ihm ihren Mund, wie immer, wenn sie sich geküsst hatten.

Er konnte sich nicht erklären, weshalb jede andere Frau, die er seitdem in den Armen gehalten hatte, nur ein Schatten war, verglichen mit seiner Erinnerung an Leonie. Jetzt aber war sie es, die sich an ihn drängte und ihm alles das gab, was er für unerreichbar gehalten hatte.

Nur dieses eine Mal, sagte sie sich. Obwohl sie versucht hatte, den Teil ihres Lebens, zu dem Jason gehörte, aus ihrem Gedächtnis zu verbannen, ahnte sie, dass das nicht möglich war. Sie hatte sich eingeredet, dass es sich nur um eine Jungmädchenschwärmerei handelte, aber sie wusste selbst, dass es eine Lüge war. Es hatte keine anderen Männer gegeben, sondern nur die Erinnerungen an den einen und an Wünsche. Wünsche und schon fast vergessene Träume.

Jetzt aber war es kein Traum, sondern Jason, so lebendig und drängend, wie er seit jeher gewesen war. Alles an ihm war ihr so vertraut – der Geschmack seiner Lippen, das Gefühl seines Haares, als sie mit den Fingern darüberfuhr, und der männliche Geruch, der ihm bereits als Junge eigen gewesen war. Er flüsterte ihren Namen und zog sie enger an sich, als habe er Angst, sie wieder zu verlieren.

Sie schlang ihm die Arme um den Hals, ebenso bereitwillig, leidenschaftlich und verliebt wie beim letzten Mal, als er sie geküsst hatte. Beide bemerkten nicht, dass ein scharfer Wind den Schnee um sie herum aufwirbelte.

Aber jetzt war nicht gestern, rief sie sich ins Gedächtnis, als sie sich endlich voneinander lösten, sondern heute. Und diesem Heute musste man sich stellen. Sie war kein junges Mädchen mehr, das in seiner blinden Verliebtheit alles um sich herum vergaß, sondern eine Frau, die die Verantwortung für ein Kind trug. Jason dagegen war ein Zigeuner. Er hatte nie gewünscht, etwas anderes zu sein.

»Es ist vorbei mit uns, Jason.« Doch sie ließ seine Hand nicht los. »Es ist schon lange vorbei.«

»Nein.« Er hielt sie fest, als sie sich abwenden wollte. »Das stimmt nicht. Ich habe mir das selbst vorgemacht und bin zurückgekommen, um es mir zu beweisen. Stattdessen habe ich einsehen müssen, dass du immer noch der wichtigste Teil meines Lebens bist. Es wird nie vorbei sein, Leonie.«

»Du hast mich verlassen.« Sie hatte nicht weinen wollen, aber nun rannen ihr Tränen über die Wangen. »Und du hast mir das Herz gebrochen. Es hat Jahre gedauert, bis es wieder heilte. Noch einmal werde ich dieses Risiko nicht eingehen.«

»Du wusstest, dass ich fortmusste. Wenn du gewartet hättest …«

»Das ist jetzt nicht mehr wichtig.« Sie schüttelte den Kopf und machte einen Schritt zurück. Niemals würde sie ihm erklären können, warum es ihr unmöglich gewesen war zu warten. »Es ist nicht wichtig, weil du in wenigen Tagen wieder weggehen wirst. Ich werde es nicht zulassen, dass du wie ein Wirbelwind in mein Leben eindringst, nur um dann ebenso schnell wieder zu verschwinden und mich in einem Aufruhr der Gefühle zurückzulassen. Wir haben beide unsere Wahl getroffen, Jason.«

»Verdammt, du hast mir gefehlt!«

Sie schloss die Augen. Als sie sie wieder öffnete, waren sie trocken. »Ich musste aufhören, dich zu vermissen. Bitte lass mich in Frieden, Jason. Wenn ich glauben könnte, dass wir Freunde werden ...«

»Das waren wir doch immer.«

»Immer ist schon vorüber.« Trotzdem streckte sie beide Hände aus und ergriff seine. »Ach, Jason, du warst mein bester Freund, aber ich kann mich nicht darüber freuen, dass du wieder da bist, weil ich schreckliche Angst vor dir habe.«

»Leonie.« Er schloss die Finger um ihre Hand. »Wir brauchen Zeit. Vor allem aber müssen wir miteinander reden.«

Sie schaute ihn unverwandt an. »Du weißt, wo du mich findest, Jason. Das hast du immer schon gewusst.«

»Ich bringe dich nach Hause.«

»Nein.« Sie war jetzt ein wenig ruhiger und lächelte ihn an. »Heute nicht.«

Von seinem Fenster aus überblickte Jason die ganze Hauptstraße. Wenn er wollte, konnte er zuschauen, wie die Kunden in Porterfields Kaufhaus strömten und einige Müßiggänger sich auf dem Marktplatz zu einem gemütlichen Schwatz trafen. Doch immer wieder wurde seine Aufmerksamkeit von dem weißen Haus am Ende der Straße angezogen.

Er war schon zeitig aufgestanden und hatte auch am Fenster gestanden, als Leonie mit Clara aus dem Haus trat. Die Zeit für den Schulgang war da. Er hatte gesehen, wie Leonie in die Hocke ging, um den Kragen am Mantel ihrer Tochter glatt zu zupfen. Und er hatte beobachtet, wie sie lange dastand und dem Mädchen nachschaute. Mit äußerster Willenskraft hatte er versucht, sie dazu zu bringen, sich zu ihm umzudrehen. Doch sie war ohne einen Blick in seine Richtung in ihrem Laden verschwunden.

Inzwischen waren Stunden vergangen, und er stand immer noch am Fenster. Nach der Anzahl der Leute zu schließen, die das »Puppenhaus« betraten, lief Leonies Geschäft gut. Sie war beschäftigt, während er seine Reiseschreibmaschine noch nicht einmal ausgepackt hatte.

Er hatte vorgehabt, für eine Weile an seinem Roman zu arbeiten. Ein Roman, den er nur für sich selbst schreiben wollte. Auch das war ein Versprechen, das wegen seiner Arbeitsüberlastung noch nicht eingelöst war. Er hatte erwartet, dass er hier in seiner verschlafenen Heimatstadt – fernab von dem hektischen Leben als Auslandskorrespondent – Muße dazu finden würde. Das Wiedersehen mit Leonie und die Erkenntnis, dass er sie noch ebenso sehr liebte wie mit zwanzig, hatten jedoch jeden Gedanken an das Buch weit in den Hintergrund gedrängt.

Jason wandte sich vom Fenster ab und ging zum Tisch. Alles, was er brauchte, war da. Seine Notizen füllten zahllose Umschläge, er müsste sich nur hinsetzen und anfangen. Dass er genügend Selbstdisziplin besaß, um notfalls die ganze Nacht durchzuarbeiten, hatte er in der Vergangenheit schon des Öfteren bewiesen. Doch in seinem Leben gab es mehr als ein Buch, das angefangen und noch nicht beendet war. Erst jetzt war ihm das so richtig klar geworden.

Bis er sich rasiert und angezogen hatte, war es schon früh am Nachmittag. Zuerst erwog er, über die Straße in Mindys Café zu gehen und festzustellen, ob sie immer noch so köstliche Kartoffelsuppe machte, aber ihm war nicht nach unverfänglichem Geplauder zumute. In voller Absicht wandte er sich nach rechts, weg von Leonies Haus. Er würde sich nicht dadurch zum Narren machen, dass er ihr nachlief.

Unterwegs begegnete er mehreren Leuten, die er kannte. Man begrüßte ihn mit Schulterklopfen, Händeschütteln und unverhohlener Neugier. Er schlenderte am Fluss entlang und kehrte dann zur Hauptstraße zurück, um sich die Auslagen in den Schaufenstern anzusehen.

In einem Laden entdeckte er Weihnachtssterne. Er ging hinein und kaufte den schönsten, den er finden konnte. Die Verkäuferin war mit ihm in der Schule gewesen, und es dauerte fast zehn Minuten, bis er wieder draußen war. Auf Fragen war er gefasst gewesen, aber er hatte nicht damit gerechnet, dass er zum Stadtgespräch werden könnte. Ein belustigtes Lächeln spielte um seine Lippen, als er weiterging. Vor dem Haus der Witwe Marchant angekommen, machte er sich gar nicht erst die Mühe, an der Vordertür anzuklopfen, sondern ging aus alter Gewohnheit gleich zum Hintereingang.

Als die alte Dame öffnete und versuchte, durch die üppigen roten Blumen sein Gesicht zu erkennen, grinste er wie ein Schuljunge.

»Das wurde aber auch Zeit«, begrüßte sie ihn. »Komm rein und wisch dir die Füße gut ab.«

»Jawohl, Ma'am.« Gehorsam säuberte Jason seine Stiefel, ehe er die Pflanze auf den Küchentisch stellte.

Die Witwe Marchant war höchstens einen Meter fünfzig groß. Ihr Rücken war vom Alter gebeugt, und unzählige Runzeln zogen sich durch ihr Gesicht. Die große Schürze, die sie umgebunden hatte, war mit Mehl bestäubt.

Jason konnte riechen, dass das erste Blech Plätzchen bereits im Ofen war. Aus dem Nebenraum drang klassische Musik.

Die alte Dame deutete auf die Blumen. »Du hattest immer schon eine Schwäche für großartige Gesten.« Während sie ihn einer eingehenden Musterung unterzog, nahm er automatisch die Schultern zurück. »Wie ich sehe, hast du ein paar Pfunde zugelegt, aber ein bisschen mehr Fleisch auf den Rippen könntest du trotzdem noch vertragen. Nun komm schon, gib mir einen Kuss.«

Er beugte sich hinunter, um ihre Wange mit den Lippen zu berühren, doch dann schloss er sie kurz entschlossen in die Arme. Sie fühlte sich schmal und zerbrechlich an, und sie roch noch immer nach Seife, Puder und Zucker.

»Sie scheinen nicht überrascht, mich zu sehen«, stellte er fest.

»Ich hörte, dass du da bist«, erwiderte sie. Sie hatte sich abgewandt, damit er nicht sehen konnte, dass ihr die Augen feucht geworden waren. »Um genau zu sein, wusste ich es schon, ehe die Tinte auf deinem Anmeldeformular im Gasthaus trocken war. Nimm dir einen Stuhl und zieh den Mantel aus. Ich muss die Plätzchen aus dem Rohr nehmen.«

Er blieb still sitzen und genoss das Gefühl, sich zu Hause zu fühlen.

Hierher hatte er als Kind kommen können in der Gewissheit, dass Mrs. Marchant ihn niemals fortschicken würde. Während er interessiert zusah, schmolz sie Blockschokolade in einem alten Emailtopf.

»Wie lange bleibst du denn?«

»Ich weiß noch nicht. In zwei Wochen muss ich in Hongkong sein.«

»Hongkong.« Die alte Dame presste die Lippen zusammen. »Du hast also alle deine Traumziele angelaufen, Jason. Waren sie so aufregend, wie du gehofft hast?«

»Einige ja.« Genüsslich streckte er die Beine aus. Er hatte ganz vergessen, wie schön es war, sich völlig zu entspannen. »Andere nicht.«

»Und jetzt bist du nach Hause gekommen.« Sie stellte das Blech auf den Tisch. »Warum?«

Bei jedem anderen wäre er der Frage ausgewichen. Manchmal belog er sogar sich selbst.

Mrs. Marchant jedoch würde nicht ruhen, bis sie die Wahrheit erfuhr. »Leonie.«

»Es war immer schon Leonie.« Er war ein unglücklicher Junge gewesen, und nun war er ein unglücklicher Mann. »Du weißt sicher, dass sie Tom geheiratet hat.«

Vor Mrs. Marchant brauchte Jason seine Bitterkeit nicht zu verstecken. »Ein halbes Jahr nachdem ich fortgegangen bin, habe ich angerufen. Ich hatte eine Stelle bei ›Today's News‹ in Chicago bekommen. Es war nichts Großartiges, aber zumindest ein Anfang. Leonies Mutter nahm das Telefon ab. Sie teilte mir sehr freundlich mit, dass Leonie verheiratet war und ein Baby erwartete. Ich legte den Hörer auf und betrank mich, so gut es ging. Am nächsten Morgen fuhr ich nach Chicago.« Er nahm sich einen Keks und zuckte mit den Schultern. »Das Leben geht weiter.«

»Das stimmt, ob es uns nun mitzieht oder uns einfach überrollt. Und jetzt hast du erfahren, dass sie inzwischen wieder geschieden ist.«

»Wir hatten uns gegenseitig etwas versprochen. Und sie hat einen anderen geheiratet.«

Sie gab ein abfälliges Geräusch von sich. »Dem Aussehen nach bist du ein Mann, kein sturer Junge mehr. Leonie Kirkpatrick ...«

»Leonie Monroe«, stellte er richtig.

»Wie du meinst.«

Mrs. Marchant goss Kakao in große Henkeltassen und setzte sich ihm dann gegenüber. »Leonie ist eine starke, mutige Frau, deren Schönheit nicht nur äußerlich ist. Sie zieht ihr kleines Mädchen allein auf und macht es sehr gut. Außerdem hat sie ein Geschäft aufgebaut und verdient Geld damit. Allein. Und ich weiß, wie schwer es sein kann, wenn man allein ist.«

»Wenn sie gewartet hätte ...«

»Das hat sie nun einmal nicht.«

»Und warum hat sie sich dann eigentlich wieder von Tom scheiden lassen?«

Die alte Frau lehnte sich zurück. »Er hat sie verlassen, als Clara ein halbes Jahr alt war.«

Er fasste seine Tasse fester. »Was soll das heißen – er hat sie verlassen?«

»Das solltest du doch wissen. Du hast es ja genauso gemacht. Er hat seine Sachen gepackt und ist gegangen. Ihr blieben das Haus – und die Rechnungen. Tom räumte das Bankkonto ab und zog an die Westküste.«

»Aber er hat eine Tochter.«

»Die hat er seitdem nicht mehr gesehen. Leonie hat es trotzdem geschafft. Schließlich war sie für das Kind verantwortlich. Sie hat einen Kredit aufgenommen und den Laden eröffnet. Wir sind stolz auf sie.«

Er starrte aus dem Fenster auf einen kahlen Baum. »Zuerst bin ich gegangen, und sie hat Tom geheiratet. Dann hat Tom sie sitzen lassen. Es scheint, dass Leonie das Talent hat, sich die falschen Männer auszusuchen.«

»Glaubst du das?«

Er hatte vergessen, wie bissig Mrs. Marchant sein konnte, und unterdrückte ein Lächeln. »Clara sieht aus wie Leonie.«

»Hm. Sie hat viel von ihrer Mutter.« Sie rührte selbstvergessen in ihrer Tasse. »Aber ich entdecke auch Züge ihres Vaters an ihr. Dein Kakao wird kalt, Jason.«

Er trank einen Schluck. Der Geschmack löste eine Flut von Erinnerungen an früher aus.

»Ich hatte nicht geglaubt, dass ich mich hier so schnell wieder zu Hause fühlen würde.«

»Warst du schon bei eurem früheren Haus?«

»Nein.«

»Nette Leute wohnen jetzt dort. Sie haben hinten eine Veranda angebaut.«

»Mich verbindet nichts mit dem Haus.« Er nahm ihre Hand. »Nur bei Ihnen habe ich mich immer geborgen gefühlt. Sie sind die einzige Mutter, die ich je gekannt habe.«

»Dein Vater war ein sehr strenger und harter Mann. Vielleicht ist er aber auch nur dazu geworden, weil deine Mutter so jung gestorben ist.«

»Ich verspürte nur Erleichterung, als er starb. Vielleicht ist das der Grund, warum ich unmittelbar danach fortgegangen bin. Die Zeit schien dafür reif zu sein.«

»Vielleicht war sie das wirklich, zumindest für dich. Und möglicherweise ist jetzt der richtige Zeitpunkt, um wieder nach Hause zu kommen. Du warst wirklich kein braver Junge, Jason, aber schlecht warst du auch nicht. Gönn dir doch eine Pause zum Nachdenken.«

»Und Leonie?«

»Wenn ich mich recht erinnere, hast du ihr nie richtig den Hof gemacht. Das Mädchen ist dir ja damals regelrecht nachgelaufen. Und als weit gereister Mann solltest du doch wissen, wie man um eine Frau wirbt. Hast du dir denn keinen der vielen kleinen Tricks angeeignet, zu denen man üblicherweise greift?«

Jason nahm sich noch einen Keks und biss hinein. »Na ja, vielleicht den einen oder auch zwei.«

»Ich glaube kaum, dass eine Frau dir lange widerstehen kann, wenn du es richtig anfängst.«

Er beugte sich vor und küsste ihre Hände. »Ich habe Sie wirklich schrecklich vermisst.«

»Ich wusste, dass du eines Tages zurückkommen würdest. In meinem Alter hat man gelernt zu warten. Und jetzt geh zu deinem Mädchen.«

»Das werde ich tun.« Er stand auf und zog seinen Mantel über. »Darf ich wiederkommen?«

»Ich wäre dir sehr böse, wenn du es nicht tätest.« Sie wartete, bis er die Tür geöffnet hatte. »Jason, knöpf dir den Mantel zu.« Ihr Taschentuch zog sie erst heraus, als sie seine Schritte auf dem Plattenweg im Vorgarten hörte.

4. Kapitel

Draußen schien die Sonne, und der Schneemann auf der anderen Straßenseite hatte zu tun, standhaft zu bleiben. Wie gestern bei Jasons Ankunft in der Stadt waren auch jetzt wieder viele Kinder auf der Straße. Plötzlich löste sich eines aus der Gruppe und kam auf ihn zu. Trotz der warmen Verpackung erkannte er Clara sofort.

»Entschuldigung. Haben Sie wirklich mal hier gewohnt?«

»Ja.« Am liebsten hätte er ihr das Haar wieder unter die Mütze geschoben, aber er hielt sich noch rechtzeitig zurück.

»Meine Mutter hat es mir erzählt. Und heute in der Schule hat der Lehrer gesagt, dass Sie weggegangen und berühmt geworden sind.«

Seine Mundwinkel zuckten. »Na ja, sagen wir einfach, ich bin fortgezogen.«

»Und Sie haben einen Preis gewonnen. Das hat Marcies Bruder auch. Beim Kegeln.«

Er dachte an seine Pulitzer-Auszeichnung und hielt mühsam das Lachen zurück. »Ja, so etwas Ähnliches.«

Clara kam er eigentlich wie ein ganz normaler Mensch vor und nicht wie jemand, der auf der Suche nach Abenteuern um die ganze Welt reist. Sie musterte ihn skeptisch. »Waren Sie wirklich schon in all den Ländern, von denen die Leute reden?«

»Das hängt davon ab, was sie gesagt haben.« In schweigendem Einvernehmen gingen sie nebeneinander her. »Ich bin schon ziemlich weit herumgekommen.«

»Auch nach Tokio? Tokio ist die Hauptstadt von Japan. Das haben wir in der Schule gelernt.«

»Ja, dorthin auch.«

»Haben Sie rohen Fisch gegessen?«

»Hin und wieder.«

»Wie ekelhaft!« Trotzdem schien sie fasziniert zu sein. Ohne stehen zu bleiben, bückte sie sich und machte einen Schneeball. »Zermatschen sie in Frankreich die Weintrauben wirklich mit den Füßen?«

»Ich habe es zwar nicht mit eigenen Augen gesehen, aber man erzählt so etwas.«

»Dann kann man den Saft doch nicht mehr trinken! Sind Sie schon einmal auf einem Kamel geritten?«

»Ziemlich unbequem.«

Diese Aussage akzeptierte sie sofort, weil sie sich schon so etwas gedacht hatte. »Der Lehrer hat uns heute eine von Ihren Geschichten vorgelesen. Die eine über das Grab, das man in China gefunden hat. Haben Sie die Statuen wirklich gesehen?«

»Ja.«

»War das wie bei den Jägern des verlorenen Schatzes?«

»Was?«

»Na, Sie wissen schon. Indiana Jones.«

Jason brauchte eine Minute, bis er begriffen hatte, dass sie von einem Film sprach. Dann lachte er und schob Clara die Mütze ins Gesicht. »Ja, so ähnlich.«

»Sie schreiben gut.«

»Vielen Dank.«

Sie standen vor ihrem Haus. Überrascht schaute Jason auf. Er hatte gar nicht gemerkt, dass sie schon da waren.

Jetzt tat es ihm leid, dass er nicht ein wenig langsamer gegangen war.

»Wir müssen einen Bericht über Afrika schreiben.« Clara

zog die Nase kraus. »Fünf ganze Seiten lang. Miss Jenkins hat gesagt, dass wir ihn gleich nach den Weihnachtsferien abgeben müssen.«

»Und wie lange ist es schon her, dass sie euch die Aufgabe gestellt hat?«, fragte er misstrauisch, Böses ahnend. Denn so weit lag es auch noch nicht zurück, dass er selbst in die Schule gegangen war.

Clara zeichnete mit ihrem Absatz einen Kreis in den Schnee. »Ein paar Wochen.«

Seine Mundwinkel zuckten. Seine Vermutung hatte ihn also nicht getrogen. »Und? Hast du schon angefangen?«

»Na ja, ein bisschen.« Sie schaute zu ihm auf und lächelte ihn strahlend an. »Sie waren doch schon mal in Afrika, oder nicht?«

»Ja.«

»Dann wissen Sie bestimmt gut über Klima, Kultur und solche Sachen Bescheid.«

Er schmunzelte. »Einigermaßen.«

»Haben Sie nicht Lust, heute Abend bei uns zu essen?« Ohne ihm Gelegenheit zu geben, etwas darauf zu erwidern, hatte sie ihn bei der Hand genommen und führte ihn in den Laden.

Leonie war gerade dabei, eine Puppe in eine Schachtel zu packen, als sie hereinkamen. Sie hatte das Haar im Nacken zusammengebunden und trug Jeans und ein weites Sweatshirt. Irgendeine Bemerkung ihrer Kundin hatte sie zum Lachen gebracht. »Lorna, Sie wissen doch so gut wie ich, dass Sie es beim nächsten Mal wieder ganz genauso machen würden.«

Die Frau seufzte und legte die Hand auf ihren riesigen Bauch. »Trotzdem hatte ich mir gewünscht, dass das Baby noch vor Weihnachten kommen würde.«

»Tag, Mom.«

Leonie drehte sich lächelnd zu ihrer Tochter um. Als sie jedoch Jason bemerkte, fiel ihr die Rolle mit dem roten Geschenkband aus der Hand. »Clara, du hast dir die Schuhe nicht abgewischt«, brachte sie heraus.

»Jason! Jason Langley.« Leonies Kundin lief auf ihn zu und fasste ihn am Arm. »Ich bin Lorna – Lorna McBee.«

Er schaute in das Gesicht der jungen Frau, die früher mit ihren Eltern im Nachbarhaus gewohnt hatte. »Hallo, Lorna.« Mit einem Blick auf ihren Bauch fügte er hinzu. »Herzlichen Glückwunsch.«

Sie lachte. »Vielen Dank, es ist schon das dritte.«

»Drei? Alle Achtung, dann wart ihr ja schnell.«

»Das findet Bill auch. Du erinnerst dich doch an Bill Easterday?«

»Das ist dein Mann?«

Der Junge, der meistens am Marktplatz herumlungerte und nichts als Unfug im Sinn hatte, war ihm noch sehr gut im Gedächtnis. Mehr als ein Mal hatten sie gemeinsam etwas ausgeheckt.

»Ich habe ihn gebessert. Er leitet jetzt die Bank.« Als sie Jasons ungläubigen Gesichtsausdruck sah, kicherte sie. »Komm doch mal bei uns vorbei. Jetzt muss ich mich nämlich beeilen und diese Schachtel verstecken, ehe meine älteste Tochter nach Hause kommt. Vielen Dank, Leonie. Die Puppe ist wirklich wieder wie neu.«

»Hoffentlich gefällt sie Mary.«

Lorna ging, und um sich zu beschäftigen, begann Leonie, das Band wieder aufzurollen.

»War das die Puppe im Brautkleid?«, wollte Clara wissen.

»Ja.«

»Zu aufgedonnert für meinen Geschmack. Kann ich rüber zu Marcie?«

»Und deine Hausaufgaben?«

»Außer diesem blöden Aufsatz über Afrika habe ich keine. Er wird mir dabei helfen.« Sie schenkte Jason ein Lächeln, das einen Stein zum Erweichen gebracht hätte. »Nicht wahr?«

»Ja.«

»Clara«, begann Leonie, »du kannst doch nicht ...«

»Keine Angst, ich habe ihn dafür zum Essen eingeladen.« Sie war sehr mit sich zufrieden. Schließlich predigte ihr ihre Mutter unentwegt, wie wichtig gute Manieren waren. Eine einmal ausgesprochene Einladung rückgängig zu machen wäre undenkbar. »Da die Schule erst in zehn Tagen wieder anfängt, kann ich den Aufsatz doch nach dem Abendessen machen, oder?«

Jason hielt es für angebracht, auch seinerseits ein wenig Druck anzuwenden. »Ich bin mehrmals in Afrika gewesen. Vielleicht bekommt Clara eine Eins.«

»Schaden würde es ihr nicht«, gab Leonie zu. Sie betrachtete zärtlich die beiden Menschen, die ihr mehr bedeuteten als alles andere auf der Welt. »Dann fange ich am besten an zu kochen.«

Clara rannte bereits zum Tor hinaus, als Leonie die Tür zum »Puppenhaus« zusperrte.

»Ich hoffe, Clara ist dir nicht auf die Nerven gegangen«, sagte sie mit abgewandtem Gesicht. »Sie hat die Angewohnheit, den Leuten Löcher in den Bauch zu fragen.«

»Ich mag sie«, erwiderte er einfach.

»Nett, dass du das sagst, aber du brauchst dich wirklich nicht verpflichtet zu fühlen.«

»Ich habe versprochen, ihr bei dem Aufsatz zu helfen, und

ich halte mein Wort.« Er berührte die Schleife, die ihr Haar zusammenhielt. »Früher oder später.«

Es half alles nichts, sie musste seinen Blick erwidern. »Du kannst natürlich gern zum Essen bleiben.« Um das Zittern ihrer Finger zu verbergen, spielte sie mit ihren Mantelknöpfen. »Ich wollte Brathühnchen machen.«

»Ich helfe dir.«

»Nein, das ist nicht …«

Er hielt sie an der Hand fest. »Früher habe ich dich nicht so nervös gemacht.«

Nimm dich zusammen, befahl sie sich. In einigen Tagen würde er wieder fort sein, fort aus ihrem Leben. Warum sollte sie die Gelegenheit, mit ihm zusammen zu sein, nicht wahrnehmen? »Na gut«, gab sie nach. »Du kannst den Salat machen.«

Als sie durch den Vorgarten gingen, nahm Jason ihren Arm. Er spürte, wie Leonie sich unwillkürlich versteifte, doch er ließ sie nicht los. »Vorhin war ich bei der Witwe Marchant und habe ofenfrische Plätzchen und eine Tasse Kakao bekommen.«

Jetzt hatte sie die Küche erreicht, und Leonies Herzklopfen ließ etwas nach. »Sie hat jeden Bericht aufgehoben, der jemals von dir gedruckt worden ist.«

Jason wartete, bis sie ihren Mantel an den Haken hinter der Tür gehängt und den Wasserkessel aufgesetzt hatte. »Du hast mir nicht gesagt, dass Tom dich verlassen hat.«

Sie hatte gewusst, dass er es über kurz oder lang erfahren würde. »Ich denke nicht mehr daran. Kaffee?«

So leicht ließ er sich aber nicht abspeisen. »Was ist geschehen, Leonie?«

»Wir hatten einen Fehler gemacht.« Sie sprach ruhig, beinahe kühl. In einem solchen Ton hatte Jason sie noch nie reden hören.

»Aber Clara …«

»Nicht!« Zorn blitzte aus ihren Augen. »Lass das Thema ruhen, Jason. Ich meine es ernst. Clara ist meine Angelegenheit. Meine Ehe und meine Scheidung gehen ebenfalls ausschließlich mich etwas an. Du kannst nicht einfach nach zehn Jahren zurückkommen und Fragen stellen.«

Einen Augenblick lang standen sie sich schweigend gegenüber. Dann begann der Kessel zu pfeifen, und Leonies Erstarrung löste sich. »Wenn du willst, kannst du schon einmal Kartoffeln schälen. Sie sind in der Speisekammer da drüben.«

Dass sie ein hitziges Temperament hatte, war Jason nicht neu. Doch er wusste auch, wie er sie wieder beruhigen konnte. Er begann zu reden, anfangs wie zu sich selbst, und von einigen Orten zu erzählen, die er besucht hatte. Als er berichtete, wie er auf einer Campingreise in Südamerika eines Morgens mit einer Schlange neben sich auf dem Kopfkissen aufgewacht war, lachte sie.

»Damals fand ich das gar nicht so komisch. Innerhalb von zwei Sekunden hatte ich das Zelt fluchtartig verlassen – und zwar splitternackt. Mein Fotograf hat sich ausgeschüttet vor Lachen und prompt zur Kamera gegriffen. Ich musste ihm fünfzig Dollar für die Negative bezahlen.«

»Bestimmt waren sie mehr wert. Von der Schlange hast du in deiner Serie über San Salvador aber nichts erwähnt.«

»Nein.« Er ließ das Schälmesser sinken. »Du hast sie gelesen?«

Leonie legte die panierten Hühnerteile in die Pfanne. »Natürlich. Ich kenne alle deine Reportagen.«

Jason ging mit den geschälten Kartoffeln zum Spülbecken, um sie zu waschen. »Wirklich alle?«

Sie lächelte, doch sie wandte ihm den Rücken zu. »Nun bilde dir nur nichts ein, Jason. Das war schon immer dein Problem. Ich schätze, dass neunzig Prozent der Einwohner von Quiet Valley zu deinen Lesern zählen. Man könnte sagen, dass wir alle einen gewissen Anspruch auf dich erheben.« Sie stellte die Flamme kleiner. »Schließlich bist du der Einzige aus dem Ort, der bereits im Weißen Haus zum Abendessen war.«

»Die Suppe war fad.«

Leonie lachte und setzte die Kartoffeln auf. »Man kann sich eben nicht nur die Rosinen aus dem Kuchen picken. Vor einigen Jahren habe ich ein Bild von dir gesehen.« Ihr Ton war freundlich. »Ich glaube, es war bei irgendeiner Wohltätigkeitsgala aufgenommen worden. Du hattest eine halb nackte Frau am Arm.«

Er machte ein interessiertes Gesicht. »Tatsächlich?«

»Na ja, halb nackt ist vielleicht übertrieben. Mir kam es wahrscheinlich so vor, weil man vor lauter Haaren ihr Kleid kaum sehen konnte. Wenn ich mich recht erinnere, war sie blond – ausnehmend blond. Mit beachtlicher Oberweite.«

Jason fuhr sich mit der Zunge über die Lippen. »Ja, in meinem Beruf lernt man viele interessante Leute kennen.«

»Das kann ich mir denken.« Geschickt wendete sie das Fleisch in der Pfanne. »Das muss sehr anregend für dich sein.«

»Nicht halb so anregend wie diese Unterhaltung. Übrigens, es wird schon dunkel. Sollte Clara nicht längst zu Hause sein?«

»Sie ist nur nebenan. Außerdem weiß sie, dass sie um Punkt halb sechs da sein muss.«

Jason ging trotzdem zum Fenster und schaute zum Nachbarhaus. Leonie betrachtete sein Profil. Es war ausgeprägter, härter als früher. Das war er wahrscheinlich zwangsläufig auch. Wie viel war noch von dem Jungen geblieben, den sie so verzweifelt geliebt hatte? Vielleicht war das etwas, dessen sich keiner von ihnen sicher sein konnte.

»Ich habe viel an dich gedacht, Leonie.« Obwohl er ihr den Rücken kehrte, hatte sie das Gefühl, als stünde er neben ihr und streichelte zart über ihre Haut. »Besonders um diese Zeit. Während des Jahres, wenn ich viel Arbeit hatte und mich an Abgabetermine halten musste, gelang es mir meistens, die Gedanken an dich zu verdrängen, aber wenn Weihnachten nahte, warst du allgegenwärtig. Ich erinnere mich noch genau an alles. Weißt du noch, wie du mich durch die Geschäfte geschleift hast? Die Feste mit dir haben mich für all die Jahre entschädigt, als ich mit der Gewissheit am Weihnachtsmorgen aufwachte, dass es weder einen Baum noch Geschenke geben würde.«

»Dein Vater konnte ein Weihnachtsfest ohne deine Mutter nicht ertragen, Jason«, sagte sie mitfühlend. »Also hat er den Gedanken daran einfach zur Seite geschoben.«

»Jetzt verstehe ich das besser. Nachdem ich dich verloren habe.« Er drehte sich um. Leonie war über den Herd gebeugt. »Du bist Weihnachten auch allein gewesen.«

»Nein. Ich habe Clara.«

Ihr Körper spannte sich an, als er auf sie zukam.

»Niemand, der die Päckchen mit dir füllt oder dem du verraten kannst, was du unter den Baum gelegt hast.«

»Ich komme schon zurecht. Man muss sich sein Leben eben so einrichten, wie es die Umstände erfordern.«

»Ja.« Er legte ihr die Hand unters Kinn. »Allmählich glaube ich das auch.«

Die Tür flog auf, und Clara stürmte herein. Von ihrem Anorak tropfte Wasser auf den Boden. »Wir haben Engel in den Schnee gemacht.«

Leonie hob die Augenbrauen. »Das sehe ich. Du hast eine Viertelstunde Zeit, dir etwas Trockenes anzuziehen und den Tisch zu decken.«

»Darf ich vorher den Weihnachtsbaum im Garten anschalten?«

»Wenn du möchtest.«

»Kommen Sie mit?« Clara streckte die Hand nach Jason aus. »Unserer ist der schönste in der ganzen Straße.«

Von widersprüchlichen Gefühlen erfüllt, schaute Leonie den beiden nach.

5. Kapitel

Auch während des Essens war Leonie in ihre Gedanken vertieft. Sie kannte ihre Tochter als zutrauliches, oftmals überschwängliches Kind, aber so wie sie auf Jason reagierte, das war ihr mit keinem anderen Menschen passiert. Sie schwatzte mit ihm, als würde sie ihn schon seit Jahren kennen.

Es ist so offenkundig, dachte Leonie, als sie beim Geschirrspülen Clara beobachtete. Von den beiden anderen hatte keiner bislang etwas bemerkt. Sie atmete erleichtert auf. Was würde sie tun, wenn ihnen die Ähnlichkeit doch auffiel? Sie hielt nichts von Unwahrheiten und lebte doch seit zehn Jahren mit einer Lüge.

Jason und Clara, die in Landkarten und Geografiebücher vertieft waren, beachteten sie kaum. In dem flüssigen, anschaulichen Stil, der ihm angeboren war, erzählte Jason von Afrika – der Wüste, den Bergen und dem dichten Dschungel mit seinen Gefahren.

Als die beiden die Köpfe über einem Bild in Claras Buch zusammensteckten, verspürte Leonie plötzlich einen Anflug von Panik. »Ich gehe noch einmal in die Werkstatt. Zu den Feiertagen muss ich noch eine Menge Aufträge erledigen.«

»Hm.« Jason schaute überhaupt nicht auf, und Leonie musste gegen einen plötzlichen Lachreiz ankämpfen. Rasch zog sie sich eine warme Jacke über und schlüpfte hinaus.

Die Puppen waren für sie mehr als Spielzeug, und mit Sicherheit mehr als ein Geschäft, mit dem sie ihren Lebensunterhalt verdiente. Für Leonie stellten sie Symbole von Jugend, Unschuld und dem Glauben an Wunder dar. Schon kurz nach Claras Geburt hatte sie den Laden eröffnen wollen, aber Tom war strikt dagegen gewesen. Weil sie sich in seiner Schuld fühlte, hatte sie nicht darauf bestanden. So erging es ihr auch mit vielen anderen Dingen. Dann, als sie plötzlich wieder allein war und für sich und ihr Kind sorgen musste, hatte sie den Gedanken wieder aufgegriffen.

Sie verbrachte viel Zeit in der Werkstatt, um die Leere zu bekämpfen, die selbst die Liebe ihrer Tochter nicht ganz ausfüllen konnte.

In dem kleinen Raum hinter dem Laden waren ganze Regale mit Puppen oder Teilen davon angefüllt. Es gab Porzellanköpfe, Plastikbeine und Perücken. In einer anderen Abteilung lagen die Kranken oder Verletzten, wie Leonie sie bezeichnete. Vor allem um diese Jahreszeit wurden Puppen mit gebrochenen Armen oder beschädigten Körpern zum Reparieren gebracht. Obwohl sie gern verkaufte und große Freude dabei empfand, ihre eigenen Schöpfungen herzustellen, befriedigte es sie am meisten, ein geliebtes Spielzeug wieder ganz zu machen. Sie schaltete das Licht ein, suchte einen Sender mit sanfter Musik im Radio und machte sich ans Werk.

Wie immer fand sie Entspannung bei ihrer Arbeit. Mit einer Häkelnadel und Gummifäden befestigte sie lose Arme und Beine. Ein wenig Farbe und viel Geduld zauberten ein Lächeln in abgeschabte Gesichter. Einige Puppen erhielten neue Kleider oder eine andere Frisur, und manche mussten sorgfältig ausgestopft und wieder zusammengenäht werden.

Sie merkte nicht, dass sie vor sich hin summte, als sie nach einer ramponierten Stoffpuppe griff.

»Kannst du die reparieren?«

Vor Schreck ließ sie die Nadel fallen. Jason stand in der Tür, die Hände in den Hosentaschen, und beobachtete sie.

»Ich hoffe es. Wo ist denn Clara?«

»Nachdem sie über ihren Büchern fast eingeschlafen ist, habe ich sie ins Bett gebracht.«

Leonie wollte aufstehen. »Dann werde ich …«

»Sie schläft schon, Leonie. Mit einem haarigen grünen Monster im Arm, das sie Bernardo nennt.«

»Ja, das ist ihr Kuscheltier. Mit normalen Puppen kann sie nichts anfangen.«

»Im Gegensatz zu ihrer Mutter.« Neugierig ging Jason durch die Werkstatt. »Ich glaubte immer, altes oder zerbrochenes Spielzeug würde man wegwerfen.«

»Leider ist das auch oft der Fall. Ich bin dagegen der Meinung, dass man etwas, das einem viel Freude gemacht hat, mit mehr Respekt behandeln sollte.«

Er nahm einen kahlen Plastikkopf in die Hand. »Vielleicht hast du recht, aber es ist mir ein Rätsel, was man an diesem Bündel Lumpen vor dir auf dem Tisch noch retten kann.«

»Eine ganze Menge.«

»Du glaubst also immer noch an Zauberei, Leonie?«

Sie schaute auf, und zum ersten Mal war ihr Lächeln warm und ungezwungen. »Ja, natürlich. Besonders um die Weihnachtszeit.«

Obwohl er wusste, dass es unklug war, beugte er sich vor und berührte ihre Wange. Er konnte einfach nicht anders. »Dass ich dich vermisst habe, habe ich dir ja schon gesagt. Wie sehr in Wirklichkeit, das war mir bis heute nicht bewusst.«

Sie spürte, wie die Sehnsucht in ihr aufstieg, doch sie war entschlossen, ihr nicht nachzugeben. Stattdessen konzentrierte sie sich auf die Puppe. »Es ist sehr nett von dir, dass du Clara geholfen hast, Jason. Ich möchte dich nicht länger aufhalten.«

»Stört es dich, Leonie, wenn man dir bei der Arbeit zusieht?«

»Absolut nicht, Jason.« Sie stopfte den Körper sorgfältig aus. »Manchmal weichen besorgte Puppenmütter so lange nicht von meiner Seite, bis ich die Patientin wieder heil gemacht habe.«

Er lehnte sich gegen ein Regal. »Ich habe meine Rückkehr nach Quiet Valley oft in Gedanken vollzogen. So etwas habe ich mir allerdings nicht vorgestellt.«

»Was?«

»Dass ich dabeistehen und zusehen würde, wie du versuchst, Stofffetzen Leben einzuhauchen. Dieses Ding hat doch gar kein Gesicht.«

»Wart's nur ab. Wie seid ihr mit dem Aufsatz vorangekommen?«

»Sie muss nur noch den letzten Entwurf schreiben.«

Leonie hob den Kopf und schaute ihn lachend an. »Clara?«

»Sie hat genauso reagiert.« Er lächelte versonnen. Ob Leonie wohl wusste, dass der Raum nach ihr roch? »Sie ist ein schlaues Kind.«

»Manchmal zu schlau.«

»Du kannst dich glücklich schätzen.«

»Ich weiß.« Geschickt verteilte sie die Füllung so, dass man Gliedmaßen erkennen konnte.

»Kinder lieben einen bedingungslos, nicht wahr?«

»Nein, das stimmt nicht.« Sie sah zu ihm auf. »Man muss sich ihre Liebe verdienen.«

Mit Nadel und Faden machte sie sich daran, die Nähte zu schließen.

»Weißt du, obwohl sie sich vor Müdigkeit kaum auf den Beinen halten konnte, bestand sie darauf, die Geschenke unter dem Weihnachtsbaum noch einmal zu zählen. Wie sie sagt, hat sie das Gefühl, dass noch eins dazukommt.«

»Ich fürchte, da steht ihr eine Enttäuschung bevor. Ihr Wunschzettel sah aus wie eine Armeebestellliste. Schließlich musste ich eine Grenze ziehen. Meine Eltern verwöhnen sie sowieso schon viel zu sehr.«

»Leben sie noch hier?«

»Hm.« Während sie noch an den Gliedmaßen der Puppe arbeitete, hatte sie sich bereits vorgestellt, wie ihr Gesicht aussehen müsste. Jetzt malte sie es sorgfältig auf. »Hin und wieder reden sie davon, nach Florida zu ziehen, aber ich weiß nicht, ob sie es jemals tun werden. Clara hält sie hier. Sie sind ganz vernarrt in sie. Wenn du Lust hast, schau doch mal bei ihnen vorbei. Du weißt, dass meine Mutter dich immer sehr gern gehabt hat.«

Jason untersuchte ein rotes Kleid, das kaum größer als sein Finger war. »Dein Vater weniger.«

Sie musste lachen. »Das liegt daran, dass er dir nicht getraut hat. Welcher Vater würde das wohl?«

»Sein Verdacht war ja auch gerechtfertigt.« Er ging auf sie zu und sah die Puppe, die sie in der Hand hielt. »Das darf doch nicht wahr sein!« Vorsichtig nahm er sie und hielt sie ans Licht.

Ein unförmiges Stoffbündel hatte sich in ein rundliches verschmitztes Puppenkind verwandelt. Abgerissene Locken waren wieder fest angenäht und fielen über die Stirn. Selbst ein erwachsener Mann konnte sehen, dass ein kleines Mädchen dieses Spielzeug lieb haben würde.

Leonie freute sich über seine Reaktion. »Nun bist du also einverstanden?«

»Mehr als das – ich bin beeindruckt. Wie viel nimmst du für so etwas?«

»Die hier ist nicht zu verkaufen.« Leonie legte sie in eine große Kiste. »Hier in der Stadt gibt es ein gutes Dutzend Kinder, deren Eltern kein Geld für Weihnachtsgeschenke haben. Vor einigen Jahren habe ich mit Jake vom Kaufhaus eine Abmachung getroffen. Ich liefere die Puppen für die Mädchen, und er stiftet Bälle oder Spielzeugautos für die Jungs. Am Heiligabend stellen wir die Geschenke dann bei den Kindern vor die Tür.«

So etwas war typisch für Leonie. »Den Nikolaus gibt es also wirklich.«

Sie lächelte ihn an. »Zumindest hier in Quiet Valley.«

Dieses Lächeln war so warm, so vertraut, dass er unwillkürlich einen Schritt auf sie zuging. »Und was ist mit dir? Bekommst du auch, was du dir zu Weihnachten wünschst?«

»Ich habe alles, was ich brauche.«

»Alles?« Er legte ihr die Hände ums Gesicht. »Bist du es nicht, die immer geträumt und an Wünsche geglaubt hat?«

»Ich bin erwachsen geworden. Jason, du solltest jetzt gehen.«

»Das nehme ich dir nicht ab. Ich glaube nicht, dass du aufgehört hast zu träumen, Leonie. Allein dadurch, dass ich mit dir zusammen bin, fange ich ja selbst wieder damit an.«

»Jason.« Sie stemmte die Hände gegen seine Brust. »Du weißt, dass wir nicht immer haben können, wonach wir uns sehnen. In einigen Tagen wirst du wieder fortgehen. Du wirst Quiet Valley hinter dir lassen und hundert andere Dinge an hundert anderen Orten tun.«

»Was hat das mit der Gegenwart zu tun?« Er zog ihr die Schleife aus dem Haar, und tiefbraune seidige Strähnen fielen über seine Finger. Er hatte es schon immer geliebt, ihr Haar zu berühren und seinen Duft einzuatmen. »Du bist die einzige Frau, die ich je geliebt habe«, flüsterte er.

Sie schloss die Augen, ehe er sie an sich ziehen konnte. »Du wirst abreisen. Ich muss hierbleiben. Schon einmal habe ich dir nachgesehen, wie du fortgefahren bist. Einen solchen Abschied könnte ich nicht noch einmal ertragen. Verstehst du das denn nicht?«

»Ich weiß nicht. Eins allerdings ist mir ganz klar: Ich begehre dich mehr als je zuvor. Und ich bin nicht sicher, dass du mich fernhalten kannst, Leonie.« Trotzdem ließ er sie los. »Zumindest nicht für lange. Du hast vorhin in der Küche gesagt, dass ich kein Recht habe, dir Fragen zu stellen. Vielleicht stimmt das. Eine Antwort jedoch brauche ich unbedingt.«

Wenigstens würde sie dadurch Zeit gewinnen. Zeit zum Nachdenken.

Sie atmete langsam aus und nickte. »Na gut. Aber du versprichst zu gehen, wenn du diese Antwort hast?«

»Ja. Hast du ihn geliebt?«

Leonie konnte nicht lügen. Sie hob stolz den Kopf und sah ihm in die Augen. »Ich habe nie einen anderen als dich geliebt.«

In seinen Augen blitzte Triumph auf – und Zorn. Er wollte sie wieder an sich ziehen, aber sie machte sich los. »Du hast gesagt, dass du gehen würdest, Jason. Ich habe auf dein Versprechen vertraut.«

Der Schmerz schnürte ihm fast die Kehle zu. »Das hättest du vor zehn Jahren schon tun sollen.« Jason machte auf dem Absatz kehrt und verließ die Werkstatt. Als er die Tür öffnete, wehte ein eisiger Luftzug herein.

6. Kapitel

In Quiet Valley war das bevorstehende Fest allgegenwärtig. Auf dem Dach des Kaufhauses war ein Lautsprecher montiert, der die Umwelt mit Weihnachtsliedern berieselte. Ein geschäftstüchtiger junger Mann von einer der umliegenden Farmen erschien mit seinem Zweispänner und kutschierte Passagiere durch das Städtchen und die Hauptstraße hinauf und hinunter. Die Kinder, der Schule entronnen, drückten sich die Nasen an den Auslagen der Geschäfte platt. Der Himmel war stark bewölkt, aber es hatte noch nicht zu schneien angefangen.

Jason saß im Café, eine heiße Tasse Tee vor sich. Hingebungsvoll lauschte er dem Stadtklatsch. Da hatte sich beispielsweise der Älteste der drei Hennesey-Jungs mit Windpocken angesteckt und die Ferien über im Haus bleiben müssen. Carlotta Miller verkaufte die Christbäume zum halben Preis, und im Kaufhaus gab es Fünfgangfahrräder im Sonderangebot.

Vor zehn Jahren hätte Jason über solche Gespräche die Nase gerümpft. Jetzt saß er zufrieden mitten unter den Einheimischen und hörte zu. Vielleicht war es das, was dem Roman, den er schon seit Jahren schreiben wollte, noch fehlte. Er hatte die ganze Welt gesehen, aber alles war immer so schnell gegangen, war so hektisch gewesen. Mehr als ein Mal stand nicht nur eine Reportage, sondern auch sein Leben auf dem Spiel, doch daran dachte man nicht, ehe nicht alles vorbei war. Jetzt aber hatte er Zeit, auf seine Erlebnisse zurückzublicken.

Er hatte fast alle Aufträge angenommen, manches Mal sogar gefährliche, weil ihm im Grunde alles gleichgültig gewesen war. Den Teil seiner selbst, der ihm am liebsten war, hatte er bereits verloren. Es stimmte, dass er im Laufe der Jahre wieder etwas aufgebaut hatte, mühsam und Stück für Stück, aber es war ihm nicht gelungen, das Ganze wiederzufinden. Das hatte er hier zurückgelassen, wo er aufgewachsen war. Nun musste er darüber nachdenken, wie es weitergehen sollte.

»Hier wird wohl jeder bedient.«

Jason schaute auf und grinste fröhlich. »Paul. Paul Tydings.« Seine Hand verschwand fast völlig in der riesigen Pranke des Neuankömmlings.

»Verflixt, Jason, du bist noch genauso schlank und attraktiv wie früher.«

Jason betrachtete seinen ältesten Freund eingehend. Pauls dunkles Haar lockte sich wie früher um seinen mächtigen Kopf, und der Schnurrbart unterstrich die männliche Note. Sein massiver Körperbau hatte ihm im Footballteam den unbestrittenen Platz im Sturm verschafft. Im Laufe der Jahre hatte sich seine Figur allerdings zu etwas verdichtet, das höflich mit der Bezeichnung »gestanden« umschrieben wurde. »Und du«, sagte er schließlich schmunzelnd, »bist noch immer ein toller Bursche.«

Mit dröhnendem Lachen schlug ihm Paul auf die Schulter. »Ich habe nicht damit gerechnet, dich hier zu treffen.«

»Und ich dachte, du wärst in Boston.«

»Da war ich auch. Ich habe Geld verdient und eine Familie gegründet.«

»Du bist verheiratet?«

»Oh ja, und zwar schon seit sieben Jahren. Wir haben fünf Kinder.«

Jason verschluckte sich an seinem Tee. »Fünf?«

»Drei und dann ein Zwillingspärchen. Übrigens, als ich vor sechs Jahren mit meiner Frau zu Besuch hierhergefahren bin, hat sie sich auf den ersten Blick in die Gegend verliebt. Früher haben wir in Manchester ein Schmuckgeschäft gehabt und dann hier eins aufgemacht. Es läuft nicht schlecht. In gewisser Weise habe ich das alles dir zu verdanken.«

»Wieso mir?«

»Du hast mir immer neue Ideen in den Kopf gesetzt. Und dann warst du auf einmal fort. Das hat mich auf den Gedanken gebracht, dass ich mir vielleicht auch ein Stück von der Welt anschauen sollte. Ich reiste ein Jahr herum und fand dann Arbeit bei einem Juwelier in Boston. Wie ich eines Tages im Laden stehe, kommt das hübscheste Mädchen, das ich je gesehen habe, zur Tür herein. Ich war so durcheinander, dass ich ihre Kreditkarte falsch herum in die Maschine gelegt hatte. Am nächsten Morgen kam sie mit der Blanko-Quittung zurück und hat mir die Stelle gerettet. Dann rettete sie mir das Leben und wurde meine Frau. Ohne deine Erzählungen über die weite Welt hätte ich sie nie kennengelernt. Ich nehme an, du hast Leonie schon getroffen?«

»Ja.«

»Mit uns macht sie ein gutes Geschäft, weil drei unserer Kinder Mädchen sind.« Paul tat vier Stücke Zucker in seinen Kaffee. »Sie ist noch genauso hübsch wie mit sechzehn. Denkst du daran, sesshaft zu werden, Jason?«

Er lachte verlegen. »Vielleicht.«

»Komm doch mal bei uns vorbei, damit du meine Frau und die Kinder kennenlernst. Wir wohnen am Ende der Church Street.« Er schaute auf die Uhr. »Du weißt wahrscheinlich, dass Leonie um diese Zeit Mittagspause macht. Ich muss auch wieder los. Also dann, bis bald.«

Nachdenklich lehnte Jason sich zurück. Obwohl er so lange weg gewesen war, ging jeder, den er in der Stadt traf, davon aus, dass er und Leonie immer noch ein Paar waren. Die Einzigen, denen es nicht so leichtfiel, zehn Jahre einfach zu überbrücken, waren Leonie und er.

Er begehrte sie immer noch. Daran hatte sich nichts geändert. Ihr Verrat schmerzte ihn nach wie vor. Was aber empfand sie? Sie hatte ihm am Vorabend gesagt, sie hätte nie einen anderen geliebt. Bedeutete das, dass ihr Herz noch ihm gehörte?

Jason stand auf und legte Geld auf die Theke. Es gab nur einen Weg, das herauszufinden. Er würde sie fragen.

Das »Puppenhaus« war voller Kinder. Als Jason hereinkam, hallte fröhliches Gekreisch von den Wänden. Unter der Decke schwebten Luftballons, und auf dem Fußboden lagen Kekskrümel. In der Tür zur Werkstatt stand ein großes Schloss aus Pappe. Vor einem weißen Spitzenvorhang waren zwei als Nikolaus und Knecht Ruprecht verkleidete Kasperpuppen damit beschäftigt, einen goldenen Schlitten mit bunten Paketen zu beladen. Knecht Ruprecht fiel immer wieder auf die Nase, was von den Kindern mit lautem Gelächter aufgenommen wurde.

Jason merkte gar nicht, dass er im Rhythmus mitklatschte, als Leonie hinter dem Vorhang zum Vorschein kam, um sich zu verbeugen.

Doch sie sah ihn. Plötzlich verlegen, ging sie auf ihre kleinen Gäste zu und lotste sie mit der Leichtigkeit langjähriger Erfahrung nach nebenan, wo eine Mutter Kakao ausgeschenkt und die Plätzchenteller neu aufgefüllt hatte.

»Sehr beeindruckend«, flüsterte Jason ihr ins Ohr. »Es

tut mir leid, dass ich den Großteil der Vorstellung verpasst habe.«

»Es ist nichts Besonderes.« Leonie strich sich das Haar glatt. »Ich mache das jetzt schon seit Jahren, ohne dass sich jemals viel ändert. Es scheint ihnen nichts auszumachen«, stellte sie mit einem Blick auf die Kinderschar fest.

Ein sommersprossiger Rotschopf zupfte sie am Ärmel. »Mrs. Monroe, wann kommt denn der Nikolaus?«

Leonie ging in die Hocke. »Weißt du, Bobby, er hat dieses Jahr schrecklich viel zu tun.«

Der kleine Junge schob die Unterlippe vor. »Aber er kommt doch immer.«

»Ich bin überzeugt davon, dass er hierher findet, um die Geschenke herzubringen. Wenn du hier wartest, werde ich mal nachsehen. Hab noch ein wenig Geduld, sehr lange kann es bestimmt nicht mehr dauern.«

»Aber ich muss mit ihm reden!«

»Wenn er es nicht schaffen sollte, dann könntest du ihm einen Brief schreiben. Ich werde dafür sorgen, dass er ihn bekommt«, schlug sie vor.

»Gibt es ein Problem?«, fragte Jason leise, als sie sich wieder aufrichtete.

»Jake spielt immer den Nikolaus nach dem Puppentheater. Wir verteilen nur Kleinigkeiten, aber die Kinder verlassen sich darauf.«

»Und Jake kann nicht kommen?«

»Er hat sich bei dem kleinen Hennesey mit Windpocken angesteckt.«

»Ich verstehe.« Jason hatte Weihnachten nicht mehr gefeiert seit … seit er von Quiet Valley weggegangen war. Er war wohl am meisten überrascht, als er sich plötzlich sagen hörte: »Ich werde Jake vertreten.«

»Du?«

Etwas in ihrer Miene bestärkte seinen Entschluss, der beste Nikolaus zu sein, den sie je erlebt hatte. »Jawohl, ich. Wo ist das Kostüm?«

»In der hinteren Kammer, aber …«

»Ich hoffe, du hast auch an ein Kissen für den Bauch gedacht«, erklärte er.

Doch ehe sie darauf antworten konnte, war er bereits gegangen.

Leonie hatte nicht erwartet, dass er es wagen würde. Als er nach zehn Minuten immer noch nicht zurückgekehrt war, war sie davon überzeugt, dass er es sich anders überlegt hatte. Deswegen war sie ebenso begeistert wie die Kinder, als er plötzlich als Nikolaus verkleidet mit einem Sack über der Schulter zur Tür hereinkam.

Er konnte gerade noch laut »Frohe Weihnachten!« rufen, dann hatten ihn die Kinder für sich vereinnahmt.

»Der Nikolaus braucht einen Stuhl«, erklärte er und bedachte sie mit einem Blick, der ihr Herz schneller schlagen ließ. Rasch holte sie das Gewünschte.

»Jetzt müsst ihr euch alle in einer Reihe aufstellen«, wies sie die Kinder an. »Jeder kommt dran, also drängelt nicht.«

Eins nach dem anderen kletterte auf seinen Schoß. Leonie hatte befürchtet, dass er im Überschwang vielleicht Versprechungen machen würde, die die Eltern nicht einhalten konnten, doch sie hatte sich umsonst gesorgt. Jason war einfach wunderbar.

Und er hatte einen Riesenspaß dabei, so viel war sicher. Er hatte das Angebot gemacht, um ihr aus der Klemme zu helfen, und vielleicht sogar, um sie zu beeindrucken, aber er bekam mehr, als er erwartet hatte. Noch nie hatte ein Kind auf seinen Knien gesessen, das ihn voll Vertrauen anschaute. Er hörte ihre Wünsche, ihre Geständnisse und ihre Klagen. Am Schluss durfte jedes Kind in seinen Sack fassen und sich ein Geschenk herausnehmen.

Er wurde umarmt, betastet und von klebrigen Mündern geküsst.

Ein besonders neugieriger Vierjähriger hatte seinen Bart gepackt, und Jason hatte seine liebe Not, ihn abzulenken. Schließlich waren auch die letzten Päckchen verteilt. Nach und nach erschienen die Eltern, um ihre Sprösslinge nach Hause zu bringen.

»Du warst wunderbar!« Leonie wartete, bis auch der letzte Besucher den Laden verlassen hatte, und hängte dann das Schild »Geschlossen« an die Tür.

»Möchtest du auch auf meinem Schoß sitzen?«, fragte Jason scherzend Leonie.

Lachend ging sie auf ihn zu. »Jason. Du weißt gar nicht, wie dankbar ich dir bin.«

»Dann zeig es mir.« Er zog sie auf seine Knie, wo sie in das Kissen vor seinem Bauch sank. Sie lachte und küsste ihn auf die Nase. »Ich hatte immer schon eine Schwäche für Männer in roten Anzügen. Schade, dass Clara das nicht erlebt hat.«

»Warum war sie denn nicht dabei?«

Mit einem kleinen Seufzer lehnte sich Leonie an ihn. »Sie ist zu alt für solche Kindereien, zumindest behauptet sie das. Ihre Freundin Marcie hat sie abgeholt, und die beiden sind zum Einkaufen gegangen.«

»Zu alt? Mit neun Jahren?«

Leonie schwieg eine Weile, dann zuckte sie mit den Schultern. »Die Kinder werden schnell größer.« Dann lehnte sie den Kopf zurück, damit sie ihn ansehen konnte. »Du hast heute viele von ihnen glücklich gemacht.«

»Dich würde ich auch gern glücklich machen.« Sanft strich er ihr mit den Fingern übers Haar. »Es hat einmal eine Zeit gegeben, wo ich das konnte.«

»Wünschst du dir auch manchmal, dass wir die Uhr zurückdrehen könnten?« Leonie wehrte sich nicht, als er die Arme um sie legte. »Als wir noch Teenager waren, schien alles so einfach zu sein. Dann waren wir plötzlich erwachsen. Ach, Jason! Damals wünschte ich mir, du würdest angeritten kommen und mich auf dein Schloss bringen oder auf einen Berggipfel. Ich bestand eigentlich nur aus romantischen Vorstellungen.«

Er hatte nicht aufgehört, ihr Haar zu streicheln. »Und ich hatte nicht genug davon, nicht wahr?«

»Du standest auf dem Boden der Tatsachen, während ich den Kopf in den Wolken hatte.«

»Und nun?«

»Jetzt muss ich meine Tochter großziehen. Manchmal ist es beängstigend, wenn einem bewusst wird, dass man für einen anderen Menschen verantwortlich ist. Hast du …« Sie zögerte. »Hast du dir nie Kinder gewünscht?«

»Darüber konnte ich mir eigentlich noch keine Gedanken machen. Manchmal führt mich meine Arbeit an Orte, wo man alle Hände voll zu tun hat, auf sich selbst aufzupassen.«

Daran hatte sie oft gedacht, manchmal sogar Albträume deswegen gehabt. »Trotzdem findest du es aufregend.«

Jason erinnerte sich an viel Unglück und manche Grausamkeiten, mit denen er beruflich in Berührung gekommen war. »Nein, schon lange nicht mehr. Aber ich bin ein guter Reporter.«

»Das habe ich schon immer gewusst, Jason.« Leonie setzte sich so, dass ihre Augen auf gleicher Höhe waren. »Ich bin froh, dass du wieder da bist.«

Er fasste sie fester, als sich ihre Wangen berührten. »Und um mir das zu sagen, musstest du warten, bis ich ausgestopft bin wie ein Walross?«

Lachend legte sie ihm die Arme um den Hals. »Das erschien mir am sichersten.«

»An deiner Stelle würde ich mich nicht darauf verlassen.« Er beugte sich vor, und als ihre Lippen sich trafen, spürte er, wie sie am ganzen Körper bebte. »Was ist denn so komisch?«, fragte er entrüstet.

Schnell befreite sie sich. »Ach nichts. Ich habe nur immer schon davon geträumt, von einem Mann mit Vollbart und einer glockenbesetzten roten Mütze geküsst zu werden. Und jetzt muss ich dieses Chaos in einen Laden zurückverwandeln.«

Jason stand ebenfalls auf. »Irgendwann einmal wird der richtige Zeitpunkt kommen, du wirst sehen.«

Leonie antwortete nicht. Er hob den Sack hoch und schüttelte ihn. »Hier ist ja noch ein Päckchen drin.«

»Das war für Luke Hennesey gedacht, den Jungen mit Windpocken.« Sie kniete am Boden und versuchte, eine Zuckerstange vom Teppich zu lösen.

»Wo wohnt er denn?«

Langsam richtete sie sich auf. Manche Leute würden vermutlich behaupten, dass er albern aussah mit seinem Bauch aus Kissen und einem falschen weißen Bart, der sein Gesicht halb bedeckte. Für Leonie jedoch war er nie attraktiver gewesen. Sie stellte sich auf die Zehenspitzen, schlang die Arme um seinen Hals und küsste ihn.

Ihre Berührung war wie immer warm. »Danke. Er wohnt an der Elm Street, Ecke Sweetbriar.«

»Bekomme ich nachher eine Tasse Kaffee?«

Sie rückte seinen Bart gerade. »Auch zwei, wenn du willst.«

7. Kapitel

Jason musste zugeben, dass es ihm Spaß machte, als Nikolaus durch die Stadt zu laufen. Die Kinder rannten ihm in Scharen nach. Erwachsene winkten ihm zu. Zahllose Plätzchen wurden ihm angeboten. Die größte Freude bereitete ihm jedoch das Gesicht des kleinen Luke. Das übertraf sogar noch die Miene seiner Mutter, als sie auf sein Klopfen öffnete und plötzlich dem Nikolaus gegenüberstand.

Auf dem Rückweg ging Jason über den Marktplatz. Seltsam, wie einfach es war, mit einem Kostüm auch in eine andere Rolle zu schlüpfen. Wenn einer seiner Kollegen ihn jetzt gesehen hätte, wäre er mit Sicherheit ohnmächtig in den Schnee gesunken. Jason Langley ging der Ruf voraus, ungeduldig, schonungslos ehrlich und kurz angebunden zu sein. Wegen seiner Verbindlichkeit hatte er den Pulitzer-Preis nicht gewonnen. Trotzdem fühlte er sich jetzt mit einem Bart aus Kunsthaar und Glocken am Mantel wohler als bei der Preisverleihung.

Er tätschelte gerade einem Baby im Kinderwagen den Kopf, als Clara aus dem Kaufhaus kam. Sie und das kleine Mädchen in ihrer Begleitung fingen an zu kichern.

»Aber du bist doch …«

Ein strenger Blick von Jason ließ sie verstummen. Clara schluckte und reichte ihm die Hand. »Guten Tag, Nikolaus. Wie geht's dir?«

»Danke, sehr gut, Clara.«

»Das ist nicht Jake«, ließ sich Claras Freundin Marcie vernehmen. Sie trat einen Schritt vor und versuchte, das Gesicht hinter dem Bart zu erkennen.

Jason zwinkerte ihr zu. »Guten Tag, Marcie.«

Ihre Augen weiteten sich. »Woher weiß er denn meinen Namen?«, flüsterte sie Clara zu.

Clara hielt die Hand vor den Mund, um nicht laut herauszuplatzen. »Der Nikolaus ist allwissend. Das stimmt doch, oder nicht?«

»Ich habe meine Quellen.«

»Aber es gibt doch gar keinen Nikolaus!« Marcies Ton besagte, dass sie selbst ins Zweifeln gekommen war.

Jason lehnte sich vor und stupste die Bommel an ihrer Pudelmütze an. »Hier in Quiet Valley schon.« Fast glaubte er es selbst, als er sah, wie Marcie aufhörte, nach vertrauten Merkmalen in seinem Gesicht zu suchen.

Es ist nicht leicht für einen Mann im roten Kostüm, unauffällig ein Haus zu betreten. Doch Jason hatte einige Erfahrung in solchen Dingen.

In der Werkstatt hinter Leonies Laden legte er die Verkleidung ab. Schon jetzt wusste er, dass dies nicht seine einzige Vorstellung bleiben würde.

So viel Spaß habe ich seit Jahren nicht gehabt, dachte er, als er wieder in seine eigenen Sachen schlüpfte. Zum Teil hatte das etwas mit dem Ausdruck in Leonies Augen zu tun, zum Teil auch mit der Erfahrung, wie einfach es war, anderen eine Freude zu machen. Wie lange war es jetzt her, seit er etwas ohne jede Berechnung getan hatte? Bei seiner Arbeit als Auslandskorrespondent wurde sorgfältig registriert, wer wem welchen Gefallen schuldete. Wenn du mir das gibst, bekommst du von mir jenes. Um die Wahrheit aufzudecken und darüber berichten zu können, hatte er sein Herz gegen

Gefühle jeder Art verhärtet. Wenn sein Stil manchmal brüsk war, dann deshalb, weil sich die Themen, die er behandelte, nicht beschönigen ließen. Es hatte ihm geholfen zu vergessen. Doch jetzt, wo er wieder zu Hause war, wurde es ihm unmöglich, die Erinnerungen zurückzudrängen.

Was für ein Mensch war er eigentlich? Er war sich dessen selbst nicht sicher, nur eines wusste er genau: Was aus ihm wurde, hing von der Entscheidung einer Frau ab.

Jason hängte das Nikolauskostüm in den Schrank und machte sich auf die Suche nach Leonie.

Sie hatte auf ihn gewartet. Jetzt war sie auch bereit zuzugeben, dass sie seit zehn Jahren nichts anderes getan hatte. Während er in der Stadt unterwegs gewesen war, hatte sie ihre eigenen Entscheidungen getroffen. Sie hatte ihr Leben erfolgreich gemeistert. Und obwohl es nicht immer einfach gewesen war, war sie zufrieden damit. Im Laufe der Jahre wuchs ihr Selbstvertrauen, und sie wusste, dass sie stark genug war, ihren Weg allein zu gehen. Es war Zeit, sich nicht mehr davor zu ängstigen, was aus ihr werden würde, wenn Jason wieder fortging, und stattdessen das Geschenk, das er ihr bot, anzunehmen. Er war hier, jetzt gerade, und sie liebte ihn.

Als Jason ins Zimmer kam, fand er Leonie zusammengerollt in einem Sessel vor dem Kamin. Sie wartete, bis er bei ihr war. »Nachts, wenn Clara schläft und das Haus ganz still ist, sitze ich manchmal hier. Ich denke über wichtige und unwichtige Dinge nach, wie ich es schon als Kind gemacht habe.«

Jason hob sie hoch und setzte sich mit ihr auf dem Schoß in den Sessel. »Ich kann mich noch erinnern, wie ich Weihnachten bei euch zu Hause immer so mit dir vor dem Christbaum gesessen habe. Dein Vater sah es gar nicht gern.«

Sie kuschelte sich enger an ihn. Jetzt waren sie nicht mehr durch unförmige Polster voneinander getrennt, und sie spürte seinen schlanken, muskulösen Körper. »Meine Mutter hat ihn immer unter einem Vorwand in die Küche gelockt, damit wir allein sein konnten. Sie wusste, dass ihr keinen Christbaum hattet.«

»Oder sonst etwas.«

»Ich habe dich nie gefragt, wo du jetzt lebst, Jason. Hast du eine Wohnung oder irgendwo ein schönes Zuhause?«

»Ich bin viel unterwegs, aber meine Basis ist New York.«

»Basis?«

»Ein Apartment.«

»Das klingt nicht nach einem richtigen Heim. Stellst du Weihnachten auch einen Baum ins Fenster? Wenigstens einen ganz kleinen?«

»Ich bin über die Feiertage meistens unterwegs.«

Leonie spürte, dass er sehr einsam war, aber sie brachte das Thema nicht zur Sprache. »Meine Mutter sagte immer, du hättest die Wanderlust. Einige Menschen werden damit geboren.«

»Ich musste mich beweisen, Leonie.«

»Wem?«

»Mir selbst.« Er legte seine Wange an ihr Haar. »Und, wenn du es genau wissen willst, auch dir.«

Sie atmete den Duft der Kiefer ein. So hatten sie schon oft gesessen, vor so langer Zeit. Die Erinnerung daran war fast so süß wie die Wirklichkeit. »Mir hast du nie etwas beweisen müssen, Jason.«

»Vielleicht ist das der Grund, warum ich es unbedingt wollte. Du warst zu gut für mich.«

»Das ist doch lächerlich!« Sie wollte sich umdrehen, aber er hielt sie fest.

»Das warst du und bist es immer noch.« Er schaute abwesend auf den Baum. Im Kerzenschein schimmerte das Lametta wie die Zauberdinge, die er ihr immer hatte schenken wollen. »Das ist der Grund, warum ich damals fortgehen musste, und vielleicht bin ich deshalb jetzt zurückgekommen. Du bist alles, was mir lieb und wert ist, Leonie. Wenn ich mit dir zusammen bin, kommen meine guten Seiten zum Vorschein. Es sind leider nicht viele.«

»Du warst schon immer zu hart gegen dich selbst. Das gefällt mir nicht.« Diesmal gelang es ihr, sich herumzudrehen und ihm die Hände auf die Schultern zu legen. »Ich habe mich in dich verliebt, und ich weiß genau, warum. Du warst warmherzig, obwohl du den Menschen gern das Gegenteil vormachtest. Dir war es lieber, als harter Bursche und Unruhestifter zu gelten, weil du dich so sicherer fühltest.«

Er schmunzelte und fuhr mit dem Finger über ihre Wange. »Ich habe wirklich viel Unruhe gestiftet.«

»Vielleicht hat mir das auch an dir gefallen. Du akzeptiertest nicht alles, was man dir erzählte oder vormachte, sondern hast Fragen gestellt.«

»Deswegen bin ich zwei Mal fast von der Schule geflogen.«

Wie schon früher so oft, stieg Zorn in Leonie auf. Hatte ihn denn niemand außer ihr verstanden? War sie die Einzige, die gesehen hatte, was in ihm steckte? »Du warst schlauer als alle anderen. Wenn es nötig war, stelltest du es auch unter Beweis.«

»Und du hast ziemlich viel Zeit damit verbracht, mich vor anderen zu verteidigen, nicht wahr?«

»Ich habe an dich geglaubt, weil ich dich liebte.«

»Und jetzt?«

Es gab so viel, was sie ihm sagen wollte, doch sie wusste nicht, wie. »Erinnerst du dich an die Nacht nach meinem

Abschlussball? Wir sind ein Stück hinausgefahren. Es war Juni, und die Luft war lau wie im Sommer.«

»Du hattest ein blaues Kleid an, das deine Augen wie Saphire leuchten ließ. Und du warst so schön, dass ich Angst hatte, dich anzufassen.«

»Also habe ich dich verführt?«

Sie sah so selbstzufrieden aus, dass er lachen musste. »Das hast du nicht.«

»Oh doch. Von allein hättest du dich nie getraut, mich zu lieben.«

Sie küsste ihn leicht auf die Lippen. »Muss ich es noch einmal tun?«

»Leonie …«

»Clara übernachtet heute bei Marcie. Jason, komm mit mir ins Bett.«

Beim weichen Klang von Leonies Stimme begann Jasons Haut zu prickeln. Sie streichelte zart seine Wange, und allein diese Berührung schien ihn zu versengen. Doch stärker als sein Begehren war die Liebe, die nie schwächer werden würde. »Du weißt, dass ich dich haben will, Leonie, aber wir sind keine Kinder mehr.«

»Nein, jetzt sind wir erwachsen.« Sie presste den Mund in seine Handfläche. »Und ich will dich auch. Keine Versprechen, keine Fragen. Liebe mich so wie in der einen wunderbaren Nacht, die wir hatten.« Sie stand auf und zog ihn vom Sessel hoch. »Ich will etwas haben, an das ich mich in den nächsten zehn Jahren erinnern kann.«

Die Finger ineinander verflochten, gingen sie die Treppe hinauf. Jason verdrängte jeden Gedanken an den anderen Mann, den sie ihm vorgezogen, und das andere Leben, das sie geführt hatte. Auch er würde zehn Jahre schmerzlicher

Leere vergessen und die Chance wahrnehmen, die sich ihm bot.

Es war schon fast dunkel draußen. Schweigend zündete Leonie die Kerzen an, die einen goldenen Schein im Zimmer verbreiteten. Als sie sich ihm zuwandte, lächelte sie mit all dem Selbstvertrauen und dem Wissen einer Frau. Wortlos ging sie auf ihn zu, legte den Kopf nach hinten und bot sich ihm dar. Mit sicheren Bewegungen öffnete sie seine Hemdknöpfe. Seine Finger dagegen zitterten, als er ihr die Bluse abstreifte. Als er ihre bloße Haut berührte, seufzte sie selig auf. Langsam zogen sie einander aus, in der ruhigen Gewissheit, dass jeder Augenblick sie der köstlichen Vereinigung näher brachte.

Als er sie sah, so schlank, so schön, so unerklärlich unschuldig wie damals, bestürmten ihn Zweifel. Da war sie es, die auf ihn zuging, sich an ihn presste und ihn einfach nahm. Sie war die Stärkere, das fühlte er. Vielleicht hatte sie sich verändert, aber die Welle des Begehrens, die ihn durchflutete, war die gleiche wie damals. Wie Kinder ließen sie sich aufs Bett fallen.

Sie versuchten nicht, das Erlebnis von damals nachzuvollziehen. Es war etwas Neues und doch ebenso erregend wie beim ersten Mal. Aber jetzt waren sie ein Mann und eine Frau, fordernder, hungriger. Sie zog ihn enger an sich und ließ die Finger über seinen Körper gleiten. Sie hatte so lange gewartet, so schrecklich lange, und nun hielt sie es keinen Augenblick länger aus. Jason führte ihre Hand an seine Lippen. Mit dem Mund stillte er ihre Ungeduld.

»Beim ersten Mal wusste ich kaum, was ich mit dir machen sollte.« Er streichelte ihren Hals mit Zunge und Lippen, bis sie leise aufstöhnte. »Jetzt ist das anders.«

Er führte sie zu Höhen, die sie bislang nicht gekannt hatte. Dann riss er sie plötzlich mit sich hinab wie in einen Strudel, und ihr blieb nichts anderes übrig, als sich noch fester an ihn zu klammern. Sie wollte ihm alles geben, aber er ließ ihr keine Gelegenheit dazu. Zärtlich, liebevoll und wissend streichelte er sie, bis sie erschauerte. Die so lange verschütteten Gefühle ließen keinen Raum für vernünftiges, rationelles Denken oder gar für Erinnerungen.

Als sie sich vereinigten, war es für beide die Erfüllung. Die Zeit lief nicht rückwärts, sondern blieb in der Gegenwart gebannt stehen.

Jason hielt Leonie fest umschlungen. Mit geschlossenen Augen genoss sie das Gefühl, eins mit ihm zu sein. Sie liebte, und daneben existierte sonst nichts. Für ihn jedoch waren sowohl die Ekstase als auch die darauffolgende Entspannung von Fragen überschattet. Sie war so warmherzig, so freigiebig und gefühlsbetont. Dass sie ihn liebte, wusste er auch ohne Worte. Doch die Treue, die er immer für einen wichtigen Wesenszug von ihr gehalten hatte, war gebrochen worden. Er fand keine Ruhe, solange er den Grund dafür nicht kannte.

»Ich muss wissen, warum wir zehn Jahre verloren haben, Leonie.« Als sie nicht antwortete, drehte er ihren Kopf zu sich herum. Im Kerzenschein schimmerten ihre Augen feucht, aber die Tränen blieben ungeweint. »Die Antwort darauf ist jetzt wichtiger denn je.«

»Keine Fragen, Jason. Nicht heute Nacht.«

»Ich habe lange genug gewartet. Das haben wir beide.« Sie atmete tief ein und setzte sich auf. Dann zog sie die Knie an und schlang die Arme darum. Das Haar fiel ihr in weichen Wellen über den Rücken. Er konnte nicht widerstehen und wickelte eine Strähne um den Finger. Einmal hatte sie gänzlich ihm gehört. Niemand hatte sie so berührt wie er.

Er wusste, dass sie geheiratet hatte und dass ihr Kind einem anderen Mann gehörte. Warum sie sich schon so bald nach seiner Abreise einem anderen zugewandt hatte, das konnte er nicht verstehen, und das zu wissen, war für ihn im Augenblick das Wichtigste.

»Sag etwas, Leonie. Irgendetwas.«

»Wir liebten einander, Jason, aber wir wollten nicht dasselbe.« Sie sah ihm in die Augen. »Und so ist es immer noch. Wenn du mich damals gelassen hättest, wäre ich mit dir bis ans Ende der Welt gegangen. Ich hätte mein Zuhause, meine Familie und meine Freunde ohne Zögern verlassen. Du aber musstest allein gehen.«

»Ich konnte dir doch nichts bieten«, begann er, aber sie brachte ihn mit einem Blick zum Schweigen.

»Du hast mir keine Gelegenheit gegeben zu wählen.«

Er streckte die Hände nach ihr aus. »Und wenn ich das jetzt täte?«

Sie schloss die Augen und lehnte ihre Stirn gegen seine. »Jetzt habe ich ein Kind, das ein Zuhause braucht. Meine Wünsche kommen nicht mehr an erster Stelle. Das Gleiche gilt für das, was du willst. Damals habe ich eigentlich nicht daran geglaubt, dass du gehen würdest. Jetzt aber weiß ich es. Lass uns mit dem zufrieden sein, was wir haben. Lass uns gegenseitig dieses Weihnachtsgeschenk machen.«

Ehe er weitere Fragen stellen konnte, verschloss sie seinen Mund mit Küssen.

8. Kapitel

Der Tag des Heiligabends war für Leonie immer etwas ganz Besonderes, etwas Verzaubertes gewesen. Als sie jetzt aufwachte und Jason neben sich liegen sah, empfand sie das mehr denn je. So hatte sie es sich vorgestellt, schon als Mädchen und später als Frau, aber nun brauchte sie die Träume nicht mehr. Er war da. Draußen schneite es. Leise schlüpfte Leonie aus dem Bett.

Als Jason sich auf die Seite rollte, atmete er den Frühlingsduft, den ihr Haar auf dem Kopfkissen zurückgelassen hatte. Einige Augenblicke lang lag er still und genoss ihn. Dann öffnete er die Augen und schaute sich in dem Zimmer um.

Die Tapeten waren elfenbeinfarben mit kleinen Veilchen. Auf dem Fensterbrett standen Grünpflanzen. Ein alter Rosenholzsekretär diente als Ablage für farbige Glasflaschen und bunt gemusterte Schachteln. Ihren Frisiertisch hatte Leonie so aufgestellt, dass das Licht darauf fiel. Jason nahm ihre Parfumflakons in die Hand und roch daran. Das Zimmer war wie Leonie – reizend, frisch und sehr weiblich. Hier konnte ein Mann sich entspannen, selbst wenn Strümpfe über der Stuhllehne hängen sollten. Hier konnte er, Jason Langley, sich entspannen. Und er würde diese Frau unter keinen Umständen wieder verlassen.

Schon auf der Treppe roch es nach frischem Kaffee. Leonie stand am Herd und briet Speck. Aus dem Radio erklangen Weihnachtslieder. Jason hatte nicht gewusst, was für ein wunderbares Gefühl es war, einfach eine Küche zu betreten und der geliebten Frau dabei zuzusehen, wie sie das Frühstück machte.

»Du bist ja schon auf.« Sie trug einen hellblauen flauschigen Bademantel, der ihr bis zu den Knöcheln reichte. »Ich habe gerade Kaffee gekocht.«

»Das habe ich gerochen.« Er ging zu ihr. »Schon beim Aufwachen ist mir dieser köstliche Duft in die Nase gestiegen.«

Sie legte den Kopf an seine Schulter und versuchte, nicht daran zu denken, wie es hätte sein können, wenn … »Du sahst aus, als würdest du noch stundenlang weiterschlafen. Aber jetzt hast du wenigstens etwas von dem Speck, solange er noch frisch und knusprig ist.«

»Wenn du noch einige Minuten im Bett geblieben wärst, hätten wir …«

»Mom! Mom! Es schneit!« Clara stürmte herein und tanzte in der Küche herum. »Wir fahren heute Abend mit dem Heuwagen zum Weihnachtsliedersingen. Wird es nicht toll sein, wenn es bis dahin weiterschneit?« Vor Jason blieb sie stehen und grinste ihn spitzbübisch an. »Tag.«

»Selber Tag.«

»Mom und ich bauen nachher einen Schneemann. Sie sagt, dass sie Weihnachten immer am besten werden. Wenn du willst, kannst du uns helfen.«

Leonie hatte nicht gewusst, wie Clara darauf reagieren würde, Jason am Frühstückstisch vorzufinden, doch sie hatte sich umsonst Sorgen gemacht. Wie die vertrauliche Anrede bewies, betrachtete ihre Tochter ihn offenbar bereits als festen Bestandteil ihres Lebens. »Vorher musst du aber etwas essen.«

»Ich habe bei Marcie schon Cornflakes bekommen.«

»Hast du dich auch bei ihrer Mutter bedankt, dass du dort übernachten durftest?«

»Hm, ich glaube schon. Jedenfalls werden wir zwei Stück bauen und dann eine große Hochzeit mit allem Drum und Dran feiern. Das war Marcies Idee«, teilte sie an Jason gewandt mit.

»Clara wäre eine Schneeballschlacht vermutlich lieber gewesen«, warf Leonie ein.

»Die können wir nachher immer noch machen. Vielleicht sollte ich doch eine Tasse Kakao trinken.« Sie heftete den Blick auf die Keksdose und rechnete ihre Chancen aus, die nicht allzu groß waren.

»Ich mache dir welchen. Und Plätzchen bekommst du, wenn wir mit dem Schneemann fertig sind«, sagte ihre Mutter, ohne sich umzudrehen. »Jetzt häng zuerst deinen Mantel auf.«

Clara tat wie geheißen und setzte sich Jason gegenüber. »Du gehst doch nicht wieder nach Afrika, oder? Ich kann mir nicht vorstellen, dass man dort Weihnachten viel Spaß hat. Marcies Mutter sagt, du würdest wahrscheinlich woandershin fahren.«

»Ich werde in einigen Wochen in Hongkong erwartet.« Er schaute zu Leonie, doch sie drehte sich nicht um. »Aber über die Feiertage werde ich hierbleiben.«

»Hast du einen Christbaum in deinem Zimmer?«

»Nein.«

Sie sah ihn ungläubig an. »Aber wo legst du denn dann deine Geschenke hin? Ohne Baum ist doch gar nicht richtig Weihnachten, stimmt's, Mom?«

Leonie dachte an Jasons Kindheit zurück, in der es weder das eine noch das andere gegeben hatte. Er hatte sich solche Mühe gegeben, so zu tun, als würde es ihm nichts ausmachen.

»Ein Baum ist nur dazu da, anderen Leuten zu zeigen, dass Weihnachten ist, Clara.«

»Na ja, vielleicht.« Doch es klang nicht überzeugt.

»Zu mir hat deine Mutter früher dasselbe gesagt«, erklärte Jason. »Außerdem wäre Mr. Beantree bestimmt nicht erfreut, wenn ich Tannennadeln auf seinen Teppich streuen würde.«

»Unser Baum ist groß genug«, sagte Clara großmütig. »Warum kommst du nicht einfach zu uns? Mom macht einen riesigen Truthahn, und Grandma und Grandpa kommen zu Besuch. Grandma bringt Kuchen mit, und dann essen wir alle, bis uns schlecht wird.«

»Das klingt verlockend.« Jason schmunzelte. »Ich war schon früher oft bei deinen Großeltern zum Truthahnessen.«

»Echt wahr?« Clara betrachtete ihn interessiert. »Irgendwo habe ich gehört, dass du Moms Freund warst. Wieso habt ihr nicht geheiratet?«

»Hier ist dein Kakao, Clara.« Leonie stellte die Tasse auf den Tisch. »Beeil dich lieber, Marcie wartet bestimmt schon.«

»Und du?«

»Ich komme nach.« Erleichtert, wie einfach ihre Tochter sich ablenken ließ, setzte sich Leonie an den Frühstückstisch. Jasons amüsiertes Gesicht ignorierte sie.

»Wir brauchen Karotten und einen Schal und Kohle und …«

»Ich bringe alles mit.«

»Und einen Hut?«, beharrte Clara.

»Einen Hut auch.«

Ein Schneeball zerbarst am Küchenfenster, und Clara sprang auf. »Da ist sie schon. Jetzt muss ich mich aber beeilen. Lass dir nicht zu viel Zeit mit dem Frühstück, Mom. Deine Schneemänner sind die besten.«

»Knöpf dir den Mantel richtig zu.«

An der Tür blieb Clara noch einmal stehen. »In meinem Zimmer ist noch ein Bäumchen im Topf«, sagte sie zu Jason. »Wenn du willst, kannst du das haben.«

Gerührt schaute er sie an. Sie ist genau wie ihre Mutter, dachte er und verliebte sich zum zweiten Mal in seinem Leben. »Danke.«

»Schon gut, tschüss!«

»Ein bemerkenswertes Kind«, meinte Jason, als die Tür krachend ins Schloss gefallen war.

»Ich mag sie.«

»Sobald wir aufgegessen haben, werde ich ihr bei ihrem Schneemann helfen.«

»Du bist nicht dazu verpflichtet, Jason.«

»Ich möchte es aber gern. Anschließend habe ich noch einiges zu erledigen.« Er schaute auf die Uhr. Am Heiligabend schlossen die Geschäfte eher, und wenn ein Mann eine zweite Chance erhielt, durfte er keine Zeit vergeuden. »Darf ich heute Abend wiederkommen?«

»Du weißt doch, dass du keine Einladung brauchst.«

»Bereite nichts vor, ich bringe das Essen mit.«

»Ich …«

»Nichts kochen«, schärfte er ihr ein. Er stand auf und küsste sie. »Bis später.«

Er nahm seinen Mantel vom Haken und verschwand durch die Tür.

Als er fort war, zerkrümelte Leonie nachdenklich ein Stück Toast. Hongkong. Wenigstens wusste sie diesmal, wo er hinging.

Jason war so mit Paketen beladen, dass er mit dem Fuß an die Hintertür klopfen musste. Es schneite immer noch unaufhörlich.

»Jason!« Leonie war fassungslos. »Was um alles in der Welt ...«

»Wo ist Clara?«

»Clara?« Sie strich sich das Haar aus dem Gesicht. »In ihrem Zimmer. Sie zieht sich an für die Fahrt auf dem Heuwagen.«

»Sehr schön. Nimmst du mal die oberste Schachtel?«

»Jason, was hast du da?«

»Ganz oben ist Pizza drin, und wenn du nicht alles auf dem Fußboden haben möchtest, dann unternimm etwas!«

Lachend kam sie der Aufforderung nach und sah zu, wie er ein unförmiges Paket ins Wohnzimmer trug. »Was ist denn da drin?«

»Ein Geschenk«, erwiderte er geheimnisvoll. So wohl hatte er sich noch nie gefühlt. »Frohe Weihnachten.«

»Dir auch. Jason, was ist das?«

»Draußen ist es vielleicht kalt.« Er rieb sich die Hände. »Hast du noch eine Tasse Kaffee für mich?«

»Jason!«

»Es ist für Clara.«

»Du brauchst ihr doch nichts zu schenken«, begann Leonie, aber dann gewann ihre Neugier die Oberhand. »Was hast du ihr denn gekauft?«

»Du meinst das hier?« Jason deutete auf die riesige Schachtel. »Ach, nichts Besonderes.«

»Wenn du es mir nicht sagst, bekommst du keinen Kaffee. Und Pizza auch nicht.«

»Spielverderberin. Es ist ein Schlitten.« Er nahm sie am Arm und führte sie hinaus. »Als wir den Schneemann bauten, erwähnte sie, dass ein Junge aus ihrer Klasse einen solchen hat und damit wie eine Rakete den Berg hinunterschießt.«

»Wie eine Rakete«, wiederholte Leonie.

»Und wozu wäre so herrlicher Neuschnee sonst da?«

»Du hast dich um den Finger wickeln lassen!«, rief Leonie und küsste ihn.

»Stell die Pizza ab und sag das noch mal«, drohte er. Sie lachte und benützte die Schachtel als Schild.

»Waaahnsinn!«, schallte es plötzlich aus dem Wohnzimmer.

Leonie hob die Augenbrauen. »Ich glaube, sie hat die Schachtel entdeckt.«

Clara kam hereingerannt. »Habt ihr das gesehen? Ich wusste doch, dass noch eins dazukommt. Das Paket ist fast so groß wie du, Jason.« Sie packte ihn bei der Hand und zog ihn mit sich. »Und es hängt ein Zettel mit meinem Namen dran.«

»Tatsächlich.« Jason Langley hob sie hoch und küsste sie auf beide Wangen. »Frohe Weihnachten.«

Sie schlang ihm die Arme um den Hals. »Ich kann es kaum noch erwarten.«

Leonie sah sie zusammen, und alles in ihr verkrampfte sich. Was sollte sie nur tun? Was konnte sie tun?

Jason drehte sich zu ihr um und stockte. Er bedurfte keiner Worte, um Kummer und inneren Aufruhr zu erkennen. »Leonie, was ist denn?«

Sie hielt die Pizzaschachtel so fest umklammert, dass ihre Nägel sich in die Pappe bohrten. »Nichts, gar nichts. Ich würde vorschlagen, dass wir jetzt essen, sonst wird alles kalt.«

»Es gibt Pizza?« Aufgeregt hopste Clara auf und ab. »Kann ich zwei Stück haben? Weil Weihnachten ist?«

»Vielfraß«, schalt Leonie liebevoll und zerzauste ihr das Haar. »Du darfst schon einmal den Tisch decken.«

Ehe sie ihrer Tochter in die Küche folgen konnte, hielt Jason sie fest. »Leonie, du hast doch etwas.«

»Nein.« Sie musste sich unter Kontrolle bekommen. Für so lange war sie jetzt damit fertig geworden. »Du hast mich eben überwältigt.« Lächelnd berührte sie seine Wange. »Das ist nicht das erste Mal. Komm, wir wollen essen.«

Jason wusste, dass es zwecklos wäre weiterzufragen. Beeindruckt schaute er zu, wie Clara sich auf die Pizza stürzte. Einen solchen Appetit hätte er einem kleinen Mädchen nie zugetraut.

Clara schluckte den letzten Bissen hinunter. »Wenn ich heute schon ein Geschenk aufmachen würde, wäre morgen früh nicht so ein Durcheinander«, schlug sie vor.

Leonie schien zu überlegen. »Ich mag Durcheinander«, verkündete sie schließlich, und Jason begriff, dass auch diese Unterhaltung eine Tradition zwischen Mutter und Tochter war.

»Aber vielleicht könnte ich gleich einschlafen, wenn ich wenigstens ein kleines Päckchen geöffnet habe. Dann bräuchtest du nicht so lange zu warten, bis du die Strümpfe füllen kannst.«

»Hm.« Leonie trank noch einen Schluck von dem Wein, den Jason mitgebracht hatte. »Mir macht es aber Spaß, mitten in der Nacht durchs Haus zu schleichen.«

»Und wenn ich nun …«

»Kommt gar nicht infrage.«

»Es dauert doch noch Stunden und Stunden, bis endlich Weihnachten ist!«

»Schlimm, ich weiß.« Lächelnd betrachtete Leonie ihre Tochter. »Und in fünf Minuten wirst du abgeholt zum Weihnachtsliedersingen. Du solltest lieber schon deinen Mantel holen.«

Clara brachte ihre Stiefel aus dem Vorraum. »Wenn ich zurückkomme, ist euch vielleicht ein Geschenk eingefallen, das wirklich nicht so wichtig ist, dass man bis morgen damit warten müsste«, erklärte sie Leonie und Jason.

»Alle Geschenke unter dem Baum sind ungeheuer wichtig.« Leonie stand auf, um ihr beim Anziehen zu helfen. »Ebenso wie die Anweisungen, die ich dir jetzt gebe. Bleib bei der Gruppe. Behalte unbedingt deine Handschuhe an, weil ich nicht möchte, dass du dir die Finger erfrierst. Verlier deine Mütze nicht. Und tu genau das, was Mr. und Mrs. Easterday sagen.«

»Mom!« Clara trat von einem Fuß auf den anderen. »Du behandelst mich wie ein Baby.«

»Du bist auch mein Baby.« Sie gab ihrer Tochter einen dicken Kuss auf die Wange.

»Ich werde doch im Februar schon zehn. Das ist so gut wie morgen.«

»Auch im Februar wirst du noch mein Baby sein. Viel Spaß, Schatz.«

Clara seufzte. Niemand verstand sie. »Okay.«

»Okay«, äffte Leonie sie nach. »Sag schön Gute Nacht.«

»Bleibst du auf, bis ich wiederkomme?«

»Natürlich.«

Zufrieden trollte sie sich. »Also dann, bis später.«

»Ungeheuer«, bemerkte ihre Mutter und begann, den Tisch abzuräumen.

»Ich finde sie großartig.« Jason half ihr dabei. »Vielleicht ein wenig klein für ihr Alter. Ich hatte ja keine Ahnung, dass sie schon fast zehn ist. Es ist schwer, sich vorzustellen …« Er brach ab, als Leonie einen Teller fallen ließ. »Sie wird also im Februar zehn?«

»Hm. Ich kann es selbst kaum glauben. Manchmal kommt es mir so vor, als wäre es erst gestern gewesen, und dann wieder …« Sie kehrte die Scherben zusammen und ließ Wasser in das Spülbecken ein. »Der Abwasch wird schnell erledigt sein. Wenn du willst, kannst du die Gläser schon einmal mit nach nebenan nehmen.«

»Im Februar?« Jason fasste sie am Arm. Als er sie zu sich herumdrehte, sah er, dass alle Farbe aus ihrem Gesicht gewichen war. »Sie wird im Februar zehn. Wir haben im Juni miteinander geschlafen. Ich weiß nicht mehr, wie oft es in jener Nacht geschehen ist. Vor meiner Abreise. Ein paar Wochen später hatten wir keine Gelegenheit mehr, allein miteinander zu sein. Und du musst Tom im September geheiratet haben.«

Leonie brachte keinen Ton hervor.

»Sie ist von mir«, flüsterte er. »Clara ist meine Tochter.«

Sie öffnete den Mund, um etwas zu sagen, doch die Stimme gehorchte ihr nicht. Schließlich nickte sie. Ihre Augen schwammen in Tränen.

»Großer Gott!« Er hielt ihre beiden Arme umklammert und drückte sie gegen die Wand. Sein Gesicht war wutverzerrt. »Wie konntest du nur! Verdammt, sie ist unser Kind, und du hast mir nie etwas gesagt. Du hast einen anderen Mann geheiratet und unser Baby bekommen. Hast du ihn auch belogen? Hast du ihn glauben lassen, Clara wäre sein Kind, damit du zu deinem gemütlichen Haus mit den Spitzenvorhängen kamst?«

»Jason, bitte …«

»Ich hatte ein Recht darauf, es zu erfahren.« Er schob sie von sich, weil er Angst hatte, er würde die Beherrschung verlieren und sie schlagen. »Du hast mir zehn Jahre mit meiner Tochter gestohlen!«

»Nein, so war es nicht! Jason, bitte! Du musst mir zuhören.«

»Geh zum Teufel.« Er sprach ganz ruhig, aber sie fuhr zurück, als habe er sie geohrfeigt. Mit seinem Zornausbruch konnte sie fertig werden. Gegen die kalte Wut in seinen Augen war sie jedoch machtlos.

»Bitte, lass dir doch erklären …«

»Nichts, was du sagst, könnte das entschuldigen, was du getan hast. Gar nichts.« Er nahm seinen Mantel von der Garderobe und verließ das Haus.

»Jason Langley, du bist ein verdammter Narr.« Die Witwe Marchant saß in ihrem Schaukelstuhl und betrachtete ihn mit finsterem Gesicht.

»Sie hat mich angelogen. Jahrelang.«

»Quatsch.« Klänge aus der Nussknackersuite erfüllten den kleinen Raum. »Sie hat getan, was sie tun musste. Nicht mehr und nicht weniger.«

Jason lief unruhig auf und ab. Er war immer noch nicht sicher, warum er hierhergekommen war, anstatt sich wie geplant in Clancys Bar zu betrinken. Über eine Stunde war er durch die Dunkelheit gelaufen, ehe er sich plötzlich vor Mrs. Marchants Haus wiedergefunden hatte. »Sie haben es gewusst, nicht wahr? Sie wussten, dass ich Claras Vater bin.«

»Ich habe mir so meine Gedanken gemacht.« Der Schaukelstuhl knarrte leise. »Sie sieht aus wie du.«

Ihre Worte ließen sein Herz schneller schlagen. »Aber sie ist das Abbild von Leonie«, wandte er ein.

»Nur wenn man nicht genau hinsieht. Die Augenbrauen hat sie von dir und den Mund. Und – der Himmel steh uns bei! – das Temperament. Jason, wenn du vor zehn Jahren gewusst hättest, dass du Vater wirst, was hättest du dann gemacht?«

»Ich hätte Leonie zu mir geholt.« Er drehte sich um und fuhr sich mit der Hand durchs Haar. »Vermutlich wäre ich in Panik geraten, aber ich hätte sie nicht im Stich gelassen.«

»Das habe ich mir gedacht. Aber es ... Doch diese Geschichte muss Leonie dir erzählen. Am besten gehst du zu ihr und hörst sie dir an.«

»Es ist nicht mehr wichtig.«

»Ich konnte Märtyrer noch nie ausstehen.«

Er wollte eine patzige Antwort geben, doch dann ließ er den Kopf sinken. »Es tut weh. Sie ahnen ja nicht, wie sehr.«

»So ist das Leben nun einmal. Willst du sie beide noch einmal verlieren?«

»Nein, das nicht. Aber ich weiß nicht, ob ich ihr vergeben kann.«

Die alte Frau hob die Augenbrauen. »Zumindest solltest du Leonie eine Chance geben.«

Ehe er antworten konnte, flog die Küchentür auf und Leonie kam hereingerannt. Ihr Gesicht war tränenüberströmt.

»Clara ...«

Jason Langley fror plötzlich. Er ergriff ihre Hände. »Was ist mit Clara?«

»Sie wird vermisst.«

9. Kapitel

»Man wird sie finden.« Jason führte Leonie, als sie sich durch den tiefen Schnee den Weg zurück zu ihrem Auto bahnten. »Bis wir da sind, ist sie wahrscheinlich schon wieder aufgetaucht.«

»Einer der Jungen sagte, sie und Marcie wären hinter den Bauernhof gegangen, um sich die Pferde auf der Koppel anzusehen. Doch als sie nachschauten, waren die beiden verschwunden. Es ist schon ganz dunkel.« Leonie ließ vor Nervosität die Autoschlüssel fallen.

»Lass mich fahren.«

Widerspruchslos stieg sie auf der Beifahrerseite ein. »Lorna und Bill haben von der Farm aus die Polizei benachrichtigt. Inzwischen sucht schon die halbe Stadt nach den beiden. Aber es schneit unaufhörlich, und sie sind doch noch so klein. Jason ...«

Er drehte sich zu ihr um und legte ihr die Hände ums Gesicht. »Wir werden sie finden.«

»Ja.« Sie wischte sich die Tränen mit dem Handrücken ab. »Wir müssen uns beeilen.«

Die Straße war nicht geräumt, und Jason konnte nur langsam fahren. Als sie in die Nähe der Farm kamen, setzte er die Geschwindigkeit noch weiter herunter, um keine Spuren zu übersehen. Doch die Schneedecke war unberührt.

Um die Farm herum war alles hell erleuchtet. Auf jedem Feldweg standen Autos mit aufgeblendeten Scheinwerfern, und freiwillige Helfer durchkämmten die Äcker in einer langen Kette.

Leonie lief auf den Sheriff zu.

»Wir haben sie noch nicht entdeckt, Leonie, aber das werden wir. Weit können sie nicht gekommen sein.«

»Haben Sie auch Scheune und Stallungen durchsucht?«

Der Sheriff nickte auf Jasons Frage. »Jeden Zentimeter.«

»Und die Felder in der anderen Richtung?«

»Sobald der nächste Trupp eintrifft, werde ich die Suche dorthin ausdehnen.«

»Wir fahren schon einmal voraus.«

Langsam bahnte Jason sich einen Weg durch die anderen Wagen. Er merkte nicht, dass er betete. Vor Jahren hatte er sich einmal an einer Suche in den Rocky Mountains beteiligt. Er hatte nicht vergessen, was Wind und Kälte anrichten konnten.

»Wenn ich nur darauf bestanden hätte, dass sie noch einen Pullover überzieht!« Leonie hatte die Hände im Schoß verkrampft. In der Eile hatte sie ihre Handschuhe vergessen, aber sie nahm ihre klammen Finger überhaupt nicht wahr. »Sie mag es nicht, wenn ich überfürsorglich bin, und ich wollte ihr den Abend nicht verderben. Weihnachten bedeutete ihr so viel.« Ihre Stimme brach. »Ich hätte … Halt an!«

Der Wagen rutschte weg, als Jason heftig auf die Bremse trat.

Leonie hatte die Tür aufgestoßen und war ausgestiegen. »Dort drüben!«

»Es ist ein Hund.« Er hielt sie fest. »Es ist wirklich nur ein Hund.«

»Wie entsetzlich, Jason!« Sie ließ sich gegen ihn sinken. »Sie ist doch noch so klein. Wo kann sie nur sein? Jason, wo ist sie? Ich hätte mitfahren müssen. Wenn ich dabei gewesen wäre …«

»Hör auf!«

»Sie wird frieren, und bestimmt hat sie Angst.«

»Und sie braucht dich.« Er schüttelte sie. »Hörst du? Sie braucht dich!«

Leonie bot alle Kräfte auf, um sich wieder unter Kontrolle zu bekommen. Sie presste beide Hände gegen den Mund. »Lass uns weiterfahren.«

»Warte im Auto, Leonie. Ich gehe noch ein Stück in das Feld hinein. Vielleicht entdecke ich etwas.«

»Ich gehe mit, Jason.«

»Allein komme ich schneller voran. Ich bin gleich wieder da.« Er wollte ihr gerade wieder in den Wagen helfen, als er am anderen Ende des Ackers etwas bemerkte. »Warte mal. Siehst du dort drüben den roten Fleck?«

Leonie war bereits losgelaufen. »Das ist Clara. Sie hat einen roten Mantel an.« Der Wind trieb ihr den Schnee in die Augen, aber sie achtete nicht darauf. »Clara! Clara!« Noch vor Jason hatte sie die beiden Mädchen erreicht und sie in die Arme geschlossen. »Clara, Marcie, ich hatte solche Angst. Ihr seid ja völlig durchgefroren! Kommt schnell, wir gehen zusammen zum Auto und fahren nach Hause. Wie glücklich ich bin. Jetzt ist alles wieder gut.«

»Ist meine Mom böse auf mich?« Schluchzend verbarg Marcie den Kopf an Leonies Schulter.

»Nein, aber sie macht sich schreckliche Sorgen. Wie wir alle.«

»Hinauf mit dir.« Jason hob Clara hoch. Für einen kurzen Augenblick gab er sich dem berauschenden Gefühl hin, seine Tochter in den Armen zu halten. Er drehte sich um und sah Leonie, die den Arm um Marcie gelegt hatte. »Kommt ihr zurecht?«

Sie lächelte. »Natürlich.«

»Dann auf, nach Hause.«

»Wir wollten uns nicht verlaufen!« Claras Tränen liefen in seinen Kragen.

»Natürlich nicht.«

»Wir wollten uns nur die Pferde anschauen, und auf einmal waren die anderen weg. Wir konnten niemanden finden. Ich hatte keine Angst.« Sie presste ihr Gesicht gegen seines. »Aber Marcie.«

Mein Kind. Jason wischte sich verstohlen die Augen und fasste sie fester. »Jetzt seid ihr sicher.«

»Mom hat geweint.«

»Ihr geht es wieder gut.« Am Auto angekommen, fragte er Leonie: »Kannst du sie alle beide auf den Schoß nehmen? So ist es wärmer für sie.«

»Selbstverständlich.« Leonie setzte sich mit Marcie hinein, dann reichte Jason ihr Clara. Einen Augenblick lang trafen sich ihre Blicke.

»Vor lauter Schnee konnten wir die Lichter der Farm nicht sehen«, murmelte Clara und kuschelte sich an ihre Mutter. »Und die Straße haben wir auch nicht gefunden. Es war schrecklich kalt. Aber meine Mütze habe ich nicht verloren.«

»Ich weiß, Schatz. Komm, zieh deine nassen Handschuhe aus. Du auch, Marcie. Jason hat die Heizung voll aufgedreht, und ehe ihr es euch verseht, werdet ihr euch fühlen wie ein Puter im Bratrohr.« Sie küsste die beiden eisigen Gesichter und kämpfte dagegen an, vor Erleichterung wieder in Tränen auszubrechen. »Welche Weihnachtslieder habt ihr denn gesungen?«

Marcie schluchzte auf. »Jingle Bells.«

»Fein, das ist eins von denen, die ich am liebsten mag.«

»Und ›Joy to the World‹«, warf Clara ein. Die Heizung

blies ihr warme Luft über Gesicht und Hände. »Das gefällt dir doch noch besser, oder?«

»Das stimmt, aber ich habe den Anfang vergessen. Wie geht es noch einmal, Marcie?« Leonie Monroe lächelte Clara zu und zog sie fester an sich.

Mit ziemlich wackeliger Stimme begann Marcie zu singen. Sie war gerade mit der ersten Strophe fertig, als sie auf den Suchtrupp stießen.

»Da ist mein Dad!« Aufgeregt hopste Marcie auf Leonies Schoß herum. »Er sieht überhaupt nicht sauer aus.«

Leonie lachte und küsste sie. »Frohe Weihnachten, Marcie.«

»Ihnen auch frohe Weihnachten, Mrs. Monroe. Bis morgen, Clara.« Marcie warf sich in die Arme ihres Vaters.

»Was für eine Nacht!« Jason steuerte den Wagen vorsichtig durch die Schar der Helfer, die ihnen zuwinkten.

»Heute ist Heiligabend«, meldete sich Clara. Für sie war die Welt wieder in Ordnung. »Vielleicht sollte ich das große Geschenk doch schon heute aufmachen.«

»Kommt überhaupt nicht infrage«, erklärte Jason und zupfte sie am Haar.

Leonie drehte Clara zu sich herum und drückte sie fest.

»Nicht weinen, Mom.«

»Das muss ich aber. Es wird nicht lange dauern.« Sie hielt Wort, denn als sie zu Hause ankamen, waren ihre Augen trocken. Clara döste schon an Jasons Schulter, als er sie ins Haus trug.

»Ich bringe sie ins Bett, Jason.«

»Wir bringen sie beide ins Bett.«

Leonie erhob keinen Einwand. Zusammen streiften sie Clara die nassen Sachen ab und wickelten sie in eine Decke.

Obwohl sie krampfhaft versuchte, sich wach zu halten, fielen ihr immer wieder die Augen zu. »Heute ist Heiligabend«, murmelte sie schläfrig. »Kann ich morgen ganz zeitig aufstehen?«

»So früh du willst«, versprach ihre Mutter.

»Und zum Frühstück bekomme ich Kekse?«

»Ein halbes Dutzend.« Vor Erleichterung schlug Leonie sämtliche Erziehungsgrundsätze in den Wind.

Clara strahlte und war im nächsten Augenblick fest eingeschlafen. Sorgsam deckte Leonie sie zu.

»Ich hatte Angst.« Sie ließ die Hand auf der Wange ihrer Tochter ruhen. »Ich hatte Angst, dass ich sie nie wieder so sehen würde. Sicher und warm. Jason, ich weiß nicht, wie ich dir danken soll. Wenn ich allein gewesen wäre …« Sie verstummte.

»Ich glaube, wir sollten nach unten gehen, Leonie.«

Bei seinem Ton wusste sie, dass eine Aussprache unumgänglich war. Ich werde mich seinen Vorwürfen und Anschuldigungen stellen, nahm sie sich vor, ebenso wie seiner Bitterkeit und seinem Zorn.

»Ich würde gern etwas trinken«, meinte sie, als sie im Wohnzimmer waren. »Am liebsten einen Cognac. Das Feuer scheint ausgegangen zu sein.«

»Ich kümmere mich darum. Schenk du inzwischen ein. Wir müssen miteinander reden.«

»Ja, ich weiß.« Sie ging in die Küche und füllte zwei Gläser. Als sie zurückkam, brannte das Feuer wieder. Jason richtete sich auf und nahm das Glas, das sie ihm reichte. »Möchtest du dich nicht setzen?«

»Nein.« Sie trank einen Schluck, aber sie wusste, dass ihre Nervosität mit Cognac nicht zu bekämpfen war. »Also, Jason – sag, was du zu sagen hast.«

10. Kapitel

Leonie stand hochaufgerichtet da und sah Jason ins Gesicht. Nur die Art, wie sie den Cognac-Schwenker umklammert hielt, verriet ihren inneren Aufruhr. Am liebsten wäre er zu ihr gegangen, hätte sie in die Arme geschlossen und nie wieder losgelassen. In einer Nacht hatte er ein Kind gefunden und dessen Mutter beinahe verloren. War darüber hinaus sonst noch etwas wichtig? Die Leere in seinem Inneren verlangte danach, ausgefüllt zu werden. Fragen mussten beantwortet werden, hinter denen sich Vorwürfe versteckten. Vertrauen und Verständnis mussten wieder zusammenfinden, denn ohne sie war auch keine Vergebung möglich. Doch wo anfangen?

Er ging zum Christbaum, an dessen Spitze ein silberner Stern befestigt war. »Ich weiß nicht recht, was ich sagen soll. Nicht viele Männer werden plötzlich mit der Tatsache überrascht, dass sie eine zehnjährige Tochter haben. Ich fühle mich um die Zeit betrogen, als sie laufen und sprechen lernte. Ganz gleich, was du sagst, diese Zeit kann mir niemand zurückgeben.«

»Nein.« Sie war sehr blass, wirkte aber gefasst. Es war ihr nicht anzusehen, welche Gefühle in ihr tobten. Dies war nicht mehr dieselbe Leonie, die er damals zurückgelassen hatte. Dieses Mädchen hätte niemals so viel Selbstbeherrschung aufgebracht wie die Frau jetzt.

»Keine Ausreden, Leonie?«

»Ich dachte, ich könnte genügend Gründe für mein Verhalten anführen, aber als ich heute Abend glaubte, ihr wäre etwas zugestoßen ...« Sie verstummte und schüttelte den Kopf. »Nein, Jason. Keine Ausreden.«

»Sie denkt, Tom ist ihr Vater.«

»Nein!« Ihre Augen funkelten. »Meinst du, ich würde sie glauben lassen, ihr Vater hätte sie versetzt? Dass er sich nicht um sie kümmert und ihr nicht schreibt? Was sie weiß, ist im Grunde die Wahrheit. Ich habe sie nie angelogen.«

»Und was ist die Wahrheit?«

Sie atmete tief ein. »Dass ich ihren Vater geliebt habe und er mich auch. Aber dass er fortgehen musste, ehe er etwas von ihr wusste, und nicht zurückkommen konnte.«

»Er wäre zurückgekommen.«

Sie wandte sich ab. »Das habe ich ihr auch gesagt.«

»Warum?« Die alte Wut stieg wieder in ihm auf, aber er bezähmte sich. »Ich muss wissen, warum du so gehandelt hast. Ich habe so viele Jahre verloren.«

»Du?« Ihr Temperament ließ sich nicht so leicht unter Kontrolle bringen wie ihr Schmerz. Sie wirbelte herum. »Du hast etwas verloren? Vergiss nicht, du warst fort. Und ich war erst achtzehn und erwartete ein Kind.«

Schuld stieg in ihm auf. Damit hatte er nicht gerechnet. »Ich hätte dich doch nie verlassen, wenn du es mir gesagt hättest.«

»Als du gingst, wusste ich es selbst noch nicht. Erst eine Woche nach deiner Abreise stellte ich fest, dass ich unser Kind erwartete. Ich war überglücklich.« Sie schlang die Arme um ihren Körper und wirkte plötzlich jung und verletzlich. »Tag und Nacht habe ich darauf gewartet, dass du anrufst, damit ich es dir sagen konnte. Aber du hast nicht angerufen, Jason.«

»Ich brauchte Zeit, um alles vorzubereiten – eine feste Arbeit und eine Wohnung, die ich dir zumuten konnte.«

»Du hast niemals begriffen, dass es mir gleichgültig war, wo wir wohnten, solange wir nur zusammen sein konnten.« Ehe er darauf antworten konnte, schüttelte sie den Kopf. »Das ist jetzt nicht mehr wichtig. Eine Woche verging, dann zwei, schließlich ein ganzer Monat. Allmählich wurde mir klar, dass du nicht wiederkommen würdest. Eine Zeit lang war ich sehr böse, weil mir klar geworden war, dass du mich nicht genug liebtest. Mich, das Mädchen aus der Kleinstadt.«

»Das stimmt nicht!«

Sie betrachtete ihn fast teilnahmslos. Im Kerzenlicht schimmerte sein Haar golden, doch die Augen blieben im Dunkel, Augen, die seit jeher ihre Geheimnisse bewahrt hatten. »Nein? Es stimmt doch, dass du unbedingt wegwolltest. Ich gehörte zu Quiet Valley, und es zog dich fort von hier.«

»Aber ich wollte dich bei mir haben!«

»Nicht genug, um mich mitzunehmen. Nicht genug, um mich nachzuholen, ehe du das bewiesen hattest, was du beweisen wolltest. Ich habe das damals nicht verstanden, Jason. Erst als du wieder zurückkamst, wurde es mir klar.«

»Du hattest nicht die Absicht, mir jemals von Clara zu erzählen, nicht wahr?«

Sie hörte die Bitterkeit in seinem Ton und schloss die Augen. »Ich weiß es nicht, Jason. Ich kann es dir wirklich nicht sagen.«

Er trank einen Schluck Cognac in der Hoffnung, der Alkohol würde ihm helfen, die Barrieren niederzureißen, die er sich selbst aufgebaut hatte. »Erzähl mir den Rest.«

»Ich wollte das Baby haben, aber ich hatte solche Angst, dass ich nicht einmal wagte, meiner Mutter davon zu erzählen. Inzwischen habe ich begriffen, dass ich es hätte tun müssen, damals aber war ich viel zu sehr durcheinander.«

»Warum hast du Tom geheiratet?« Als Jason die Frage stellte, wurde ihm bewusst, dass seine Eifersucht verflogen war, er wollte nur noch verstehen, was Leonie dazu getrieben hatte.

»Tom hat mich fast jeden Abend besucht. Wir haben uns unterhalten. Es schien ihn nicht zu stören, dass ich von dir sprach, und ich musste einfach mit jemandem reden. Eines Abends saßen wir auf der Veranda, als ich einen Nervenzusammenbruch hatte. Ich war im dritten Monat schwanger, und mein Körper veränderte sich bereits. An jenem Morgen war es mir nicht gelungen, den Reißverschluss an meinen Jeans hochzuziehen. Dieser banale Vorfall machte mir klar, dass es kein Zurück mehr gab. Ich berichtete ihm alles, und er machte mir einen Heiratsantrag. Natürlich lehnte ich ab, aber er zählte einfach die Tatsachen auf. Ich war schwanger, und du würdest nicht wiederkommen. Er sagte, dass er mich liebte und mich heiraten wollte. Das Baby würde einen Namen haben, ein Zuhause und eine Familie. Es klang so plausibel, wie er es sagte, und ich wollte, dass das Baby in Sicherheit ist. Das Baby und ich auch.« Sie schenkte sich nach. »Es ist von Anfang an nicht gut gegangen. Er wusste, dass ich ihn nicht liebte, aber er wollte mich trotzdem haben. Zumindest glaubte er das. In den ersten Monaten haben wir uns beide wirklich Mühe gegeben. Doch nachdem Clara zur Welt gekommen war, wurde er mit der Situation nicht mehr fertig. Ich konnte sehen, dass er jedes Mal, wenn er sie anblickte, an dich dachte. Die Tatsache, dass sie dein Kind war, ließ sich durch nichts ändern. Selbst wenn es möglich gewesen wäre, hätte ich es nicht gewollt. Solange ich Clara hatte, blieb mir auch ein Teil von dir. Tom wusste das, obwohl ich wirklich versuchte, so zu sein, wie er sich seine Frau vorstellte. Er fing an zu trinken, wurde streitsüchtig und kam nächtelang nicht nach Hause. Es schien, als legte er es darauf an, dass ich die Scheidung einreichte.«

»Aber du hast es nicht getan.«

»Nein. Ich hatte das Gefühl, ihm verpflichtet zu sein. Eines Tages kam ich dann von einem Spaziergang mit Clara zurück, und er war fort. Die Scheidungspapiere schickte er mit der Post, und seitdem habe ich nie wieder etwas von ihm gehört.«

»Leonie, warum hast du denn nicht versucht, Kontakt mit mir aufzunehmen? Die Zeitungsredaktion hätte dir mitteilen können, wo ich bin.«

»Was hätte ich denn sagen sollen? Jason, erinnerst du dich an mich? Übrigens, du hast eine Tochter. Komm doch bei Gelegenheit mal vorbei.«

»Ein Wort von dir, und ich hätte alles stehen und liegen lassen und wäre zurückgekehrt. Ich habe niemals aufgehört, dich zu lieben.«

Sie schloss die Augen.

»Ich sah zu, wie du fortgingst. Ich stand daneben, wie du in den Bus stiegst. Weißt du, dass ich stundenlang an der Bushaltestelle gewartet habe, weil ich hoffte, du würdest unterwegs aussteigen und wiederkommen? Ich war diejenige, die zurückbleiben musste, Jason.«

»Ich habe dich angerufen. Verdammt, Leonie, es hat doch nur ein halbes Jahr gedauert, bis ich eine Basis für uns geschaffen hatte.«

Sie lächelte. »Und als du anriefst, war ich im achten Monat schwanger. Meine Mutter hat mir erst davon erzählt, als Tom mich verlassen hatte. Sie sagte, du hättest ihr das Versprechen abgenommen, mir nichts zu sagen.«

»Ich hatte meinen Stolz.«

»Das weiß ich.«

»Du musst mich gehasst haben.«

»Niemals! Wie hätte ich dich hassen können? Du warst nicht mehr da, aber du hattest mir ein unendlich wertvolles Geschenk zurückgelassen. Manchmal hatte ich Angst vor der Zukunft, aber jedes Mal, wenn ich Clara ansah, erinnerte ich mich daran, wie sehr ich dich liebte, und schöpfte neuen Mut.«

»Und wie fühlst du dich jetzt?«

»Ziemlich durcheinander.« Sie legte die Hände aneinander. »Ich muss es Clara sagen. Sie soll es von mir erfahren.«

Bei dem Gedanken daran griff Jason wieder nach der Cognac-Flasche. »Was meinst du, wie sie es aufnehmen wird?«

»Clara hat gelernt, ohne einen Vater zurechtzukommen. Das bedeutet nicht, dass sie keinen gebraucht hätte.« Sie sah ihm ins Gesicht. »Du hast natürlich das Recht, sie zu besuchen, wann immer du willst, aber ich will nicht, dass sie von einem Extrem ins andere gestoßen wird. Mir ist klar, dass du wegen deiner Arbeit nicht immer hier sein kannst. Du brauchst jedoch nicht zu glauben, dass es genügt, nur hin und wieder eine Postkarte oder ein Geschenk zu schicken. Du wirst dir Mühe geben müssen, den Kontakt mit ihr aufrechtzuerhalten.«

Das war also noch ein Teil ihrer Angst, mit der sie lebte. Vielleicht hatte er es nicht anders verdient. »Du hast kein Vertrauen zu mir, nicht wahr?«

»Dafür ist Clara zu wichtig.« Sie hielt inne. »Und«, fuhr sie nach einer Pause fort, »du auch.«

»Wenn ich dir sage, dass sie mein Herz erobert hat, ehe ich wusste, dass sie meine Tochter ist, würde das etwas ändern?«

Leonie dachte an den Schlitten und an den Ausdruck auf Jasons Gesicht, als Clara ihm die Arme um den Hals geschlungen hatte. »Sie braucht all die Liebe, die sie bekommen kann. Das tun wir alle. Sie ist dir so ähnlich, dass …« Sie brach ab, als ihr die Tränen über die Wangen rollten. »Verdammt, ich will nicht weinen.« Ungeduldig fuhr sie sich mit der Hand über die Augen. »Ich werde es ihr morgen sagen, Jason. Zu Weihnachten. Ich weiß, dass du bald wieder fortmusst, aber wenn du noch einige Tage länger bleiben könntest, wäre das für uns alle einfacher.«

Jason massierte seine verkrampften Nackenmuskeln. »Du hast nie etwas von mir verlangt, Leonie, weißt du das?«

Sie lächelte versonnen. »Ich habe alles von dir verlangt. Wir waren nur damals beide zu jung, um es zu begreifen.«

»Du hast immer schon an Zauberei geglaubt, Leonie.« Er zog eine Schachtel aus seiner Tasche. »Es ist gleich Mitternacht. Mach sie auf.«

»Jason.« Sie fuhr sich mit der Hand durchs Haar. Wie konnte er jetzt an Geschenke denken? »Dafür ist wohl nicht die richtige Zeit.«

»Ich hätte dir das schon vor zehn Jahren geben sollen.«

»Und ich habe nichts für dich.«

Er berührte ihre Wange. »Hast du vergessen, dass du mir heute eine Tochter geschenkt hast?«

Ihr wurde ganz schwach vor Erleichterung. Statt Bitterkeit schwang Dankbarkeit in seinem Ton mit. Aus ihren Augen strahlte Liebe. »Jason …«

»Bitte, mach dein Päckchen auf.«

Sie streifte das rote Glanzpapier ab und zog eine schwarze Samtschachtel heraus. Ihre Finger zitterten ein wenig, als sie sie öffnete. Darin lag ein Platinring mit einer tropfenförmigen Perle.

»Du hast das gekauft, ehe …«

»Jawohl, ehe ich wusste, dass ich die Mutter meines Kindes um ihre Hand bitten würde. Wir könnten eine richtige

Familie werden, wir drei.« Er nahm ihre Hand. »Gibst du mir eine zweite Chance, Leonie? Ich werde dich nicht noch einmal enttäuschen.«

»Das hast du nie.« Sie drückte seine Finger an ihre Wange. »Es war weder deine Schuld noch meine, sondern einfach das Leben. Jason, wie sehr ich mich danach gesehnt habe! Alles, was ich mir von Herzen wünschte, war, deine Frau zu werden und mit dir eine Familie zu gründen.«

»Dann lass mich dir den Ring anstecken.«

»Warte, Jason. Hier geht es nicht nur um dich oder mich. Wenn es so wäre, würde ich sofort mit dir gehen, sei es nach China, Sibirien oder an den Nordpol. Aber ich bin nicht allein, und deshalb kann ich nicht weg.«

»Du bist nicht allein«, wiederholte er und warf die Schachtel achtlos zur Seite. »Und deshalb muss ich hierbleiben. Glaubst du, ich würde dich noch einmal verlassen? Glaubst du, ich könnte meiner Tochter den Rücken kehren und ihren Geschwistern, die wir hoffentlich haben werden?«

»Aber du hast doch einen Auftrag in Hongkong erwähnt.«

»Ich habe bei der Zeitung gekündigt.« Er grinste jungenhaft, und plötzlich schien es, als fiele die Last vieler Jahre von ihm ab. »Heute Nachmittag. Das war eines der Dinge, die ich zu erledigen hatte. Ich werde ein Buch schreiben.« Er legte ihr die Hände auf die Schultern. »Ich bin arbeitslos, wohne im Gasthaus und bitte dich, meine Frau zu werden.«

Leonies Herz klopfte zum Zerspringen. Ja, sie hatte stets an Zauberei geglaubt. »Vor zehn Jahren war ich davon überzeugt, ich könnte dich auf keinen Fall mehr lieben, als ich es schon tat. Du warst ein Junge. In den letzten Tagen habe ich gelernt, dass es etwas ganz anderes ist, einen Mann zu lieben.« Sie hielt inne. »Wenn du mich vor zehn Jahren gebeten hättest, dich zu heiraten, hätte ich bedingungslos Ja gesagt.«

»Leonie …«

Lachend schlang sie ihm die Arme um den Hals. »Und heute lautet die Antwort genauso. Ich liebe dich, Jason, mehr denn je.«

»Wir haben Jahre nachzuholen.«

»Ja.« Sie erwiderte seinen Kuss hungrig. »Das werden wir. Alle drei.«

»Einstweilen wir drei. Ich hoffe allerdings, dass es nicht dabei bleibt.«

»Wir haben genügend Zeit, um für nächstes Jahr zu Weihnachten ein Brüderchen oder Schwesterchen für Clara in Auftrag zu geben.«

Die Kirchturmuhr schlug Mitternacht.

»Frohe Weihnachten, Leonie.«

Sie spürte, wie Jason ihr feierlich den Ring an den Finger steckte. All ihre Wünsche hatten sich erfüllt. »Willkommen zu Hause, Jason.«

– ENDE –

Sabrina Sonntag
Schwein gehabt, sagt die Liebe
€ 10,00, Taschenbuch
ISBN 978-3-7457-0043-5

Salzige Meeresluft und die Weite der Nordsee – auf Spiekeroog fühlt Nicole sich so unbeschwert wie nirgendwo sonst. Als sie dieses Mal auf die Insel reist, hat sie eine Mission: Sie will die tier- und gastfreundliche Pension der verstorbenen Martha retten. Doch dann hört sie, dass der Sohn und Erbe inkognito eingecheckt hat und verkaufen will. Nicole lässt sich dazu überreden, die infrage kommenden Männer zu daten und vom Erhalt der Pension zu überzeugen. Es kommt zu tierischen Turbulenzen, und dann verliebt sie sich auch noch in den Falschen, wie es scheint.